RUTH RENDELL
Kein Ort für Fremde

Buch

In den hier vorliegenden neun Kurzgeschichten und zwei Novellen zeigt Ruth Rendell erneut, was für eine großartige Geschichtenerzählerin sie ist. Ob in »Kein Ort für Fremde« ein Außenseiter lebensbedrohlich in die geheimnisvollen Vorgänge einer Dorfgemeinschaft verwickelt wird, in »Walters Bein« der Versuch eines alten Herrn, einen tragischen Unfall aus Kindertagen endlich zu vergessen, brutal vereitelt wird, oder in »Wildkatze, Wildkatze« ein lang ersehnter Wunsch eine tödliche Gefahr birgt, alle Geschichten, ob bedrohlich, makaber oder mysteriös, zeichnen sich durch Ruth Rendells einzigartige erzählerische Präzision aus.

Autorin

Ruth Rendell wurde 1930 in London geboren. Nach der Schule arbeitete sie zunächst als Journalistin, bevor sie sich ganz dem Schreiben widmete. Seitdem hat sie an die dreißig Romane veröffentlicht. Drei mal schon hat sie den Edgar-Allan-Poe-Preis erhalten; außerdem wurde sie zweifach mit dem »Goldenen Dolch« der Crime Writers' Association für den besten Kriminalroman ausgezeichnet. Ruth Rendell lebt in London.

Von Ruth Rendell außerdem im Goldmann Verlag erschienen:

Ruth Rendell

Kein Ort für Fremde

Stories

Aus dem Englischen
von Cornelia C. Walter

GOLDMANN

Die Originalausgabe erschien 2000 unter dem Titel
»Piranha to Scurfy«
bei Hutchinson & Co., London

Umwelthinweis:
Alle bedruckten Materialien dieses Taschenbuches sind
chlorfrei und umweltschonend.

Deutsche Erstausgabe Mai 2002
Copyright © der Originalausgabe 2000
by Kingsmarkham Enterprises
Copyright © der deutschsprachigen Ausgabe 2002
by Wilhelm Goldmann Verlag, München,
in der Verlagsgruppe Random House GmbH

Umschlaggestaltung: Design Team, München
Umschlagfoto: Zefa/Graphistock
Satz: DTP-Service Apel, Laatzen
Druck: Elsnerdruck, Berlin
Verlagsnummer: 45012
AL · Herstellung: Katharina Storz/HN
ISBN 3-442-45012-8
www.goldmann-verlag.de

1 3 5 7 9 10 8 6 4 2

Inhalt

Piranha bis Schorf

Es war das erste Mal, dass er ohne Mummy in Urlaub gewesen war. Das erste Mal im Leben. Sie waren sonst immer auf die Isle of Wight gefahren, nach Ventor oder an die Totland Bay, und so hatte er sich, weil er diesmal allein reiste, für Cornwall entschieden, denn wie hieß es doch so schön: Veränderung tut gut, oder: Öfter mal was Neues. Ribbons Woche in Cornwall hatte allerdings nicht nur aus Erholung bestanden. Er hatte sich vier Bücher mitgenommen, die er im Aufenthaltsraum der Frühstückspension, auf seinem Zimmer, am Strand oder auf einer Klippe sitzend sorgfältig gelesen hatte, und dazu hatte er sich in das Ringbuch, das aus einem Geschäft in Newquay stammte, genaue Notizen gemacht. Das Ergebnis war zufrieden stellend gewesen, mehr als zufrieden stellend. Abgesehen von dem Ärger und der Entrüstung, die diese Entdeckung bei ihm jedes Mal unweigerlich hervorrief, konnte er mit Fug und Recht behaupten, sich gut erholt zu haben. Oder mit diesem schrecklichen Satz ausgedrückt, den Eric Owlberg in seinem literarischen Schaffen mit Vorliebe verwendete: Er hatte seine Batterien wieder aufgeladen.

In ein leeres Haus zurückzukehren wäre bestimmt qualvoll. Er hatte es sich schon gedacht, und so war es dann auch. Statt in den Garten hinauszugehen, unterzog er diesen vom Esszimmerfenster aus einer genauen Überprüfung. Draußen und drinnen war alles so, wie er es verlassen hatte. Im Haus standen alle Bücher an ihrem Platz. Jedes Zimmer beherbergte Bücher. Ribbon war zwar kein Scherzbold, fand die Bemerkung jedoch durchaus witzig, bei anderen Leuten seien die Wände tapeziert, bei ihm aber bebüchert. Niemand begriff, was er damit meinte, denn außer ihm selbst betrat kaum einmal jemand das Haus in der Grove Green Avenue 21 in Leytonstone, und diejenigen, denen er sein Scherzchen erzählte, lächelten nur verlegen. Die bei *IKEA* gekauften Regale hatte er selbst aufgebaut. Als sie sich allmählich füllten, kaufte er weitere, bis sich vom Fußboden bis zur Decke Regale erstreckten. Diese verschwenderische Menge an Büchern verlieh dem Haus ein etwas seltsames Aussehen, da sich die Größe der Räume durch die Regale natürlich verringerte, sodass das ursprünglich viereinhalb auf dreieinhalb Meter große Wohnzimmer auf vier mal drei Meter zusammenschrumpfte. Eingangsbereich und Treppenabsatz waren ebenso dicht »bebüchert« wie die einzelnen Zimmer. Das ganze Haus sah aus wie eine Bücherei, allerdings eine, die man in mysteriöse kleine Segmente unterteilt hatte. Ribbons Fenster wirkten wie tief in die Wände gebaute Nischen und boten auf der Vorderseite des Hauses Aussicht auf eine ziemlich düstere, dicht mit Bäumen bestandene Vorortstraße. Nach hinten ging es auf die gelben Backsteinrückseiten anderer Häuser hinaus, im Vordergrund war sein Garten, eine hauptsächlich aus Rasen bestehende, mit verschiedenen freudlosen Büschen gesprenkelte Fläche. Ganz hinten lag ein breites Blumenbeet, das nie Sonne abbekam und auf dem niedriger Efeu wuchs und dunkelblättrige Blattpflanzen, die es gern schattig hatten.

Er hatte sich abgewöhnt zu erwarten, dass Mummy die Treppe herunterkam oder in ein Zimmer trat. Fünf

Monate war sie nun schon nicht mehr da. Er seufzte, denn er war noch längst nicht hinweg über den Verlust und die Trauer. In gewisser Hinsicht war die Arbeit ohne sie einfacher, andererseits unendlich viel schwerer. Sie hatte ihn bestärkt, hatte ihn manchmal richtig aufgebaut. Doch er musste weitermachen, es blieb ihm wirklich nichts anderes übrig. Ab morgen wäre wieder alles beim Alten.

Er begann damit, sich auf dem Schreibtisch im Arbeitszimmer – aber war nicht das ganze Haus ein einziges Arbeitszimmer? – die Seiten mit den Buchbesprechungen aus den Zeitungen zurechtzulegen, die während seiner Abwesenheit angekommen waren. Wie erwartet kam Owlbergs neuester Roman *Der Weg zur Hölle* genau am heutigen Tag als Taschenbuch heraus, ein Jahr nach Erscheinen der gebundenen Ausgabe. Preislich auf 6.99 Pfund angesetzt, lag es inzwischen sicher in allen Geschäften aus. Ribbon notierte es sich auf einem der schlichten Merkkärtchen, die er zu diesem Zweck bereithielt. Doch bevor er weitermachte, ließ er seinen Blick auf Mummys Porträt in dem schlichten Silberrahmen verweilen, das auf dem Tisch mit den gebrauchten, gelesenen und analysierten Büchern stand, die dort vorläufig untergebracht waren. Durch Mummy war er auf Owlberg überhaupt erst aufmerksam geworden. Sie hatte eines seiner Bücher aus der öffentlichen Bücherei entliehen und Ribbon voller Entrüstung auf die zahlreichen Irrtümer, Schnitzer und missbräuchlichen Verwendungen der englischen Sprache hingewiesen, die auf jenen Seiten zu finden waren. Sie fehlte ihm so sehr! Verdankte er nicht hauptsächlich ihr die Wahl seiner Karriere sowie den Scharfsinn und das Selbstvertrauen, sie zu verfolgen?

Er seufzte erneut. Dann wandte er sich wieder den

Zeitungen zu und notierte die Titel von vier weiteren Romanen, die gerade als Taschenbuch herauskamen, sowie den neuen Kingston Marle, *Dämogorgo*, der am kommenden Donnerstag in gebundener Ausgabe mit großem Trara und Tamtam erscheinen sollte, mit an Sicherheit grenzender Wahrscheinlichkeit aber schon jetzt in den Läden auslag. Ein Zeichen für den allgemeinen Niedergang heutzutage, hatte Mummy gesagt, dass ein Buch, dessen Veröffentlichung für Mai festgesetzt war, schon Ende April zum Verkauf angeboten wurde. Keiner konnte mehr warten, alle hatten es eilig. Das erschwerte seine Arbeit zweifellos. Und es erhöhte die Wahrscheinlichkeit, dass ihm ein absolut wichtiger Roman durch die Lappen ging, der vielleicht schon vergriffen war, bevor er überhaupt erfuhr, dass er auf dem Markt war.

Ribbon schaltete seinen Computer ein und vergewisserte sich, dass der Drucker angeschlossen war. Es war erst neun Uhr morgens. Vor seinem obligatorischen Gang in die Buchhandlung blieb ihm noch mindestens eine Stunde. Wohin sollte es denn heute gehen? Vielleicht in die City oder ins Londoner West End. Es wäre unklug, schon wieder in sein hiesiges Geschäft zu gehen und zu viel Aufmerksamkeit auf sich zu lenken. Dann also vielleicht zu Hatchards oder Books Etc. oder Dillons oder gleich zu allen dreien. Er schlug das Ringbuch auf, das er in Cornwall erstanden hatte, las sich das Geschriebene noch einmal durch und griff, das Taschenbuch aufgeschlagen auf dem Schreibtisch, nach dem *Shorter Oxford Dictionary*, Brewers *Dictionary of Phrase and Fable* und *Whittaker's Almanack*. Nachdem er in den ersten beiden nachgeschlagen und sich das Gefundene aufgeschrieben hatte, begann er seinen Brief.

Liebe Joy Anne Fortune,
ich habe Ihren neuen Roman **Nacht des
Schreckens** *mit äußerst geringem Vergnügen
und großer Enttäuschung gelesen. Ihr frühe-
res Werk schien mir, wenngleich ohne jede literarischen Qualitäten, so doch zumindest
frisch, gelegentlich originell und größtenteils
frei von jenen faktischen Irrtümern und gram-
matikalischen Nachlässigkeiten, die, möchte
ich sagen,* **Nacht des Schreckens** *kennzeich-
nen.*

*Sehen Sie zunächst auf Seite 24. Glauben Sie
wirklich, dass ›desavouiert‹ mit zwei ›s‹ und
einfachem ›u‹ geschrieben wird? Und wenn
ja, gibt es in Ihrem Verlag denn keinen Lektor, dessen Aufgabe es ist, diese Irrtümer zu
erkennen und zu korrigieren? Auf Seite 82 bezeichnen Sie die Republik Guinea als in Ost-
afrika gelegen und in ehemals britischem,
statt in Westafrika und ehemals französi-
schem Besitz, und auf Seite 103 den verstor-
benen General Sikorski als früheren Minis-
terpräsidenten der Tschechoslowakei anstatt
Polens. Auf Seite 139 beschreiben Sie ›hadith‹
als das jüdische Totengebet anstatt das, was
es korrekterweise bedeutet, nämlich die Gesamtheit der religiösen Überlieferungen, die
sich um den Propheten Mohammed und seine Anhänger rankt, und auf der darauf folgenden Seite ›Tabernakel‹ als den Eingang
zum Tempel. Tatsächlich handelt es sich um*

ein tragbares Heiligtum, in dem die Bundes-
lade transportiert wurde.
Muss ich fortfahren? Ich bin es müde, die
zahlreichen Fehler in Ihrem Buch zu unter-
streichen. Ich brauche wohl nicht zu erwäh-
nen, dass ich keines Ihrer Werke mehr kau-
fen und meinen literarisch hoch gebildeten
und kritischen Freunden auch raten werde,
sie zu boykottieren.
Hochachtungsvoll,
Ambrose Ribbon

Das im letzten Absatz war eine leere Drohung. Ribbon
hatte keine Freunde und konnte auch kaum behaupten, dass sie ihm fehlten. Er stand auf ausgezeichnetem
Fuße, sprich: unterhielt flüchtige Bekanntschaften mit
seinen Nachbarn und einigen Geschäftspartnern von
Buchhandlungen. In Gloucestershire gab es einen Cousin, den er bisweilen besuchte. Mummy war seine
Freundin gewesen. Er war noch niemandem begegnet,
der sie auch nur annähernd ersetzen könnte. Wie jeden
Tag wünschte er auch jetzt, sie säße wieder neben ihm
und könnte seinen Brief lesen und gutheißen.

Er adressierte einen Umschlag an Joy Anne Fortune
zu Händen ihres Verlages – sie gehörte nicht zu denje-
nigen »seiner« Autoren, die so unklug waren, ihm auf
persönlichem Briefpapier zu antworten –, steckte den
Brief hinein und klebte ihn zu. Zwei weitere waren
noch zu schreiben, bevor er aus dem Haus ging, einer
an Graham Prink mit dem Hinweis auf Fehler in *Tanz-
partner*: »legen« statt »liegen« in zwei und »möchte«
statt »möge« in drei Fällen, und der andere an Jeanne
Pettle, um ihr zu sagen, dass das Handlungsschema
und ein Großteil der Dialoge in *Southern Discomfort*

auf eklatante Weise aus *Vom Winde verweht* entnommen waren. Er betrachtete es als den schamlosesten Fall von Plagiat, der ihm seit langem untergekommen war. In beiden Briefen wies er darauf hin, wie abstoßend er den häufigen Gebrauch von Obszönitäten fand, insbesondere von Wörtern, die mit F oder S anfingen, oder wenn der Name des Herrn unnütz im Munde geführt wurde.

Um fünf vor zehn nahm Ribbon seine Briefe, schaltete den Computer aus und machte die Tür hinter sich zu. Bevor er nach unten ging, stattete er Mummys Zimmer den zweiten Besuch des Tages ab. Nach seiner Rückkehr aus Cornwall war er am vorigen Abend um sieben zum ersten Mal dort gewesen, dann wieder vor dem Zubettgehen und dann noch einmal heute Früh um sieben. Während seiner Abwesenheit war seine zweitgrößte Sorge gewesen, es könnte dort drinnen etwas in Unordnung geraten, ein Gegenstand entfernt oder dessen Standort verändert worden sein, denn obwohl er die Hausarbeit selbst erledigte, hatte Glenys-Von-Nebenan einen Schlüssel und »schaute«, wie sie sich ausdrückte, in seiner Abwesenheit »gelegentlich vorbei, um zu sehen, ob alles okay ist«.

Doch es hatte sich nichts verändert. Mummys Frisiertischchen war genau so, wie sie es hinterlassen hatte, die beiden Parfümflakons aus Kristallglas mit den silbernen Stöpseln zu beiden Seiten des spitzenbesetzten Deckchens und die silberbeschlagene Haarbürste auf ihrem Glastablett neben dem Schälchen mit den Haarsachen und dem rosa Nadelkissen. Die Kleiderschranktür ließ er immer etwas offen stehen, sodass ihre Kleider zu sehen waren, jene geliebten Sachen, die Nachmittagskleider, die Mäntel und Röcke – eine Hose hatte Mummy nie besessen –, der warme Win-

termantel und die ordentlich nebeneinander aufgereih-
ten Pumps. Über die Tür hatte er – weil er es in einer
Einrichtungszeitschrift gesehen hatte – die einmal ge-
faltete, wunderschöne weiße und cremefarbene, gewo-
bene Tagesdecke gehängt, die er ihr einmal geschenkt
hatte, die ihr für den Alltagsgebrauch aber zu schade
gewesen war. Auf dem Bett lag die liebe alte Decke, die
ihre eigene Mutter noch angefertigt hatte, und auf den
makellosen, wenngleich abgenutzten Spitzenborten
ihr rosafarbenes Seidennachthemd. Er ließ den Blick
ein wenig darauf verweilen.

Nach einer Weile machte er das Fenster oben einen
Spalt auf. Es war eine gute Idee, ein bisschen frische
Luft zirkulieren zu lassen. Dann zog er Mummys Tür
hinter sich zu und ging, die Briefe in der Hand, nach
unten. Vor ihm lag ein arbeitsreicher Tag. Die Krawat-
te zurechtgerückt, einen von drei Knöpfen an seinem
Leinenjackett zugeknöpft, stellte er die Alarmanlage
an. Achtzehn-zweiundfünfzig lautete die Geheimzahl,
eins-acht, fünf-zwei, das Erscheinungsdatum der Erstausgabe von *Roget's Thesaurus*, eines Kompendiums,
das Ribbon für seine Arbeit schon immer sehr nützlich
gefunden hatte. Er öffnete die Haustür und machte sie
just in dem Moment zu, als der Alarm zu plärren anfing. Während er, das Ohr am Schlüsselloch, auf der
Türschwelle darauf wartete, dass das Klingeln aufhörte, bis oder falls ein Eindringling es wieder in Gang
setzte, rief ihm Glenys-Von-Nebenan ein fröhliches
»Halli-hallo!« entgegen.

Ribbon konnte es nicht ausstehen, wenn man ihn so
anredete, war aber ebenso unfähig, es zu unterbinden,
wie er verhindern konnte, dass sie ihn Amby nannte.
Mit einem strengen Lächeln wünschte er ihr einen Guten Morgen. Glenys-Von-Nebenan – so hatte sie sich

damals selbst vorgestellt, als sie vor fünfzehn Jahren in die Grove Avenue 23 eingezogen war: »Halli-hallo, ich bin Glenys-Von-Nebenan« – meinte, heute käme ja der Fensterputzer und ob sie ihn reinlassen solle.

»Wozu muss er denn rein?«, gab Ribbon ziemlich gereizt zurück.

»Na, die Rückseite macht er doch alle zwei Wochen, Amby. Sie wissen doch, die Vorderseite macht er jeden Montag, alle zwei Wochen hinten und am letzten Montag im Monat dann innen und außen.«

Wie jeder Berufstätige, der den Kopf voll hat, fand Ribbon diese haushaltstechnischen Details fast unerträglich irritierend. Ebenso wenig behagte ihm die Vorstellung, dass ein fremder Mensch einfach so in seinem Garten umherstreunen konnte. »Nun gut, das mag schon sein.« Er hatte Glenys-Von-Nebenan noch nie mit Vornamen angeredet und auch nicht die Absicht damit anzufangen. »Sie kennen ja die Geheimzahl, Mrs. Judd.« Es war entsetzlich, dass sie die Geheimzahl kennen musste, doch da Mummy das Zeitliche gesegnet hatte und niemand im Haus war, ließ es sich nun mal nicht vermeiden. »Sie kennen doch die Geheimzahl, oder?«

»Acht, eins, fünf, zwei.«

»Nein, nein, nein.« Er durfte nicht die Geduld verlieren. Indem er die Straße auf und ab spähte, um sich zu vergewissern, dass niemand in Hörweite war, flüsterte er: »Eins, acht, fünf, zwei. Das werden Sie sich doch wohl merken können, oder? Ich möchte es wirklich nicht aufschreiben. Man kann nie wissen, was passiert, wenn es erst einmal aufgeschrieben ist.«

Glenys-Von-Nebenan hatte angefangen zu lachen. »Na, Sie sind ja vielleicht ein komischer alter Kümmelspalter, Amby. Wissen Sie, was ich gestern Abend in Ihrem Garten gesehen habe? Einen Fuchs. Was sagen Sie dazu? In *Leytonstone*.«

»Tatsächlich?« Füchse graben, überlegte er.

»Die suchen hier Zuflucht, verstehen Sie. Fliehen vor den Jägern. Grausam, nicht? Sind Sie auf dem Weg zur Arbeit?«

»Jawohl, und ich bin schon spät dran«, sagte Ribbon und eilte davon. Von wegen »alter Kümmelspalter«! Er war gut zehn Jahre jünger als sie.

Glenys-Von-Nebenan hatte keine Ahnung, womit er seinen Lebensunterhalt verdiente, und er beabsichtigte, sie auch weiterhin im Dunkeln tappen zu lassen. »Irgendwas mit Medien, stimmt's?«, hatte sie Mummy einmal gefragt. »Lebensunterhalt« traf es natürlich nicht ganz, denn damit war gemeint, dass er für seine Arbeit bezahlt wurde. Dass dies nicht der Fall war, lag kaum daran, dass er es nicht versucht hätte. Er hatte an zwanzig größere Verlage geschrieben und darauf hingewiesen, dass das, was er tat – nämlich Irrtümer im Werk ihrer Autoren aufdecken und nachweisen, dass sie einer Veröffentlichung unwürdig waren –, den Verlagen jährlich Hunderttausende von Pfund sparte. Sie könnten ihm also wenigstens eine gewisse Vergütung anbieten. An vier überregionale Zeitungen hatte er sich ebenfalls gewandt und darum gebeten, dass man seiner Arbeit auf ihren Seiten Platz einräumte, desgleichen an das Ministerium für Kultur, Medien und Sport in der Hoffnung auf Anerkennung der von ihm ausgeübten Dienstleistung. Er zielte auf eine Gesetzesänderung ab, die ihm eine Art Bibliotheksabgabe (er formulierte es etwas vage) oder Mehrwertsteuer bescheren würde. Niemand antwortete, mit Ausnahme des Ministeriums, das eine Karte mit der Mitteilung schickte, man habe sein Schreiben zur Kenntnis genommen.

Unterzeichnet war es allerdings nicht vom Minister, sondern von irgendeinem Untergebenen mit unleserlicher Handschrift.

Es ging ihm ums Prinzip, nicht darum, dass er Geld brauchte. Dank Daddy, der früh gestorben war und sämtliche Einkünfte aus Tantiemen Mummy – und dadurch natürlich ihm – hinterlassen hatte. Keine große Summe, aber genug zum Leben, wenn man wie er genügsam war und zu haushalten wusste. Daddy hatte, bevor ihn im herzzerreißenden Alter von einundvierzig Jahren der Tod ereilt hatte, drei Lehrbücher verfasst, die in Handelsfachschulen immer noch sehr gefragt waren. Ribbon hatte es sich nicht verkneifen können, die Bücher klammheimlich und außer Sichtweite von Mummy in seiner üblichen Art und Weise auf Fehler durchzusehen. Der Zwang war unwiderstehlich gewesen, obgleich er ihm zu widerstehen versucht hatte, sich im Bewusstsein der Illoyalität gegen den Drang gewehrt hatte und ihm schließlich doch erlegen war, so wie ein anderer vielleicht am Ende einer grotesken Form der auf das eigene Selbst gerichteten Erotik nachgeben würde. Ganz allein hatte er nächtens bei abgeschlossener Zimmertür Daddys Bücher durchforstet, doch gefunden hatte er – nichts.

Diese Suche war das Beschämendste gewesen, was er je gemacht hatte. Und zwar nicht nur wegen des mangelnden Vertrauens in Daddys Fachwissen und Scharfsinn, das sich darin offenbarte, sondern auch, weil er sich eingestehen musste, dass er das Gelesene nicht begriff und einen Fehler, so denn einer vorhanden gewesen wäre, überhaupt nicht als solchen erkannt hätte. Danach sperrte er Daddys Bücher in einen Schrank weg, und seltsamerweise hatte Mummy über ihr Fehlen nie eine Bemerkung gemacht. Vielleicht war es ihr bei ihrem schwindenden Augenlicht gar nicht aufgefallen.

Ribbon ging zur U-Bahnstation Leytonstone und setzte sich hin, um auf die Bahn zu warten. Er hatte beschlossen, in Holborn umzusteigen und die Piccadilly Line bis Piccadilly Circus zu nehmen. Von dort war es nur noch ein kurzes Stück bis zu Dillons und ein paar Schritte weiter bis zu Hatchards. Er musste zugeben, dass Hatchards das bessere Geschäft war, Dillons seinen Kunden jedoch größere Anonymität gewährte. Das Verkaufspersonal schien dem Tun der Kunden gegenüber gleichgültig, ignorierte sie meistens und bemerkte offenbar nicht, ob sie fünf Minuten oder eine halbe Stunde blieben. Das gefiel Ribbon. Er charakterisierte sich gern als reservierten, zurückhaltenden Menschen, der sich um seine eigenen Angelegenheiten kümmerte und unauffällig lebte. Andere täten seiner Ansicht nach gut daran, es ebenso zu halten. Seiner Meinung nach war ein Verkäufer dazu da, das Geld anzunehmen, Wechselgeld herauszugeben und sich zu bedanken. Die Verdrängung von Einzelhandelsgeschäften und Tante-Emma-Läden durch riesige, unpersönliche Supermärkte gehörte zu den wenigen modernen Neuerungen, die er aus vollem Herzen begrüßte.

Der Zug fuhr ein. Er war, wie um diese Zeit üblich, zu drei Vierteln leer. In der Zeitung hatte er gelesen, dass die Londoner Verkehrsbetriebe erwogen, für Frauen reservierte U-Bahnwagen einzuführen. Wieso eigentlich nicht auch Wagen, die allein Männern vorbehalten waren? Oder noch besser – wenn man überlegte, wie manche jungen Männer sich aufführten – gelehrten Herren mittleren Alters. Im Tunnel zwischen Mile End und Bethnal Green blieb der Zug ziemlich langestehen. Selbstverständlich bekamen die Fahrgäste keine Erklärung für die Verzögerung. Auf den Zug der Piccadilly Line wartete er lange, was offenbar am Signalausfall außerhalb von Cockfosters lag, und traf dann kurz vor halb zwölf an seinem Ziel ein.

Inzwischen war die Sonne herausgekommen, und es war sehr heiß. Die Luft roch nach Dieselöl und Gekochtem und Bier, ganz anders als in Leytonstone am Waldrand von Epping Forest. Ribbon betrat Dillons, wo niemand die geringste Notiz von seinem Kommen nahm, und das Erste, was ihm schmerzlich ins Auge stach, war die riesige Werbedekoration: eine Pyramide aus Kingston Marles *Dämogorgo*. Jedes Exemplar hatte die Größe eines durchschnittlichen Wörterbuchs und steckte in einem silbern und in zweierlei Rottönen bedruckten Einband. Auf der Vorderseite bot ein Loch in Form eines Pentagramms Einblick auf das darunter liegende eingewickelte Gesicht einer mumifizierten Leiche. Der Roman war bereits besprochen worden, und das Plakat an der Wand über der Dekoration zitierte die lobende Rezension im *Sunday Express* in übertrieben großen Lettern: »*Schon vor Seite 10 werden die Leser vor Angst in Ohnmacht gefallen sein.*«

Der Preis von 18.99 Pfund war eine Frechheit, doch da war nichts zu machen. Für ihn aber eine gerechtfertigte Investition. Ribbon nahm sich ein Exemplar und verhalf sich dann aus den, wie eine Verkäuferin einmal gesagt hatte, so genannten »Grabbelkisten« zu zwei Taschenbüchern, die er in gebundener Ausgabe bereits überprüft und kommentiert hatte. Im ganzen Laden keine Spur von Eric Owlbergs *Weg zur Hölle*. Ribbons Dilemma war nun, ob er danach fragen sollte oder nicht. Die junge Frau hinter der Ladentheke steckte ihm seine Einkäufe in eine Tüte, und er reichte ihr

Mummys Kreditkarte zur Direktabbuchung. Leichthin, als wäre es ihm eben eingefallen, als wäre es das
Unerheblichste von der Welt, erkundigte er sich nach
dem neuen Owlberg. »Schon vergriffen, ja?«, sagte er
leise lachend.

Ihr Gesicht war ausdruckslos. »Die sollen morgen
Früh reinkommen.«

Er unterschrieb die Quittung mit B.J. Ribbon und
reichte sie dem Mädchen ohne ein Lächeln. Sie sollte
sich bloß nicht einbilden, er würde sich morgen noch
einmal zu ihnen aufmachen. Auf dem Weg zu Hatchards deponierte er die Dillons-Tüte in einem Abfall-
korb und packte die Bücher in die neutrale Plastiktüte
um, die er, in der Hosentasche zusammengerollt, immer dabei hatte. Wenn das Personal bei Hatchards den
Namen Dillons auf der Tüte zu sehen kriegte, käme er
sich ziemlich komisch vor. Nun würden sie anneh-
men, er hätte seine Einkäufe aus der Drogerie oder dem
Fotogeschäft drin.

Kaum war er bei Hatchards durch die Tür, kam auch
schon eine auf ihn zu. Er erkannte in ihr die Leiterin
der Marketingabteilung, eine hoch gewachsene, gut
aussehende dunkelhaarige Frau. Sie erkannte ihn ebenfalls und sprach ihn zu seinem Erstaunen und Missfallen mit Namen an. »Guten Morgen, Mr. Ribbon.«

Innerlich stöhnte er auf, denn nun erinnerte er sich,
dass er bei dieser Sache seinerzeit ungute Vorahnungen
gehabt hatte. Er hatte ein Buch bestellt und war so versessen darauf gewesen, sein Exemplar zum frühest-
möglichen Zeitpunkt zu bekommen, dass er ihnen seinen Namen und seine Telefonnummer hatte geben
müssen. In frostigem Ton sagte er Guten Morgen.

»Schön, Sie zu sehen«, erwiderte sie. »Ich könnte
mir fast denken, Sie sind auf der Suche nach dem neu-

en Kingston Marle, hab ich Recht? *Dämogorgo?* Der Titel kam heute herein.«

Ribbon war fürchterlich zu Mute. Obwohl das Kunststoffmaterial seiner Einkaufstüte nicht so sehr durchsichtig als vielmehr durchscheinend war, war er überzeugt, dass sie das Silber und die beiden Rottöne durch die matte Hülle sehen konnte. Er hielt sich die Tüte mit einer möglichst natürlich wirkenden Geste hinter den Rücken. »Eigentlich wollte ich ja *Der Weg zur Hölle*«, murmelte er, wobei er sich fragte, welche Lebensregel oder gesellschaftliche Konvention ihn dazu nötigte, Marketingdirektorinnen gegenüber seine Wünsche zu äußern.

»Das haben wir selbstverständlich da«, sagte sie mit einem strahlenden Lächeln und zog das Taschenbuch aus dem Regal. Er war sich sicher, dass sie ihn gleich oberlehrerinnenhaft darauf hinweisen würde, er habe es aber doch schon in der gebundenen Ausgabe, sie erinnere sich deutlich daran, und wieso um alles in der Welt er eigentlich noch ein Exemplar haben wollte. Stattdessen sagte sie: »Mr. Owlberg ist gerade hier, um für uns zu signieren. Es ist zwar keine öffentliche Signierstunde, aber ich bin mir sicher, er würde einen so treuen Leser wie Sie gern kennen lernen. Und wäre bestimmt gern bereit, Ihnen ein Exemplar seines Buches zu signieren.«

Ribbon hoffte, dass sein Erschauern nicht zu sehen gewesen war. Nein, nein, er sei in Eile, er habe um halb eins eine dringende Verabredung, er könne nicht warten, er würde sein Buch bezahlen ... Gedanken an das, was er Owlberg über dessen Arbeit geschrieben hatte, jagten ihm durch den Kopf, alles natürlich vollkommen gerechtfertigt, für den Autor jedoch höchst ärgerlich. Sein Name hatte sich in Owlbergs Kopf sicher

21

ebenso festgesetzt wie Owlbergs Name in seinem. Die Vorstellung, wie der Verfasser von *Der Weg zur Hölle* reagieren würde, wenn er vom Signieren aufblickte und das Gesicht seines gestrengen Richters sähe und dessen Namen hörte, ließ ihn erneut erschaudern. Er rannte fast aus dem Geschäft. Was waren diese Besuche im West End von London doch gespickt mit Gefahren! Wenn er das nächste Mal herkäme, würde er sich auf die City oder Bloomsbury beschränken. In der Gray's Inn Road befand sich ein sehr gut sortierter Waterstones. Nachdem er beschlossen hatte, zu Fuß zur U-Bahnstation Oxford Circus zu gehen und sich auf diese Weise das Umsteigen zu ersparen, machte er unterwegs Halt, um an einem Bankautomaten Geld abzuheben. Er gab Mummys Geheimzahl ein, ihr Geburtsdatum 1.5.27, und zog einhundert Pfund in funkelnagelneuen Scheinen heraus.

Die meisten Autoren, denen Ribbon seine Beschwerdebriefe schrieb, antworteten entweder gar nicht oder schrieben recht konziliant zurück, um ihre Fehler einzugestehen und zu versprechen, dass diese für die Taschenbuchausgabe berichtigt würden. Nur eine unter all den Hunderten, wenn nicht Tausenden, die einen Brief von ihm bekommen hatten, hatte heftig und mit Drohungen reagiert. Es handelte sich um Selma Gunn. Er hatte ihr an die Adresse ihres Verlages geschrieben und ihren Roman *Das Schlangengericht* wenn auch nur gelinde kritisiert, indem er angemerkt hatte, es sei irritierend, so viele Sätze ohne Verbum zu lesen, und auf die Absurdität ihrer Prämisse hinwies, Shakespeare sei kein englischer Dichter und Dramatiker des sechzehnten Jahrhunderts gewesen, sondern in Wirklichkeit ein italienischer Astrologe, in Verona geboren und ein enger Freund Leonardo da Vincis. Ihre Antwort kam schon nach vier Tagen, eine wahre Schmähschrift, in der sie mehrmals einen gewissen obszönen Ausdruck gebrauchte, ihn als ignorante, aufgeblasene Null bezeichnete und mit gerichtlichen Schritten drohte. Und tatsächlich kam am folgenden Tag ein Schreiben von Ms. Gunns Anwälten, in denen darauf hingewiesen wurde, dass zahlreiche seiner Anmerkungen gerichtlich anfechtbar und in ihrer Gesamtheit unhaltbar seien und man seiner Antwort mit Interesse entgegensehe.

Ribbon hatte es mit der Angst zu tun bekommen. Er war unfähig zu arbeiten, er war nicht in der Lage, an etwas anderes als an Ms. Gunns Brief und das Schreiben von Evans, Richler & Sabatini zu denken. Mummy hatte er zunächst nichts davon gesagt, obwohl sie mit ihrer üblichen scharfen Beobachtungsgabe natürlich merkte, dass etwas nicht stimmte. Zwei Tage später erhielt er einen weiteren Brief von Selma Gunn. Diesmal machte sie ihn auf gewisse astrologische Weissagungen in ihrem Buch aufmerksam, eröffnete ihm, dass er zu denen gehörte, deren Vernichtung Nostradamus vorausgesagt hatte, wenn im nächsten Jahr die Welt untergehe, und dass sie selbst über magische Kräfte verfüge. Abschließend verlangte sie von ihm eine Entschuldigung.

Ribbon glaubte natürlich nicht an das Übersinnliche, fühlte sich jedoch – wie die meisten von uns – zutiefst unbehaglich, wenn er durch irgendeine Spielart der Schwarzen Magie verflucht oder bedroht wurde. Er setzte sich an seinen Computer und verfasste ein zerknirschtes Entschuldigungsschreiben. Es tue ihm Leid, schrieb er, er habe es nicht böse gemeint, Ms. Gunn habe das Recht, ihre Überzeugungen zum Ausdruck

23

zu bringen. Ihre Theorie bezüglich Shakespeares Herkunft sei ebenso stichhaltig wie die Spekulationen jener, die seine Werke Bacon oder Ben Jonson zuschrieben. Es kostete ihn einige Überwindung, diesen Brief zu schreiben, und als Mummy, der seine Blässe und die zitternden Hände aufgefallen waren, schließlich fragte, was denn los sei, erzählte er ihr alles. Er zeigte ihr den Entschuldigungsbrief.

Gebieterisch wie immer nahm sie ihm den Brief weg und zerriss ihn. »Aus welchem Grund will diese dumme Kuh dich denn verklagen, möchte ich gern wissen? Gar nicht darauf achten. Einfach ignorieren. Das gibt sich bald, verlass dich drauf.«

»Aber was kann es denn schaden, Mummy?«

»Du Feigling«, erwiderte Mummy vernichtend. »Bist du nun ein Mann oder ein Wicht?«

Ribbon bat sie, höflich und doch so mannhaft er konnte, nicht so mit ihm zu sprechen. Es war beinahe ihr erster Streit – aber nicht ihr letzter.

Er hatte sich ihrem Richterspruch gebeugt und sich ihren Anweisungen gemäß verhalten, wie er es in den meisten Fällen tat. Und sie hatte Recht behalten, denn er hörte nie wieder ein Wort, weder von Selma Gunn noch von Evan, Richler & Sabatini. Die ganze unerquickliche Angelegenheit war vorbei, und Ribbon hatte das Gefühl, etwas daraus gelernt zu haben – mutig und entschlossen zu sein, tapfer weiterzumachen. Dazu gehörte allerdings nicht die Begegnung mit dem leibhaftigen Owlberg, obwohl der Verfasser von *Der Weg zur Hölle* ihm in seiner Antwort auf Ribbons Kritik an der gebundenen Ausgabe seines Buches zugesagt hatte, alle von ihm erwähnten faktischen Irrtümer würden in der Taschenbuchausgabe ausgemerzt. Sein Verlag, schrieb er, habe Ribbons Beschwerdebrief ebenfalls erhalten und sei ebenso erfreut wie er darüber, so kenntnisreiche, kritische Kommentare zu bekommen. Von wegen – erfreut! Was für ein Blödsinn. Für den von vorne bis hinten verlogenen Brief hatte Ribbon nur verächtliches Schnauben übrig. Der Kerl war doch nicht erfreut, sondern bestürzt und gedemütigt, und zwar zu Recht.

Ribbon setzte sich in sein Wohnzimmer, um die Taschenbuchausgabe auf die so eilfertig versprochenen Korrekturen hin zu überprüfen. Lesen tat er immer hier unten, und oben schrieb er. Das Zimmer war fast noch genau so, wie Mummy es hinterlassen hatte. Die einzigen Veränderungen bestanden darin, dass weitere Bücher und Bücherregale hinzugefügt worden waren und die Fotos in Silberrahmen. Die Bilder von sich als Baby und als Schuljunge hatte er herausgenommen und sie durch ein Hochzeitsfoto seiner Eltern ersetzt – Daddy in Luftwaffenuniform, Mummy im hellen Kostüm und mit hellem Hütchen – und eine Aufnahme von Daddy in Robe und Doktorhut. Von Ribbon selbst hatte es nie so ein Foto gegeben. Mummy hatte zu seinem Besten entschieden, dass er zu Hause bei ihr, wo er ein ruhiges, behütetes Leben führen könne, besser aufgehoben sei als an einer Universität. Ob er es bereute? Ein akademischer Abschluss wäre für einen Mann mit privaten Einkünften doch nutzlos, hatte Mummy ihm erklärt, für einen Mann, dem für seine Bildung sämtliche Ressourcen eines ausgezeichneten öffentlichen Bibliothekssystems zur Verfügung standen.

Er schlug *Der Weg zur Hölle* auf. Noch bevor er überhaupt die Mitte des ersten Kapitels erreicht hatte, wo der erste Fehler aufgetreten war, ahnte er bereits, dass man nichts in Ordnung gebracht hatte. Bestimmt waren noch alle Irrtümer drin, denn Owlbergs Versprechungen bedeuteten überhaupt nichts, wahrscheinlich hatte er Ribbons Anmerkungen gar nicht an den Verlag weitergeleitet. Und dort hatte man, falls man seinen Brief erhalten hatte, nie geantwortet. Trotzdem ärgerte er sich maßlos, als er feststellte, dass er sich nicht geirrt hatte. War es dem Kerl denn egal? Interessierte der sich bloß für Geld und eine gewisse traurige Berühmtheit, denn Ruhm konnte man es nicht nennen? Kein einziger Fehler war berichtigt worden. Nein, das stimmte nicht ganz, einer schon. Owlbergs lächerliche Behauptung auf Seite 99, die Türme des World Trade Centers in New York seien die höchsten Gebäude der Welt, war geändert worden. Ribbon notierte sich die restlichen Fehler, bereit, Owlberg am nächsten Tag zu schreiben. Ein Schmähbrief würde es werden, Gift würde er spritzen, den Analphabetismus geißeln, die Nachlässigkeit und eine generelle Missachtung (Verachtung?) gegenüber dem Zartgefühl der Leser. Und Owlberg würde wie zuvor in seiner kleinmütig verzagten Art antworten und hohle Versprechungen machen, denn eine Selma Gunn war er nicht.

Ribbon holte sich einen kleinen Whisky mit Wasser. Es war sechs Uhr. Ein Kissen im Nacken, die Füße auf den Fußschemel hochgelegt, den Mummy bestickt hatte, schlug er *Dämogorgo* auf. Es war das erste Buch von Kingston Marle, das er je las, doch er hatte eine gewisse Vorstellung von dem, was Marle schrieb. Es ging um Mord, Gewalt und Verbrechen, doch statt dass ein Detektiv die Dinge aufdeckte und zu einer Lösung fand, gab es übernatürliche Eingriffe, dämonische Obsessionen, Geister und jede Menge unnatürlichen oder pervertierten Sex, Kannibalismus und Folter. Magische Erscheinungen tauchten Seite an Seite mit rationalen, wenn auch wenig erbaulichen Begebenheiten auf. Unschuldige wurden von so genannten Adepten in wirre Zaubereien verstrickt, die oft schief gingen. Das wusste Ribbon aus seiner Lektüre der Rezensionen von Marles Büchern, die zu seiner Überraschung in angesehenen Blättern meist gut besprochen wurden. Genauer gesagt, die ernsthaften und angesehenen Kritiker, die von Literaturredakteuren mit Kommentaren zu seinem Werk beauftragt wurden, lobten die Qualität seiner Prosa als weit über den allgemeinen Standard von Thrillern hinausgehend. Seine Figuren, sagten sie, seien überzeugend, und er rufe im Leser ein echtes Gefühl des Grauens hervor, während seinem Handlungsschema eine tief empfundene Moraltheologie zu Grunde liege. Dass er faulen Zauber und solchen Unsinn wie böse Geister und Schwarze Magie ernsthaft in Betracht zog, fanden sie zwar lächerlich, sagten es aber *en passant* und ohne große Begeisterung. Ribbon las den Klappentext und wandte sich dem ersten Kapitel zu.

Schon auf Seite 2 sprang ihm der erste Fehler ins Auge. Er notierte ihn sich. Dann noch einer auf Seite 7. Ob Marles Prosa schön war oder nicht, bemerkte er kaum, so erzürnt war er über die faktischen Irrtümer, Schreibfehler und groben Grammatikschnitzer. Eine Zeit lang jedenfalls. Im ersten Teil des Romans ging es um einen allein lebenden Mann in London, einen Mann wie in seiner Situation, dessen Mutter vor nicht allzu langer Zeit gestorben war. Es gab noch eine Parallele: Der Name des Mannes war Charles Ambrose. Nun, als Nachname war er ja ziemlich geläufig, allerdings weniger als Taufname, und bloß ein Paranoiker würde glauben, die Verbindung sei irgendwie beabsichtigt.

Charles Ambrose war reich und mächtig, besaß ein Haus in London, dazu einen Herrensitz auf dem Lande und eine Wohnung in Paris. Alle diese Orte waren offenbar auf unterschiedliche Weise verhext, doch seltsamerweise begriff Ribbon gleich, was der Kritiker gemeint hatte, als er sagte, die Leser würden schon vor Seite 10 vor Angst in Ohnmacht fallen. Er würde zwar nicht in Ohnmacht fallen, stellte jedoch fest, dass er zusehends unruhiger wurde. Dass er sich fürchtete, wäre zu viel gesagt. Alle paar Minuten ertappte er sich dabei, wie er zur geschlossenen Tür hinüberspähte oder in die düsteren, schattigen Ecken des Zimmers sah. Er war ein so eifriger Leser, so ungewöhnlich belesen, dass er sich für immun gegen derartige Dinge gehalten hatte. Immerhin hatte er im Lauf der Zeit Hunderte von Gruselgeschichten gelesen. Als Junge hatte er sich dadurch abgehärtet, dass er zunächst Dennis Wheatley, dann Stephen King gelesen hatte, ganz zu schweigen von M. R. James. Dieses *Dämogorgo* war so absurd, das übernatürliche Treiben, das der Leser sich einreden lassen sollte, derart überzogen, dass er nur wegen der Fehler, die er auf fast jeder Seite fand, überhaupt weiterlas.

Nach einer Weile stand er auf, öffnete die Tür und machte im Hausflur Licht. Selma Gunns *Das Schlangengericht* hatte ihn nie auch nur im Entferntesten beängstigt, und auch Joy Anne Fortunes Ergüsse hatten ihn nie in Unruhe versetzt. Was war los mit ihm? Er kehrte ins Wohnzimmer zurück, schaltete die Deckenlampe und eine zusätzliche Tischleuchte ein, die mit dem Lampenschirm, den Mummy mit gepressten Blumen verziert hatte. Schon besser. Jetzt konnte zwar jeder Vorbeigehende hereinsehen, was ihm gewöhnlich missfiel, doch hatte er irgendwie keine Lust, die Vorhänge zuzuziehen. Bevor er sich wieder hinsetzte, holte er sich noch einen Whisky.

Diese Passage über die Mumie, die Charles Ambrose sich von seinen Ausgrabungen in Ägypten mitgebracht hatte, war wirklich abstoßend. Wieso war ihm eigentlich noch nie aufgefallen, dass Mummy, der Kosename, mit dem er seine Mutter immer ansprach, im Englischen das gleiche Wort war, mit dem man einbalsamierte Leichen bezeichnete? Besonders fies war der Absatz, in dem Ambroses Freundin Kaysa im Halbdunkel in ihrem Schrank nach einem Kleidungsstück greift und von einer schuppigen Pfote am Handgelenk gepackt wird. Vor lauter Entsetzen wäre Ribbon fast entgangen, dass Marle das Adjektiv »schuppich« buchstabierte. Er hatte das Gefühl, als wäre es im Zimmer plötzlich weniger hell als noch vor ein paar Augenblicken, als würden die Glühbirnen in den Lampen schwächer, bevor sie vollends ausgingen. Eine davon ging tatsächlich aus, während sein Blick darauf ruhte. Sie flackerte, summte und ging aus. Ribbon wusste natürlich ganz genau, dass es sich nicht um ein übernatürliches Phänomen handelte, sondern schlicht damit zu tun hatte, dass die Glühbirne nach etwa tausend Stunden ans Ende ihrer Lebensdauer gelangt war. Er schaltete die Lampe aus, schraubte, nachdem sie abgekühlt war, die Birne heraus, schüttelte sie, um am Rasseln festzustellen, dass sie unbrauchbar geworden war, und brachte sie hinaus in die Mülltonne. Die Küche lag im Dunkeln. Er machte Licht und schaltete auch die Außenlampe an, die den Garten teilweise erleuchtete. Schon besser. Das Heulen der Sirene auf einem Polizeiauto, das gerade die Grove Green Road entlangfuhr, ließ ihn zusammenzucken. Er schenkte sich noch etwas Whisky nach, ein Genuss, den er sich nur selten genehmigte. Er war kein Trinker.

Und jetzt das Abendessen. Es war fast acht. Ribbon

deckte sich immer hier oder im Esszimmer den Tisch, legte eine Leinenserviette im silbernen Ring auf, stellte sich einen Krug Wasser hin und ein Glas, dazu die silbernen Pfeffer- und Salzfässchen. So hatte Mummy es immer gehalten, und wenn er davon abgewichen wäre, hätte er das Gefühl gehabt, sie zu enttäuschen. An diesem Abend jedoch, während er den Toast zubereitete und zwei große Freilandeier in einer gebutterten Pfanne verrührte, Mandarinen aus der Dose in ein Schälchen füllte und Kondensmilch darüber goss, stellte er fest, dass ihm der Gedanke, sich ins Esszimmer hinüberzuwagen, höchst zuwider war. Sogar in den besten Zeiten war es ein düsteres Kabuff mit einem ziemlich kleinen, von Bücherregalen eingerahmten Fenster und Möbeln, die größtenteils in einem reptilienhaft bräunlich grünen Farbton gehalten waren, den Mummy immer »krokodilern« nannte. Mummy, die Arme, hatte den Raum nur deswegen in diesem Zustand belassen, weil Daddy sich dieses Krokodilgrün ausgesucht hatte, als sie frisch verheiratet waren. Es gab nur eine Deckenleuchte: eine nackte Glühbirne unter einem Pergamentschirm, die mitten über dem Mahagonitisch hing. Zwar waren erst zwei Seiten des Raumes mit Büchern bedeckt, doch waren die neuen Regale bereits gekauft und warteten darauf, dass er sie aufbaute. Eines der Bilder an der Wand gegenüber dem Fenster hatte Ribbon als kleiner Junge ganz besonders abstoßend gefunden. Es war die Lithografie einer Szene aus dem Alten Testament mit dem Titel *Sauls Begegnung mit der Hexe von Endor*. Mummy, die der Meinung war, er habe sich vor gemalten Teufeln nicht zu fürchten, weigerte sich, es abzuhängen. Heute Abend war er nicht in der Stimmung, es finster über sich dräuen zu lassen, während er sein Rührei verzehrte.

Für die Küche konnte er sich ebenfalls nicht erwärmen. Ein paar Mal hatte der Kater von Glenys-Von-Nebenan ihn schon durchs Fenster angeglotzt, während er dort gesessen hatte. Es war ein schwarzer Kater, vollkommen schwarz, mit großen, ganz bleichen Augen in einem kristalligen Gelb. Er wusste natürlich, was es war, und hatte sich bisher noch nie davor gefürchtet, doch heute Abend hatte er irgendwie das Gefühl, dass es anders sein würde. Wenn Miez-Von-Nebenan sein schwarzes Gesicht und die gelben Augen an die Scheibe presste, bekäme er womöglich einen echten Schreck. Er stellte die Teller auf ein Tablett, das er zusammen mit dem nachgefüllten Whisky wieder ins Wohnzimmer trug.

Es war gleichermaßen seine Aufgabe und seine Pflicht, mit der Lektüre von *Dämogorgo* fortzufahren, doch war da, wie sich Ribbon in einem seltenen Anfall von Aufrichtigkeit eingestand, noch etwas anderes im Spiel. Er *wollte* weiterlesen, er wollte wissen, wie es mit Charles Ambrose und Kaysa de Floris weiterging, wer die mumifizierte Leiche war und wie sie aus ihrem obskuren und obsoleten (diese beiden Adjektive verwechselten Schriftsteller andauernd) Sarg befreit worden war, und ob der geheimnisvolle, segensreiche Retter tatsächlich der reinkarnierte Joseph von Arimathäa war und das Gefäß, das er trug, der Heilige Gral. Als Mummys Standuhr im Hausflur schließlich elf Uhr schlug, eine halbe Stunde über seiner Schlafenszeit, hatte er das Buch bis zur Hälfte gelesen und würde sich mehr als bloß unruhig nennen: Er fürchtete sich. So sehr fürchtete er sich, dass er die Lektüre einstellen musste.

Nachdem er sein Whiskyglas im Verlauf der letzten Stunde zweimal nachgefüllt und dabei gehofft hatte, ein starker Drink würde ihn schläfrig machen, ging er schließlich um Viertel nach elf zu Bett. Er verbrachte eine miserable Nacht, schlimmer noch als jene, die er in den Wochen nach Mummys Tod durchgemacht hatte. Es war zum Beispiel ein Fehler, *Dämogorgo* mit nach oben zu nehmen. Er wusste eigentlich gar nicht, weshalb er es getan hatte, denn er hatte ganz sicher nicht die Absicht, nachts noch darin zu lesen, wenn überhaupt jemals. Das Schlusskapitel hatte er gelesen – nun, er konnte schwer sagen, was ihn am meisten aufgeregt hatte: die Orgie mitten in der arabischen Wüste, an der Charles und Kaysa beide begeistert teilgenommen und dabei perversen Praktiken gefrönt hatten, oder das Auftreten des als Angehöriger eines Beduinenstammes verkleideten Dämons Kabadeus, der sich später im nackten Zustand als Hermaphrodit mit riesigen weiblichen Brüsten und dreifach gegabeltem Glied entpuppte.

Wie gewohnt stellte Ribbon seine Hausschuhe neben das Bett. Er schob das Buch ein Stückchen unters Bett, konnte aber nicht vergessen, dass es dort lag. Im Dunkeln kam es ihm vor, als ob er Geräusche hörte, die er nie zuvor gehört hatte oder die ihm noch nie aufgefallen waren: ein Knarzen, als ob ein Fuß erst auf eine Treppenstufe, dann auf die nächste gesetzt wurde; das Scheppern der Fensterscheibe, obwohl die Nacht windstill war; ein leises Rascheln an der Schlafzimmertür, als ob ein Ding im Totengewand mit seiner verwesenden Hand am Paneel scharrte. Er machte die Nachttischlampe an. Ihr Licht schien schwach und offenbarte in den Zimmerecken dunkle Vertiefungen. Sei kein Idiot, schalt er sich. Dämonen, Gespenster und böse Geister gab es doch gar nicht. Hätte er bloß dieses verflixte Buch nicht mitgenommen! Dann ginge es ihm besser, dann könnte er sicher schlafen, wenn das Buch nicht da wäre und diesen bösen Einfluss auf ihn ausübte. Da erkannte er voller Schrecken: Er konnte das Buch nicht hinausbringen, nach unten, fort. Er konnte sich nicht dazu überwinden. Er wäre nicht in der Lage, mit dem Buch in der Hand die Tür aufzumachen und die Treppe hinunterzugehen.

Der Whisky, der sich auf seine bekannt mysteriöse Weise bemerkbar machte, begann ihm im Kopf zu dröhnen. Ein flackernder Schmerz schoss ihm von der Augenbraue über die Schläfe bis zum Ohr. Er kletterte aus dem Bett, kroch mit pochendem Herzen über den Fußboden und schaltete die Deckenlampe ein. Schon ein bisschen besser. Er zog die Schlafzimmervorhänge auf und schrie. Er stieß tatsächlich einen Schrei aus und erschreckte sich selbst mit seinem Lärm noch zusätzlich. Auf der Fensterbank saß Miez-Von-Nebenan und starrte ungerührt auf das Vorhangfutter und nun in Ribbons Gesicht. Das Vieh nahm keine Notiz von dem Schrei, sondern hob eine Pfote, leckte sie und begann, sich das Gesicht zu putzen.

Ribbon zog die Vorhänge wieder zu. Er setzte sich ans Fußende des Bettes und atmete tief durch. Es war zwei Uhr morgens, eine stockfinstere Nacht, schwach erleuchtet von den weit auseinander stehenden Neonlampen. Zu gern wäre er über den Gang gelaufen – ganz schnell, ohne groß nachzudenken – bis in Mummys Zimmer, hätte sich in Mummys Bett verkrochen und die Nacht dort verbracht. Wenn er das nur tun könnte, wäre er in Sicherheit, dann könnte er in Ruhe und Frieden schlafen. Es wäre so, als verkröche er sich wieder in Mummys Arme. Doch er brachte es nicht fertig, es war unmöglich. Erstens wäre es eine Verletzung des geheiligten Raumes, des sakrosankten Bettes, das niemals in Unordnung gebracht werden durfte, seit Mummy ihre letzte Nacht darin verbracht hatte. Und zweitens wagte er sich nicht auf den Gang hinaus.

Um besser einschlafen zu können, versuchte er an die letzten Jahre zu denken, die er und Mummy gemeinsam verbracht hatten. Wie sie im Esszimmer zusammen beim Abendbrot gesessen hatten, auf dem Tisch eine brennende weiße Kerze, deren weiches Licht einen Großteil der Düsternis und Hässlichkeit des Raumes zerstreute. Wenn eine wirklich gute Sendung kam, hatte Mummy auch gern einmal ferngesehen, zum Beispiel *Wiedersehen mit Brideshead* oder etwas von Jane Austen. Sie hatte es immer recht gern gehabt, wenn die Vorhänge zugezogen waren, auch wenn es noch gar nicht dunkel war, und es war seine Aufgabe gewesen, sie zuzumachen und dann für jeden einen trockenen Sherry zu holen. Manchmal lasen sie einander im sanften Lampenlicht vor, wobei Mummy sich immer für ihre viktorianischen Lieblingsautorinnen entschied und er sich ein Buch aussuchte, das er gerade in Arbeit hatte, und beim Vorlesen die Grammatik korrigierte. Oder sie erzählte von Daddy und wie sie ihm in einer Bücherei begegnet war, als sie die Regale nach dem Roman einer Autorin durchstöbert hatte, deren Name ihr entfallen war, und er ihr seine Hilfe angeboten hatte und – triumphierend – Mrs. Henry Wodds *East Lynne* gefunden hatte.

All diese Erinnerungen an Bücher und Lektüre zogen Ribbon jedoch mit brutaler Macht wieder zu *Dämogorgo* zurück. Am schlimmsten war die schuppige Hand und am zweitschlimmsten die Wolke oder Zusammenballung sichtbarer Finsternis, die sich im hell erleuchteten Raum erhob, als Charles Ambrose Salz und Teufelsdreckkraut ins Pentagramm warf. Er tastete hinunter zu dem Kabel der Nachttischlampe, wo sich der Schalter befand, und begegnete etwas Kaltem, Ledrigem. Es war zwar nur die Oberfläche seiner Hausschuhe, die er immer direkt neben sein Bett stellte, doch bevor ihm dies eingefallen war, hatte er schon wieder laut geschrien. Bei eingeschalteter Lampe blieb er still und schwer atmend liegend. Erst als das frühe Morgenlicht, die grau einsickernde Dämmerung, um sechs zwischen den Vorhängen und darunter hervorkroch, verfiel er in einen unruhigen Dämmerschlaf.

Morgens fühlen sich Angst und Niedergeschlagenheit immer ganz anders an. Es dauerte nicht lange, und Ribbon schalt sich einen Narren und machte statt Kingston Marle den Whisky und die Rühreier für seine unruhige Nacht verantwortlich. Er würde in *Dämogorgo* trotzdem nicht weiterlesen. Zwar hätte er zu gern mehr über das Schicksal von Charles und Kaysa oder die Identität des eingewickelten, stinkenden Dings erfahren, zog es jedoch vor, sich diesem abscheulichen Unsinn und Marles Grammatikschnitzern nicht mehr auszusetzen.

Eine heiße Dusche, gefolgt von einer kalten, trug sehr zu seiner Wiederherstellung bei. Er frühstückte, allerdings in der Küche. Als er fertig war, ging er ins Esszimmer, um sich *Sauls Begegnung mit der Hexe von Endor* anzuschauen. Es war schon Jahre her, seit er einen Blick darauf geworfen hatte, zweifellos der Grund dafür, dass ihm nie aufgefallen war, wie sehr die Hexe Mummy ähnelte. Natürlich hätte Mummy niemals durchscheinende graue Schleierstoffe getragen, und sie hatte auch noch alle ihre eigenen Zähne, doch irgendetwas an Nase und Mund, an den brennenden Augen und dem ausgestreckten Zeigefinger, letzteres ein besonders charakteristisches Merkmal von Mummy, erinnerte ihn an sie. Er verwarf den treulosen Gedanken, nahm einer Eingebung folgend jedoch das Bild ab, stellte es mit der Rückseite nach vorn auf den Boden und lehnte es gegen die Wand. Es hinterließ zwar ein etwas blasseres Rechteck auf der ockerfarbenen Tapete, doch das würden die neuen Bücherregale schon verdecken. Ribbon begab sich hinauf in sein Arbeitszimmer, um sein Tagwerk zu beginnen. Zunächst der Brief an Owlberg.

Grove Green Avenue 21,

London E11 4ZH

Sehr geehrter Mr. Owlberg,
trotz Ihres feierlichen Versprechens bezüglich der Fehlerkorrektur in Ihrer neuen Taschenbuchausgabe stelle ich fest, dass Sie die Berichtigung lediglich in einem Fall durchgeführt haben.
Jeder würde mir darin zustimmen, dass dies eine ungeheuerliche Beleidigung Ihrer Leser darstellt, die Ihre Verachtung für diese und für die WAHRHEIT deutlich vor Augen führt. Eine Kopie dieses Schreibens geht Ihrem Verlag zu. In Erwartung einer beiderseitigen Erklärung verbleibe ich
Mit besten Grüßen
Ambrose Ribbon

Derart Dampf abzulassen versetzte ihn immer in Hochstimmung. Er verspürte einen freudigen Adrenalinstoß und fühlte sich inspiriert, zur Abwechslung einmal ein Belobigungsschreiben zu verfassen. Adressiert wurde es an: Die Geschäftsführung, Buchhandlung Dillons, Piccadilly, London W1.

Grove Green Avenue 21,
London E11 4ZH

Sehr geehrte Damen und Herren,
(heutzutage übernehmen viele Frauen Män-
nerjobs und steckten ihre Nase in Dinge, die
sie überhaupt nichts angehen)
ich schreibe Ihnen heute, um Ihnen zu Ihrer
ausgezeichneten Organisation zu gratulie-
ren, zu Ihrer Geschäftsführung und der heut-
zutage bedauerlicherweise recht altmodisch
gewordenen Haltung Ihren Buchkunden ge-
genüber. Damit beziehe ich mich natürlich
auf die von Ihnen praktizierte respektvolle
Distanz und Unaufdringlichkeit. Sie stellt
eine erfrischende Abwechslung zu der über-
triebenen Vertraulichkeit dar, wie sie von ei-
ner Vielzahl Ihrer Konkurrenten an den Tag
gelegt wird.
Ihr ergebener
Ambrose Ribbon

Bevor er dem Verfasser des Buches schrieb, das für seinen Schlafmangel unmittelbar verantwortlich war,
musste Ribbon etwas nachschlagen: einen ägyptischen
König aus dem siebten Jahrhundert vor Christus namens Psamtek I., der ihm in einem anderen Buch
schon einmal begegnet war. Marle bezeichnete ihn als
Psammetich I., und Ribbon war sich fast sicher, dass
dies falsch war. Er bräuchte nur nachzuschlagen, am
besten natürlich in der *Encyclopaedia Britannica*.

Andere hätten das Internet konsultiert. Weil Mummy solche elektronischen Hilfsmittel verachtet hatte,
tat Ribbon es ebenfalls. Er besaß nicht einmal einen
Anschluss und würde auch nie einen haben. Gegen-

37

wärtig bestand die Schwierigkeit darin, dass Psamtek I. in Band VIII der Micropaedia zu finden wäre, der die Stichwörter von *Piranha bis Schorf* abdeckte. Seit Mummys Tod hatte er keinerlei Anlass mehr gehabt, diesen Band zu konsultieren, wenngleich sein Blick sich bisweilen ängstlich in dessen Richtung verirrte. Dort stand er, im linken Regal, von seinem Sitzplatz vor dem Fenster aus gesehen, im schwarz-blau-goldenen Einband, zwischen *Montpel bis Piranesi* und *Schorlomit bis Tirah* platziert. Es widerstrebte ihm außerordentlich, ihn zu berühren, doch es *musste* sein. Mummy war zwar tot, doch ihre ausdrücklichen Befehle und strengen Anweisungen lebten fort. Lass dich bloß nicht abschrecken, hatte sie oft gesagt, lass dich durch nichts von dem abbringen, was du als richtig erkannt hast, weder von Überdruss noch von Gleichgültigkeit, noch von Zweifeln. Lass nicht locker, sag die Wahrheit, beschäme diese Leute.

Keinerlei Fleck wäre auf *Piranha bis Schorf* zu sehen, das wusste er, lediglich seine Fingerabdrücke, und die waren natürlich unsichtbar. Das Buch war benutzt und dann zurückgestellt worden, unverändert. Vorsichtig näherte er sich dem Regal, in dem die zehn Bände der Micropaedia und die neunzehn Bände der Macropaedia aufgestellt waren, und streckte die Hand nach Band VIII aus. Als er das Buch herunterholte, fiel ihm auf, dass etwas anders war, dass es sich gewissermaßen von den anderen unterschied. Kein Makel, kein Fleck oder Kratzer, nur eine ganz leichte Lockerung der 1002 Seiten, als wäre es irgendwann einmal schlecht behandelt, heftig geschüttelt oder sonst irgendwie missbraucht worden. War es auch. Er zitterte leicht, als er das Buch aufschlug und bis zum »P« durchblätterte. Einigermaßen enttäuscht stellte er fest, dass Marle

Recht gehabt hatte. Psamtek I. war ebenso korrekt wie die griechische Form Psammetich I. – man konnte es sich aussuchen. Doch es gab auch sonst genügend Irrtümer im Buch, ein gerüttelt Maß sozusagen. Ribbons verfasste folgenden Brief, in dem er jedoch seine Ängste, seine schlimme Nacht und sein Interesse an den Protagonisten in *Dämogorgo* verschwieg:

Grove Green Avenue 21,
London E11 4ZH

Sir,

Ihr neuerlicher geballter Unsinn (ich werde ihm nicht die Ehre antun, ihn als »Roman« oder gar »Thriller« zu bezeichnen) ist eine Schande für Sie, für Ihren Verlag und für jene Kritiker, die bestechlich genug sind, Ihr Geschreibsel auch noch zu loben. Was den Markt betrifft, den Sie bedienen: Sobald er eine Kostprobe von diesem empörenden Affront gegen die englische literarische Tradition und unsere edle Sprache bekommen hat, kann ich mir kaum vorstellen, dass seine Anhänger noch lange Ihre Leser bleiben werden. Am meisten würde die Literaturszene profitieren, wenn Sie sich aus dem Geschäft zurückzögen, verschwänden und Ihre abstoßenden Ergüsse in den Orkus mitnähmen.

Der Fehler, die Sie sich im Text geleistet haben, sind nicht wenige. Allein auf Seite 30 sind es drei. Man sagt nicht »wenigere Leute«. »Weniger Leute« muss es richtig heißen. Nur ein Analphabet würde schreiben: »Er gab Charles und mir es.« Bei »mildern« neh-

me ich an, dass Sie »mindern« meinen. Wei-
tere Schnitzer finden sich auf den Seiten 34,
67 und 103. »Sich miteinander treffen« zu
schreiben ist unnötig. »Sich treffen« genügt.
»Ein Exemplar« von etwas reicht aus. »Ein
Exemplarium« ist Unsinn.
Haben Sie denn überhaupt eine Bildung?
Oder gehören Sie zu jenen, die als Kinder
irgendwie um den Schulbesuch herumka-
men, weil ihre Eltern sich nicht kümmerten
oder überhaupt nicht sesshaft waren? Offen-
bar ist Ihnen die korrekte Platzierung eines
Apostrophs nur unzureichend begreiflich,
ganz zu schweigen vom richtigen Gebrauch
des Doppelpunkts. Ihr Buch hat mich derart
ausgelaugt, dass ich mich außer Stande sehe,
mit dem Schreiben fortzufahren. Um ehrlich
zu sein – ich habe es nicht ausgelesen und
werde dies auch nicht tun. Zu sehr befürchte
ich, mein eigener Stil könnte dadurch Scha-
den nehmen.

Oben schrieb er »Sir« ohne die übliche freundliche An-
rede, um mit dem pompösen »Hochachtungsvoll« un-
terschreiben zu können. Er las seine Briefe noch einmal durch und hielt bei dem dritten kurz inne. Sehr
streng und kompromisslos. Doch enthielt er keinen
Satz, der nicht von Herzen käme (trotz seiner Weigerung, mit »herzlichen Grüßen« zu schließen), und er
sagte sich, wer zaudert, hat schon verloren. Oftmals,
wenn er einen wahrhaftig scharfen Schmähbrief verfasste, gestattete er sich, noch einmal darüber zu schlafen und ihn erst am nächsten Morgen einzuwerfen
oder ihn gelegentlich, wenngleich das selten vorkam,

gar nicht abzuschicken. Doch nun steckte er alle drei rasch in ihre Umschläge und adressierte sie, wobei er den an Kingston Marle an dessen Verlag schickte. Er wollte sie unverzüglich zum Kasten bringen.

Während er sich oben aufgehalten hatte, war seine Post angekommen. Zwei Umschläge lagen auf der Matte. Die Anschrift auf dem einen war maschingeschrieben, bei dem anderen erkannte er die Handschrift von Susan, der Frau seines Cousins Frank. Den machte er zuerst auf. Susan schrieb, um ihn daran zu erinnern, dass er das nächste Wochenende in den Cotswolds bei ihr und ihrem Mann verbringen sollte, so wie jedes Jahr um diese Zeit. Entweder Frank oder sie würden ihn vom Bahnhof in Kingham abholen. Sie nehme an, er würde um ein Uhr fünfzig mit dem Zug von Paddington nach Hereford kommen, der um zwanzig nach drei in Kingham eintraf. Falls er es anders vorhatte, sollte er es ihr doch mitteilen.

Ribbon schnaubte leise. Er hatte keine Lust, er hatte nie Lust, dort hinzufahren, weil sie ihn aber so gern zu Besuch hatten, konnte er es ihnen nach all den Jahren kaum abschlagen. Es wäre sein erster Besuch ohne Mummy oder Tantchen Bee, wie sie sie nannten. Bestimmt fehlte sie ihnen ebenso sehr wie ihm. Er öffnete den anderen Brief und war angenehm überrascht. Er kam von Joy Anne Fortune, die ihre private Anschrift in Bournemouth angegeben hatte, nicht die ihres Verlages oder Agenten. Sie hatte offenbar postwendend geschrieben.

Ihr Tonfall war bescheiden und entschuldigend. Sie begann damit, dass sie sich bei ihm für die Hinweise auf die Irrtümer in ihrem Roman *Nacht des Schreckens* bedankte. Einige seien auf ihre eigene Nachlässigkeit zurückzuführen, für andere machte sie jedoch die Druckerei verantwortlich. Das hörte Ribbon nicht zum ersten Mal und hielt nicht viel davon. Ms. Fortune versicherte ihm, alle Fehler würden korrigiert, falls der Roman einmal als Taschenbuch herauskäme, obwohl sie dies für recht unwahrscheinlich hielt. In diesem Punkt stimmte Ribbon ihr zu. Trotzdem war diese Art von Brief – wenn auch selten – doch immer eine Genugtuung. Seine harte Arbeit war also doch die Mühe wert.

Er klebte Marken auf die Briefe an Eric Owlberg, Kingston Marle und Dillons und trug sie zum Postkasten. Wieder verspürte er dieses angstvolle Zittern in der Magengrube, als er den an Marle adressierten Umschlag betrachtete und an die Worte und Ausdrücke dachte, die er darin verwendet hatte. Doch schöpfte er Kraft aus der Erinnerung an den beherzten Widerstand, den er gegen Selma Gunns Drohungen geleistet, wie er ihr die Stirn geboten hatte. Es hatte doch keinen Sinn, diese Arbeit zu tun, wenn er nicht in der Lage war, grollendem Einspruch zu begegnen. Mummy war zwar fort, doch er musste wacker allein weitermachen, und mit den Worten des Apostels Paulus wiederholte er, einen guten Kampf gekämpft, den Lauf vollendet und den Glauben gehalten zu haben. Kurz behielt er den Umschlag noch in der Hand, nachdem die Briefe an Owlberg und Dillons bereits in den Kasten gefallen waren. Wie viel einfacher wäre es, welche Erleichterung würde es ihm verschaffen, wenn er diesen Umschlag statt in den Briefkasten einfach in einen Abfalleimer werfen würde! Andererseits hatte er sich seinen Ruf als kompromissloser Kritiker mit einem strengen, unbestechlichen Urteilsvermögen nicht dadurch aufgebaut, dass er feige war. Er wusste eigentlich nicht, weshalb er nun plötzlich zögerte. Normalerweise verhielt er sich ganz anders. Was war mit ihm los? Auf der sonnenbeschienenen Straße befiel ihn plötzlich panische Angst davor, dass, wenn er die Hand an die Kastenöffnung hielt, um den Brief hineinzustecken, eine schuppige Pfote herausfahren und ihn am Handgelenk packen würde. Wie konnte er nur so dumm sein? So irrational? Er rief sich seinen letzten Streit mit Mummy noch einmal ins Gedächtnis, diese furchtbaren Worte, die sie dabei ausgesprochen hatte, ließ rasch und ohne weiter nachzudenken den Brief in den Kasten fallen und ging davon.

Wenigstens brauchten sie diese scheußliche Alte nicht über sich ergehen zu lassen, bemerkte Susan Ribbon ihrem Gatten gegenüber, während sie sich anschickte, zum Bahnhof von Kingham zu fahren. Verglichen mit Tantchen Bee war der gute alte Ambrose der reinste Schmusekater.

»Du hast gut reden«, sagte Frank. »Du musst ja mit ihm nicht ins Pub.«

»Aber sein Gejammer muss ich mir anhören, dass es ihm entweder zu heiß oder zu kalt ist, dass ihm das Brot oder der Tee nicht passt, dass die Vögel zu früh singen oder wir zu spät ins Bett gehen.«

»Es ist ja bloß für zwei Tage«, sagte Frank. »Ich tu's eben für meinen Onkel Charlie. Er war ein feiner Mensch.«

»Wenn man bedenkt, dass du erst vier warst, als er gestorben ist, versteh ich eigentlich nicht, woher du das wissen willst.«

Susan kam um zwanzig nach drei in Kingham an und entdeckte Ambrose in der Auffahrtsstraße zum Bahnhof, der dort den Kopf hin und her wandte und mit verdrießlichem Blick die Straße absuchte. »Ich hab

mich schon gefragt, wo du bleibst«, sagte er. »Pünkt-
lichkeit ist nämlich die Höflichkeit der Könige, weißt
du. Das hast du meine Mutter bestimmt auch sagen
hören. Es war einer ihrer Lieblingssprüche.«

Sie fand, dass Ambrose überhaupt nicht gut aussah.
Sein gewöhnlich ziemlich volles, schwabbeliges Gesicht wirkte käsig und eingefallen. »Ich konnte nicht
recht schlafen«, sagte er, als sie durch Moreton-in-
Marsh fuhren. »Ich hatte ein paar ziemlich unangenehme Träume.«

»Das liegt an all den hochgestochenen Büchern, die
du liest. Du hast eben dein Gehirn überfordert.« Susan
wusste gar nicht so recht, was Ambrose eigentlich beruflich machte. Irgendwelche freiberufliche Lektorats-
arbeiten, glaubte Frank. Etwas, was man von zu Hause
aus machen konnte. Es brachte sicher nicht viel ein,
aber Ambrose brauchte ja auch nicht viel, nachdem
Tantchen Bee über Onkel Charlys Tantiemen verfügte.
»Außerdem hast du einen schrecklichen Verlust erlitten. Es ist doch erst ein paar Monate her, dass deine
Mutter gestorben ist. Aber hier bei uns wird's dir bald
besser gehen. Gute frische Landluft, Ruhe und Frieden – na, das ist doch was ganz anderes als London.«

Morgen würden sie nach Oxford fahren, sagte sie,
zum Einkaufen und auf einen Besuch bei Blackwells,
dann vielleicht einen Rundgang über die Colleges machen und später im Randolph zu Mittag essen. Für
sechs Uhr habe sie ein paar Nachbarn auf einen Drink
eingeladen, und dann wollten sie in aller Ruhe zu
Abend essen und sich ein Video anschauen. Ambrose
nickte ziemlich desinteressiert. Susan ermahnte sich,
auch für kleine Gaben dankbar zu sein. Wenigstens
war kein Tantchen Bee dabei. Bei ihrem letzten Besuch
mit Ambrose, in dem Jahr vor ihrem Tod, hatte die alte

Hexe zu Susans Freundin aus Stow gesagt, ihr Rock sei für jemanden mit mittelalten Knien aber zu kurz, und den Dinnergästen hatte sie um halb elf mitgeteilt, es sei jetzt Zeit, dass sie nach Hause gingen.

Nachdem er Frank begrüßt hatte, begleitete sie Ambrose in sein Zimmer hinauf. Obwohl es immer dasselbe war, schien er sich den Weg von einem Jahr zum nächsten nie merken zu können. Sie hatte ein paar Dinge verändert. Zum einen hatte sie es frisch tapeziert und zum anderen die Bücher im Regal neben dem Bett ausgetauscht. Da sie selbst eine eifrige Leserin war, fand sie es ziemlich langweilig, im Gästezimmer immer die gleiche Auswahl an Lektüre zu haben.

Ambrose kam zum Tee herunter und sah verdrießlich aus. »Bist du etwa ein Fan von Mr. Kingston Marle, Susan?«

»Er ist mein Lieblingsschriftsteller«, sagte sie etwas überrascht.

»Ach so. Na, dann ist ja wohl nichts mehr zu sagen!« Ambrose machte sich daran, mehr darüber zu sagen. »Ich schätze es eigentlich nicht sehr, ein ganzes Regal voll mit seinen Werken neben meinem Bett zu haben. Ich hab sie raus auf den Gang gestellt.« Ergänzend fügte er hinzu: »Du hast hoffentlich nichts dagegen.«

Daraufhin beschloss Susan, dem Cousin ihres Mannes nichts vom Hauptzweck des für den nächsten Tag geplanten Besuchs in Oxford zu sagen. Sie schenkte ihm eine Tasse Tee ein und reichte ihm ein Stück saftigen Madeirakuchen. Frank gab sich einen Ruck und sagte, er würde Ambrose die Pferde zeigen und danach könnten sie ja vielleicht noch auf einen herzhaften Schluck ins Cross Keys hinüberschauen.

»Aber doch hoffentlich keinen Whisky«, sagte Ambrose.

»Dann meinetwegen auf eine Limonade«, entgegnete Frank in ganz untypisch sarkastischem Ton.

Als sie fort waren, ging Susan nach oben und sammelte die sieben Romane von Kingston Marle ein, die Ambrose auf dem Fußboden vor seinem Zimmer aufgestapelt hatte. *Inbegriff des Bösen* mochte sie besonders gern und nun stellte sie fest, dass der Umschlag vorne rechts unten eingerissen war. Dieser Riss war bestimmt noch nicht dort gewesen, als sie die Bücher vor zwei Tagen ins Regal gestellt hatte. Es sah auch so aus, als ob der Umschlag von *Bosheit in höchsten Kreisen* entfernt, in einer wütenden Faust zusammengeknüllt und später wieder angebracht worden wäre. Wieso um alles in der Welt tat Ambrose so etwas?

Sie trug die Bücher in ihr eigenes Zimmer. Ambrose war schon ein seltsames Geschöpf. Was sollte man auch erwarten, bei so einer fürchterlichen Mutter und einem so einsiedlerischen Leben? Und wenn Frank auch behauptete, er sei selbstständiger Lektor, war es wahrscheinlich eher so, dass er sich mit einer kleinen Leibrente über Wasser hielt und nie seinen eigenen Lebensunterhalt verdient hatte. Er hatte nie geheiratet, und so viel sie wusste, hatte er nicht einmal eine Freundin gehabt. Was machte er eigentlich den ganzen Tag? Obwohl sie nur einmal jährlich stattfanden, waren diese Wochenenden schrecklich öde und anstrengend. Letztes Jahr hatte er sie und Frank einmal um drei Uhr morgens aufgeweckt, hatte an ihre Zimmertür geklopft, um sich über eine tickende Uhr in seinem Zimmer zu beschweren. Und dann war da noch diese Geschichte mit dem Reinigungsspray gewesen. Ein Spritzer Olivenöl hatte auf dem (sowieso nicht besonders sauberen) Jackett von Ambroses marineblauem

46

Anzug einen winzigen Fleck hinterlassen. Er hatte behauptet, der Fleckentferner aus Susans Küchenschrank habe nichts genützt, obwohl Susan und Frank nach dem Auftragen nicht die geringste Spur mehr sehen konnten, und wollte unbedingt nach Cheltenham chauffiert werden, um ein ganz bestimmtes Reinigungsspray zu besorgen. Bis sie schließlich dort ankamen, war es nach fünf Uhr und alle in Frage kommenden Händler hatten bis Montag geschlossen. Immer wieder hatte Ambrose von dem Fleck auf seinem Jackett angefangen, bis zu dem Augenblick, als Frank ihn am Sonntagnachmittag nach Kingham an den Bahnhof gebracht hatte.

Der Abend verlief ohne besondere Vorkommnisse und ohne echte Probleme. Zugegeben, Ambrose machte eine Bemerkung über die Seidenhose, die sie inzwischen angezogen hatte, und meinte in einem leicht säuerlichen Tonfall, der Susan an Tantchen Bee erinnerte, es sei doch schade, dass Röcke wohl bald völlig aus der Mode kämen. Seinen Fasan *en casserole* ließ er fast unberührt, wenn auch kommentarlos auf dem Teller liegen. Susan und Frank lagen noch lange wach, kicherten gelegentlich und rechneten mit einem Klopfen an ihrer Tür. Es kam aber keines. Die nächtliche Stille wurde nur durch den melancholischen Schrei der Eulen unterbrochen.

Es war ein schöner, nicht besonders heißer Morgen, und im Sonnenschein sah Oxford ganz besonders hübsch aus. Nachdem sie den Wagen abgestellt hatten, schlenderten sie die Hauptgeschäftsstraße entlang und nahmen den Kaffee in einem kleinen, exklusiven Café ein, vor dem auf dem breiten Bürgersteig Tische und Stühle standen. Die Ribbons begaben sich allerdings nach innen, wo es recht düster und trübe war. Ambrose beklagte sich darüber, dass englische Restaurants kontinentale Gebräuche übernahmen, die, wie er sich ausdrückte, »für unser Inselklima« doch völlig ungeeignet seien. Er sprach von seiner Mutter und der schmerzlichen Lücke, die ihr Fehlen bei ihm hinterließ, und unterbrach dann seinen Monolog, um Susan verdrossen zu fragen, wieso sie immer auf ihre Armbanduhr sehe. »Wir haben doch keinen Termin, oder? Wir sind, sozusagen, frei wie die Vögel im Wind?«

»Aber ja«, sagte Susan. »Stimmt ganz genau.«

So ganz genau stimmte es aber *doch* nicht. Sie widerstand der Versuchung, noch einmal auf ihre Uhr zu sehen. Schließlich gab es im Café ja eine Wanduhr. Wenn sie bis zehn vor elf dort aufbrachen, wären sie rechtzeitig genug dort. Sie wollte nicht den halben Vormittag mit Schlangestehen verbringen. Ambrose redete weiter über Tantchen Bee, und dass sie in einer gemächlicheren, kultivierteren Zeit gelebt hatte, dass er, so sehr er sie auch vermisste, doch froh für sie war, dass sie den Beginn des neuen und zweifellos schlechteren Jahrtausends nicht mehr hatte miterleben müssen.

Um acht vor elf brachen sie auf und gingen zu Blackwells. In Buchhandlungen war Ambrose in seinem Element, was teilweise, aber nur teilweise der Grund für ihr Kommen gewesen war. Die Signierstunde war im Schaufenster und im Geschäft angekündigt, obwohl keine Lautsprecherdurchsage die Kunden dazu aufforderte, das Buch zu kaufen und es sich vom Autor signieren zu lassen. Und da saß er, am oberen Ende eines Tisches, auf dem sich zahlreiche Exemplare seines neuen Buches häuften. Es gab eine, allerdings nur kurze, Schlange. Bis sie ihr Exemplar von *Dämogorgo* ausgesucht und bezahlt hatte, rechnete Susan sich aus, wäre sie schon an achter Stelle in der Reihe, was auf etwa zehn Minuten Wartezeit hinauslief.

Mit Ambroses extremer Reaktion hatte sie allerdings nicht gerechnet. Natürlich wusste sie Bescheid über seine Antipathie gegen Kingston Marles Werke – dafür hatte er ja gesorgt –, ahnte jedoch nicht, dass sich diese in derart heftiger Form äußern würde. Zunächst waren der Autor und vielleicht auch dessen Name durch ihren und Franks Rücken und die drängenden Leute vor Ambroses Blicken verborgen gewesen. Doch als die Menge sich auf einmal auflöste, als Frank sich zu seinem Cousin umwandte, um etwas zu ihm zu sagen, und Susan das Buch holen ging, das sie sich hatte zurücklegen lassen, hob Kingston Marle den Kopf und schien Frank und Ambrose direkt anzusehen.

Er war ein merkwürdig aussehender Mensch, hoch gewachsen und mit einem hohlwangigen, jedoch nicht unansehnlichen Gesicht, vorspringendem Kinn und hoher Stirn. Eine lange, dunkle, feminin anmutende Haarmähne erhob sich über der gewölbten Stirn, strömte glatt nach hinten und ergoss sich in üppigen, ziemlich unordentlichen Wellen auf seinen Kragen. Sein Mund war breit und besaß jene sinnliche Ausstrahlung, die so geformte Lippen einem Gesicht gewöhnlich verleihen. Die dunklen Augen glitten flüchtig über Frank und dann Ambrose, um schließlich auf ihr zu verweilen. Er lächelte. Ob es nun dieses Lächeln war, das eine so durchschlagende Wirkung auf Ambrose ausübte, oder aber der Ausdruck in Marles Augen, wusste Susan nicht zu sagen. Ambrose stieß einen gedämpften Laut aus, nicht gerade einen Schrei, eher ein widerwilliges Knurren. Sie hörte ihn zu Frank sagen: »Entschuldige – muss mal raus – so stickig hier drin –

kann nicht atmen – nur mal schnell raus, frische Luft schnappen«, und schon war er weg und rannte schneller davon, als sie bei ihm für möglich gehalten hätte.

In jüngeren Jahren hätte sie es für angebracht gehalten, ihm hinterherzulaufen, sich zu erkundigen, was denn los sei, ob sie ihm helfen könne und so weiter. Sie hätte ihr Buch liegen lassen, auf die Gelegenheit verzichtet, es signiert zu bekommen, und sich nur noch um Ambrose gekümmert. Doch inzwischen war sie älter und fand es nicht mehr nötig, sich immer nur nach den anderen zu richten. Allerdings hatte sie durch Ambroses überstürzten Aufbruch ihren Platz in der Schlange verloren und fand sich an zehnter Stelle wieder. Frank gesellte sich zu ihr.

»Was war denn das eben?«, fragte sie ihn.

»Ach, irgendein Unsinn von wegen, er könnte nicht atmen. Der alte Knabe ist manchmal ganz schön wunderlich, genau wie seine alte Mum. Du glaubst doch nicht etwa, er ist ihre Reinkarnation?«

Susan lachte. »Wenn es so wäre, müsste er doch ein Baby sein, oder?«

Sie bat Kingston Marle, auf die Titelseite zu schreiben: *Für Susan Ribbon*. Während er es tat und *mit den besten Wünschen des Autors, Kingston Marle* hinzufügte, sagte er, sie habe ja einen sehr ungewöhnlichen Namen. Ob sie sonst schon einmal jemandem namens Ribbon begegnet sei?

»Nein, noch nie. Ich glaube, wir sind im ganzen Land die Einzigen.«

»Es gibt ja auch nicht viele von uns«, sagte Frank. »Unser Sohn ist der letzte der Ribbons, der ist aber erst sechzehn.«

»Interessant«, erwiderte Marle höflich.

Susan überlegte, ob sie sich trauen sollte. Sie holte

tief Luft. »Ich bewundere Ihr Werk sehr. Wenn ich Ihnen ein paar von meinen Büchern schicke – ich meine, von *Ihren* Büchern – und das Porto beilege, würden Sie ... würden Sie mir die auch signieren?«

»Aber natürlich. Es wäre mir ein Vergnügen.«

Marle warf ihr ein strahlendes Lächeln zu. Eigentlich hätte er lieber sie zum Mittagessen ins Lemon Tree eingeladen, statt mit seiner sauertöpfischen Buchhändlerin ins Randolph gehen zu müssen. Davon hatte Susan natürlich keine Ahnung, als sie sich, ihr signiertes Buch in der Blackwells-Tüte an sich gepresst, auf die Suche nach Ambrose machte. Der stand, die Hände hinter dem Rücken verschränkt, draußen auf dem Bürgersteig und starrte auf die Straße. Als sie ihn am Arm berührte, fuhr er zusammen.

»Alles in Ordnung?«

Er wirbelte herum und wäre fast mit ihr zusammengeprallt. »Natürlich ist alles in Ordnung. Da drin war es bloß sehr heiß und stickig. Was hast du denn da? Doch nicht etwa sein Neuestes?«

Susan wurde allmählich sauer. Sie fragte sich, wieso sie sich das eigentlich Jahr für Jahr bieten lassen musste, womöglich bis sie alle gestorben waren. Schweigend holte sie *Dämogorgo* aus der Tüte und reichte ihm das Buch. Ambrose nahm es mit spitzen Fingern, wie man einen Packen verrottenden Abfall anfassen würde, bevor man ihn in den Müllverbrenner fallen lässt – mit gerümpfter Nase und hochgezogenen Augenbrauen. Er schlug es auf. Während er die Titelseite betrachtete, vollzog sich in seinem Ausdruck und dem ganzen Verhalten eine heftige Wandlung. Sein Gesicht war plötzlich tiefrot gefleckt, und der Muskel unter einem Auge begann zu zucken. Susan dachte schon, er würde das Buch gleich in den vorbeiströmenden Verkehr schleudern. Stattdessen streckte er es ihr abrupt wieder hin und sagte mit knapper, abgehackter Stimme: »Ich möchte jetzt nach Hause. Mir geht's nicht gut.«

Frank sagte: »Gehen wir doch alle ins Randolph – wir wollten dort sowieso zu Mittag essen –, genehmigen uns einen kleinen Drink und eine Ruhepause, und dann geht's dir bestimmt bald wieder besser, Ambrose. Es ist tatsächlich recht heiß heute, und da drin war es ziemlich voll. Ich mag auch keine Menschenmengen, ich weiß, wie dir zu Mute ist.«

»Du weißt überhaupt nicht, wie mir zu Mute ist. Das hast du mir doch gerade zu verstehen gegeben. Ich will nicht ins Randolph, ich will nach Hause.«

Es blieb ihnen wohl kaum etwas anderes übrig. Susan, die selten essen ging und das Kochen manchmal ziemlich satt hatte, war enttäuscht. Aber man kann einen störrischen Mann ja nicht zwingen, in ein Hotelrestaurant zu gehen und Sherry zu trinken, wenn er nicht will. Sie gingen zum Parkplatz zurück, und Frank chauffierte sie nach Hause. Wenn sie nur einen Gast hatten, setzte sich Susan höflicherweise immer nach hinten und überließ dem Besucher den Beifahrersitz. So hatte sie es auch auf dem Hinweg nach Oxford gemacht, doch diesmal nahm sie neben Frank Platz und ließ Ambrose hinten sitzen. Er setzte sich in die Mitte der Sitzbank und versperrte Frank die Sicht durch den Rückspiegel. Als Frank einmal an einer roten Ampel anhielt, glaubte sie Ambrose zittern zu sehen, doch war es wohl nur der Motor, der gelegentlich vibrierte.

Zuhause angekommen, ging er ohne weitere Erklärung sofort in sein Zimmer hinauf und blieb dort, ohne einen Drink, ohne Mittagessen und später ohne Tee.

Susan las in ihrem neuen Buch und war bald völlig darin versunken. Sie konnte gut nachvollziehen, was der
Kritiker gemeint hatte, als er schrieb, die Leser würden
vor Angst in Ohnmacht fallen, obgleich sie selbst nicht
in Ohnmacht fiel, sondern lediglich einen wohligen
Schauer verspürte. Trotzdem war sie froh, dass der große, beruhigende Frank bei ihr saß, der abwechselnd die
Times las und sich im Fernsehen das Golfspiel anschaute. Susan fragte sich, wieso Archäologen in Ägypten eigentlich immer noch Gräber freilegten, wenn sie
sich des Risikos doch bewusst waren, mit einem Fluch
belegt zu werden oder einen Dämon mit nach Hause
zu bringen. Da wäre es doch viel klüger – wie eine
Gruppe Archäologiestudenten in der Nähe es gerade
tat –, ein Stückchen Oxfordshire auszugraben. Doch
war Charles Ambrose – komisch, dass er der Namens-
vetter eines so ganz anders gearteten Mannes sein sollte! – die Kühnheit in Person, und Susan konnte sich
sehr gut mit Kaysa de Floris identifizieren als diese
mitten in der Nacht beim Marihuana-Rauchen auf dem
Berge Ararat sagte: »*Niemals könnte ich mich mit
Leib und Seele einem Feigling anvertrauen.*«

Die Stelle mit dem Wandschrank war ihr fast zu viel.
Sie beschloss, bevor sie abends ihr Kleid aufhängte, mit
einer Taschenlampe in ihren Kleiderschrank zu leuchten und sich zu vergewissern, dass Frank im Zimmer
war. Dass er sie dafür bestimmt schallend auslachen
würde, machte ihr nichts aus. Es war schrecklich, das
Kapitel, in dem Charles die kleine, dunkle, zusammen-
gekauerte Gestalt in der Zimmerecke zum ersten Mal
sieht. Susan hatte keine Schwierigkeiten, sich in die
Gefühlswelt des Helden hineinzuversetzen. Das Problem (oder das Wunderbare) dabei war, das Kingston
Marle so gut schreiben konnte. Mochten die Leute auch

behaupten, in so einem Buch zählten nur Handlung, Action und Spannung, so bestand doch kein Zweifel, dass Bedrohung, Gefahr, Angst und Schrecken und dunkles, namenloses Grauen durch guten literarischen Stil unermesslich realer wurden. Um sechs musste Susan das Buch aus der Hand legen, denn in einer halben Stunde sollten ihre Freunde auf einen Drink kommen.

Sie zog einen langen Rock und einen Seidenpullover an, nachdem sie Frank dazu überredet hatte, sie nach oben zu begleiten, die Schranktür aufzumachen und ihr, während er sich vor Heiterkeit schüttelte, zu zeigen, dass keine schuppige Pfote darin war. Dann klopfte sie bei Ambrose an die Tür. Er kam sofort heraus. Das Sportjackett hatte er gegen einen dunkelgrauen, fast schwarzen Anzug eingetauscht, den er sich wohl für Tantchen Bees Beerdigung neu gekauft hatte, ein Ereignis, zu dem sie und Frank nicht gebeten worden waren. Wahrscheinlich hatte Ambrose ganz allein daran teilgenommen.

»Ich habe eure Party nicht vergessen«, sagte er mit Leichenbittermiene.

»Fühlst du dich wieder besser?«

»Ein bisschen.« Unten fiel sein Blick sofort auf *Dämogorgo*. »Susan, ob du mir vielleicht den Gefallen tun könntest, das Buch da zu entfernen. Ich hoffe, es ist nicht zu viel verlangt. Es wäre mir nur äußerst unangenehm, wenn sich in meiner Gegenwart heute Abend unter euren Freunden ein Gespräch über dieses Buch ergeben würde.«

Susan brachte das Buch nach oben und legte es auf ihr Nachttischchen. »Wir erwarten bloß vier Leute, Ambrose«, sagte sie. »Es ist eigentlich keine Party.«

»Eine Versammlung«, erwiderte er. »Sieben sind eine Versammlung.«

Seit Jahren versuchte sie schon, die literarische Figur ausfindig zu machen, an die Ambrose Ribbon sie erinnerte. Wahrscheinlich aus einem Kinderbuch, dachte sie. *Alice im Wunderland? Der Wind in den Weiden?* Plötzlich kam sie darauf: I-Ah, der schwermütige Esel in *Pu der Bär*. Er sah sogar aus wie I-Ah, mit seinem melancholischen grauen Gesicht und den hängenden Schultern. Zum ersten Mal, vielleicht zum allerersten Mal überhaupt, tat er ihr Leid. Armer Ambrose, der Gefangene einer selbstsüchtigen Mutter. Wahrscheinlich hatte sie ihm, als sie starb, aber dann doch die ganzen Tantiemen hinterlassen. Susan erinnerte sich noch ganz deutlich an eine unangenehme Situation, als die beiden zu Besuch gewesen waren und Tantchen Bee plötzlich verkündet hatte, sie habe vor, ihr ganzes Vermögen der Königlichen Gesellschaft zur Rettung Schiffbrüchiger zu hinterlassen. Sie hatte es sich wohl anders überlegt.

Diese Gefühle äußerte Susan ihrem Mann gegenüber in dieser Nacht, als sie im Bett lagen und bei ihrem Bettgeflüster die »Versammlung« noch einmal Revue passieren ließen, das gedämpfte, ziemlich deprimierende Abendessen danach und den Videofilm, den sie sich angesehen hatten und der ihren Erwartungen nicht entsprochen hatte. Dummerweise hatten Bill und Irene, obwohl der Roman gar nicht im Wohnzimmer lag, gleich angefangen, über *Dämogorgo* zu sprechen. Offenbar war er an dem Tag zum ersten Mal als Fortsetzungsroman in einer überregionalen Zeitung abgedruckt gewesen. Sie hatten die erste Folge begierig verschlungen, James und Rosie ebenfalls. Weil sie wusste, dass Susan absolut süchtig nach Kingston Marle war, erkundigte sich Rosie, ob sie vielleicht ein

Exemplar hätte, das sie ihnen leihen könnte. Sobald sie es ausgelesen habe natürlich.

Susan traute sich nicht, zu Ambrose hinüberzusehen. Hastig versprach sie, ihnen den Roman zu leihen, und wechselte zum weniger gefährlichen Thema der archäologischen Ausgrabungen in Haybury Meadow und der dadurch hervorgerufenen Proteste ortsansässiger Umweltschützer. Doch der Schaden war bereits angerichtet. Ambrose redete den ganzen Abend über kaum ein Wort. Er schien das Gefühl zu haben, Kingston Marle und sein Buch wären unterschwellig bei allem dabei, was gesagt wurde, und drohten im Gespräch ständig durchzubrechen – wie das Ungeheuer Drasogoma in einem späteren Kapitel in *Dämogorgo*, das sich mit Kopf und Brüsten eines Weibes und dem Körper einer Seekuh langsam aus der See von Azow erhebt. Einmal war Ambroses bleiche Gesichtshaut sogar mit silbern schimmerndem Schweiß bedeckt.

»Der arme Teufel«, sagte Frank. »Der Tod seiner alten Mum muss ihn ja arg mitgenommen haben.«

»Bei manchen Leuten blickt man nicht durch, stimmt's?«, meinte Susan.

Am nächsten Tag waren sie besonders nett zu ihm, ohne eigentlich recht zu wissen, weshalb. Ambrose weigerte sich, zur Kirche zu gehen, und bedachte sie mit einer Moralpredigt darüber, dass Gott tot und Atheismus der einzig mögliche Weg für die aufgeklärte Menschheit sei. Nachsichtig hörten sie ihm zu. Susan kochte ein besonders feines Mittagessen, bestehend aus Ambroses Lieblingsspeisen – Hähnchen, Würstchen, Bratkartoffeln und Erbsen. Es war praktisch das einzige Gericht in Tantchen Bees kulinarischem Repertoire gewesen, denn Ambrose war mit Sardinen auf Toast und Spaghetti aus der Dose aufgezogen worden – Hähnchen wurde am Sonntag aufgetischt. Er trank mehr Wein, als man normalerweise von ihm gewohnt war, und genehmigte sich danach auch noch einen Brandy.

Sie setzten ihn in den frühen Nachmittagszug nach London. Entgegen ihrer bisherigen Gewohnheit gab Susan ihm zum Abschied einen Kuss. Seine Reaktion war überdeutlich. Als er sah, was sich gleich abspielen würde, wandte er den Kopf ruckartig ab, als ihr Mund sich ihm näherte, sodass der Kuss auf den Stoppelhärchen über seinem rechten Ohr landete. Sie standen auf dem Bahnsteig und winkten ihm nach.

»Das war ein Desaster«, meinte Frank später im Wagen. »Müssen wir uns das noch mal antun?«

Susan überraschte sich selbst. »Wir müssen es uns noch mal antun.« Sie seufzte. »Und jetzt kann ich mir wieder einen netten Nachmittag mit meinem Buch machen.«

Ein Brief von Kingston Marle, in dem er die Fehler in *Dämogorgo* eingestehen und vielleicht eine Erklärung dafür geben würde, wie sie dort hineingeraten waren, zusammen mit dem Versprechen, es in der Taschenbuchausgabe zu korrigieren – und alles wäre wieder im Lot gewesen. Das desaströse Wochenende würde in Vergessenheit geraten und Franks dämliche Gäste ebenfalls. Franks idiotische Frau – zwar gut aussehend, wie es hieß, obgleich er das nie hatte begreifen können, aber weder gebildet noch mit Urteilsvermögen gesegnet – würde sich in den Dunst der Vergangenheit verflüchtigen. Vor allem aber würde das hohlwangige Gesicht mit der unheimlichen Kinnpartie und der gewölbten Stirn, das so schockierend über den blutroten Werken seines Besitzers schwebte, seine Bedrohlichkeit verlieren und nur noch hochmütig aussehen. Doch noch bevor er zu Hause ankam, als er noch im Zug saß und darüber nachdachte – Ambrose konnte an gar nichts anderes denken –, war er sich mit einer gewissen sorgenvollen Resignation darüber klar, dass kein solcher Brief auf ihn warten würde. Auch am nächsten oder übernächsten Tag würde kein solcher Brief eintreffen. Er selbst hatte dafür gesorgt – durch sein verwegenes Tun, seine unangebrachte *Courage*, seine Pflichtbeflissenheit.

Doch hatte es nicht ausschließlich an ihm gelegen. Wenn dieses schwachsinnige Frauenzimmer, die puppengesichtige Frau seines Cousins, nur genug Grips gehabt hätte, Marle das Buch mit »Für Susan« statt mit »Für Susan Ribbon« signieren zu lassen, wäre wenig Schaden angerichtet worden. Ribbon begriff überhaupt nicht, weshalb sie es getan hatte, wenn nicht aus purer Bosheit, wo es doch heute allgemein üblich war, was er im Übrigen ständig beklagte, dass man sich gleich bei der ersten Begegnung oder selbst wenn man nur miteinander telefonierte mit Vornamen anredete. Davor hätte Marle zwar seine Adresse gewusst, aber nicht wie er aussah, hätte sein Gesicht nicht gesehen, ihn nicht als reale und daher angreifbare Person wahrgenommen.

Es war kein Brief gekommen. Auf dem Fußabstreifer lag überhaupt keine Post, nur ein Werbeprospekt von einem Pizzalieferdienst und zwei Handzettel von Taxifirmen. Es war noch recht früh, erst etwa sechs Uhr. Ribbon machte sich eine Kanne echten Tee – dieses blöde Weibsstück benutzte *Teebeutel* – und beschloss, mit der Tradition zu brechen und ein bisschen zu arbeiten. Sonntagabende arbeitete er ja sonst nie, brauchte jedoch ein positives Erlebnis, um sich von Kingston

Marle abzulenken. Als er mit seinem Tee ins vordere Wohnzimmer gegangen war, sah er Marles Buch auf dem Couchtisch liegen. Es war das Erste, was ihm ins Auge fiel. Das BUCH. Das schreckliche Buch, das ihm sein Wochenende ruiniert hatte. Offenbar hatte er *Dämogorgo* auf dem Tisch liegen lassen, als er die Lektüre ziemlich angeekelt mittendrin aufgegeben hatte. Allerdings konnte er sich nicht daran erinnern, es dort liegen gelassen zu haben. Er hätte schwören können, es weggeräumt und in eine Schublade gesteckt zu haben – aus den Augen und damit aus dem Sinn. Das scheußliche, zwischen den Bandagen fischbauchweiße Gesicht glotzte ihm aus dem sternförmigen Loch im rotsilbernen Umschlag entgegen. Er zog die Schrankschublade auf, in die er glaubte, es gelegt zu haben. Dort war nur das, was vorher auch schon darin gelegen hatte: ein paar Bögen Schreibpapier und eins von Mummys alten Tagebüchern. Selbstverständlich war dort nichts, er besaß schließlich keine zwei Exemplare dieses schrecklichen Dings, aber dort kam es nun hinein …

Da klingelte das Telefon. Dieses bei anderen Leuten häufige Ereignis trug sich bei Ribbon nur selten zu. Er rannte in den Hausflur, wo das Telefon stand, blieb stehen und betrachtete es, während es klingelte. Wenn es nun Kingston Marle war? Behutsam hob er den Hörer ab. Falls es Marle war, würde er den Hörer schnell wieder auf die Gabel knallen. Die Stimme des blöden Weibsstücks sagte: »Ambrose? Ist alles in Ordnung?«

»Aber natürlich ist alles in Ordnung. Ich bin gerade nach Hause gekommen.«

»Es ist nur – wir haben uns schon Sorgen gemacht. Jetzt, wo ich weiß, dass du gut angekommen bist, ist ja alles in Ordnung.«

Ribbon fielen seine guten Manieren wieder ein, und

er zitierte Mummys abgedroschenen Spruch. »Vielen Dank, dass ihr mich eingeladen habt, Susan. Es hat mir gut gefallen.«

Er würde ihr selbstverständlich schreiben. Das gehörte sich so. Im Arbeitszimmer oben verfasste er drei Briefe. Der erste war an Susan gerichtet.

Grove Green Avenue 21,
London E11 4ZH

Liebe Susan,
Das Wochenende mit Dir und Frank habe ich sehr genossen. Es hat wirklich viel Spaß gemacht, mit Frank einen Spaziergang zu unternehmen und unterwegs »im Pub« vorbeizuschauen. Die reichhaltig angebotenen Mahlzeiten waren tipptopp. Eure Freunde waren ja wirklich reizend, obwohl ich von der Auswahl ihrer Lektüre nicht sehr angetan war!
Hier ist alles in Ordnung. Sieht ganz so aus, als ob wir bald wieder heißes Wetter bekämen.
Euch alle beiden
grüßt sehr herzlich
Euer Ambrose

So ganz zufrieden war Ribbon damit nicht. Er nahm »habe ich sehr genossen« heraus und setzte stattdessen »hat mir außerordentlich gefallen« ein, und das »hat wirklich viel Spaß gemacht« ersetzte er durch »war entzückend«. Schon besser. Das müsste reichen. Er war recht zufrieden mit seinem beißenden Kommentar über die Lektüre dieser lächerlichen Leute und hoffte, sie würden es erfahren.

Während des Wochenendes, insbesondere während jener Stunden am Samstagnachmittag in seinem Zimmer, hatte er die beiden bei Dillons erstandenen Taschenbücher sorgfältig durchgearbeitet. Lucy Grieves, der Verfasserin von *Schon kapiert*, hatte sämtliche Fehler sorgsamst an ihren Verlag weitergeleitet, auf die er sie aufmerksam gemacht hatte, als der Roman in der gebundenen Ausgabe erschienen war – bis hin zu Sachen wie »auf einander« an Stelle von »aufeinander«. Ribbon war voller Genugtuung. Er war hochzufrieden mit Lucy Grieves, wenn auch nicht in dem Maße, dass er nun ein Anerkennungsschreiben an sie verfasst hätte. Sein zweiter Brief ging an Channon Scott Smith, dessen Roman *Carol Conway* in der Taschenbuchausgabe genau dieselben Fehler und stilistischen Schnitzer enthielt wie zuvor die gebundene Ausgabe. Als er mit der ätzenden Schmähtirade, wie sie die Welt noch nicht erlebt hatte, fertig war, lehnte sich Ribbon in seinem Stuhl zurück und dachte lange und scharf nach.

Ob er Kingston Marle wohl schreiben könnte, um *die Dinge geradezurücken*, ohne deswegen zu Kreuze zu kriechen, ohne sich zu entschuldigen? Das fehlte noch, dass er sich dafür entschuldigte, beherzt Wahrheiten ausgesprochen zu haben, die einmal gesagt werden mussten. Aber vielleicht könnte er, ohne direkt zu sagen, dass es ihm Leid tat, etwas aufsetzen, was Marle beschwichtigte oder noch besser, ihn dazu brächte, ihn zu verstehen? Er hatte das Gefühl, wenn er Marle schrieb, würde ihm leichter ums Herz und er könnte nachts besser schlafen. Die beiden Nächte, die er bei Frank verbracht hatte, waren miserabel gewesen, in der zweiten hatte er kaum ein Auge zugetan.

Wovor hatte er Angst? Davor, ihm zu schreiben, oder davor, ihm nicht zu schreiben? Oder einfach nur Angst?

Marle konnte ihm doch nichts anhaben. Ribbon versicherte sich, dass er keinerlei absurde Befürchtungen hegte, Marle würde einen Killer auf ihn ansetzen oder ihn verfolgen oder auch bloß versuchen, ihn wegen Verleumdung zu belangen. Das war es nicht. Was war es aber dann? Unwillkürlich kam ihm der abgedroschene Ausdruck in den Sinn, die Bezeichnung dessen, was er fühlte: namenlose Furcht. Wenn Mummy doch nur hier wäre, um ihm einen Rat zu geben! Plötzlich sehnte er sich nach ihr, und Tränen brannten ihm in den Augen. Doch er wusste schon, was sie gesagt hätte. Sie hätte das Gleiche gesagt wie bei jenem letzten Mal auch.

Band VIII der *Encyclopaedia Britannica* hatte auf dem Tisch gelegen. Eben hatte er Mummy den Brief gezeigt, den er an Desmond Erb geschrieben und in dem er sich dafür entschuldigt hatte, ihn korrigiert zu haben, als er über die »Chinonen-Struktur« geschrieben hatte. Er hätte den Ausdruck natürlich nachschlagen sollen, hatte es jedoch unterlassen. Er war sich so sicher gewesen, dass es »Chinin« hätte heißen sollen. Erb war berechtigterweise indigniert gewesen, wie so viele Schriftsteller, wenn er in ihrem Werk einen Irrtum korrigierte, der überhaupt keiner war. Er würde Mummys Verärgerung – oder sonst ein Detail dieses Streits – niemals vergessen. Und wie sich seine Hände dann fast ohne sein Zutun verstohlen über den Schreibtisch auf den schwarz-blau-goldenen Band zubewegt hatten …

Jetzt war sie nicht hier, um ihn aufzuhalten, und so schrieb er nach einer Weile Folgendes:

Sehr geehrter Mr. Marle,
in Bezug auf meinen Brief vom 4. Juni, in
dem ich Sie auf gewisse faktische, gramma-
tikalische und orthografische Irrtümer in Ih-
rem neuesten Roman aufmerksam machte,
fürchte ich nun, Ihnen ungewollt Ungemach
bereitet zu haben. Dies war keinesfalls mei-
ne Absicht. Falls ich Ihre Gefühle verletzt
haben sollte, lassen Sie mich sagen, dass ich
dies zutiefst bedauere. Ich hoffe, Sie sehen es
mir nach und verzeihen mir.
Mit freundlichen Grüßen

Beim Durchlesen stellte Ribbon fest, dass ihm die Stelle mit dem Nachsehen und Verzeihen absolut nicht gefiel. »Bedauern« war auch nicht das Richtige. Außerdem hatte er das Buch gar nicht genannt. Eigentlich
hätte er den Titel erwähnen müssen, doch widerstrebte es ihm irgendwie, das Wort *Dämogorgo* zu tippen. Es
war, als ob er dadurch, dass er es in klare Druckbuch-
staben setzte, etwas in Bewegung bringen, irgendeine
Reaktion auslösen würde. Das war natürlich völlig verrückt. Er wurde wohl allmählich müde. Nichtsdesto-
trotz verfasste er einen zweiten Brief.

Sehr geehrter Mr. Marle,
in Bezug auf meinen Brief an Sie vom 4. Juni,
in dem ich Sie auf gewisse Irrtümer in Ihrem
neuesten, hochgelobten Roman aufmerksam
machte, fürchte ich, Ihre Gefühle ungewollt
verletzt zu haben. Es war nicht meine Ab-
sicht, Ihnen Ungemach zu bereiten. Ich bin
mir vollkommen bewusst – wer wäre das
nicht? –, welch hohe Stellung Sie in der Lite-

ratur einnehmen. Die von mir vorgeschlage-
nen Verbesserungen an Ihrem Roman für die
Taschenbuchausgabe – zweifellos in einer
Auflage von mehreren Hunderttausend –,
waren als Hilfestellung, nicht als Kritik ge-
dacht, einfach damit ein gutes Buch noch
besser werden könnte.
Mit freundlichen Grüßen

Speichelleckerei. Doch was könnte beschwichtigender
sein als Schmeichelei? Eine halbe Stunde lang durch-
litt Ribbon Seelenqualen und Selbstzweifel, Selbstbe-
zichtigung und Selbstrechtfertigung, bevor er schließlich den dritten und endgültigen Brief verfasste.

Sehr geehrter Mr. Marle,
in Bezug auf meinen Brief an Ihre verehrte
Person, datiert auf den 4. Juni, in dem ich
mir anmaßte, Ihren neuesten Roman zu kri-
tisieren, hatte ich es, wie ich nun fürchte,
wohl ungewollt an der nötigen Hochachtung
fehlen lassen. Sie werden mir hoffentlich
Glauben schenken, wenn ich sage, dass es
nicht in meiner Absicht lag, Sie zu beleidi-
gen. Sie genießen einen hohen und wohlver-
dienten Stellenwert in der Literatur. Es war
taktlos und plump von mir, Ihnen auf diese
Art geschrieben zu haben.
Mit den besten Wünschen,
Ihr ergebener

Ribbon wurde regelrecht schlecht davon, derart zu
Kreuze zu kriechen. Im Übrigen war es alles verlogen.
Selbstverständlich hatte er die Absicht gehabt, diesen

Menschen zu beleidigen, ihm Ungemach zu bereiten und ihn in Rage zu versetzen. Er hätte viel darum gegeben, den damaligen Brief zurückrufen zu können, doch – hier zitierte er im Geiste jenes abgedroschene, aber passende Wort vom sich bewegenden Finger, der schreibt und sich nach dem Schreiben fortbewegt – war dazu weder er noch sonst irgendwer in der Lage. Und was machte es schon, nun eine halbe Stunde der Erniedrigung zu durchleiden, wenn er seinem Leiden durch die Zusendung einer Entschuldigung ein Ende setzen konnte? Dem Himmel sei Dank, dass Mummy es nicht mehr mitbekam.

Für diese Briefe hatte er Stunden gebraucht, und inzwischen war es schon recht dunkel geworden. Ungewöhnlich dunkel, fand er, für neun Uhr abends mitten im Juni – bis zum längsten Tag war es nur noch eine gute Woche hin. Doch blieb er im Dämmerlicht sitzen und sah auf die Rückseiten der Häuser hinaus, deren gelber Backstein von den hellen Rechtecken der Fenster durchbrochen wurde, auf die großen, zerzausten Bäume, seinen Garten, das quadratische, mit dunklen, kleinen und großen Büschen gesprenkelte Rasenstück. Ihm war bisher noch nie aufgefallen, wie unansehnlich ganz gewöhnliche Ligusterbüsche und Zypressen in tiefem Dämmerlicht wirken konnten, wenn sie nicht zu Hecken oder niedrigen Wäldchen gruppiert zusammenstanden, sondern einzeln auf einem ansonsten freien Platz, in seltsamen Formen, hoch gewachsen und schlank oder rund und gedrungen, hie und da mit Ästen, die wie Körperteile herausragten und ihre länglichen Schatten warfen.

Ruckartig stand er auf und machte das Licht an. Der Garten mit seiner Ansammlung von Büschen verschwand. Das Fenster wurde dunkel, glänzend und undurchsichtig. Er machte das Licht gleich wieder aus und ging nach unten. Als er *Dämogorgo* auf dem Couchtisch liegen sah, fuhr er erschrocken zusammen. Was hatte es dort zu suchen? Wie war es dorthin gelangt? Er hatte es doch in die Schublade gesteckt. Wie zum Beweis stand die Schublade offen.

Es hatte doch nicht von selbst aus der Schublade auf den Tisch gelangen können. Oder doch? *Natürlich nicht.* Ribbon schaltete alle Lichter im Zimmer ein. Er ließ die Vorhänge offen, um auch die Straßenbeleuchtung sehen zu können. Bestimmt hatte er selbst das Buch auf dem Tisch liegen lassen. Bestimmt hatte er vorgehabt, es in die Schublade zu stecken, dies aus irgendeinem Grund aber unterlassen. Möglicherweise war er unterbrochen worden. Ihn unterbrach aber doch sonst nie etwas, oder? Er konnte sich nicht erinnern. Eine kalte Teekanne und eine Tasse erkalteter Tee standen auf einem Serviertablett neben dem Buch auf dem Couchtisch. Er konnte sich nicht erinnern, Tee gekocht zu haben.

Nachdem er das Tablett mit der abgekühlten Teekanne weggebracht und den kalten Tee in den Ausguss geschüttet hatte, ließ er sich mit *Chambers' Wörterbuch* in einem Lehnsessel nieder. Er stellte fest, dass er nie eruiert hatte, was der Ausdruck Dämogorgo eigentlich bedeutete. Hier stand die Definition: *Eine rätselhafte, infernale Gottheit, etwa 450 v. Chr. zum ersten Mal erwähnt (aus: gr. daimon Gottheit, und gorgo die Gorgone, Meduse, von gorgos schrecklich).* Mit einem Schaudern klappte er das Wörterbuch zu und schlug das zweite Taschenbuch von Channon Scott Smith auf, das er gekauft hatte. Dieser Roman war vor vier Jahren erschienen, doch hatte Ribbon ihn noch nicht gelesen, wie er im Übrigen außer dem kürzlich publizierten noch gar keines von Mr. Scott Smiths Werken gelesen hatte. Dieser dicke Schinken, dachte er, würde reiche Beute bieten, falls sich aus *Carol Conway* irgendwelche Rückschlüsse ziehen ließen. Doch anstatt *Des Schicksals Suzerän* aufzuschlagen, stellte er fest, dass er *Dämogorgo* in Händen hielt, und zwar eine Seite nach jener Stelle aufgeschlagen, an der er vor ein paar Tagen die Lektüre abgebrochen hatte.

Verwundert und entsetzt begann er zu lesen. Seltsam, wie er sich zum Weiterlesen gezwungen fand, wenn man bedachte, dass jede Zeile wie ein kleiner Angriff auf sein seelisches Gleichgewicht anmutete, ein fast unmerkliches Zittern, das seinen Körper durchdrang und ihn an die Dinge erinnerte, die er Kingston Marle geschrieben hatte, und an den Blick, mit dem Marle ihn am Samstag in Oxford bedacht hatte. Später fragte er sich dann, wieso er überhaupt weitergelesen hatte, wieso er nicht einfach aufgehört hatte, wieso er das Buch eigentlich nicht in den Abfalleimer geworfen hatte, damit es die Müllmänner morgens mitnahmen.

Die dunkle Gestalt tauchte zum ersten Mal in der Ecke von Charles Ambroses Zelt auf: in seinem Zelt, dann in seinem Hotelzimmer, seinem Landhaus in Shropshire, seiner Wohnung in Mayfair. Eine kleine, verschrumpelte Gestalt wie ein winziges, zusammengekauertes Menschlein oder Äffchen. Sie saß da oder *existierte* einfach, war bis auf kaum sichtbare Hände oder Pfoten amorph und vollständig dunkel außer den stecknadelkopfgroßen, funkelnden Augen, die boshaft herüberstarrten. Ribbon hob kurz den Blick von der Seite. Die Lichter leuchteten sehr hell. Draußen auf der Straße ging Hand in Hand ein Paar vorbei, redete und lachte. Gewöhnlich hätte ihn der Lärm, den sie verursachten, geärgert, doch heute Abend wirkte er auf ihn merkwürdig beruhigend. Sie gaben ihm das Gefühl, nicht allein zu sein. Sie versetzten ihn für kurze Zeit in die Realität. Am nächsten Morgen würde er den Brief einwerfen, und sobald er weg war, wäre alles gut.

Er las noch zwei Seiten. Die Auflösung des Geheimnisses begann auf Seite 423. Die Dämogorgo war Charles Ambroses eigene Mutter, die ermordet worden war und die er auf dem Grundstück seines Hauses in Shropshire vergraben hatte. Am Ende kehrte sie wieder, um ihm die Wahrheit zu sagen, kam in Gestalt einer wandelnden Zypresse aus der Nadelholzschonung. Ribbon rang laut nach Atem. Das war ja seine eigene Geschichte. Woher hatte Marle sie erfahren? Wer war Marle eigentlich, dass er solche Dinge wusste – eine Art Gott oder Hexenmeister? Ihm kam der entsetzliche Gedanke, dass *Dämogorgo* nicht immer so gewesen war, dass der Schluss ursprünglich ganz anders gelautet hatte, dass Marle jedoch – nachdem er ihm in Oxford begegnet war und in ihm sofort den Verfasser jenes Schmähbriefs erkannt hatte – *durch eine Art Fernsteuerung oder Zauberei das Ende in jenem Exemplar geändert hatte, das sich in seinem, also Ribbons, Besitz befand.*

Er ging nach oben und schrieb seinen Brief noch einmal um, indem er dem bereits existierenden Text Folgendes hinzufügte: *Bitte verzeihen Sie mir. Ich wollte Ihnen doch nichts Böses antun. Quälen Sie mich nicht so. Ich halte es nicht mehr aus.* Es dauerte lange, bis er sich dazu durchringen konnte, ins Bett zu gehen. Warum zu Bett gehen, wenn man weiß, dass man sowieso nicht schlafen kann? Bei brennendem Licht – mittlerweile waren sämtliche Lichter im Haus eingeschaltet – konnte er zwar den Garten nicht sehen, auch nicht die

Büsche auf dem Rasen und das Blumenbeet, doch er zog die Vorhänge trotzdem zu. Im Sessel sitzend, verfiel er endlich in einen unruhigen Schlaf und wachte vier oder fünf Stunden später mit dem scheußlichen Gedanken auf, dass sein ursprünglicher Brief an Marle die erste echte Schmähkritik war, die er seit Mummys Tod verschickt hatte. Hatte dies etwas zu bedeuten? Hieß es, dass er ohne Mummy nicht zurechtkam? Oder schlimmer noch – dass er alle Kraft und alles Selbstvertrauen, das er einst in sich verspürte, umgebracht, vernichtet hatte?

Er stand auf, nahm eine erfrischende Dusche, konnte sich aber nicht zum Frühstücken zwingen. Die drei Briefe, die er am Vorabend geschrieben hatte, lagen um neun im Postkasten, und Ribbon war auf dem Weg zur U-Bahnstation. Diesmal wollte er zu Waterstones am Leadenhall Market fahren. Er kaufte Clara Jenkins' *Geschichten, die mir mein Liebhaber erzählte* als gebundene Ausgabe sowie Raymond Kobbos *Das Lächeln des Nomaden* und Natalya Dreadnoughts *Zecke* als Taschenbuch. Überall war *Dämogorgo* zu Stapeln aufgetürmt oder in phantasievollen Arrangements dekoriert. Ribbon zwang sich, ein Buch anzufassen, es in die Hand zu nehmen. Verstohlen schaute er sich um, ob ihn vielleicht eine von den Verkäuferinnen beobachtete, und nachdem er sich vergewissert hatte, dass dem nicht so war, schlug er es auf Seite 423 auf. Es war, wie er es sich gedacht hatte, wie er es kaum in Worte zu fassen gewagt hatte. Charles Ambroses Mutter tauchte gar nicht auf, es war überhaupt keine Rede von einer Beerdigung auf dem Grundstück von Montpellier Hall oder einer wandelnden Zypresse. Der Schluss lautete ganz anders. Charles Ambrose, mit Kaysa feierlich in einem Ballon über dem Himalaya vermählt, wacht in seiner Hochzeitsnacht auf und sieht in der Ecke des Flitterwochenzimmers den zusammengekauerten Dämon, der ihn bucklig und klein aus hämischen Augen anstarrt. Er war ihm von Ägypten nach Shropshire, von London nach Russland, von Russland nach New Orleans und von New Orleans nach Nepal gefolgt. Er würde ihn nie verlassen, er gehörte lebenslänglich und vielleicht darüber hinaus zu ihm.

Ribbon legte das Buch wieder hin und nahm sich ein anderes. Das Gleiche: kein Mord, kein Begräbnis, kein wandelnder Baum, nur der schreckliche Dämon im Schlafzimmer. Er hatte also Recht gehabt. Marle hatte diesen abgewandelten Schluss nur in *sein* Exemplar eingefügt. Es gehörte zu der grausamen Strafe, zu der Rache für die Beleidigungen, mit denen Ribbon ihn überschüttet hatte. Als er auf dem Rückweg zum Bahnhof Liverpool Station einen Schrei und einen dumpfen Stoß hörte und sich umsah – ein Taxi hatte den Hinterreifen eines Motorrads gestreift –, entdeckte er ganz weit hinter sich Kingston Marle, der ihm folgte.

Ribbon glaubte, nun gleich in Ohnmacht zu fallen. Eine riesige Hitzeflut überströmte ihn, gefolgt von Schüttelfrost. Panik ließ ihn einen Augenblick lang reglos verharren. Dann stürzte er in ein Geschäft, ein Süßwarengeschäft, und ihm war, als beträte er eine riesige Pralinenschachtel. Der Duft von Schokolade überwältigte ihn. Bebend starrte er durch ein mit rosa Rüschen drapiertes Fenster auf die Straße hinaus. Eine Ewigkeit verging, bis Kingston Marle vorbeikam. Als er stehen blieb und den Kopf wandte, um sich die Pralinen anzusehen, erblickte Ribbon, der wieder fast in Ohnmacht fiel, einen Unbekannten mit hohlwangigem, aber nicht missgestaltetem Gesicht, langhaarig, aber mit spärlichem, braunem Haar und sanften, versonnenen blauen Augen. Ribbons Herzschlag verlangsamte sich, das Blut wich ihm von der Hautoberfläche. »Nein, nein, danke«, murmelte er zu der Frau hinter dem Ladentisch hinüber und trat wieder auf die Straße. Er war mit den Nerven ja völlig fertig! Als Nächstes würde ihm noch eine schuppige Pfote im Kleiderschrank begegnen. Seine Büchertüte fest an sich gedrückt, stieg er nachdenklich in den Zug.

Eigentlich hätte er ein P.S. anfügen sollen, in dem er um prompte Mitteilung der Kenntnisnahme dieses Briefes bat. Bloß einen Einzeiler etwa des Inhalts: *Bitte um freundliche Mitteilung nach Erhalt.* Nun, dafür war es jetzt zu spät. Kingston Marles Verlag würde den Brief morgen bekommen und ihn direkt weiterleiten. Ribbon wusste zwar, dass Verlage nicht immer so verfuhren, doch im Falle eines so prominenten Autors, noch dazu eines ihrer einträglichsten wäre es doch sicherlich …

Den Brief abgeschickt zu haben hätte seine Befürchtungen eigentlich zerstreuen sollen, doch schienen sie ihn nur noch stärker zu bedrängen, machten einander gar den Vorrang in seinen Gedanken streitig. Da war zum Beispiel der Mann, der ihm die Bishopsgate entlang gefolgt war. Ihm war natürlich klar, dass es nicht Kingston Marle gewesen war, und doch ähnelten sich die beiden Männer in Körperbau, Gesichtszügen und Größe so sehr, dass man es unmöglich dem Zufall zuschreiben konnte. Am einleuchtendsten war die Erklärung, dass es sich bei seinem Verfolger um Marles jüngeren Bruder handelte, und jetzt, wo er diese nahe liegende Schlussfolgerung gezogen hatte, fand Ribbon den Blick des Mannes nicht mehr sanft, sondern durchtrieben und verschlagen. Wenn der Brief ankam, würde Marle seinen Bruder abberufen, doch wie die Dinge nun einmal lagen, traf der Brief frühestens am Mittwoch bei Marle ein. Und dann war da noch die Sache mit dem BUCH selbst. Die Schublade, in der es lag, konnte es nicht ausreichend verbergen. Sie gehörte zu einem Mahagonischränkchen (einem von Mummys Hochzeitsgeschenken, vermutete Ribbon), blank poliert, aber natürlich undurchsichtig. Und doch schien das Holz bisweilen transparent zu werden, und die harschen Rot- und grell funkelnden Silbertöne von *Dämogorgo* leuchteten hindurch, wie bei einem Radiumblock, der einem angeblich ja auch als glühender Würfel erscheint, selbst wenn er sich hinter einer massiven Wand befindet. Jedes Mal, wenn er sich dem Schränkchen verstohlen näherte, sah er, wie die leuchtenden Farben verblassten und das glatte, glänzende und *ganz gewöhnliche* Holz wieder zum Vorschein kam.

Am Montagabend versuchte er, im Arbeitszimmer oben etwas zu tun, doch stahl sich sein Blick ständig zum Fenster hin und zu dem, was jenseits davon lag. Inzwischen war er überzeugt, dass sich die Büsche auf dem Rasen bewegt hatten. Der kleine, dünne Busch dort drüben hatte doch neben den beiden hohen, dicken gestanden und nicht ein paar Meter davon entfernt. Seit der vergangenen Nacht hatte er seinen Standort verlagert und war ein Stückchen näher ans Haus herangerückt. Als er die Vorhänge zuzog, wurde es etwas besser, doch kurze Zeit später stand er auf und zog sie wieder etwas zur Seite, um nachzusehen, ob der große Kugelbusch noch ein Stück vorgerückt oder wieder an seinen vorherigen Standort zurückgekehrt war. Er stand an der gleichen Stelle wie vor zehn Minuten.

Eigentlich hätte alles in Ordnung sein sollen, war es aber nicht. Das Zimmer selbst wirkte auf einmal unheimlich, und er beschloss, nicht mehr hineinzugehen und den Computer nach unten zu schaffen, bis er von Kingston Marle Nachricht bekommen hatte.

Das Klingeln der Haustürglocke ließ ihn so heftig zusammenzucken, dass er den Schmerz durch seinen ganzen Körper jagen und ausstrahlen fühlte. Er musste sofort an Marles Bruder denken. Angenommen, Marles Bruder, ein kräftiger junger Mann, stand vor der Tür und würde sich, sobald er aufmachte, gewaltsam Zutritt verschaffen? Oder – schlimmer noch – sich vergewissern, dass Ribbon zu Hause war, und dann, sobald drinnen Schritte zu hören waren, verschwinden? Ribbon ging nach unten. Er holte tief Luft und stieß die Tür auf. Es war Glenys-Von-Nebenan.

Unaufgefordert marschierte sie herein, sagte: »Hallihallo, Amby« und dass Miez-Von-Nebenan verschwunden sei. Ihr Kater sei seit dem Vormittag nicht mehr zu Hause gewesen, als Sandra-Von-Gegenüber ihn in Ribbons Vorgarten sitzen und einen Vogel hatte verspeisen sehen.

»Ich bin vor Angst schon ganz verrückt, Amby, können Sie sich ja vorstellen.«

Konnte er eigentlich nicht. Ribbon machte sich herzlich wenig aus Singvögeln, aber noch weniger machte er sich aus räuberischen Katzen. »Ich werde Sie verständigen, wenn er mir über den Weg läuft. Allerdings –« er lachte leise »– weiß er ja, dass er bei mir nicht so beliebt ist, also macht er sich rar.«

Eine höchst unpassende Bemerkung! In den Werken seiner literarisch eher dürftig ausgestatteten Autoren stieß Ribbon manchmal auf die Wendung »sich in die Brust werfen« – »sie warf sich in die Brust« oder gar

»die junge Frau warf sich in die Brust«. Endlich wusste er, was damit gemeint war.

Glenys-Von-Nebenan warf den Kopf zurück, hob die Brauen und musterte ihn verächtlich. »Wissen Sie was, Amby, Sie tun mir Leid. Ihre Einstellung muss für Sie doch ein echtes Handicap sein. Ich meine so im Umgang mit anderen. All die Jahre habe ich versucht, es zu ignorieren, aber einmal kommt die Zeit, wo man seine Meinung sagen muss. Nein danke, lassen Sie nur, ich finde schon selbst hinaus. Gute Nacht.«

Gut würde die Nacht heute nicht werden. So viel war ihm klar, noch bevor er die Nachttischlampe ausknipste. Normalerweise las er im Bett vor dem Einschlafen noch ein bisschen. Das hatte er immer so gehalten und würde es auch weiterhin tun. Doch aus irgendeinem Grund hatte er vergessen, *Des Schicksals Suzerän* mit nach oben zu nehmen. Nun mangelte es in seinem Schlafzimmer zwar nicht an Lesestoff – ganze Regale gab es davon –, doch hatte er sämtliche Bücher bereits gelesen. Natürlich hätte er nach unten gehen und sich ein Buch holen können oder auch nur ins Arbeitszimmer hinüber, das mit Büchern voll gestopft war. Bebüchert in der Tat, nicht tapeziert. *Hätte* er können, theoretisch hätte er es tun können, doch er hatte beim Betreten seines Zimmers die Tür hinter sich abgeschlossen. Warum? Er konnte die Frage nicht beantworten, obgleich er sie sich mehrmals stellte. Das Haus war klein und gut zu beleuchten, und es befand sich in einer Straße mit hundertfünfzig weiteren solchen Häusern, die alle bewohnt waren. Ein entsetzliches Gefühl überfiel ihn, während er dort im Bett lag: Wenn er diese Tür aufschlösse, wenn er den Schlüssel umdrehte und sie öffnete, würde etwas hereinkommen. Ob der kleine, schmale Busch hereinkommen würde? Diese Gedanken, lächerlich, seiner unwürdig und kindisch, versetzten ihn dermaßen in Angst, dass er das Nachttischlämpchen anknipste und bis zum Morgen brennen ließ.

Am Dienstag kamen zwei Briefe mit der Post. Eric Owlberg nannte Ribbon »ein wenig barsch« und teilte ihm mit, Druckereien täten nicht immer, wie ihnen geheißen würde. Jeanne Pettles Brief hatte eine Sekretärin geschrieben, die ihn darüber informierte, Ms. Pettle befände sich auf einer ausgedehnten Lesereise, würde sich nach ihrer Rückkehr jedoch sicherlich seiner »interessanten Korrespondenz« widmen. Keine Antwort von Dillons. Es war ein heiterer, sonniger Tag. Ribbon ging ins Arbeitszimmer und betrachtete den Garten. Die Sträucher standen natürlich da, wo sie immer gestanden hatten. Oder wo sie gestanden hatten, bevor der große Kugelbusch wieder an seinen ursprünglichen Platz getreten war?

»Reiß dich zusammen«, sagte Ribbon laut vor sich hin.

Der Tag für Hausarbeit. Er fing wie gewohnt in Mummys Zimmer an, wo er die Bilderschiene und die Deckenlampe mit einem an einer Stange befestigten, rosa und blauen Federwisch abstaubte, danach die Nippessachen mit einem sauberen, flauschigen gelben Staubtuch. Alle zwei Wochen nahm er die zahlreichen Bücher heraus, um sie abzustauben, aber diesmal waren sie nicht an der Reihe. Er saugte den Teppich, riss das Fenster weit auf und tauschte das rosafarbene Seidennachthemd gegen ein blassblaues aus. Alle zwei Wochen wusch er Mummys Nachthemden von Hand. Als Nächstes waren sein Zimmer und das Arbeitszimmer dran, dann ging es hinunter ins Esszimmer und in die nach vorne hinaus gelegenen Räume. Marles Verlag müsste den Brief heute Morgen mit der ersten Post bekommen haben, und wahrscheinlich war die mit derartigen Aufgaben betraute Abteilung in diesem Augenblick gerade dabei, den Umschlag neu zu adressieren, um ihn weiterzuleiten. Ribbon hatte keine Ahnung, wo dieser Mensch wohnte. In London? In Devonshire? Solche Leute wohnten meistens in den Cotswolds, wo die grünen Hügel und üppigen Täler nur so von ihnen wimmeln mussten. Vermutlich aber eher in Shropshire. Über Montpellier Hall hatte er geschrieben, als würde er so ein Haus tatsächlich kennen.

Ribbon staubte das Mahagonischränkchen ab und ging dann zu Mummys Nähtischchen hinüber, konnte es aber nicht dabei bewenden lassen und kehrte noch einmal zum Schränkchen zurück. Mit dem Staubtuch in der Hand blieb er stehen und starrte auf die gewisse Schublade. Sie war an diesem sonnigen Vormittag nicht durchsichtig, und nichts Glühendes war in ihren Tiefen zu sehen. Er riss sie abrupt auf und packte das Buch. Er stierte auf die zwei Rottöne und das Pentagramm. Nach den Erlebnissen der letzten Tage hätte es ihn nicht überrascht, wenn das bandagierte Gesicht darin seine Haltung verändert, den Mund geschlossen oder die Augen bewegt hätte. Oder doch – er wäre überrascht gewesen, entsetzt wäre er gewesen, entgeistert. Doch der Dämon war derselbe wie zuvor, das Buch war noch genau der gleiche, ganz gewöhnliche, billige Thriller mit einem ziemlich geschmacklosen Einband.

»Was um alles in der Welt ist eigentlich mit mir los?«, fragte Ribbon das Buch.

Er ging Lebensmittel einkaufen. In der Warteschlange an der Kasse tauchte plötzlich Sandra-Von-Gegenüber hinter ihm auf. »Sie haben Glenys ja wirklich geschockt«, sagte sie. »Sie kennen mich, ich bin immer sehr direkt, und ich finde, ehrlich gesagt, Sie sollten sich bei ihr entschuldigen.«

»Wenn ich Ihre Meinung wissen will, frage ich danach, Mrs. Wilson«, erwiderte Ribbon.

Marles Bruder stieg in den Bus und setzte sich hinter ihn. Es war eigentlich gar nicht Marles Bruder, er hielt ihn nur für einen kurzen, beängstigenden Augenblick dafür. Es war schon erstaunlich, wie viele Leute herumliefen und aussahen wie Kingston Marle – Männer *und* Frauen. Bisher war es ihm noch nie aufgefallen, er hatte keine blasse Ahnung davon gehabt, bis er Marle in der Buchhandlung damals von Angesicht zu Angesicht gegenüber gestanden hatte. Wenn es nur eine Möglichkeit gäbe, es ungeschehen zu machen. Dass sich der Finger nach dem Schreiben nicht fortbewegte, sondern zurückwich, seine Striche nachzeichnete, sie mit Korrekturflüssigkeit überstrich und noch einmal neu anfing. Dann hätte er gewusst, wieso diese dumme Kuh, die Frau seines Cousins, so scharf auf einen Besuch bei Blackwells gewesen war, ihre Vorliebe für Marles Werke – die so geschmacklos über sein ganzes Zimmer verteilt waren – hätte es ihm verraten, und er hätte die Fahrt nach Oxford abgeblasen, nachdem er sie zuvor gewarnt hatte, sie solle Marle unter keinen Umständen ihren Nachnamen wissen lassen. Allerdings war Marle – dies ließ sich nicht bestreiten – im Besitz von Ribbons Privatadresse, denn sie stand ja auf dem Brief. Der sich bewegende Finger müsste schon eine Woche zurückgehen und *Grove Green Avenue 21, London E11 4ZH* aus der rechten oberen Ecke seines Briefes tilgen. Dann, und nur dann, wäre er in Sicherheit …

Manchmal kam die Post wochentags zwei Mal, doch an dem Tag kam nichts. Ribbon brachte seine Einkaufstüten in die Küche, packte sie aus, ging nach vorn ins

Wohnzimmer, um das Fenster aufzumachen – und sah *Dämogorgo* auf dem Couchtischchen liegen. Heftiges Zittern überkam ihn. Er setzte sich und schloss die Augen. Er *wusste genau*, dass er es nicht aus der Schublade genommen hatte. Wieso auch um alles in der Welt? Er hasste es doch. Nur unter Zwang würde er es berühren. Inzwischen bestand kaum noch ein Zweifel daran, dass das BUCH ein Eigenleben hatte. Eine Art kinetische Energie lebte zwischen seinen Deckeln, eine Kraft ähnlich der, die nachts den kleinen, schmalen Busch auf dem Rasen draußen bewegte. Kingston Marle verlieh den Gegenständen diese Energie, erfüllte sie damit, er war ein Hexenmeister, dessen Kräfte seine schriftstellerischen Werke und seinen Ruhm weit übertrafen. Nur so ließ sich schließlich erklären, wie jemand, der so entsetzlich schlechte Bücher schrieb, Bücher voller Setzfehler, verdrehter Tatsachen und ohne jede Grammatik, einen derart phänomenalen Erfolg für sich verbuchen konnte, und zwar nicht nur bei einer ignoranten, ungebildeten Leserschaft, sondern auch unter Kennern. Er praktizierte die Zauberkunst oder war selbst einer der Dämonen, über die er schrieb, ein böser Geist, der in diesem abscheulichen hohlwangigen Äußeren lebte.

Langsam streckte Ribbon seine unsicher tastende Hand nach dem BUCH aus und stellte fest, dass er es – sicherlich rein zufällig – auf Seite 423 aufgeschlagen hatte. Davor zurückschreckend, hielt er das BUCH so weit von den Augen entfernt, dass er kaum noch die Wörter ausmachen konnte, und las von Charles Ambroses Hochzeitsnacht, von seinem Erwachen im Halbdunkel, neben sich die schlafende Kaysa, und dem Anblick der zusammengekauerten Gestalt des Dämons in der Zimmerecke ... Wie, Marle hatte seine

Geisterbeschwörungskräfte also wieder abgelegt? Er hatte den Schluss immer so gestaltet, wie er ursprünglich gewesen war. Nichts über Mummys Tod und Begräbnis, nichts über den wandelnden Baum. Sollte das etwa bedeuten, dass er Ribbons Entschuldigung bereits erhalten hatte? Womöglich ja. Sein Verlag hatte kaum Zeit gehabt, den Brief weiterzuleiten, doch angenommen, Marle wäre aus irgendeinem Grund – vielleicht wegen seiner aktuellen Lesereise – in den Verlagsräumen gewesen und man hätte ihm den Brief bei der Gelegenheit übergeben. Es war die einzige Erklärung, sie passte genau zu den Tatsachen. Marle hatte seinen Brief gelesen, seine Entschuldigung angenommen und – vielleicht mit einem triumphierenden Lächeln – die Zauberhunde zurückgepfiffen, die seine Botschaften übermittelten.

Ribbon hielt das BUCH in den Händen. Obwohl jetzt vielleicht alles vorbei war, wollte er es trotzdem nicht mehr im Haus haben. Sorgfältig schlug er es in Zeitungspapier ein, steckte das Päckchen in eine Plastiktüte, die er oben an den Tragehenkeln zuband, und warf es in den Abfalleimer.

»Da soll es erst mal versuchen rauszukommen«, sagte er laut vor sich hin. »Das soll es mal versuchen.« Bildete er sich nur ein, dass ein übler Gestank daraus hervordrang, obwohl es ja in einer Plastikumhüllung steckte? Er spritzte etwas Desinfektionsmittel in den Abfalleimer und machte das Küchenfenster auf.

Dann setzte er sich ins Wohnzimmer und schlug *Geschichten, die mir mein Liebhaber erzählte* auf, konnte sich aber nicht konzentrieren. Der Nachmittag verdunkelte sich allmählich, bald würde ein Gewitter einsetzen. Er stand eine Weile am Fenster und sah zu, wie sich die schwarzen, aufgeblähten Wolken zusammenballten. Als er klein war, hatte Mummy ihm gesagt, wenn Wolken sich stritten, dann sei das ein Gewitter. Seit Jahren hatte er nicht mehr daran gedacht und jetzt, wo es ihm einfiel, stellte er – vielleicht zum ersten Mal im Leben – Mummys Urteilsvermögen in Frage. Durfte man ein Kind eigentlich so in die Irre führen?

Der Regen setzte ein und wurde von einem plötzlich aufkommenden Sturmwind in Strömen vorangetrieben. Ribbon fragte sich, ob Marle – neben all seinen anderen Fertigkeiten – auch Wind aufkommen, aus einer diabolischen Zunderbüchse Blitzstrahlen leuchten lassen und wie Jupiter höchstselbst die Donnertrommel rühren konnte. Vielleicht. Bei diesem Menschen würde ihn inzwischen überhaupt nichts mehr wundern. Er ging durchs Haus, um überall die Fenster zu schließen. Das im Arbeitszimmer schloss er und hängte die Haken ein. Aus seinem Schlafzimmerfenster blickte er auf den Rasen hinunter, wo die Büsche dastanden wie immer, unbewegt, unbeweglich, vom Regen gepeitscht, hin und her schlugen und sich im Wind drehten. In der Küche unten stand das Fenster sperrangelweit offen und schlug auf und zu, und der Mülleimer war umgekippt. Das Päckchen lag daneben, Plastikumhüllung und Zeitungspapier waren zerrissen, als hätte eine schuppige Pfote sie zerfetzt. Anderer Müll, Lebensmittelabfälle, eine Sardinenbüchse lagen über den Fußboden verstreut.

Ribbon stand wie versteinert. Er konnte den rotsilbernen Umschlag des BUCHES unter der zerrissenen Verpackung funkeln, fast glühen sehen. Was war da durchs Fenster gekommen? War es möglich, dass Marle den Dämon, den er entfesselt hatte, nicht mehr in der Gewalt hatte? Er stellte die Frage laut, er fragte

Mummy, obgleich sie schon lange nicht mehr da war. Der Klang seiner eigenen, schrillen, von Entsetzen erfüllten Stimme machte ihm Angst. War das Unaussprechliche nun gekommen, um sich die – er konnte es kaum in stumme Worte fassen – die *Aufzeichnungen seiner Großtaten* abzuholen? Unsinn, blanker Unsinn. Das war Mummys Stimme, Mummy, die ihm sagte, er solle stark sein, er solle doch kein Narr sein. Er schüttelte sich, biss die Zähne zusammen. Er nahm das Päckchen, ließ es in einen schwarzen Müllbeutel fallen und trug es in den Garten hinaus, wobei er bei dem ganzen Unterfangen auch noch klitschnass wurde. Im Wind streckte der größte Busch einen nadeligen Arm aus und peitschte ihn übers Gesicht.

Er ließ den Beutel einfach dort liegen. Er verriegelte sämtliche Türen, und selbst als der Sturm vorbei war und der Himmel sich wieder aufklarte, hielt er alle Fenster geschlossen. Später starrte er von seinem Zimmer aus auf den Rasen hinunter. Das BUCH lag in seinem Beutel immer noch da, wo er es gelassen hatte, doch der kleine, dünne Busch hatte sich bewegt, diesmal in eine andere Richtung, sodass die beiden dicken Büsche – derjenige, der ihn gepeitscht hatte, und sein Zwillingsbruder – dicht nebeneinander standen wie zwei schwergewichtige, kräftige Männer und zu seinem Fenster hinaufstarrten. Ribbon hatte noch ein halbes Röhrchen von Mummys Schlaftabletten aufbewahrt. Für den Notfall, für die trüben Tage. Bei Festbeleuchtung betrat er Mummys Zimmer, suchte das Röhrchen heraus und schluckte zwei Pillen. Sie zeigten rasch Wirkung. Vollständig bekleidet fiel er auf sein Bett und in einen eher tranceähnlichen Zustand als in Schlaf. Es war das erste Mal im Leben, dass er ein Schlafmittel nahm.

Am nächsten Morgen sah er in den *Gelben Seiten* nach und fand eine ortsansässige Firma, die Bäume fällte. Ob sie jemanden schicken könnten, der sämtliche Büsche in seinem Garten abschnitt? Sie konnten, aber nicht vor Montag. Montagmorgen um neun könnten sie bei ihm sein. Im hellen Tageslicht fragte er sich erneut, was wohl durchs Küchenfenster gekommen war und das Buch aus dem Mülleimer geholt hatte, und überlegte – inzwischen wieder normal –, ob es vielleicht der Fuchs gewesen sein könnte, von dem Glenys-Von-Nebenan geschwafelt hatte. Die Sonne schien, das Gras glänzte regennass. Er holte einen Spaten aus dem Schuppen und näherte sich dem Blumenbeet. Nicht die rechte Seite, nicht dort, die musste er um jeden Preis meiden. Er suchte sich eine Stelle ganz weit links aus, ganz nah an dem Zaun, der seinen Garten und den von Sandra-Von-Gegenüber trennte. Während des Grabens fragte er sich, ob es eigentlich allgemein üblich war, ungewollte oder verhasste oder bedrohliche Dinge im Garten hinten zu vergraben. Vielleicht waren alle Gärten in Leytonstone, in den Londoner Vorortsbezirken, im Vereinigten Königreich, in der Welt voll von solchen verborgenen Dingen, die in der Erde versteckt bloß darauf warteten ...

Er legte *Dämogorgo* hinein. Dann kam wieder feuchte Erde darüber, bis es ganz bedeckt war. Wild stampfte Ribbon das Ganze glatt. Wenn das Unvorstellbare zurückkam und das Buch ausgrub, dachte Ribbon, würde er sterben.

Alles war besser, seit *Dämogorgo* verschwunden war. Er schrieb Clara Jenkins an ihre Privatadresse – aus irgendeinem unerfindlichen Grund stand sie im *Who's Who* –, um sie darauf hinzuweisen, dass Humphry

Nemo im ersten Kapitel von *Geschichten, die mir mein Liebhaber erzählte* blaue und im einundzwanzigsten Kapitel braune Augen hatte, dass Thekla Pattison auf Seite 20 einen Ehering trug, auf Seite 201 aber leugnete, je einen besessen zu haben, und dass Justin Armstrong auf Seite 245 an einem Leichtathletikwettbewerb teilnahm, obwohl er sich, lediglich fünf Tage vorher, auf Seite 223, das Bein gebrochen hatte. Doch schrieb Ribbon dies mit einer ganz neuen Sanftheit, als hätte sie ihm eher Ungemach bereitet als ihn in Rage versetzt.

Von Dillons war noch nichts gekommen. Er fragte sich etwas säuerlich, weshalb er sich eigentlich die Mühe gemacht hatte, sie zu ihrem guten Service zu beglückwünschen, wenn sein Lobpreis ungewürdigt verhallte. Und, was noch wichtiger war, auch von Kingston Marle war bis Freitag noch nichts gekommen. Er hatte den Entschuldigungsbrief ganz bestimmt erhalten, sonst hätte er den Schluss von *Dämogorgo* ja nicht wieder in die ursprüngliche Fassung abgeändert. Das musste aber nicht unbedingt heißen, das er sich von seinem Zorn erholt hatte. Vielleicht hatte er noch andere Rachemittel vorrätig. Und vielleicht dachte er ja auch gar nicht daran, Ribbon überhaupt zu antworten.

Die Büsche schienen wieder an ihren üblichen Plätzen zu stehen. Es wäre vielleicht eine gute Idee, einen Lageplan des Gartens zu haben, auf dem alle Büsche genau an ihrem Standort eingezeichnet waren, damit er feststellen konnte, ob sie sich bewegten. Er beschloss, einen anzulegen. Es war ein milder, sonniger Abend, wenn auch etwas feucht und so kurz nach der Sommersonnenwende um acht Uhr natürlich immer noch taghell. Ein Gartenstuhl musste her, ein Blatt Papier und – besser als ein Tintenstift – ein weicher Bleistift. Ob die Gartenstühle oben auf dem Dachboden oder hier unten standen, wusste er nicht mehr, obwohl er am Mittwochabend im Schuppen gewesen war, um sich den Spaten zu holen. Er spähte durchs Schuppenfenster. Ganz hinten in der Ecke lag zusammengerollt eine kleine, dunkle Gestalt.

Ribbon konnte vor Schreck gar nicht schreien. Ein stechender Schmerz packte ihn in der Brust, fuhr ihm am linken Arm entlang und hatte ihn fest im Griff, bis er schließlich wieder nachließ und ihn freigab. Die schwarze Gestalt schlug die Augen auf und blickte ihn an, genau wie der Dämon in dem BUCH Charles Ambrose angeblickt hatte. Ribbon krümmte sich zusammen und kniff die Augen zu. Als er sie wieder öffnete und noch einmal hinschaute, sah er Miez-Von-Nebenan aufstehen, sich strecken, den Buckel krumm machen und ganz lässig auf die Tür zukommen. Ribbon riss sie sperrangelweit auf. »Hau ab! Raus mit dir! Nach Hause!«, schrie er.

Miez gab Fersengeld. War das Mistvieh etwa dort hineingeschlüpft, als er die Tür aufgemacht hatte, um den Spaten zu holen? Wahrscheinlich. Er holte einen Gartenstuhl heraus und setzte sich darauf, doch die Lust, einen Gartenplan zu zeichnen, war ihm gründlich vergangen. Sein Herz war nicht mehr bei der Sache – in mehr als einer Hinsicht, dachte er, als der Schmerz nachließ und ein unbestimmtes, dumpfes Gefühl zurückblieb. Man bekam ja leicht Herzattacken, von denen man sich gleich wieder erholte, von denen einem auch nichts blieb. Mummy sagte, sie hätte mehrere gehabt, und einige – erinnerte sie sich betrübt – waren durch sein Abweichen von ihren Wertmaßstäben hervorgerufen worden. Vielleicht war es erblich. Er musste die nächsten Tage unbedingt langsamer tun, *sich keine Sorgen machen* und versuchen, den Stress hinter sich zu lassen.

Kingston Marle hatte alle Bücher, die sie ihm geschickt hatte, signiert und mit einem Begleitschreiben zurückgesandt. Natürlich hatte sie Porto und Verpackungsmaterial mitgeschickt und ein sehr höfliches Briefchen beigelegt, in dem sie noch einmal sagte, wie sehr sie sein Werk schätzte und was für eine Freude es gewesen sei, ihn bei Blackwells kennen zu lernen. Trotzdem hätte sie kaum mit einem so liebenswürdigen langen Brief von ihm gerechnet, und auch nicht in der Art, wie er verfasst war. Marle schrieb, sie sei ja so ganz anders als seine übliche Fangemeinde, und zwar nicht nur vom Intellekt, sondern auch von ihrer äußeren Erscheinung her. Er hoffte, sie würde ihn nicht missverstehen, wenn er ihr sagte, er sei von ihrer Schönheit und Eleganz inmitten dieser fade gekleideten Menge ganz hingerissen gewesen.

Es war lange her, dass Susan von einem Mann so ein Kompliment bekommen hatte. Sie las den Brief immer wieder durch, seufzte ein bisschen, lachte und zeigte ihn Frank.

»Ich glaub nicht, dass er seine Briefe selber schreibt«, sagte Frank etwas verstimmt. »Dafür hat der doch irgendeine Sekretärin.«

»Na, glaube ich kaum.«

»Du musst es wissen. Wann triffst du dich wieder mit ihm?«

»Ach, sei doch nicht albern«, erwiderte Susan.

Sie schlug jedes Buch, das Kingston Marle für sie signiert hatte, einzeln in Transparentfolie ein und stellte es in ein verglastes Bücherregal, nachdem sie Franks *Shakespeares Gesammelte Werke*, Tennysons *Gedich-*

te, *Die Gedichte von Robert Browning* und Kobbés *Großes Opernbuch* herausgenommen hatte, um Platz zu schaffen. Frank schien es aber nicht aufzufallen. Während sie ihre wunderbare Sammlung von Marles Werken mit den verborgenen Widmungen durch die Glasscheiben bewundernd, ja regelrecht verzückt betrachtete, überlegte Susan, ob sie dem Autor antworten sollte. Einerseits würde sie durch einen Brief bei ihm in Erinnerung bleiben, andererseits würde dies dem Prinzip des Sich-nicht-gleich-herumkriegen-Lassens widersprechen. Nicht, dass Susan die geringste Absicht gehabt hätte, »sich herumkriegen« zu lassen, natürlich nicht, doch war sie nicht abgeneigt, bei Kingston Marle gewisse Gedanken an sie wachzurufen oder sogar ein gewisses Bedauern darüber, dass er sie nicht besser kennen lernen konnte.

Im Laufe der nächsten Tage nahm sie mehrmals verstohlen eines der Bücher heraus, um die Widmung zu betrachten. In jedem stand etwas anderes. In *Bosheit in höchsten Kreisen* hatte Marle geschrieben: »Für Susan – Begegnung an einem schönen Morgen in Oxford« und in *Die Braut des Geisterbeschwörers*: »Für Susan – mit den besten Wünschen«, aber auf der Titelseite von *Inbegriff des Bösen* war die Widmung, die Susan am besten gefiel. »Eine Dame, so lieb und fein, konnte mir noch nie begegnen sein – immer der Ihre, Kingston Marle.«

Vielleicht würde er noch einmal schreiben, auch wenn sie nicht antwortete. Vielleicht war es sogar *viel wahrscheinlicher*, dass er schrieb, wenn sie nicht antwortete.

Am Montagmorgen kam die Post schon früh, um kurz nach acht, und brachte nur eine Sendung. Die computergeschriebene Adresse auf dem Umschlag weckte in Ribbon einen Augenblick lang die wilde Hoffnung, es wäre etwas von Kingston Marle. Doch es war von Clara Jenkins, ein wütender Brief voller Entrüstung, der allerdings keine Drohungen enthielt. Begreife er denn nicht, dass es sich bei ihrem Roman um Fiktion handelte? Bei Fiktion ließ sich nicht sagen, ob etwas richtig oder falsch war, denn die Dinge waren so, wie der Autor, der allmächtig war, sie haben wollte. Nur ein ungebildeter Tropf würde in einem Roman des magischen Realismus wie *Geschichten, die mir mein Liebhaber erzählte* erwarten, dass die Tatsachen (zu denen auch Rechtschreibung, Zeichensetzung und Grammatik zählten) sich so verhielten wie die düstere Wirklichkeit, in der er dahinvegetiere. Ribbon trug den Brief in die Küche, knüllte ihn zusammen und warf ihn in den Abfalleimer.

Er wartete auf die Baumfäller, die für neun Uhr angemeldet waren. Es wurde halb zehn, es wurde zehn. Um zehn nach zehn klingelte es an der Haustür. Es war Glenys-Von-Nebenan.

»Miez ist wieder aufgetaucht«, sagte sie. »Ich war so froh darüber, dass ich ihm gleich eine ganze Dose Rotlachs gegeben hab.« Anscheinend hatte sie Ribbon seine »Einstellung« verziehen. »Sagen Sie jetzt nicht, was für eine Verschwendung, Sie sind ja schon drauf und dran. Ich muss zu meiner Mutter, sie ist gestürzt und hat sich den Arm gebrochen und Prellungen im Gesicht, wären Sie also ein Goldstück und lassen den Waschmaschinenmann rein?«

»Na gut.« Die Frau hatte eine Mutter! Dabei ging sie selber schon auf die Siebzig zu.

»Sie sind ein Schatz, Amby! Hier ist der Schlüssel, den können Sie auf dem Tischchen im Hausflur lassen, wenn er da war. Sagen Sie ihm bloß, es sind Kissenbezüge drin und Wasser, und dass die Tür nicht aufgeht.«

Die Baumfäller kamen um halb zwölf. Der Ältere, ein Witzbold, meinte: »Ich bin ein komischer Altfäller, und er ist ein lustiger Jungfäller, stimmt's?«

»Hier herum«, entgegnete Ribbon eisig.

»Wieso woll'n Sie denn die schönen Zypressenhecken weghaben? Ganz zu schweigen von der blühenden Johannisbeere?«

»Bei Beeren riecht's immer nach Katzenpisse, Damian«, sagte der Jüngere. »Ob Katzen draufgepisst haben oder nicht.«

»Ach, tatsächlich? Was der alles für Sachen weiß, Chef. Viel zu gut für den Job, der sollte an Computern rumbasteln.«

Ribbon ging ins Haus. Computer und Drucker standen jetzt unten im Esszimmer. Zuerst schrieb er Natalya Dreadnought, der Verfasserin von *Zecke*, um sie sanft darauf hinzuweisen, dass »Eponym« sich auf die Person oder Sache beziehe, die einem Werk den Namen verleiht, und nicht auf den Namen, der von der Person abgeleitet wird. Daher war die große Blut saugende Milbe aus der Ordnung der Acarina das Eponym, nicht der Titel ihres Romans. Den Brief an Raymond Kobbo schrieb Ribbon nur, um zwei Fehler in *Das Lächeln des Nomaden* zu korrigieren, musste für beide jedoch *Piranha bis Schorf* konsultieren. Er war sich ziemlich sicher, dass die libysche Karawanserei sich »Sabha« und nicht »Sebha« schrieb, und noch überzeugter war er, dass »qalam«, ein in der arabischen Kalligrafie verwendetes Schreibgerät aus Schilfrohr, vorne mit »K« geschrieben wurde. Er ging nach oben und nahm den schweren Band aus dem Regal. Die Feststellung, dass Kobo in beiden Fällen Recht gehabt hatte – »Sabha«

und »Sebha« waren gleichberechtigte Schreibweisen und »qalam« war absolut korrekt –, beunruhigte ihn. Mummy hätte es gewusst, Mummy hätte ihn auf ihre entschiedene, sachlich nüchterne Art über seinen Irrtum aufgeklärt, bevor er den Fuß auf die unterste Treppenstufe gesetzt hätte. Er fragte sich, ob er ohne sie leben konnte, und hätte schwören können, sie mit ihrer scharfen Stimme sagen zu hören: »Das hättest du dir vorher überlegen sollen.«

Vor was? Vor jenem Februartag, an dem sie hier heraufgekommen war, um – nun, um ihm auf die Finger zu sehen, ihn zu kontrollieren. Das pflegte sie häufig zu tun, und in den letzten Jahren hatte er ihr dafür nicht den gebührenden Dank gezollt. Neben diesem Schreibtisch hatte sie gestanden und zu ihm gesagt, es sei an der Zeit, dass er mit seiner Arbeit etwas Geld verdiente; wenn einer zweiundfünfzig wäre, sei es an der Zeit. Sie habe beschlossen, Daddys Tantiemen der Gesellschaft zur Rettung Schiffbrüchiger zu vermachen. Aber das war es nicht, was für ihn den Ausschlag gab oder was die Dinge ins Rollen brachte, je nachdem, wie man es ausdrücken wollte. Es war der höhnische Tonfall, in dem sie zu ihm sagte – mit dem rechten Zeigefinger auf seine Brust deutend –, er sei ein Nichtsnutz, ein Versager. Jahrzehntelang habe sie es ihm bequem und luxuriös gemacht, ihn unterwiesen, ihm alles beigebracht, was er heute wusste, und doch habe er mit seiner Literaturkritik bei den Autoren nicht das Geringste ausgerichtet und nicht einmal die kleinste Verbesserung der englischen Belletristik bewirkt. Er habe seine Zeit und sein Leben verschwendet, und zwar durch Feigheit und Kleinmut, statt eines Mannes sei er immer nur eine Maus gewesen.

Das Wort »Maus« gab ihm den Rest. Seine Hände

bewegten sich über den Tisch und verharrten schließlich auf *Piranha bis Schorf*. Mit beiden Händen hob er es hoch und ließ es mit aller Macht auf ihren Kopf niederkrachen. Einmal, zwei Mal, wieder und immer wieder. Beim ersten Mal schrie sie noch, danach jedoch nicht mehr. Sie schwankte und sank auf die Knie, als er sie mit Band VIII der *Encyclopaedia Britannica* zu Boden schlug. Sie war eine alte Frau, sie setzte sich nicht zur Wehr, sie starb rasch. Er wollte unter allen Umständen verhindern, dass Blut auf das Buch kam – hatte sie ihn doch gelehrt, Bücher seien heilig –, aber es gab kein Blut. Was davon vergossen wurde, wurde in ihrem Inneren vergossen.

Die Reue folgte auf dem Fuße. Danach kamen die Gewissensbisse. Doch sie war tot. Er begrub sie noch in der gleichen Nacht in dem breiten Blumenbeet am unteren Ende des Gartens, in der Dunkelheit ohne Taschenlampe. Die Witwen auf beiden Seiten schliefen tief und fest, niemand sah etwas. Der Efeu wuchs wieder darüber und die Blattpflanzen, die es gern schattig hatten. Er sagte nur zwei Leuten Bescheid, dass sie tot war, Glenys-Von-Nebenan und seinem Cousin Frank. Keiner von beiden zeigte sich geneigt, zur »Beerdigung« zu kommen, und so ging er an dem Tag, den er dafür ausersehen hatte, um zehn Uhr morgens aus dem Haus, angetan mit dem neuen dunklen Anzug, den er sich extra gekauft hatte, einem schwarzen Schlips, der einmal Daddy gehört hatte, und einem Strauß Frühlingsblumen in der Hand. Sandra-Von-Gegenüber erspähte ihn aus ihrem Wohnzimmerfenster, nickte ihm kummervoll anerkennend zu und schenkte ihm ein betrübtes Lächeln. Ribbon lächelte betrübt zurück. Er legte die Blumen auf irgendein Grab und schlenderte eine halbe Stunde auf dem Friedhof herum.

Vom materiellen Standpunkt aus gesehen, war das Leben einfach. Er hatte jetzt mehr Geld, als Mummy ihm je zugestanden hatte. Zweimal im Jahr wurden Daddys Tantiemen auf ihr Bankkonto eingezahlt, und dabei würde es auch bleiben. Ribbon hob je nach Bedarf mit ihrer Kontokarte ab, und seine Handschrift ähnelte der ihren so sehr, dass keiner einen Unterschied sehen konnte. Ihre Rente hob er schon seit Jahren für sie ab, und dies tat er auch weiterhin. Einmal kam ihm der Gedanke, das Sozialversicherungsamt könnte vielleicht damit rechnen, dass sie irgendwann starb, die Bank ebenfalls, doch war sie bei seiner Geburt noch sehr jung gewesen und hätte ihn durchaus auch überleben können. Bis zu ihrem vermeintlichen hundertsten Geburtstag könnte er wohl so weitermachen und sogar darüber hinaus. Aber konnte er ohne sie leben? Er hatte »es an ihr wieder gutgemacht«, indem er ihr Schlafzimmer in einen Schrein verwandelt und ihre Kleidung so aufbewahrt hatte, als käme sie eines Tages zurück und würde sie wieder tragen. Trotzdem war er ein Umherirrender, ein halber Mensch, das Opfer von Zweifeln, Ängsten, Gewissenskonflikten und nervöser Unruhe.

Als er auf den Boden hinuntersah, glaubte er fast, einen Fleck an der Stelle erkennen zu können, an der ihr kleiner, zierlicher Körper gelegen hatte. Doch da war nichts, ebenso wenig wie auf Band VIII der *Britannica*. Er ging nach unten und starrte in den Garten hinaus. Die Zypresse, die er mit ihr assoziiert hatte, die er beinahe mit ihrem Geist beseelt hatte, lag gefällt im Gras, und ihre zerzausten Äste begannen in der Hitze bereits zu welken. Einer der beiden breiten Büsche war ebenfalls ab. Damian und der junge Kerl saßen *auf Mummys Grab*, tranken irgendetwas aus einer Thermoskanne und rauchten Zigaretten. Mummy hätte es sich sicherlich verbeten, doch er hatte nicht den Schneid dazu. Wieder dachte er darüber nach, wie seltsam es doch war, wie schrecklich und irgendwie verkehrt, dass der Name, mit dem ein kleines Kind seine Mutter anredete, identisch war mit der Bezeichnung für einen einbalsamierten ägyptischen Leichnam.

Nachmittags, als der Waschmaschinenmann gekommen und bei Glenys-Von-Nebenan eingelassen worden war, fasste Ribbon sich ein Herz und rief Kingston Marles Verlag an. Nach zahlreichen Anrufbeantwortern, Anweisungen zum Drücken dieses oder jenes Knopfes und Aufforderungen zum Hinterlassen von Nachrichten wurde er zu der Abteilung durchgestellt, die mit der Weiterleitung von Autorenbriefen befasst war. Eine junge Frau versicherte ihm ziemlich indigniert, sämtliche Post werde innerhalb von einer Woche nach Eingang im Verlag weitergeschickt. Indem er sich ein wenig von Mummys Elan zurückeroberte, sagte er im strengsten Tonfall, den er aufbringen konnte, eine Woche sei viel zu lang. Wie es denn mit Lesern stünde, die begierig auf eine Antwort warteten? Die junge Frau erwiderte, sie habe gesagt, »innerhalb von einer Woche«, es könne aber auch früher sein. Damit musste er sich zufrieden geben. Seit er sich bei Kingston Marle entschuldigt hatte, waren elf Tage vergangen, zehn, seit der Verlag den Brief erhalten hatte. Zögernd erkundigte er sich, ob sie einem Autor schon einmal persönlich einen Brief ausgehändigt hätten. Sie schien erst nicht recht zu begreifen, was er damit meinte, sagte dann aber trotzig »Nein«, so etwas käme nie vor.

Marle hatte seine Hunde also nicht deshalb zurückgepfiffen, weil er die Entschuldigung erhalten hatte. Vielleicht lag es nur daran, dass der Zauber, oder was auch immer es war, nicht länger als vierundzwanzig Stunden vorhielt. Bedauerlicherweise schien dies die wahrscheinlichste Erklärung. Um fünf waren die Gartenbauleute fertig und ließen die verdorrten Bäume auf dem Blumenbeet aufgehäuft liegen, nicht auf Mummys Grab, sondern an der Stelle, an der das BUCH vergraben war. Ribbon nahm zwei von Mummys Schlaftabletten und verbrachte eine gute Nacht. Am nächsten Morgen kam kein Brief, es kam überhaupt keine Post. Ohne irgendeinen Anhaltspunkt zu haben, war er sich plötzlich ganz sicher, dass von Marle nun kein Brief mehr kommen würde, dass nie einer kommen würde.

Ihm blieb nichts zu tun, er hatte allen geschrieben, die zu tadeln waren, hatte sich mit keinen neuen Büchern versorgt und verspürte auch keine Neigung, auszugehen und welche zu kaufen. Vielleicht würde er nie wieder jemandem schreiben. Er zog das Verbindungskabel zwischen Computer und Drucker heraus und klappte den Computerdeckel zu. Die neuen Regale, die er bei *IKEA* gekauft hatte und im Esszimmer aufstellen wollte, würden nun keine Verwendung mehr finden. Am hellen Vormittag ging er in Mummys Schlafzimmer, stopfte das Nachthemd unter Kissen und Steppdecke, nahm die Tagesdecke von der Schranktür ab und zog die Tür zu. Weshalb er das alles tat, hätte er nicht erklären können, es schien ihm einfach an der Zeit, es zu tun. Durchs Fenster sah er, wie ein Taxi vorfuhr und Glenys-Von-Nebenan ausstieg. Es war noch jemand im Taxi, dem sie heraushalf, doch wartete Ribbon nicht ab, um zu sehen, wer es war.

Vom Esszimmer aus betrachtete er den hinteren Garten. Irgendwie müsste er das ganze Holz loswerden, die Überreste der Zypresse, der blühenden Johannisbeere, der Stechpalme und des Fliederbusches. Für einen Zehn-Pfund-Schein hätten die Männer sie sicher mitgenommen, doch hatte Ribbon nicht rechtzeitig daran gedacht. Nun sah es draußen trostlos und nichts sagend aus, eine leere Grasfläche mit einem öden, efeubewachsenen Beet am unteren Ende. Über den trennenden Drahtzaun hinweg fielen ihm zum ersten Mal die üppig blühenden Blumen im Garten von Glenys-Von-Nebenan auf, der Futterplatz für die Vögel, der kleine Fischteich (beides Jagdgründe für Miez), der rotblättrige japanische Ahorn. Er beschloss, ein Feuer zu machen und das Holz zu verbrennen.

Das durfte er natürlich gar nicht. Es war eigentlich gesetzeswidrig, denn fast so lange er sich erinnern konnte, war hier immer rauchfreies Gebiet gewesen. Bevor sich jemand beschweren konnte – und Glenys-Von-Nebenan und Sandra-Von-Gegenüber würden sich mit Sicherheit beschweren –, wäre die Tat schon vollbracht und das Holz verbrannt. Trotzdem verschob er es noch eine Weile und ging wieder ins Haus. Er fühlte sich eigentlich recht gut, wenn auch ein wenig schwach und benommen. Da das Treppensteigen ihm auf nie gekannte Art den Atem raubte, verschob er es ebenfalls und trank dafür eine Tasse Tee, wozu er sich ins Wohnzimmer setzte und die Füße hochlegte. Was Marle wohl als Nächstes tun würde? Wenn man das wüsste. Sobald es ihm besser ginge, überlegte Ribbon, würde er herausfinden, wo Marle wohnte, zu ihm gehen und sich persönlich entschuldigen. Er würde fragen, was er tun könnte, um es bei Marle wieder gutzumachen, und es dann tun, wie die Antwort auch ausfiel. Wenn Marle ihn zum Diener wollte, würde er es werden oder sich vor ihn hinknien und den Boden küssen oder Marle erlauben, ihn mit einer Peitsche zu züchtigen. Was auch immer Marle wollte, er würde es tun.

Er hätte das Buch natürlich nicht vergraben sollen. Das half auch nichts. Inzwischen war es sicher verdorben, und die beste – die *sauberste* Lösung wäre, es einzuäschern. Nachdem er sich ausgeruht hatte, begab er sich – besser gesagt, kroch er, die Hände auf die Treppenstufen vor ihm gelegt – nach oben, holte *Piranha bis Schorf* aus dem Bücherregal und nahm es mit hinunter. Er hatte vor, es ebenfalls zu verbrennen. Im Garten schichtete er das Holz auf einer Unterlage aus zusammengeknülltem Zeitungspapier auf, legte Band VIII der *Encyclopaedia Britannica* darauf und grub, nachdem er sich einen Spaten geholt hatte, *Dämogorgo* aus. Da die Hülle aus Plastik es nur notdürftig geschützt hatte, war es durchnässt und darüber hinaus auch noch äußerst verschmutzt. Ribbon machte sich Vorwürfe, es so behandelt zu haben. Das Feuer würde es reinigen. Irgendwo musste noch eine Dose Paraffin sein, das Mummy immer für das Heizöfchen in ihrem Schlafzimmer benutzt hatte. Er ging wieder ins Haus, fand die Dose, verteilte Paraffin auf Zeitungen, Holz und Büchern und hielt ein brennendes Streichholz daran.

Die Flammen loderten sofort auf und wurden schwächer, sobald das Öl seine Wirkung getan hatte. Er stocherte mit einem langen Stock im Feuer herum. Da begann eine Stimme auf ihn einzuschreien, doch er nahm keine Notiz davon, denn es war bloß Glenys-Von-Nebenan, die sich beschwerte. Der Rauch verdichtete sich, wurde undurchdringlich und grau. Die Flammen hatten die nassen Seiten des Buches erreicht, das ganze dicke Bündel von 427 Seiten, und als die Rauchschwaden sich zu einer hohen, umherwirbelnden Wolke sammelten, erhob sich ein scharfer, beißender Geruch. Ribbon starrte auf den Rauch, denn darin oder dahinter nahm etwas Gestalt an, eine kleine, dünne, uralte Frau, Kopf und Arme wie bei einer Mumie mit weißen Bändern umwickelt, die Haut dazwischen weiß wie die Unterseite eines Fischleibs. Mit einem leisen, erstickten Schrei griff er sich an die Stelle, wo sein Herz saß, hielt sich fest an dem überwältigenden Schmerz und fiel um.

»Der Pathologe meint, er ist wohl vor lauter Angst gestorben«, sagte der Polizist zu Frank. »Ziemlich ausgefallene Idee, wenn Sie mich fragen. Eine Herzattacke kann doch jeder kriegen. Man fragt sich doch, *wovor* er hätte Angst haben können. Vor gar nichts, außer vielleicht davor, Feuer zu fangen. Streng genommen hatte der arme Kerl kein Recht, Feuer zu machen. Mrs. Judd und ihre Mutter haben alles gesehen. War ein ziemlicher Schock für die alte Dame, sie ist über neunzig und selbst auch nicht so gut beieinander. Erholt sich gerade von einem schlimmen Sturz und wohnt solange bei ihrer Tochter.«

Frank interessierte sich nicht für Glenys Judds Mutter und deren Probleme. Er litt an einer schlimmen Sommergrippe, und das Ganze hatte ihm eigentlich gerade noch gefehlt. Er bezweifelte, dass er so weit auf der Höhe war, um an Ambrose Ribbons Beerdigung teilzunehmen. Schließlich ging Susan allein hin. Irgendjemand musste ja. Es wäre doch schrecklich gewesen, wenn keiner hingegangen wäre.

Sie rechnete damit, der einzige Trauergast zu sein, und war sehr überrascht, als sie feststellte, dass sie nicht allein war. Auf der anderen Seite des Mittelgangs in der Krematoriumskapelle saß Kingston Marle. Erst traute sie ihren Augen nicht recht, dann wandte er den

Kopf, lächelte und setzte sich neben sie. Als sie danach die beiden Kränze bewunderten, seinen und den von ihr und Frank, meinte er, nun sei wohl eine Art von Erklärung angebracht.

»Eigentlich nicht«, erwiderte Susan. »Ich finde es einfach wunderbar von Ihnen, dass Sie gekommen sind.«

»Ich habe die Todesanzeige in der Zeitung gelesen, in der auch Ort und Datum der Beerdigung angegeben waren«, sagte Marle und wandte seinen wundervollen, tiefen Blick von den Blumen ab und zu ihr herüber. »Etwas recht Merkwürdiges ist geschehen. Ich erhielt einen Brief von Ihrem Cousin – oder dem Cousin Ihres Mannes. Ein paar Tage, nachdem wir uns in Oxford kennen gelernt hatten. Sein Brief war eine Entschuldigung, eine zutiefst zerknirschte Entschuldigung. Er sagte, was er mir geschrieben habe, tue ihm Leid und er bitte um Verzeihung, dass er mich für irgendetwas kritisiert hatte.«

»Für irgendetwas, für was denn?«

»Das weiß ich auch nicht. Ich habe seinen früheren Brief nie bekommen. Bei dem, was er sagte, fiel mir jedoch ein, dass ich tatsächlich einen Brief erhalten hatte, der eigentlich an die Buchhandlung Dillons in Piccadilly gerichtet und von ihm unterschrieben war. Ich schickte ihn natürlich weiter und dachte nie mehr daran. Inzwischen frage ich mich aber, ob er den Brief an Dillons vielleicht in den für mich gedachten Umschlag gesteckt hat und meinen in Dillons. Das kann einem leicht passieren. Deshalb bevorzuge ich persönlich die E-Mail.«

Susan lachte. »Das kann aber jedenfalls nichts mit seinem Tod zu tun gehabt haben.«

»Nein, sicher nicht. Ich bin auch in Wirklichkeit

nicht wegen des Briefes hier, der ist nicht so wichtig, sondern weil ich hoffte, Sie vielleicht wiederzusehen.«

»Oh.«

»Würden Sie mit mir zu Mittag essen?«

Susan blickte um sich, als könnten Spione in der Nähe sein. Doch sie waren allein. »Na, warum eigentlich nicht«, sagte sie.

Computer-Séance

Sophia de Vasco (Sheila Vosper laut Geburtsurkunde) stand wartend an der Bushaltestelle, als sie plötzlich ihren Bruder aus einer Seitenstraße kommen sah. Er sah zwar um einiges jünger aus als damals vor sieben Jahren, als er gestorben war, doch jegliche Zweifel, die sie an seiner Identität hegen mochte, wurden gleich zerstreut, als er auf sie zutrat und Geld von ihr verlangte. »Bisschen Geld für 'ne Tasse Tee, Lady?«

»Du hast dich nicht verändert, Jimmy«, sagte Sophia leise lachend.

Statt einer Antwort hielt er weiter die Hand auf.

»Na«, meinte Sophia schelmisch, »woher soll ich denn wissen, was eine Tasse Tee kostet, he?«

»Fünfzig Pence«, sagte Jimmys Geist. »Zwei Pfund für 'ne Tasse Tee und was zum Spachteln.«

»Du hast wohl meine Karriere aus dem Jenseits verfolgt, Jimmy, und weißt, dass ich mich seit deinem Hinscheiden recht gut gestellt hab. Du hast mitgekriegt, dass London seine spirituelle Wiedergeburt mir zu verdanken hat, stimmt's? Dir muss aber auch klar sein, dass ich immer noch nicht auf dem Geldsack sitze. Falls Du meinst, Mutter und Vater hätten mir was hinterlassen, irrst du dich.«

»Sie ham'se wohl nicht alle?« Er taxierte ihren Kunstpelz, die hochhakigen Schuhe, die beiden geräumigen Einkaufstaschen und die Ledertasche, die sie trug. »Was is'n in der Tasche?«

»Mein Computer. Mein unverzichtbares Handwerkszeug, Jimmy. Man könnte es auch als Symbol des elektronischen Fortschritts betrachten, den der Spiritismus in den letzten Jahren vollzogen hat. Da kommt mein Bus. Also dann, adieu.«

Sie ging nach oben. Sie dachte, er würde ihr vielleicht folgen, doch als sie Platz genommen hatte und sich suchend umsah, war er nirgends zu entdecken. Begegnungen mit ihren toten Verwandten waren in Sophias Leben nichts Ungewöhnliches. Erst letzte Woche war ihre Tante Lily um Mitternacht in ihr Schlafzimmer spaziert – sie war schon immer eine Nachteule gewesen – und hatte ihr zahlreiche Botschaften von ihrer Mutter überbracht, größtenteils Warnungen, Sophia möge in Geld- und Männerangelegenheiten auf der Hut sein. Vorgestern Abend war eine alte Frau durch die Wand gekommen, als Sophia gerade beim Abendessen saß. Dass die sich derart selbstbewusst manifestierten, dachte Sophia, lag bestimmt daran, dass sie keine Furcht zeigte, dass sie sich absolut nicht fürchtete. Die alte Frau blieb nicht lange, sondern huschte in der Wohnung umher, steckte überall die Nase hinein und verschwand, nachdem sie Sophia mitgeteilt hatte, sie sei ihre Großmutter mütterlicherseits, die 1919 während der Spanischen Grippe-Epidemie gestorben war.

Dass sie Jimmy gesehen hatte, überraschte sie daher kaum. Zu Lebzeiten war er ein rechter Nichtsnutz gewesen, unfähig, einen Job auf Dauer zu halten, hatte unter chronischem Geldmangel gelitten und keine Talente besessen außer dem, seine Verwandten auszunehmen. Es waren kaum Tränen geflossen, als man seine im Grand Union Canal dahintreibende Leiche entdeckt hatte, in den er nach ein paar überzähligen Glä-

sern im Hero of Maida gefallen war. Sophia hoffte inständig, er würde ihr die Peinlichkeit ersparen, sich bei
der Séance zu manifestieren, die sie in einer halben
Stunde bei Mrs. Paget-Brown abzuhalten gedachte.

Stattdessen trat er vorher auf viel definitivere, fast
konkrete Weise in Erscheinung. Als sie im Bus die
Treppe hinunterstieg, sah sie, dass er an der Haltestel-
le auf sie wartete. Eine weniger empfindsame Frau als
Sophia hätte vielleicht vermutet, er habe ebenfalls den
Bus genommen und unten gesessen, doch sie war
schlauer. Wieso in den Bus steigen, wenn er in Geis-
termanier blitzschnell durch Zeit und Raum reisen
und im Handumdrehen da sein konnte, wo er wollte?

Sophia entschied, es wäre am klügsten, ihn überhaupt nicht zu beachten, bedachte ihn mit einem
Kopfschütteln und ging energischen Schritts die Ken-
dall Street hinunter. Vor dem Fleischerladen drehte sie
sich um und sah, dass er ihr folgte. Da war nun nichts
zu machen, sie konnte nur hoffen, dass er sich ihr nicht
an die Fersen heftete oder sich gar in ihrer Wohnung
häuslich niederließ, denn dann hätte sie bloß den Ärger und die Ausgaben für eine Geisteraustreibung.

Mrs. Paget-Brown wohnte am Hyde Park Square. Bevor sie an der Haustür klingelte, blickte Sophia sich
noch einmal um. Es wurde allmählich dunkel, und sie
konnte Jimmy nicht mehr sehen, doch das bedeutete
vielleicht bloß, dass er bereits drinnen im Salon auf sie
wartete. Nun, da war nichts zu machen. Mrs. Paget-
Brown öffnete ihr unverzüglich. Sie hatte schon alles
vorbereitet: den langen rechteckigen Tisch, bedeckt
mit dunkelbraunem Chenillestoff, Sophias Sessel und
dahinter die im Halbkreis aufgestellten Stühle. Fünf
Gäste wurden erwartet, von denen zwei bereits eingetroffen waren. Sie saßen im Speisezimmer bei einer

Tasse Kräutertee, denn vor Begegnungen mit Bewohnern des Jenseits riet Sophia vom Alkoholgenuss ab.

Während Mrs. Paget-Brown sich wieder ihren Gästen widmete, nahm Sophia ihren Laptop aus der Hülle und stellte ihn auf den Tisch. Sie klappte ihn so weit auf, dass Tastatur und Bildschirm zu sehen waren. Dann entnahm sie einer der beiden Einkaufstaschen einen großen Monitor, dessen Kabel sie in eine der Computerschnittstellen einsteckte. Nachdem sie sich mit einem Blick über die Schulter vergewissert hatte, dass Mrs. Paget-Brown tatsächlich hinausgegangen und die Tür geschlossen war, holte sie aus der anderen Einkaufstasche eine große Tastatur, deren Kabel sie in eine zweite Schnittstelle steckte.

Es klingelte an der Tür, und nach fünf Minuten klingelte es abermals, was wahrscheinlich bedeutete, dass alle eingetroffen waren, denn bei zwei der erwarteten Gäste handelte es sich um ein Ehepaar, Mr. und Mrs. Jameson, die sich eine Begegnung mit ihrer toten Tochter erhofften. Mrs. Paget-Brown hatte ihr viel über diese Tochter erzählt: Deirdre habe sie geheißen, einen Mann und zwei kleine Kinder gehabt und sei Harfenistin gewesen. Bisweilen durchströmte Sophia ein warmes Glücksgefühl, wenn sie darüber nachdachte, wie oft sie Leuten wie den Jamesons schon Erleichterung und Hoffnung hatte verschaffen können, indem sie sie mit denen in Verbindung brachte, die vor ihnen das Zeitliche gesegnet hatten.

Der Computer war eingeschaltet, der kleine Bildschirm dunkel, der große Bildschirm erhellt, aber leer. Sie hatte es sich in dem großen Sessel bequem gemacht – auf dem Schoß die Tastatur, die zusammen mit ihren Händen vom überhängenden Chenillestoff verdeckt wurde –, als jemand an die Tür klopfte und fragte, ob sie bereit sei. Mit Säuselstimme bat Sophia die anderen herein.

Es hätte sie gar nicht überrascht, wenn Jimmy auch dabei gewesen wäre. Die anderen hätten ihn – im Gegensatz zu ihr – natürlich nicht gesehen. Doch es traten lediglich sechs Leute ins Zimmer, darunter Mrs. Paget-Brown selbst, das Ehepaar namens Jameson, das mit der toten Tochter, dann ein sehr dicker, schnaufender Mann und zwei ältere Frauen, die eine todschick im türkisblauen Kostüm, die andere sehr hausbacken und mit ungepflegtem Haar.

»Guten Abend«, sagte Sophia huldvoll und fuhr fort: »Nehmen Sie bitte so hinter mir Platz, dass Sie den Bildschirm sehen können. Bevor wir jetzt gleich die Lichter löschen, möchte ich Ihnen kurz erklären, was nun geschehen wird. Was *vielleicht* geschehen wird. Ich kann natürlich für nichts garantieren, wenn die Geister nicht willig sind.«

Sie setzten sich. Der Asthmatiker atmete geräuschvoll. Die im türkisblauen Kostüm nahm den Hut ab. Im Bildschirm sah Sophia die Spiegelbilder ihrer Gesichter. Mrs. Jamesons Augen glänzten vor Hoffnung und Erwartung. Die Hausbackene wollte wissen, ob sie etwas fragen dürfe, und als Sophia sagte, aber sicher, gern, erkundigte sie sich, ob man etwas sehen würde oder ob es sich nur um Tischklopfen und Ektoplasma handelte.

Bei der Vorstellung von Ektoplasma musste Sophia unwillkürlich lachen. Diese Leute waren ja so unglaublich hinter dem Mond. Doch es war ein freundliches Lachen, und sie erklärte, auf den Tisch werde nicht geklopft. Die Geister, die in diesen Dingen sehr fortschrittlich seien, teilten ihre Gefühle und Botschaften per Computer mit. Die hinter ihr sitzenden

Wahrheitssuchenden würden die Antworten dann auf dem Bildschirm aufleuchten sehen.

Natürlich richteten sich sämtliche Blicke auf die kleine Laptoptastatur. Und als die Lichter heruntergedreht wurden, konnte man sich vorstellen, dass sich die Tasten bewegten. Sophia behielt die Hände unter dem Tuch, die Finger auf der großen Tastatur. Sie war heilfroh, damals vor all den Jahren als junges Mädchen blind tippen gelernt zu haben.

Die Frau des Asthmatikers war der erste Geist, der sich präsentierte. Als ihr Mann sie fragte, ob sie glücklich sei, erschien in grünen Lettern das Wort JA auf dem Bildschirm. Er wollte wissen, ob sie ihn vermisste, worauf WARTE DARAUF, DASS DU MIR FOLGST, LIEBSTER erschien. Tief beeindruckt beschwor Mrs. Paget-Brown ihren Vater herauf. In ehrfurchtsvollem Ton sagte sie, sie könne sehen, wie sich die Tasten der Laptoptastatur kaum merklich bewegten, während seine Geisterfinger sie berührten. Ihr Vater antwortete JA, als sie ihn fragte, ob er bei ihrer Mutter sei, und NEIN, als sie wissen wollte, ob der Tod eine schmerzliche Erfahrung gewesen sei. Sophia lehnte sich ein wenig zurück und schloss die Augen. Mit Geistern in Verbindung zu treten war sehr anstrengend.

Dann präsentierte sie der Hausbackenen einen leidlich annehmbaren toten Verlobten, den Vorgänger ihres verblichenen Gatten. Als Antwort auf eine ziemlich schüchterne Frage erwiderte er, dass er es immer bereut habe, sie nicht geheiratet zu haben und dass sein Leben gescheitert sei. Als die Hausbackene ihn daran erinnerte, er habe doch fünf Kinder gezeugt und drei Häuser besessen und sei Parlamentarischer Staatssekretär in Margaret Thatchers Regierung und später Vorstandsvorsitzender einer multinationalen Firma gewesen, ermahnte sich Sophia, künftig etwas vorsichtiger zu sein.

Bei Deirdre Jameson war ihr mehr Erfolg beschieden. Die Jamesons erstarrten vor Freude, als Deirdre ihnen per Bildschirm kundtat, sie sei glücklich, und andeutete, sie würde von weither über ihren Gatten und die Kinder wachen. Da, wo sie jetzt sei, habe sie reichlich Gelegenheit, Harfe zu spielen, was sie zur Erbauung der himmlischen Gemeinschaft auch tue. Einen kurzen Augenblick fragte sich Sophia, ob sie nicht zu weit gegangen war, doch akzeptierten Mr. und Mrs. Jameson bereitwillig alles, und als die Lichter wieder angingen, dankten sie ihr, wie sie sich ausdrückten, aus tiefstem Herzensgrund. »Dank Ihnen, Dank Ihnen, Sie haben uns eine wunderbare Wohltat erwiesen, Sie haben unser Leben verwandelt.«

Während sie alles wieder einpackte, ließ Sophia sich etwas durch den Kopf gehen, worüber sie schon öfter nachgedacht hatte. Sie brachte es nicht fertig, zu weit zu gehen, sie konnte die Leute einfach nicht betrügen. Die versteckte Tastatur und ihr flinkes Fingerspiel mochte sie vor den Wahrheitssuchenden zwar verbergen, doch es musste einfach etwas dran sein, dass diese Geister gegenwärtig waren und nur darauf warteten zu kommunizieren. Sie war ein echtes Medium, ihre Hände waren die Werkzeuge, deren sie sich bedienten, um ihre Botschaften zu übermitteln. Die Welt war noch nicht reif dafür, die Tastatur und die sich bewegenden Finger offenbart zu bekommen, denn es gab ja so viel Unwissenheit und Vorurteile, aber eines Tages ...

Eines Tages, glaubte Sophia, wäre jeder darauf eingestellt, die Toten zu sehen und mit ihnen zu sprechen, so wie sie Jimmy gesehen und mit ihm gesprochen hatte. Eines Tages, wenn die Erde vom Glanz und der Herrlichkeit des Übernatürlichen erfüllt war.

Mit ihren Taschen und dem Laptop in seiner Hülle pochte sie an die Tür des Speisezimmers, wurde eingelassen und mit einem Gläschen Sherry versorgt. Diskret ließ Mrs. Paget-Brown einen Umschlag mit dem Scheck in ihre Hand gleiten. Die im türkisblauen Kostüm wollte wissen, ob sie nächste Woche vielleicht für sie und ein paar enge Freundinnen in Westbourne Terrace eine Séance abhalten würde, und die Jamesons baten um weitere Enthüllungen von Deirdre. Sophia nahm beide Einladungen huldvoll an.

Sie ging immer als Erste. Es war klüger, sich nicht zu sehr auf Unterhaltungen mit den Gästen einzulassen, sondern jene vage, geheimnisvolle Aura zu bewahren, die sie umgab. Inzwischen war es stockdunkel, und in dieser Gegend standen die Bäume so dicht, dass die Straßenlampen nicht allzu viel ausrichteten. Doch das Licht reichte aus, dass sie ihren Bruder sehen konnte, der an der Ecke Hyde Park Street und Connaught Street auf sie wartete.

Da sonst niemand unterwegs und die Edgware Road bei Nacht kein besonders angenehmer Aufenthaltsort für eine einzelne Frau war, dachte Sophia, auch wenn Jimmy eine Nervensäge war, hätte sie bis zur Ankunft ihres Busses eigentlich nichts gegen seine Begleitung einzuwenden. Aber dann fiel ihr natürlich ein, wie absurd das war. Jimmys Anwesenheit würde einen Straßenräuber, der ihn ja nicht sehen konnte, nicht abschrecken. »Es wird Zeit, dass du wieder dahin gehst, wo du hergekommen bist, Jimmy«, sagte sie ziemlich streng. »Ich bezweifle zwar, dass es ein besonders angenehmer Ort ist, aber das hättest du dir zu Lebzeiten überlegen sollen.«

»Sie ham'se ja nich alle«, erwiderte Jimmy. »Ich will die Tasche. Ich will alle Taschen. Her damit, dann passiert Ihnen schon nichts.«

»Ich soll dir meinen Computer geben? Wie kommst du denn darauf? Du könntest ihn ja nicht mal tragen. Der Griff würde dir direkt durch die Hand gleiten.«

Wie um ihren Irrtum zu verdeutlichen, griff Jimmy nach dem Gerät in der Hülle. Sophia riss es zurück und hielt es sich über den Kopf. Sie schrie nicht auf. Es war einfach zu absurd. Sie sah auch das Messer nicht. Sie sah es überhaupt nie, sondern spürte nur den heftigen Stoß, der ihr erst den Atem nahm und dann das Leben. Sie ließ die Einkaufstaschen fallen. Die geheime Tastatur klapperte leise, als sie auf dem Bürgersteig aufschlug.

Jimmy, beziehungsweise Darren Palmer, nahm die Taschen und schnappte sich die Hülle mit dem Laptop. Am nächsten Morgen verkaufte er den ganzen Plunder auf dem Markt in der Leather Lane an einen Bekannten und gab das Geld für Crack aus.

Ein hübscher Handel

Sie suchen Tom Dorchester, nicht wahr?«, sagte Penelope.

Ich nickte. »Wie kommen Sie darauf?«

»Ich habe mit Ihrer Frage gerechnet. Er war ja bisher jedes Mal auf dieser Konferenz dabei. Gehörte sozusagen zum Inventar. Dass er nicht dabei ist, ist bestimmt das erste Mal in – na ja, fünfzehn Jahren? Oder zwanzig?«

»Dann ist er also gar nicht hier?«

»Er ist tot.«

Ich wollte sagen: »Aber das kann doch nicht sein!« Doch das ist absurd. Jeder kann tot sein. Heute hier, morgen fort, könnte man sagen. Trotzdem – je mehr Vitalität in einem Menschen steckt, desto eher meint man, er habe das Leben besser im Griff als wir anderen. Nur ein gewaltsamer Akt, irgendein entsetzlicher Unfall könnte ihn dem entreißen. Und Tom war – *war* einmal, sollte ich sagen – vitaler, begeisterungsfähiger und interessierter an allem als die meisten anderen. Er schien intensiver zu lieben und zu hassen, besonders zu lieben. Ich erinnere mich noch, wie er einmal sagte, er bräuchte nicht mehr als fünf Stunden Schlaf pro Nacht, denn es gäbe so viel zu tun, zu lernen, zu genießen, dass man die Zeit nicht mit Schlafen vergeuden sollte. Und dann war seine Frau krank geworden, schwer krank. Einen Großteil seiner überschäumenden Energie widmete er der Suche nach einem Heilmittel für ihre besondere Krebsart, nach einer Behandlungsmethode.

Ich sagte, und es hörte sich vermutlich ziemlich dumm an: »Aber Frances war es doch, die im Sterben lag.«

Penelope musterte mich mit einem merkwürdigen, etwas rätselhaften Blick. »Ich werd's Ihnen erzählen, wenn Sie möchten. Eine merkwürdige Geschichte. Ich weiß natürlich nicht, inwieweit Sie auf dem Laufenden sind.«

»Worüber? Ich würde Tom zwar nicht gerade als engen Freund bezeichnen, doch wir kannten uns seit Jahren. Ich weiß, dass er Frances förmlich anbetete. Ich meine, ich bete Marian auch an, aber – na, Sie wissen schon, was ich meine. Er war ein jugendlicher Liebhaber. Zu behaupten, er vergötterte den Erdboden, auf dem sie wandelte, wäre nicht übertrieben.«

Penelope nahm ihre Zigaretten aus der Handtasche und bot mir eine an.

»Ich hab's aufgegeben.«

»Würde ich auch gern, doch ich kenne meine Grenzen. Also, wollen Sie die Geschichte hören?« Ich nickte. »Sie wird Ihnen vielleicht nicht gefallen. Irgendwie ist sie auch ganz schön grausig. Er hat sich nämlich selbst getötet.«

»*Was* hat er? *Tom Dorchester*?«

»Hat sich umgebracht, Selbstmord begangen, nennen Sie's, wie Sie wollen.«

Es gab nur ein Ereignis, das dies glaubhaft machen könnte. »Ah, Frances ist also doch gestorben?«

Penelope schüttelte den Kopf. Sie nahm einen Schluck von ihrem Drink. »Es war letztes Jahr im Juni oder Juli, etwa einen Monat nach der Konferenz. Sie erinnern sich doch, Tom kam bloß für zwei Tage her, weil er das Gefühl hatte, länger könnte er Frances nicht allein lassen, obwohl die jüngere Tochter der beiden bei ihr war. Sie hatten zwei Töchter, beide verheiratet, die Ältere mit drei Kindern. Das Älteste war damals zwölf.«

»Ich hatte mit Tom zu Abend gegessen«, sagte ich. »Es waren zwar noch ein paar andere Leute dabei, aber die meiste Zeit hat er sich mit mir unterhalten. Er erzählte mir von einer Wunderkur, die sie bei Frances ausprobiert hatten, die aber nicht angeschlagen hatte.«

»Das war in einer Klinik in der Schweiz. Dort wird man dehydriert und bekommt nichts als Walnüsse zu essen, so in der Art. Als sie wieder nach Hause kam und es ihr schlechter ging als je zuvor, machte Tom eine Heilerin ausfindig. Ich hab sie sogar mal kennen gelernt. Als Chris und ich einmal abends bei Tom zu Besuch waren, war diese Frau auch da. Äußerst seltsam war sie, wirklich äußerst seltsam.«

»Wie meinen Sie das, seltsam?«

»Nun, bei einer Heilerin denkt man doch an Händeauflegen, oder dass Sie bei der Anwendung von Kräutermittelchen Mantras aufsagt, so in der Art, nicht wahr? Diese Frau war völlig anders. Sie machte alles durch Reden und die Kraft der Gedanken. So nannte sie es, die Kraft der Gedanken. Sie hieß Davina Tarsis und war noch ziemlich jung. Ende dreißig, Anfang vierzig, sehr absonderlich gekleidet. Nicht etwa so im Hippieschlabberlook, mit orientalischen Gewändern und Perlen und so, überhaupt nicht. Sie war sehr dünn, nur eine ganz dünne Frau könnte es sich leisten, hautenge weiße Leggins und eine weiße Tunika zu tragen, die vorn mit einer großen, orangegelben Sonne bedruckt ist. Ihr Haar war lang und in einem tiefen Lilarot gefärbt. Ich weiß auch nicht, wieso ich sage ›war‹. Ich nehme an, sie hat immer noch lila Haare. Kein Make-up natürlich, ein reines, glattes Gesicht und einen Ring im Nasenloch – keinen Stecker, einen Ring.

Tom fand sie wunderbar. Er behauptete, sie hätte eine Frau geheilt, die zur gleichen Zeit wie Frances eine Strahlentherapie bekommen hatte. Komischerweise sprach sie mit Frances überhaupt nicht viel – ich hatte das Gefühl, Frances hielt nicht besonders viel von ihr. Sie sprach mit Tom. Nicht als wir dort waren, ich meine, unter vier Augen. Offenbar hatten sie lange Sitzungen, eine etwas verrückte Form von Psychotherapie. Chris meinte, sie hätte es vielleicht auf Tom abgesehen, aber ich glaube nicht, dass es das war. Ich denke, sie hat wirklich an das geglaubt, was sie da machte, und er auch. Ach Gott, er auch.

Sie brachte ihm bei zu glauben, man könnte alles haben, wenn man es sich nur stark genug wünschte. Das hat er mir gesagt – nicht damals, sondern als alles vorbei war.«

»Was soll das heißen«, sagte ich, »als alles vorbei war?«

»Als Tom bekommen hatte, was er wollte.«

»Dass Frances geheilt wurde, vermute ich mal.«

»Genau. Eines Abends – Chris war gerade irgendwo unterwegs – wurde er mir gegenüber emotional und fing an zu weinen und zu schluchzen. Ich weiß, heutzutage weinen Männer auch, aber ich habe noch nie einen Mann erlebt, der so weinte wie Tom an jenem Abend. Die Tränen strömten ihm aus den Augen. Er konnte ziemlich lang überhaupt nichts sagen, es schnürte ihm die Kehle zu. Es war furchtbar, ich wusste gar nicht, was ich machen sollte. Ich gab ihm etwas Brandy, er wollte aber bloß einen Schluck, weil er noch Auto fahren musste und wieder bei Frances sein wollte, bevor seine Tochter und *deren* Tochter nach Hause mussten. Das ist die Neunjährige, Emma heißt sie. Nach einer Weile beruhigte er sich jedenfalls wieder etwas und sagte dann, er könne ohne Frances nicht leben, er könne sich ein Leben ohne sie nicht vorstellen, eher würde er sich umbringen …«

»Aha«, sagte ich.

»Nichts aha. Das hatte nichts damit zu tun. Kurz danach musste Frances wieder ins Krankenhaus. Sie probierten eine neue Art Chemotherapie an ihr aus. Tom glaubte nicht daran. Inzwischen glaubte er nur noch an Tarsis. Er hatte tägliche Gesprächssitzungen mit ihr. Er hatte sich von der Arbeit beurlauben lassen und verbrachte meist den gesamten Vormittag im Gespräch mit Tarsis. Es ging hauptsächlich um seine Gefühle für Frances, nehme ich an, und wie er dem Rest seiner Familie gegenüberstand und wie er und Frances sich kennen gelernt hatten und so weiter. Sie ließ es ihn immer wieder erzählen, und je öfter er es wiederholte, desto mehr lobte sie ihn.

Frances kam nach Hause, und es ging ihr sehr schlecht, sie war dünn, hatte keinen Appetit. Die Haare begannen ihr auszufallen. Sie konnte kaum gehen. Die üblichen, grauenvollen Nebenwirkungen der Chemo eben, also Übelkeit, Schwächezustände, Ohrenklingen und all das. Tarsis kam, schaute sie sich an und sagte, die Chemo sei ein Fehler gewesen, trotzdem glaube sie, Frances vollständig heilen zu können. Dann kam der kritische Punkt. Ich wusste das damals nicht, Tom hat es mir erst erzählt, als – ach, ich weiß nicht, zwei oder drei Monate später. Aber Folgendes hat Tarsis zu ihm gesagt.

Sie sprachen miteinander, während Frances schlief. Tarsis sagte: ›Was würden Sie darum geben, damit

Frances am Leben bleibt?‹ Nun, Tom wollte natürlich wissen, was sie damit meinte, und sie sagte: ›Wessen Leben würden Sie im Austausch für das von Frances hergeben?‹ Tom sagte, das sei doch Unsinn, man könne doch nicht das Leben eines Menschen gegen das eines anderen eintauschen, und Tarsis meinte, o doch, das könne man. Die Kraft der Gedanken könne es für einen bewirken. Sie habe Tom doch in der Ausübung der Kraft der Gedanken unterwiesen, und nun brauche er sich nur noch zu wünschen, dass Frances am Leben bliebe. Nur müsse er eben jemanden anders an ihrer Stelle opfern.

Da auf einmal durchschaute er, was sie wirklich war. Eine Scharlatanin. Doch er habe das Spiel mitgespielt, sagte er. Er wollte sehen, was sie tun würde. Er wollte sie entlarven, behauptete er, doch da machte er sich selbst etwas vor. Er glaubte ihr eigentlich immer noch. Wen würde er opfern, fragte sie ihn. Ach, suchen Sie sich jemanden aus, sagte er und lachte. Sie blieb todernst. An dem Tag hatte sie Toms ältere Tochter und seine Enkelin Emma kennen gelernt. Tom sagte – er verriet es mir höchst ungern, andererseits war es ihm inzwischen auch egal, was er einem erzählte –, er sagte, Emma sei zu Davina Tarsis nicht sehr höflich gewesen. Sie habe sie ganz komisch angestarrt, mit den engen Leggins und der Sonne auf ihrer Tunika, und wohl etwas spöttisch geguckt und dann gesagt, es sei ja überhaupt nicht Tarsis gewesen, die ihrer Großmutter geholfen habe, sondern die Chemo, das sei doch wohl klar.«

Ich unterbrach sie. »Wie meinen Sie das, er verriet es Ihnen höchst ungern?«

»Warten Sie ab. Dazu hatte er guten Grund. Dieses Gespräch fand statt, als Emma und ihre Mutter gegangen waren und Frances sich zum Ausruhen etwas hingelegt hatte. Als Tom meinte, sie könne sich jemanden aussuchen, sagte Tarsis, darum gehe es gar nicht, sondern darum, was Tom wollte, und dann sagte sie: ›Wie wär's denn mit dieser Emma?‹ Tom sagte, sie solle sich doch nicht lächerlich machen, doch als sie nicht locker ließ, sagte er schließlich, nun ja, warum nicht, dann würde er eben Emma opfern, das Ganze sei sowieso absurd. Im Grunde hätte er jeden geopfert, um Frances das Leben zu retten, wenn es denn möglich wäre, also hatte er natürlich Emma geopfert.«

»Damit war diese Davina Tarsis für ihn aber doch erledigt, oder?«

»Man sollte es meinen. Ich bin mir nicht sicher. Das alles trug sich vor neun oder zehn Monaten zu. Frances begann es dann immer besser zu gehen. Doch, wirklich! Sie brauchen gar nicht so zu gucken. Es war einfach erstaunlich. Die Ärzte wunderten sich. Doch es war gar nicht so ungewöhnlich, es war kein Wunder, obwohl die Leute es so nannten. Offenbar schlug die Chemo an. Alles, was in Ordnung kommen konnte, kam in Ordnung. Das heißt, ihre Blutwerte normalisierten sich, sie nahm zu, die Schmerzen ließen nach, die Tumore schrumpften. Es ging ihr einfach jeden Tag ein bisschen besser. Es war keine Remission, sondern eine vollständige Genesung.«

»Tom muss im siebten Himmel gewesen sein«, sagte ich.

Penelope verzog das Gesicht. »War er auch. Jedenfalls eine gewisse Zeit lang. Und dann starb Emma.«

»*Was?*«

»Bei einem Verkehrsunfall. Sie starb.«

»Sie wollen doch nicht behaupten, diese Hexerin, diese Davina Tarsis …?«

»Nein, natürlich nicht. Als der Unfall passierte, hielten sich Tarsis und Tom zusammen in Toms Haus bei Frances auf. Im Übrigen war an dem Unfall nichts Geheimnisvolles. Es *war* zweifellos ein Unfall. Emma saß zusammen mit anderen Klassenkameraden in einem Schulbus. Sie kamen von einem Ausflug zu irgendwelchen Herrenhäusern zurück. Die Straße war vereist, der Bus schlingerte und kippte um, drei Schüler kamen ums Leben, unter ihnen Emma. Sie haben bestimmt davon gelesen, es wurde überall gemeldet.«

»Ich glaube schon«, sagte ich. »Ich kann mich nicht erinnern.«

»Es hat Tom – wirklich schwer getroffen. Aber nicht, wie der Tod eines Enkelkindes einen Großvater vielleicht treffen würde. Er hatte quälende Schuldgefühle. Er hatte solches Vertrauen in Tarsis, dass er tatsächlich glaubte, es wäre durch ihn so gekommen. Er glaubte, er hätte Emmas Leben im Austausch für das von Frances hingegeben. Und dann geschah noch etwas Schreckliches: Seine Liebe zu Frances verschwand nämlich ganz einfach, diese große Liebe, diese erstaunliche Hingabe, die uns allen ein Beispiel war – wirklich, sie verschwand. Er konnte sie plötzlich nicht mehr leiden. Zu mir sagte er, er empfinde nichts mehr für sie, sie sei ihm regelrecht zuwider.

Er hatte also nichts mehr, für das sich zu leben lohnte. Er glaubte, er habe sein eigenes Leben ruiniert und das seiner Tochter, er habe seine Liebe zu Frances zerstört. Eines Nachts, als Frances schon schlief, trank er eine ganze Flasche flüssiges Morphium aus, das sie verschrieben bekommen, aber nicht eingenommen hatte, nahm dazu zwanzig Schmerztabletten und einige Gläser Brandy. Es muss ganz schnell gegangen sein.«

»Das ist furchtbar«, sagte ich. »So eine schreckliche

115

Tragödie. Ich hatte ja keine Ahnung. Und die arme Frances. Man empfindet doch tiefes Mitgefühl für sie.«

Penelope sah mich an und nahm sich noch eine Zigarette. »Allzu sehr braucht sie Ihnen nicht Leid zu tun«, sagte sie. »Sie ist inzwischen kerngesund und fängt demnächst ein neues Leben an. Ihr Arzt hat seine Frau ungefähr zur gleichen Zeit verloren, als er bei ihr Krebs diagnostizierte. Er und Frances heiraten nächsten Monat. Man kann also sagen, Ende gut, alles gut.«

»So krass würde ich es nun nicht sagen«, sagte ich.

Mit einem Augenzwinkern

*D*ie Frau am Empfang sagte ihr, wie sie gehen musste. Durch den Aufenthaltsraum, dann die Flügeltür am anderen Ende, links hinüber, dann ist Elsie im dritten Zimmer rechts. Falls sie nicht im Aufenthaltsraum ist.

Dort war Elsie zwar nicht, wohl aber der ROHLING. So nannte Jean ihn immer, seinen Namen hatte sie nie erfahren. Er saß zusammen mit den anderen vor dem Fernseher. Vor dem Apparat waren im Halbkreis Stühle aufgestellt, hauptsächlich Lehnsessel, aber auch einige Rollstühle, und ein paar von den alten Leuten waren eingenickt. Er saß in einem Rollstuhl, hellwach, und starrte auf den Bildschirm, wo ein paar Prominente gerade an einer Ratesendung teilnahmen.

Zehn Jahre waren vergangen, seit sie ihn das letzte Mal gesehen hatte, doch sie erkannte ihn, obwohl er sich verändert hatte und gealtert war. Er musste inzwischen weit über achtzig sein. Sein Anblick war jedes Mal ein Schock für sie, doch ihm hier zu begegnen war eine Überraschung. Eine nicht unangenehme Überraschung. Im Rollstuhl saß er wohl, weil er nicht mehr laufen konnte. Er war ganz schön heruntergekommen, sein Leben neigte sich dem Ende zu.

Sie wusste, was er tun würde, wenn er sie sah. Was er immer tat. Aber vielleicht sah er sie ja nicht, drehte sich nicht um, vielleicht würde die Ratesendung seine Aufmerksamkeit weiter fesseln. So leise wie möglich, fast auf Zehenspitzen ging sie um den Halbkreis herum. Kurz bevor sie an der Flügeltür war, machte sie den Fehler, sich umzudrehen. Sein Blick lag auf ihr, und er tat, was er immer tat. Er zwinkerte.

Jean wandte sich ruckartig ab. Sie ging den Korridor entlang und fand Elsies Zimmer, das dritte auf der rechten Seite. Auch Elsie schlief, in einem Lehnsessel am Fenster. Jean legte die mitgebrachten Blumen aufs Bett und setzte sich auf die einzige andere Sitzgelegenheit, einen Holzstuhl. Dann stand sie wieder auf und zog den Vorhang ein wenig zu, damit Elsie die Sonne nicht zu sehr ins Gesicht schien.

Seit zwei Wochen war Elsie nun in Sweetling Manor, und Jean wusste, dass sie das Heim nie wieder verlassen würde. Hier würde sie sterben – und warum auch nicht? Es war sauber und komfortabel, man wurde bestens versorgt, und das Gefühl, das Jean hatte, war wohl lächerlich: Ihr wäre nämlich alles lieber gewesen als ein Aufenthalt in diesem Heim, selbst wenn das bedeutete, hilflos und alt und hungrig zu sein und schließlich allein zu sterben.

Sie und Elsie waren im gleichen Alter, wenngleich sie sich jünger fühlte und fand, sie sähe auch so aus. Sie kannten einander seit jeher, waren zusammen zur Schule gegangen, bei ihren Hochzeiten gegenseitig Brautjungfer gewesen. Nun, eigentlich war Elsie ihre Braut*führerin* gewesen, weil sie damals ja schon ein Jahr verheiratet gewesen war. Mit Elsie war sie damals an jenem Abend ins Kino gegangen, mit Elsie und einem anderen Mädchen, an dessen Namen sie sich nicht mehr erinnern konnte. An den Film erinnerte sie sich aber noch: Deanna Durbin in *Three Smart Girls*. Sechzig Jahre war das her!

Wenn Elsie aufwachte, würde sie sie fragen, wie das

andere Mädchen geheißen hatte. Christine? Kathleen? Ach, egal. Ob Elsie wusste, dass der ROHLING auch hier wohnte? Da fiel Jean ein, dass Elsie den ROHLING ja gar nicht kannte, nie erfahren hatte, was an jenem Abend geschehen war, niemand hatte es erfahren, sie hatte es keinem gesagt. Damals war es noch anders, man konnte es nicht sagen, weil man sonst zu hören bekommen hätte, man sei selber schuld. Das war ihr, unwissend, wie sie war, doch auch damals schon klar gewesen.

Unwissend. Das waren sie alle, sie und Elsie und das Mädchen, das Christine oder Kathleen hieß. Oder vielleicht hatten sie auch einfach nur Angst. Angst davor, was die Leute sagen könnten, was sie von ihnen denken würden. Damals war noch die Zeit der Schuldzuweisungen, alle erwarteten, dass man sich gut benahm, dass man die Verantwortung – und oft auch die Strafe – für sein Tun auf sich nahm. Man zeigte sich duldsam und schickte sich darein. Jammern führte zu gar nichts.

Im Lauf der Jahre hatten sich die Dinge gewaltig verändert. Man bekam nicht mehr die Schuld zugewiesen oder wurde bestraft, sondern traf auf so genanntes Einfühlungsvermögen. Früher wäre sie an dem, was der ROHLING getan hätte, selbst schuld gewesen. Sie hatte ihn ja bestimmt dazu verleitet, ihn aufgereizt. Heute war es ein Verbrechen, *sein* Verbrechen. Sie las davon in der Zeitung, erfuhr aus dem Fernsehen von diesen so genannten Notrufnummern, von Psychotherapie und speziell ausgebildeten Polizeibeamtinnen. Damit es einem nicht ein Leben lang nachhing und man traumatisiert wurde, obschon man es nie vergessen konnte.

Dieser letzte Teil stimmte, obwohl sie es oft wochen-, ja monatelang vergessen hatte. Und dann hatte sie ihn ja auch immer wieder gesehen. Das lag daran, dass sie auf dem Land lebte, in einer Kleinstadt, es lag daran, dass sie dort wohnte und er auch weiterhin dort wohnen blieb. Einmal sah sie ihn in einem Geschäft, einmal draußen auf der Straße, ein andermal stieg er in den Bus ein, als sie gerade ausstieg. Er zwinkerte immer. Er sagte nichts, er sah sie bloß an und zwinkerte.

Elsie hatte ausgesehen wie Deanna Durbin. Die Ähnlichkeit war ziemlich verblüffend. Sie waren etwa gleich alt, im gleichen Jahr geboren. Jean erinnerte sich, wie sie sich darüber unterhalten hatten, sie und Elsie und Christine-Kathleen, während sie aus dem Kino kamen und die beiden anderen sie zur Bushaltestelle begleiteten. Elsie wollte wissen, wie man es anstellte, beim Film vorsprechen zu dürfen, und das andere Mädchen meinte, dazu müsste man schon in Hollywood sein und nicht in Yorkshire. Die beiden wohnten in der Stadt, fünf Minuten zu Fuß, und Elsie sagte, wenn sie wollte, könne sie doch bei ihr übernachten. Allerdings gab es keine Möglichkeit, ihre Eltern zu benachrichtigen. Elsies Eltern hatten Telefon, aber ihre nicht.

Deanna Durbin lebte noch, hatte Jean irgendwo gelesen und sich überlegt, ob sie wohl immer noch wie Elsie aussah oder ob sie sich vielleicht hatte liften lassen, die Haare gefärbt und Abmagerungskuren gemacht hatte. Elsies Gesicht war rundlich und weich und um die Augen herum ganz faltig, und ihr Haar war weiß und ganz dünn. Sie lächelte leicht im Schlaf und schnarchte leise. Jean rückte den Stuhl näher heran und griff nach Elsies Hand. Daraufhin kam das Lächeln wieder, aber Elsie wachte nicht auf.

Etwa zehn Minuten nachdem die Mädchen gegangen waren und Jean sich sicher war, dass der Bus nicht mehr kommen würde, hatte der ROHLING mit seinem Auto angehalten. Weil es der letzte Bus war, wusste sie nicht, was sie nun tun sollte. Es war schon einmal vorgekommen, der Fahrer war einfach nicht erschienen und wurde dafür rausgeschmissen, aber dadurch war der Bus auch nicht gekommen. Damals war sie mit zu Elsie gegangen, und Elsies Mutter hatte bei den Nachbarn ihrer Eltern angerufen. Sie dachte, wenn sie Mr. und Mrs. Rawlings ein zweites Mal solche Scherereien verursachte, würde ihr Vater ihr wahrscheinlich verbieten, jemals wieder ins Kino zu gehen.

Dunkel war es nicht. Mitten im Sommer würde es erst nach zehn richtig dunkel. In dem Fall wäre sie mit dem ROHLING wohl auch nicht mitgefahren. Damals kam er ihr natürlich nicht wie ein Rohling vor, sondern wie ein junger Mann, eigentlich ein Junge, dazu gut aussehend und eigentlich ziemlich nett. Und es waren ja auch nur fünf Meilen. Mr. Rawlings sagte immer, fünf Meilen seien doch gar nichts, er sei früher jeden Tag fünf Meilen zur Schule gelaufen und fünf Meilen wieder zurück. Aber sie konnte sich nicht zu fünf Meilen Fußmarsch durchringen und wollte außerdem viel lieber in einem Auto mitfahren. Es wäre nämlich erst das dritte Mal gewesen, dass sie in einem saß. Trotzdem hätte sie sein Angebot ausgeschlagen, wenn er nicht das gesagt hätte, was er sagte, als sie ihm ihre Adresse mitteilte.

»Dann kennst du ja die Rawlings. Mrs. Rawlings ist meine Schwester.«

Es stimmte nicht, hörte sich aber wahr an. Sie stieg ein und setzte sich neben ihn. Der Wagen gehörte eigentlich gar nicht ihm, sondern dem Mann, für den er arbeitete, er war der Chauffeur, aber das fand sie erst viel später heraus.

»Schöner Abend heute«, sagte er. »Na, hast du dich ein bisschen rumgetrieben?«

»Ich war im Kino«, erwiderte sie.

Nach ein paar Meilen bog er auf eine schmale Straße ab, fuhr ein kurzes Stück und hielt dann vor einem verfallenen Cottage an. Es sah zwar so aus, als könnte dort unmöglich jemand wohnen, doch er sagte, er müsse jemanden sprechen, es würde nur einen Moment dauern und sie könne doch mitkommen. Inzwischen war die Dämmerung hereingebrochen, doch im Cottage brannte kein Licht. Ihr fiel wieder ein, dass er Mrs. Rawlings Bruder war. Zwischen ihnen lagen bestimmt gut zehn Jahre Altersunterschied, aber das hatte sie nicht gekümmert. Ihre eigene Schwester war auch zehn Jahre älter als sie.

Sie folgte ihm den mit Unkraut und Brombeergestrüpp überwucherten Weg entlang. Statt zur Haustür zu gehen, führte er sie hinten herum, wo im hüfthohen Gras alte Apfelbäume wuchsen. Die Rückseite des Hauses war völlig verfallen, die halbe Rückwand eingestürzt.

»Da ist doch niemand«, sagte sie.

Er sagte gar nichts. Er packte sie und zerrte sie, eine Hand fest auf ihren Mund gepresst, ins hohe Gras hinunter. Sie hatte nicht gewusst, dass jemand so stark sein konnte. Als er die Hand wegzog, um ihr die Kleider zu zerreißen, schrie sie, aber ihr Schrei war nur ein Reflex, eine Art, die Furcht herauszulassen, ansonsten aber zwecklos. Es hörte ja doch niemand. Was er da tat, war Vergewaltigung. Das wusste sie jetzt – nun ja, kurz nachdem es geschehen war, hatte sie es auch schon gewusst, nur nannte es damals keiner so. Niemand sprach darüber. Heutzutage war dieses Wort in aller Munde. In neun von zehn Fernsehserien ging es darum. Vergewaltigung, das Verbrechen gegen Frauen. Vergewaltigung, damit zog man heute vor Gericht und redete darüber. Man besuchte Selbstverteidigungskurse, um zu verhindern, dass es einem passierte. Man nahm an Gruppensitzungen teil und tauschte sich mit anderen Opfern über seine Erfahrungen aus.

Erst hatte sie unbedingt prüfen müssen, ob er sie verletzt hatte. Etwas zerrissen hatte, Knochen gebrochen hatte. Aber nichts dergleichen. Weil ihr nichts fehlte und er weggegangen war, hörte sie auf zu weinen. Sie hörte, wie der Wagen angelassen wurde und dann davonfuhr. Zu Fuß nach Hause zu gehen tat nicht direkt weh, es war eher eine etwas steife, wunde Angelegenheit; es fühlte sich ähnlich an wie damals, als sie und Elsie den Spagat gelernt hatten. Sie musste zu Fuß gehen, ihr blieb gar nichts anderes übrig. Ihr Vater war sowieso schon fuchsteufelswild und wollte wissen, ob ihr eigentlich klar sei, wie spät es war.

»Wenn man denkt, was dir alles hätte passieren können«, sagte ihre Mutter.

Ihr war auch etwas passiert. Sie war vergewaltigt worden. Sie ging hinauf ins Bett, damit sie nicht sahen, dass sie ununterbrochen zitterte. In jener Nacht tat sie kein Auge zu. Am nächsten Morgen sagte sie sich, es hätte schlimmer sein können, immerhin war sie nicht tot. Sie kam überhaupt nicht auf die Idee, jemandem zu sagen, was geschehen war, dafür schämte sie sich zu sehr, fürchtete sich zu sehr davor, was sie denken könnten. Sie hatte es überstanden, sagte sie sich immer wieder, es war alles vorbei.

Eine Sache bereitete ihr allerdings Kopfzerbrechen: ein Baby. Mal angenommen, sie kriegte ein Baby. Nie im Leben war sie so erleichtert gewesen, so glücklich, wie in dem Moment, als sie einen Tag früher als erwartet den ersten Blutstropfen an der Innenseite ihres Schenkels hatte herunterlaufen sehen. Sie schrie vor Freude laut auf. Es war alles in Ordnung! Das Blut wirkte reinigend – und nun brauchte es nie jemand zu erfahren.

Trauma? Das war der Ausdruck, den man heutzutage benutzte. Es bedeutete so viel wie Wunde. Es war keine Wunde, die man sehen konnte, und keine Wunde, die sie in ihrem Körper fühlen konnte, und doch dauerte es Jahre, bis sie einem Mann erlaubte, sich ihr zu nähern. Danach war sie froh darüber, froh, dass sie abgewartet hatte, dass sie vor Kenneth keinem anderen begegnet war. Aber damals dachte sie jeden Tag an das, was geschehen war, durchlebte das Geschehene immer wieder, den Schock und den Schmerz und die schreckliche Angst, und nannte den Mann, der ihr das angetan hatte, insgeheim den ROHLING.

Acht Jahre vergingen, bevor sie ihn wiedersah. Sie war mit Kenneth unterwegs, der vor kurzem aus der Luftwaffe entlassen worden war, und sie schlenderten gerade Arm in Arm die High Street entlang. Kenneth hatte um sie angehalten, und nun hatten sie vor, den Verlobungsring zu kaufen. Sie betraten ein großes Schmuckgeschäft, das mehrere Verkaufsgänge hatte. In einem anderen Gang stand der ROHLING und machte Besorgungen für seinen Arbeitgeber, vermutete sie. Obwohl er ziemlich weit von ihnen entfernt stand, sah sie ihn, und er sah sie. Er zwinkerte.

Er zwinkerte, so wie vor zehn Minuten im Aufenthaltsraum. Jean schloss die Augen. Als sie sie wieder aufmachte, war Elsie aufgewacht.

»Wie lang bist du denn schon hier, Liebes?«

»Noch nicht lange«, sagte Jean.

»Sind die Blumen für mich? Du weißt ja, wie gern ich Freesien habe. Wir lassen sie ins Wasser stellen. Ich brauch hier gar nichts zu machen, keinen Finger muss ich rühren. Ich bin die reinste Müßiggängerin.«

»Elsie«, sagte Jean, »wie hieß das Mädchen, mit dem wir im Kino waren, damals, als wir *Three Smart Girls* gesehen haben?«

»Was?«

»1938. Im Sommer.«

»Keine Ahnung, lass mich mal nachdenken. Mein Gedächtnis ist auch nicht mehr das, was es mal war. Bob fand immer, ich hätte ausgesehen wie Deanna Durbin.«

»Das fanden wir alle.«

»Constance, so hieß sie. Wir nannten sie Connie.«

»Stimmt«, sagte Jean.

Elsie fing an, von den Mädchen zu reden, mit denen sie zur Schule gegangen waren. Sie konnte sich noch an sämtliche Vornamen erinnern und an die meisten Nachnamen. Jean holte eine Vase, füllte sie mit Wasser und stellte die Freesien hinein, die bereits die Köpfe hingen ließen. Ihr Verlobungsring passte immer noch, obwohl er nun etwas enger am Finger saß. Was hatte sie sich für Sorgen gemacht, Kenneth könnte merken, dass sie nicht mehr Jungfrau war! Es hieß doch, Männer merkten so was immer. Aber als es so weit war, merkte er es natürlich nicht. Auch so ein Ammenmärchen.

Elsie, die schon ihr erstes Baby bekommen hatte, war in rosafarbenem Taft zu Jeans Hochzeit gekommen, und ihr Mann war Kenneths Trauzeuge gewesen. Neun Monate später war John auf die Welt gekommen und anderthalb Jahre danach die Zwillinge. Obwohl es bis zu Annes Geburt dann längere Zeit dauerte, hatte sie alle Hände voll zu tun gehabt. Damals, als die Kinder klein waren, hatte sie seltener an den ROHLING gedacht und an das, was geschehen war, als zu irgendeiner anderen Zeit in ihrem Leben. Ganze Monate lang vergaß sie ihn. Anne war gerade vier, als sie ihn wieder sah.

Sie hatte die anderen Kinder von der Schule abgeholt. Damals hatten sie noch kein Auto gehabt, das bekamen sie erst Jahre später. Auf dem Weg zur Schule wollte sie noch in einem Laden vorbei, um Anne ein Paar neue Schuhe zu kaufen. Der Red Lion machte eben über Nachmittag zu, als der ROHLING, etwas wacklig auf den Beinen, aus dem Pub kam und fast mit ihr zusammengestoßen wäre. Sie sagte: »Also *bitte!*«, bevor sie merkte, wer es war. Er trat einen Schritt zurück, sah sie unverhohlen an und zwinkerte. Sie war außer sich vor Wut. Es fehlte nicht viel und sie hätte Kenneth an dem Abend die ganze Geschichte erzählt. Das konnte sie aber natürlich nicht. Nicht nach so langer Zeit.

»Ich weiß gar nicht, was du meinst mit deinem Gedächtnis«, sagte sie zu Elsie. »Du hast doch ein prächtiges Gedächtnis.«

Elsie lächelte. Es war das gleiche Teenagerlächeln, bloß dass das Wort Teenager damals nicht üblich war. Zwischen zwölf und zwanzig war man ein Backfisch. »Na, wie findest du es denn hier?«

»Nett«, sagte Jean. »Ich bin sicher, du hast es richtig gemacht.«

Elsie redete noch ein bisschen von früher und von den Leuten, die sie gekannt hatten, dann gab Jean ihr zum Abschied einen Kuss und sagte, nächste Woche käme sie wieder.

»Nimm nächstes Mal die Abkürzung«, sagte Elsie. »Durch den Garten und nebenan zur Terrassentür herein.«

»Werd ich mir merken.«

Zurückgehen würde sie diesen Weg aber nicht. Sie ging den Korridor entlang und zögerte kurz vor der Tür zum Aufenthaltsraum. Als sie den ROHLING zum letzten Mal gesehen hatte, vor *diesem* Mal, wurden sie beide allmählich alt. Kenneth war tot. John war selbst schon ein – wenn auch junger – Großvater, die Zwillinge waren Prokuristen bei einer erfolgreichen Firma in Australien und Anne arbeitete als Chirurgin in London. Jean hatte nie Auto fahren gelernt, und so wurde der Wagen nach Kenneths Tod abgeschafft. Sie wartete an der gleichen Bushaltestelle, an der er sie vor all den Jahren mitgenommen hatte. Der Bus kam, und er stieg aus, ein alter Mann mit weißem Haar, das gelbliche Gesicht voller Runzeln. Doch sie erkannte ihn, sie hätte ihn überall erkannt. Er starrte sie wieder unverschämt an und zwinkerte. Diesmal war es ein übertriebenes, berechnendes Zwinkern, die eine Gesichtshälfte verzerrt und das Auge fest zugekniffen.

Sie stieß die Tür zum Aufenthaltsraum auf. Der Fernseher lief noch, aber er war nicht da. Sein Rollstuhl war leer. Dann sah sie ihn. Er wurde gerade von der Toilette zurückgebracht, nahm sie an. Eine Pflegerin hielt ihn fest am Arm. Der andere ruhte schwer auf dem gepolsterten Steg einer Krücke. Seine Beine in den Pyjamahosen waren leicht eingeknickt, und auf seinem Gesicht lag ein Ausdruck der Qual, während er, vor Schmerz zusammenzuckend, ein paar kleine, tattrige Schritte machte.

Jean sah ihn an. Unverwandt blickte sie in sein leidvolles Gesicht, bis ihre Blicke sich trafen. Dann zwinkerte sie. Sie zwinkerte ihm zu, so wie er ihr beim letzten Mal zugezwinkert hatte, und sie sah etwas, was sie bei einem alten Menschen nie für möglich gehalten hätte. Tiefe, dunkle Röte breitete sich über sein verhutzeltes Gesicht aus. Er wandte den Blick ab. Leichtfüßig durchschritt Jean den Raum in Richtung Ausgang, wie eine Sechzehnjährige.

Wildkatze, Wildkatze

So einen weiten Himmel hatte sie noch nie gesehen. Der Himmel über Suffolk sei weit, sagte man, auch der Himmel über Holland, aber im Vergleich dazu waren sie klein und behaglich. Er schien zu einem anderen Planeten zu gehören, sich über eine andere Welt zu spannen. Meist war er von einem blassen, weichen Azurblau oder einem dunklen, kräftigen Blau, und manchmal war er von riesigen, wogenden Haufenwolken bedeckt, bauschig und von grellweißem Licht umrandet, aus denen ohne Vorwarnung dröhnend der Regen niederprasselte.

Das Haus von Chuck und Carrie war eines von zweien, die bisher hier oben gebaut worden waren, unter diesem Himmel. Bei dem anderen handelte es sich um ein, wie sie es nannten, Prefab, ein Fertighaus. Nora bezeichnete es als Haus in Modulbauweise: ein einstöckiges Holzhaus auf einem felsigen Hang zwischen der Schotterstraße und der Hügelkette. Die Johanssons, die dort wohnten, hielten ein paar Kühe und mästeten weiße Puten zum Erntedankfest. Von ihrem eigenen ansehnlichen Blockhaus in Montana-Gelbkiefer aus war es – Gott sei Dank, meinte Carrie – nicht zu sehen. Sie und Chuck nannten es Elk Valley Ranch, ein Name, den Nora etwas prätentiös gefunden hatte, als sie ihn auf dem Briefpapier der beiden gelesen hatte, aber nicht, als sie das Haus dann sah. Der Zweck des Briefes war es, sie und Gordon einzuladen, und sie konnte es kaum glauben, so herrlich kam ihr die Vorstellung vor: ein Urlaub in den Rocky Mountains. Sie war aber auch jahrelang eng mit Carrie befreundet gewesen, bevor diese einen in Bentwaters stationierten Hauptmann der US-Luftwaffe geheiratet hatte und mit ihm in seine Heimat Colorado gegangen war.

Im August reisten sie zum ersten Mal hin. Das kleine Flugzeug brachte sie von Denver zum Flughafen von Hogan, wo Carrie sie mit dem Landcruiser abholte. Die schnurgerade, lange Straße verlief parallel zum Crystal River, der ebenfalls schnurgerade war, wie ein Kanal, und dessen Ufer Weiden und Schwarzpappeln säumten. Jenseits der flachen, blumenübersäten Felder erhoben sich die mit Kiefern, knorrigen Eichen und Espen bewaldeten Berge, dunkle, fast schwarze Berge, doch zwischen den Bäumen blitzten grüne, sonnenbeschienene Wiesen hervor. Obwohl die Sonne schien und es heiß war, sah der Himmel wie ein Winterhimmel in England aus, von sehr bleichem Blau, über das sich die Wolken wie in Streifen gerissener Chiffonstoff breiteten.

Es gab ein paar wenige kleine Häuser, dazu zahlreiche große Scheunen und Ställe. Auf den Feldern waren Pferde, eine Fuchsstute mit ihrem neugeborenen Fohlen. Carrie bog in Richtung der Berge im Westen ab und fuhr durch einen Torbogen mit der geschnitzten Aufschrift »Elk Valley Ranch«. Bis zum Haus war es noch ein ganzes Stück. Die Straße verlief in Biegungen und Haarnadelkurven, und als sie weiter hinaufgelangten, taten sich unter ihnen Berghänge und grüne Canyons auf, ein Berg über dem anderen, ein Tal nach dem anderen, in einer Vertiefung ein Rudel Hirsche, ein Steinadler auf einem querstehenden Ast hockend. Am Straßenrand wuchsen gelbe Astern und Maßliebchen, wilder Rittersporn, blassrosa Geranien und die leuchtend rote Braunwurz, und über den Blumen schwebten braune und gelbe Schmetterlinge.

»Es gibt auch Schlangen«, sagte Carrie. »Klapperschlangen. Da muss man ein bisschen aufpassen. Gestern Nacht lag eine auf der Straße. Wir haben angehalten, um sie uns anzusehen, da hat sie gegen unsere Reifen gepeitscht.«

»Ich würde ja gern ein Stachelschwein sehen.« Gordon hatte sein Buch über die Fauna der Rocky Mountains aufgeschlagen auf den Knien liegen. »Ich würde mich aber auch mit einem Waschbären begnügen.«

»Höchstwahrscheinlich kriegst du beides zu sehen«, sagte Carrie. »Seht ihr, dort ist das Haus.«

Es stand auf dem Kamm eines bewaldeten Hügels, mit dunkelgelben Wänden und einem grünen Dach. Ein Schäferhund kam ans Holzplankengatter gelaufen, als er den Landcruiser sah.

»Ihr müsst ja eine sensationelle Aussicht haben«, sagte Gordon.

»Stimmt. Wenn du früh genug aufwachst, kannst du aus deinem Fenster die sagenhaftesten Dinge sehen. Letzte Woche hab ich den Kuguar gesehen.«

»Was ist ein Kuguar?«

»Ein Berglöwe. Ich steig schnell aus und mach das Tor auf.«

Erst als sie wieder zu Hause in England war, hatte Nora den Kuguar in einem Buch über *Die Säugetiere Nordamerikas* nachgeschlagen. In jener Nacht und für den Rest der zwei Wochen hatte sie ihn vergessen, denn es gab so viel zu tun und zu sehen. Spazieren gehen und bergsteigen, im Crystal River angeln, von jeder Blume ein Exemplar pflücken und in dem eigens dafür gekauften Album pressen, Habichte und Adler fotografieren und die Erdhörnchen beobachten, wie sie an den Zäunen entlangliefen. In die Kleinstadt namens Hogan hinunterfahren (wo die zwei Banditen Butch Cassidy und Sundance Kid auf ihrem Weg nach Telluride einst Halt gemacht hatten, um die Bank zu überfallen), das Hotel besichtigen, in dem die Clanton-Bande Pistolenkugeln in der Badezimmerwand hinterlassen hatte, einkaufen gehen, in den heißen Quellen sitzen und im kalten Becken schwimmen. Im örtlichen Restaurant essen, wo als Spezialität Hirschsteak und Klapperschlangen-Burger auf der Speisekarte standen, und in der Last Frontier Bar einen Drink nehmen.

Carrie und Chuck meinten, sie sollten doch nächstes Jahr wiederkommen oder im Winter, wenn die Skisaison anfing. Damals verwandelte sich Hogan gerade allmählich in einen Skiort. Oder sie sollten im Frühjahr kommen, wenn die Schneeschmelze einsetzte und auf den Bergwiesen plötzlich Enzian und Lawinenlilien wundersam zu blühen begannen. Sie fuhren tatsächlich wieder hin, allerdings im Spätsommer, etwas später als im Jahr davor. Die Espenblätter verfärbten sich langsam gelb, und die gedrungene Eiche nahm einen Bronzeton an.

»In einem Monat haben wir Schnee«, sagte Carrie.

Eine Schwarzbärin war mit ihren Jungen gekommen und hatte Lily Johanssons Puten aufgefressen. »Wie bei uns die Füchse«, sagte Gordon. Mit dem neuen Sessellift fuhren sie auf den Mount Opie hinauf und machten einen Fußmarsch hinunter: fünf Meilen durch Felder von blauem Flachs und orangefarbenen Kokardenblumen. Herbstlich heiter lagen die goldene Bergkette und die kieferbestandenen Hänge im Sonnenschein da, und der Himmel war bis zum späten Nachmittag klar. Dann zogen sich plötzlich die Wolken zusammen, und es fing an zu regnen. Zehn Minuten lang herrschte sintflutartiger Regen, danach wurde es wieder heiß und sonnig, sodass Gras und Wildblumen dampften. Ein Rudel Wapiti kam bis dicht ans Haus heran, und einer drückte den mächtigen Kopf und die kurzen Stummelhörner gegen das Fenster. Durch Chucks Fernglas konnten sie die Schwarzbärin mit ihren Jungen in großen Sätzen die grüne Schlucht herunterspringen sehen.

»Eines Tages werd ich den Kuguar sehen«, sagte Nora, und Gordon wollte wissen, ob die Kuguare zu den bedrohten Arten zählten.

»Das glaub ich nicht. Angeblich gibt es in jedem Bundesstaat der Vereinigten Staaten Berglöwen, ich vermute aber, die meisten leben hier. Sprecht mal mit Lily Johansson, die hat sie oft gesehen.«

»Letzten Herbst hat einer einen kleinen Jungen getötet«, sagte Carrie. »Der Kleine war mit dem Rad unterwegs, das Ding kam aus dem Wald, hat ihn vom Rad gerissen und – hm, dann wohl aufgefressen. Oder machte sich gerade daran. Man hat es verjagt. Die stehen ja unter Artenschutz, da war also nichts zu machen.«

Kuguargeschichten gab es jede Menge. Jeder hatte eine zu bieten. Manche klangen wie urbane – oder eher ländliche – Mythen. In einer ging es um die Frau, die mit ihrem kleinen Jungen im Wald um Winter Park spazieren ging und sich oben auf dem Berg plötzlich Auge in Auge mit einem Kuguar sah. Sie setzte sich das Kind auf die Schultern und sagte, es solle die Arme hochhalten, damit sie zusammen zu einem fast zweieinhalb Meter hohen Wesen wurden, was das Tier schließlich verschreckte. Der Junge im Sattelgeschäft in Hogan hatte die Geschichte von einem Mann und seinem Hund auf Lager. Um sich zu retten, hatte der Mann zulassen müssen, dass der Kuguar seinen Hund tötete und auffraß, während er selbst flüchtete. In der Stadt hatte Nora die Reproduktion einer Zeichnung von Audubon erstanden, auf der ein Kuguar zu sehen war: anmutig, kraftvoll, gelbbraun, mit diesem geheimnisvoll verschlossenen Katzengesicht.

»Ich dachte, die wären klein, wie Luchse«, sagte Gordon.

»Von der Größe her sind sie wie ein afrikanischer Löwe – oder eher eine Löwin. So sehen sie aus, wie eine Löwin.«

»Ich werd mir mein Bild einrahmen«, sagte Nora, »und eines Tages werd ich das Tier in Wirklichkeit sehen.«

Jahr für Jahr kehrten sie nach Hogan zurück. Noch mehr Häuser wurden gebaut, aber nicht so viele, dass die Gegend verschandelt worden wäre. Einmal kamen sie auch im Winter, doch in ihrem Alter war es zu spät, um noch Ski fahren zu lernen. Sie hatten über fünf Meter Schnee. Am Weihnachtsabend kam der Schneepflug, um für die Autos eine Durchfahrt freizuräumen, und schüttete Schneewälle auf, wo Blumen gestanden hatten. Nora machte sich Sorgen um die Tiere. Wovon lebten sie eigentlich, diese Geschöpfe? Die Hirsche fraßen die Rinde von den Bäumen. Chuck streute ihnen Viehfutter hinaus und Heu.

»Die Rudel sind von den Berglöwen schon genug dezimiert worden«, sagte er. »Ihr habt mal gefragt, ob die zu den gefährdeten Arten gehören. Mittlerweile gibt's von denen Zehntausende, mehr als je zuvor.«

Nora sorgte sich um den Steinadler. Was konnte er in dieser weißen Welt zu fressen finden? Die Bären hielten Winterschlaf. Die Kuguare auch? Niemand schien es zu wissen. Im Winter würde sie nicht mehr kommen, wenn alles zugedeckt war, schlief, wartete, begraben war. Für Skifahrer war es in Ordnung, doch für eine inzwischen schon ältere Frau, die Angst hatte, hinauszugehen und womöglich auf dem Eis auszurutschen, war es etwas ganz anderes. Die wenigen kleinen Kinder, die sie sahen, hatten an langen Schnüren bunte Luftballons umgebunden, damit ihre Eltern sie sehen und ihnen zu Hilfe kommen konnten, falls sie zu tief im Schnee versanken. Den ganzen ersten Weihnachtstag brannte die Sonne herunter und brachte das Eis auf dem Dach zum Schmelzen, und nachts hatte der Frost das Haus in seinem harten Griff, sodass sich an der Dachtraufe rings ums Haus ein Fransenvorhang aus Eiszapfen bildete.

Im folgenden Frühjahr starb Gordon. Lily Johansson schrieb einen Kondolenzbrief, und als Jim Johansson im gleichen Jahr an Weihnachten starb, schrieb Nora ihr ebenfalls einen. Sie verschob ihren Besuch in den Bergen um ein Jahr, um zwei Jahre. Als sie mit Carrie vom Flughafen herfuhr, fiel ihr zum ersten Mal etwas Seltsames auf. Die Landschaft war wunderschön, aber nicht behaglich, nicht entspannend, der inneren Ruhe und dem Seelenfrieden nicht zuträglich. An ihr war nichts Üppiges und selbst in der Hitze nichts Warmes. Wenn sie nachts im Bett lag oder in der Abenddämmerung in einem Sessel saß und nach Wapiti oder Kuguar Ausschau hielt, versuchte sie herauszufinden, was – nun, nicht direkt verkehrt war, denn verkehrt war es nicht, sondern was dieses Gefühl hervorrief. Die Antwort war eindeutig: Angst. Die Landschaft steckte voller Angst, und während diese Angst ihre Großartigkeit und seltsamerweise auch ihre Schönheit verstärkte, versagte sie dem Betrachter gleichzeitig den Frieden.

Gefahr durchdrang sie, und während sie lächelte, drohte sie gleichzeitig. Immer lauerte einem hinter der nächsten Ecke irgendetwas auf, und wenn es nur ein schöner Schmetterling war. Niemals schlief sie, ruhte nie, nicht einmal unter dem Schnee. Sie lebte.

Lily Johansson kam zum Kaffee herüber. Sie war eine stattliche, schwergewichtige Frau mit schwieligen Händen, die ein hartes Leben hinter sich hatte. Sechs Kinder hatte sie geboren, zwei Männer waren ihr gestorben. Sie lebte allein und verdiente sich mühevoll ihren Lebensunterhalt, indem sie Pferde vermietete und ein Dutzend Kühe und die Puten hielt. Sie stand jeden Tag im Morgengrauen auf, aber nicht weil sie so viel zu tun hatte, sondern weil sie nach Tagesanbruch nicht mehr schlafen konnte. Die Berglöwin, die die Nacht hoch oben in den Bergen verbracht hatte, kam morgens oft an Lilys Zaun vorbei, um unten im grünen Tal zu jagen. Manchmal dauerte es Tage, bis sie in ihr Versteck in den Bergen zurückkehrte, doch sie kam immer zurück, und am nächsten Morgen sprang sie dann wieder in großen Sätzen den steinigen Weg zwischen den Astern und der Braunwurz an Lilys Zaun entlang.

»Woher weißt du, dass es eine sie ist?«, fragte Nora. Hatte sie es hier etwa mit einem ziemlich unwahrscheinlichen Ausdruck feministischer Prinzipien zu tun?

Lily lächelte. »Vielleicht weil ich weiß, dass sie Mutter ist. Einmal hab ich sie wochenlang nicht gesehen, da kommt sie eines Morgens plötzlich den Weg entlang und hat zwei Junge dabei. Waren wirklich hübsche Kätzchen.«

»Sprichst du manchmal mit ihr?«

»Ich? Vor der hab ich Angst. Die würd mich in Nullkommanichts umbringen. Manchmal sag ich zu ihr ›Wildkatze, Wildkatze‹, aber sie lässt mich links liegen. Wenn du sie sehen willst, kannst du bei mir übernachten, dann sehen wir sie vielleicht in der Frühe.«

Nora tat es eine Woche später. Abends saßen sie zusammen, die beiden alten Witwen, tranken Lilys selbst gemachte Kräuterlimonade und sprachen von ihren toten Ehemännern. Nora schlief in einer winzigen Schlafstube, mit Leinenlaken auf dem schmalen Bett und einem Bild an der Wand, auf dem (passenderweise) Daniel in der Löwengrube dargestellt war. Im Morgengrauen kam Lily mit einer großen Tasse Tee herein und sagte, sie solle aufstehen und ihren Morgenrock anziehen, dann würden sie Ausschau halten.

Der östliche Himmel war schwarz mit roten Streifen zwischen den Bergen. Die versteckte Sonne hatte den Schnee auf den Gipfeln rosarot gefärbt. Reglos lag das Land. An dem Fußweg, den die Berglöwin passierte, waren die Blumen von der Nacht noch geschlossen.

»Was bringt sie eigentlich dazu, dass sie kommt?«, flüsterte Nora. »Sieht sie die Morgendämmerung, fühlt sie sie? Was bringt sie dazu, sich von ihrem Lager zu erheben und sich zu strecken, vielleicht Pfoten und Gesicht zu waschen und loszulaufen?«

»Fragst du mich? Keine Ahnung. Wer weiß das schon? Es ist ein Geheimnis.«

»Wenn wir's doch wüssten.«

»Wildkatze, Wildkatze«, sagte Lily. »Komm, komm, Wildkatze.«

Aber die Berglöwin kam nicht. Die Sonne ging auf, ein prächtiges Schauspiel, dachte Nora, dass einem fast die Tränen kamen von all dem Lila und Rosa und Orange und Gold, von diesen Meilen und Abermeilen heiterem Blau. Sie trank mit Lily Kaffee und aß Brot mit Blaubeermarmelade, dann kehrte sie zur Elk Valley Ranch zurück.

»Eines Tages werd ich sie sehen«, sagte sie bei sich, während sie den Schäferhund streichelte und durchs Hoftor hineinging.

Ob das noch geschehen würde? Sie hatte schon fast beschlossen, im nächsten Jahr nicht zu kommen. Das hier war ein Land für junge Leute, und sie wurde allmählich zu alt dafür. Es war etwas für Bergsteiger und Skifahrer und Mountainbiker, für Leute, die der Kälte trotzen und die Hitze genießen konnten. Manchmal, wenn sie in der Sonne stand, machte deren Kraft ihr Angst, sie war einfach zu stark für menschliche Wesen. Wenn Regen fiel, war es wie eine Wasserwand, eine herabstürzende Kaskade, ein wilder, reißender Strom, in dem sie vielleicht untergehen würde. Schlangen lagen zusammengerollt im hohen Gras, und es gab giftige Spinnen. Wenn etwas so schön war, dass menschliche Wesen es nicht ertragen konnten, dann dies. Wenn sie es zu lange anschaute, tat ihr das Herz weh und seltsame, unbestimmte Sehnsüchte erfüllten sie. Wieder zu Hause auf dem milden, sanften englischen Lande betrachtete sie ihren Audubon und dachte, wie sehr diese Zeichnung von dem Kuguar für sie doch die ganze Landschaft symbolisierte, diese grüne und goldene Weite, obwohl sie ihn doch nie leibhaftig vor sich gesehen hatte, aus Fleisch und Blut und mit dieser geschmeidigen, hellbraunen Haut.

Bis sie wieder hinfuhr, vergingen zwei Jahre. Es sollte das letzte Mal sein. Chuck war krank, und Elk Valley Ranch war kein Ort für einen alten, kranken Mann. Er und Carrie wollten in eine Wohnung nach Denver ziehen. Sie gingen nicht mehr in den Hügeln spazieren, fuhren nicht mehr auf Skiern die Abhänge hinunter und machten auf dem Felsvorsprung hinter dem Haus keine Barbecues mehr. Chuck hatte es am Herzen, und Carrie hatte Arthritis. Nora, die auf Elk Valley Ranch bisher immer tief geschlafen hatte, litt plötzlich unter Schlafstörungen. Stundenlang lag sie bei aufgezogenen Vorhängen wach, blickte sinnierend in den schwarzsamtenen Sternenhimmel und lauschte dem Heulen der Kojoten am Fuße des Berges. Weil sie nicht schlafen konnte, gewöhnte sie sich an, immer früher aufzustehen, und als sie morgens auf Zehenspitzen in die Küche schlich, stellte sie fest, dass Carrie ebenfalls früh aufstand. Sie setzten sich zusammen hin, tranken Kaffee und betrachteten die Morgendämmerung.

In der Nacht, als der Sturm kam, lag sie abwechselnd wach und schlief, bis der Donner sie um vier weckte. So einen Sturm hatte sie noch nie erlebt, und sie, die sich nie vor Gewitter gefürchtet hatte, bekam es nun mit der Angst. Der Blitz erhellte das Zimmer mit dem grellen Strahlen von Suchscheinwerfern, und während er verharrte, schwächer und wieder heller und einen kurzen Augenblick gar zu hell zum Hinsehen wurde, grollte der Donner und krachte, als würden die Berge selbst sich verschieben und zerbersten. In der darauf folgenden Stille setzte der Regen ein. Stünde man draußen, wäre man wehrlos dagegen, er würde einen zu Boden werfen.

Auf Carries Rufen hin kam sie aus ihrem Zimmer. Nirgends brannte Licht. Carrie tastete sich im Dunkeln voran.

»Was ist denn?«

»Chuck geht's nicht gut«, sagte Carrie. »Ich meine, überhaupt nicht gut. Er liegt auf dem Rücken im Bett, sein Mund hängt auf einer Seite ganz runter, und beim

Sprechen klingt seine Stimme ganz anders, so verwaschen. Er kann keine Wörter bilden.«

»Wie ruft man bei euch den Notarzt? Ich mach das schon.«

»Nora, das geht nicht. Ich hab's probiert. Das Telefon geht nicht. Was glaubst du, wieso ich kein Licht gemacht hab? Der Strom ist weg.«

»Was machen wir denn jetzt? Du willst ihn bestimmt nicht allein lassen, aber ich könnte ja was unternehmen.«

»Nicht bei diesem Regen«, entgegnete Carrie. »Wenn es aufhört, könntest du dann mit dem Landcruiser nach Hogan runterfahren?«

Nun musste Nora zugeben, dass sie nie Auto fahren gelernt hatte. Sie gingen beide hinüber, um nach Chuck zu sehen. Er war offenbar eingeschlafen und atmete geräuschvoll durch den schiefen Mund. Als es irgendwo über ihnen laut krachte, fielen die beiden Frauen einander in die Arme und umklammerten sich heftig.

»Ich mach uns Kaffee«, sagte Carrie.

Sie tranken ihn dicht am Fenster sitzend, während sie zusahen, wie der Blitz schwächer wurde und sich in die Berge verzog. »Es hat aufgehört zu regnen«, sagte Nora. »Schau mal, der Himmel.«

Die schwarzen Wolken strebten auseinander und wichen der Morgenröte. Ein bleicher, sanfter Himmel kam zum Vorschein, weder blau noch rosa, sondern irgendwo dazwischen, während die dichten Wolkenbänke und faserigen Zirruswolken über den Berggipfeln nach Osten abzogen. Der Regen lichtete sich wie ein hochgezogener Rollladen. Im einen Moment eine Kaskade, war er im nächsten schon verschwunden, und im hereinbrechenden Licht offenbarten sich schimmernde Wasserpfützen und glitzerndes, funkelndes Gras.

»Versuch's noch mal mit dem Telefon«, sagte Nora.

»Die Leitung ist tot«, erwiderte Carrie und fuhr erschrocken zusammen, als sie merkte, was sie da eben gesagt hatte.

»Meinst du, Lilys Telefon funktioniert noch? Ich könnte doch zu ihr runter und mal nachsehen. Wenn ihres auch hin ist, kann sie mich vielleicht nach Hogan fahren.«

»Machst du das, Nora, bitte? Ich kann ihn doch nicht allein lassen.«

Die Luft war so frisch, dass sie ganz benommen wurde. Sie überlegte, wie selten doch die meisten Menschen solche Luft einatmen oder wissen, wie es sich anfühlt, und dass früher die Atmosphäre auf der ganzen Welt so gewesen war, so rein und sauber. Eben ging die Sonne auf, eine rote Kugel in einem Meer von blassem Lila, und während sich am gezackten Horizont immer noch schwarze Wolken türmten, war der Himmel wie eine riesige, tiefe Schale mit rosaroten und goldenen Federwölkchen übersät. Bald wäre die Sonne heiß und Land und Luft so trocken wie die Wüste.

Zielstrebig ging sie die Haarnadelkurve bergabwärts und merkte, wie schlecht zu Fuß sie inzwischen war. Ein stechender Schmerz breitete sich von den Oberschenkeln bis in die Hüften aus, besonders auf der rechten Seite, sodass sie gezwungen war, zu humpeln und ihr Gewicht auf die linke Seite zu verlagern, um überhaupt vorwärts zu kommen. Doch hatte sie Lily Johanssons Haus beinahe erreicht. Deren beide Pferde standen seelenruhig am Gatter, das zum Feld hinausführte.

Dann schwenkten sie plötzlich herum und liefen in

leichtem Galopp über die Wiese davon, als hätten sie bei ihrem Anblick einen Schreck bekommen. Laut sagte sie: »Was ist los? Was ist denn passiert?«

Wie zur Antwort trat das Tier von dem blumengesäumten Weg auf die offene Straße heraus. Es hatte die Größe einer afrikanischen Löwin. So wunderbar geschmeidig war sie, hatte ihren lang gestreckten, fließenden Körper so unter Kontrolle, dass sie fast hervorzuströmen schien aus dem Gras, den Astern und den rosa Geranien. Auf der Straße hielt sie inne und wandte den Kopf. Nora konnte ihre bernsteingelben Augen sehen und das unmerkliche Zittern ihrer goldenen Wangen. Sie vergaß, sich hoch aufzurichten, ihre Hände über den Kopf zu heben und drohend näher zu kommen. Sie war machtlos, ergriffen von der Schönheit dieses Geschöpfes, dieser Berglöwin, nach der sie sich so gesehnt hatte. Und sie hatte entsetzliche Angst.

»Wildkatze, Wildkatze«, flüsterte sie, doch es kam kein Ton heraus.

Die Berglöwin duckte sich auf den Bauch und spannte gleich einer bebenden Katze die Muskeln, während sie zum Sprung ansetzte.

Walters Bein

Während er die Geschichte erzählte, wie seine Mutter ihn damals zum Friseur mitgenommen hatte, fing Walters Bein wieder an zu schmerzen. Ein stechender Schmerz durchschoss ihn – passender Ausdruck –, und er wusste genau, woher er kam. Er setzte sich Andrew aufs andere Knie.

Es war die Geschichte, wie er und seine Mutter auf dem Weg zum Haareschneiden an der Ecke High Street und Green Lanes stehen geblieben waren, um sich mit einer Freundin zu unterhalten, die gerade aus dem Fischgeschäft kam. Seine Mutter war eine gesprächige Dame, die auch gern ein bisschen klatschte. Die Freundin stand ihr darin nicht nach. Sie kümmerten sich recht wenig um Walter, der sich von der Hand seiner Mutter losmachte, allein die Green Lanes hinunter und in die Church Road marschierte, den Friseurladen fand, Sixpence aus der Tasche kramte und sich die Haare schneiden ließ. Danach ging er den gleichen Weg wieder zurück. Seine Mutter und die Freundin unterhielten sich immer noch. Der fünfjährige Walter schob seine kleine Hand wieder in die seiner Mutter, die lächelnd zu ihm hinuntersah. Seine Abwesenheit war überhaupt nicht bemerkt worden.

Emma und Andrew staunten nicht schlecht über diese Geschichte. Sie kannten sie zwar schon, staunten aber immer noch. Die Welt hatte sich so verändert, das wussten selbst sie mit ihren sechs und vier Jahren.

Sie durften nicht einmal fünf Minuten allein draußen auf dem Gehweg stehen, geschweige denn ohne Begleitung irgendwo hingehen.

»Noch eine Geschichte«, verlangte Emma.

Als sie es sagte, fuhr Walter ein stechender Schmerz an der Wade hoch bis zum Knie und zwickte ihn in den Oberschenkelmuskel. Er fasste hin und rieb sich das alte, knochige Bein.

»Soll ich euch erzählen, wie Haultrey mich angeschossen hat?«

»Angeschossen?«, sagte Andrew. »Mit einem Gewehr?«

»Mit einem Luftgewehr. Das ist schon lang her.«

»Alles, was dir passiert ist, Grandad«, meinte Emma, »ist schon lang her.«

»Da hast du Recht, mein Liebling. Vor fünfundsechzig Jahren war es. Damals war ich sieben.«

»Also ist es noch nicht so lang her, als du dir die Haare hast schneiden lassen«, sagte Emma, die sich bereits als viel versprechende Rechenkünstlerin offenbarte.

Walter lachte. »Haultrey war ein Junge, den ich damals kannte. Er wohnte bei uns in der Straße. Wir haben oft unten am Fluss gespielt, die ganze Bande. In dem Fluss gab es Fische, aber ich weiß gar nicht, ob an dem Tag welche von uns geangelt haben. Wir sind auf den Bäumen herumgeklettert. Über die Weiden konnte man quer über den Fluss klettern, die Äste reichten bis hinüber.

Und dann sah einer von uns einen Eisvogel, einen winzig kleinen, leuchtend blauen Vogel, Pfauenblau, mit orangefarbenem Bauch, und Haultrey meinte, den würde er jetzt erschießen. Mir war klar, dass das böse war, schon damals war es mir klar. Es war uns viel-

leicht allen klar, außer Haultrey. Er hatte ein Luftgewehr, das zeigte er uns. Ich klatschte in die Hände, und
der Eisvogel flog davon. Alle Vögel flogen davon, wir
hatten sie mit unserem Getöse verscheucht. Ich hatte
einen Freund, der hieß William Robbins, wir nannten
ihn alle Bill. Der war mein bester Freund, und er sagte
zu Haultrey, wetten, er könnte überhaupt nichts schießen, nicht wenn er darauf zielen und es treffen müsste.
Na, das ließ Haultrey aber nicht auf sich sitzen und
sagte, doch, könnte er schon. Er deutete auf einen
Stein, der aus dem Wasser ragte, und sagte, den würde
er treffen. Schaffte er aber nicht. Mich hat er angeschossen.«

»Boah«, sagte Andrew.

»Hat er aber doch nicht so gemeint, Grandad«, sagte
Emma. »Er hat's doch nicht mit Absicht getan.«

»Nein, wahrscheinlich nicht, wehgetan hat's aber
trotzdem. Der Schuss ging in mein Bein, in die Wade,
direkt unter meinem rechten Knie. Bill Robbins rannte, so schnell er konnte, zu mir nach Hause – er war ein
guter Läufer, der Beste in der Schule – und holte meinen Dad, und mein Dad brachte mich zum Arzt.«

»Und hat der Arzt die Kugel rausgepult?«

»Ein Diabolgeschoss, keine Kugel. Nein, er hat es
nicht rausgepult.« Walter rieb sich das Bein, direkt unter dem rechten Knie. »Ehrlich gesagt, es ist immer
noch drin.«

»Immer noch *drin*?«

Emma stand von der Sessellehne und Andrew von
Walters Schoß auf, und beide Kinder stellten sich hin,
um sein rechtes Bein in der grauen Flanellröhre und
der Socke mit dem grauweißen Rautenmuster zu betrachten. Walter schob das Hosenbein bis zum Knie
hoch. Man konnte nichts sehen.

»Wenn ihr wollt«, sagte Walter, »zeig ich euch nächstes Mal, wenn ihr zu mir kommt, ein Foto vom Inneren meines Beines.«

Der Vorschlag wurde begeistert aufgenommen. Sie wollten, dass »nächstes Mal« jetzt gleich war, bekamen von ihrer Mutter aber gesagt, sie müssten sich bis Donnerstag gedulden. Walter war froh, dass er mit dem Wagen hergefahren war. Der Gedanke, mit diesen Schmerzen zu Fuß nach Hause gehen zu müssen, hätte ihm nicht sonderlich behagt. Vielleicht sollte er wieder mal zu seinem Hausarzt gehen, einen zweiten Arzt zu Rate ziehen, sich an einen – wie hieß das heutzutage? – Orthopäden überweisen lassen. Andrew war vorhin durchaus auf dem richtigen Weg gewesen, als er fragte, ob der Arzt das Geschoss aus seinem Bein gepult hätte. *Aus dem Munde der jungen Kinder und Säuglinge*, sinnierte der altmodische Walter, *hast du eine Macht zugerichtet*. Eigentlich schwer verständlich, weshalb der Arzt es nicht schon vor fünfundsechzig Jahren herausgepult hatte, doch damals ließ man es, solange keine Lebensgefahr bestand, eben gut sein – oder schlecht sein. Vor zehn Jahren hatte der Spezialist lediglich gemeint, er bezweifle, dass das Geschoss ihm die Schmerzen verursachte, wahrscheinlich läge es eher an der Arthritis. Walter müsste eben akzeptieren, dass er nicht mehr der Jüngste wäre.

Zu Hause angekommen, durchsuchte Walter die Schreibtischschubladen nach den Röntgenaufnahmen und dachte über etwas nach, das Andrew noch gesagt hatte. Nein, nicht Andrew, sondern Emma. Sie hatte gesagt, Haultrey habe es doch nicht absichtlich getan, und er hatte erwidert, wahrscheinlich nicht. Inzwischen war er sich nicht mehr so sicher. Zum ersten Mal seit fünfundsechzig Jahren rief er sich Haultreys

Gesichtsausdruck an jenem Sommerabend ins Gedächtnis zurück, als dieser damit geprahlt hatte, er könne den Stein treffen.

Bill Robbins hatte am Flussufer gehockt, zwei andere Jungs, deren Namen er vergessen hatte, waren auf die Weide geklettert, während er, Walter, unten am Wasser gestanden und zu dem Eisvogel hinaufgeschaut hatte. Haultrey war mit seinem Luftgewehr weiter oben gewesen. Die Sonne hatte tief am blassblauen Julihimmel gestanden. Dann hatte Walter in die Hände geklatscht und sich – als der Eisvogel davongeflogen war – zu Haultrey umgedreht. Und Haultreys Gesichtsausdruck war voller Bosheit und Rachsucht gewesen, weil Walter den Vogel verscheucht hatte. Daraufhin hatte er geprahlt, er könne den Stein treffen. Also hatte er vielleicht vorgehabt, Walter anzuschießen, ihn ins Bein zu schießen, weil der ihm einen Strich durch die Rechnung gemacht hatte. Darauf bin ich damals gar nicht gekommen, dachte Walter. Ich hielt es für einen Unfall, wie alle anderen auch.

»Was für Ideen«, sagte er laut zu sich und legte die Röntgenaufnahme auf dem Schreibtisch bereit, um sie Emma und Andrew zu zeigen. Am Donnerstag wurden die Kinder nach der Schule von ihrer Mutter vorbeigebracht. Die Bilder wurden gebührend bewundert, und danach verlangten sie eine Wiederholung der Geschichte. Beim Erzählen sagte Walter nichts über den Ausdruck in Haultreys Gesicht.

»Das mit Bill hast du vergessen, wo er zu euch nach Hause gerannt ist und dass er der beste Läufer von der Schule war«, sagte Emma.

»Stimmt, aber jetzt hast du's ja erzählt.«

»Wie hieß er denn *noch*, Grandad? Haultrey – und wie *noch*?«

»Es war wohl eher Und-wie-noch-Haultrey«, sagte Walter und musste wie so oft denken, dass sich die Zeiten doch sehr geändert hatten. Für diese Kinder wäre es unbegreiflich, dass man jemanden nur beim Nachnamen kannte. »Ich weiß nicht, wie er hieß. Ich kann mich nicht daran erinnern.«

Die Kinder schlugen Namen vor. In seiner Kindheit hätte man die, die sie kannten, nie gehört (Scott, Ross, Damian, Liam, Seth) oder sie seltsamerweise für zu altmodisch gehalten (Joshua, Simon, Jack, George). Er steuerte ebenfalls einige damals gebräuchliche Namen bei (Kenneth, Robert, Alan, Ronald), aber keiner stimmte. Wenn er Haultreys Namen hörte, würde er ihn wiedererkennen.

Seine Tochter Barbara sah sich die Röntgenbilder an. »Du musst mit dem Bein wieder zum Arzt, Dad.«

»Es macht mir ganz schöne Maläsen.« Walter merkte, dass er einen Ausdruck benutzt hatte, der selbst zu seiner Knabenzeit schon veraltet gewesen war. Es war ein Lieblingssatz seines Vaters. »Es macht mir wirklich ganz schöne Maläsen«, wiederholte er.

»Sieh mal zu, dass sie dich an einen anderen Arzt überweisen. Da muss doch was zu machen sein.«

Als Barbara mit den Kindern gegangen war, schlug er im Telefonbuch unter Haultrey nach. Es war anzunehmen, dass Haultrey nicht drinstand, dass er nach fünfundsechzig Jahren nicht mehr am gleichen Ort wohnte, und so war es auch. Es gab überhaupt keine Haultreys. Walters Bein begann schrecklich zu schmerzen. Er versuchte, es mit dem Zeug einzureiben, das er einmal gekauft hatte, als er sich einen Rückenmuskel gezerrt hatte. Es wärmt, zwar die Haut, linderte jedoch nicht den Schmerz. Er versuchte sich an Haultreys Vornamen zu erinnern. Doch nicht etwa Henry, oder?

Nein, Henry war in den Zwanzigerjahren altmodisch gewesen und erst in den Achtzigern wieder aufgekommen. David? Möglich, aber David hatte Haultrey nicht geheißen.

Bill Robbins hatte Haultrey viel besser gekannt als er. Die Haultreys hatten zwei Häuser weiter von den Robbins' gewohnt. Bill war tot, vor zehn Jahren war er gestorben, doch bis zu seinem Tode waren er und Walter befreundet gewesen, hatten zusammen Golf gespielt, waren beide Mitglied im Rotary Club gewesen, und zu Bills Sohn hielt Walter immer noch Kontakt. Er rief John Robbins an.

»Wie geht's dir denn, Walter?«

»Gut, bis auf die leichte Arthritis in meinem Bein.«

»Na ja, wir werden alle nicht jünger.« Die großzügige Bemerkung eines Zweiundvierzigjährigen.

»Sag mal, erinnerst du dich an die Haultreys, die bei deinen Großeltern in der Nähe wohnten?«

»Nur vage. Meine Granny vielleicht.«

»Lebt sie noch?«

»Sie ist erst sechsundneunzig, Walter. In unserer Familie ist das gar nichts, bis auf meinen armen Dad.«

John Robbins sagte, es wäre nett, ihn mal wieder zu sehen, er solle doch zum Essen kommen, und Walter bedankte sich sehr und sagte, gern. Die alte Mrs. Robbins stand im Telefonbuch und wohnte noch in dem gleichen Haus, in dem sie seit ihrer Hochzeit vor dreiundsiebzig Jahren lebte. Sie meldete sich mit munterer, energischer Stimme. Aber sicher erinnere sie sich noch an die Haultreys, obwohl die schon 1968 weggezogen seien, und ganz besonders erinnere sie sich an den Jungen mit seinem Luftgewehr. Mutwillig habe er auf ihre Katze gezielt, sie aber verfehlt.

»Ein Glück für die Katze.« Walter rieb sich sein Bein.

»Ein Glück für Harold«, entgegnete Mrs. Robbins grimmig.

»So hieß er also«, sagte Walter.

»Aber natürlich. Harold Haultrey. Der ist im Krieg verschütt gegangen.«

»Verschütt gegangen?«

»Ich meine, er ist nie wieder hierher zurückgekommen, was mir nur recht war. Er war in der Armee, hat aber natürlich nie aktiv gedient. Damals war er irgendwo da unten im West Country, hat was mit einer Bauerntochter angefangen, sie geheiratet und ist dort geblieben. Ich kann mir denken, dass er sich Hoffnungen auf den Hof gemacht hat, hat ihn vielleicht auch gekriegt. Wieso kommst du mich nicht mal besuchen, Walter? Komm doch zum Essen, dann koch ich dir Steak mit Fritten, das hat dir doch schon immer so gut geschmeckt.«

Walter sagte, er wolle kommen, sobald er sich sein Bein habe behandeln lassen. Er vereinbarte einen Termin beim Orthopäden, einem neuen, der beim Anblick der neuen Röntgenbilder meinte, Walter habe Arthritis. In Walters Alter habe *jeder* irgendwo Arthritis. Den Kindern gefielen die neuen Röntgenbilder, und Emma sagte, sie seien besser gelungen als die alten. Andrew wollte wissen, ob er eines haben könnte, um es sich in seinem Zimmer neben den Zeitungsausschnitt mit den Spice Girls und sein Plakat von *Der König der Löwen* an die Wand zu heften.

»Du solltest wegen deinem Bein doch noch einen anderen Arzt zu Rate ziehen, Dad«, sagte Barbara.

»Das wäre dann die dritte fachliche Meinung, ja?«

»Erzähl uns von Haultrey, Grandad«, bat Andrew.

Also erzählte Walter alles noch einmal und fügte diesmal Haultreys Vornamen hinzu. »Harold Haultrey deutete auf einen Stein im Wasser und sagte, auf den würde er schießen, aber dann schoss er auf mich.«

»Und Bill Robbins, der schnellste Läufer von der ganzen Schule, rannte zu dir nach Hause und holte deinen Dad«, sagte Emma. »Aber Harold hat's nicht so gemeint, er wollte dir nicht wehtun, stimmt's?«

»Wer weiß?«, sagte Walter. »Es ist schon so lange her.«

Sie hatten vor, gemeinsam in Urlaub zu fahren, Barbara und ihr Mann Ian und die Kinder und Walter. So hielten sie es, seit Walters Frau vor fünf Jahren gestorben war. Wenn er ganz ehrlich war, wäre er eigentlich lieber nicht mitgefahren. Er machte sich nicht viel aus Urlaub am Meer, mochte auch das Hotelessen nicht besonders und fand es peinlich, seinen dürren alten Körper im Schwimmbad zur Schau zu stellen. Auch hegte er den Verdacht, wenn sie ganz ehrlich wären – waren sie vielleicht auch insgeheim, wenn sie unter sich waren –, hätten Barbara und Ian ihn vielleicht lieber nicht dabei. Den Kindern gefiel es, dass er dabei war, da war er sich ziemlich sicher, und deshalb fuhr er mit.

Am Abend vor der Abreise besuchte er die alte Mrs. Robbins. John und seine Frau waren auch da und sie aßen Steaks mit Fritten und Tiramisu, wonach Mrs. Robbins in ihrem biblischen Alter noch richtig süchtig geworden war. Alle erkundigten sich nach Walters Bein, und er musste ihnen mitteilen, dass man nichts machen konnte. Es folgte eine Diskussion darüber, wie anders man heutzutage damit umginge, wenn ein siebenjähriges Kind von einem anderen ins Bein geschossen würde. Es hätte in allen Zeitungen gestanden, und Walter hätte eine Psychotherapie bekommen. Haultrey hätte vermutlich ebenfalls eine Psychotherapie bekommen.

Während er mit Emma auf dem Beifahrersitz nach Sidmouth fuhr und versuchte, sich immer direkt hinter Ian, Barbara und Andrew zu halten, die vorausfuhren, überlegte Walter, ob Haultrey eigentlich je gesagt hatte, es täte ihm Leid. Hatte er nicht. Es hatte sich keine Gelegenheit dazu ergeben, denn Walter war sich sicher, dass er Haultrey nie wiedergesehen hatte. Plötzlich fiel ihm etwas auf: Seit die Schmerzen in seinem Bein angefangen hatten, hatte er jeden Tag an Haultrey denken müssen. Haultrey wurde allmählich zu einer fixen Idee!

»Mir ist langweilig, Grandad«, sagte Emma. »Erzähl mir eine Geschichte.«

Nicht schon wieder Haultrey. Auch nicht die vom Friseurbesuch, die ihn seltsamerweise immer an Haultrey erinnerte. »Ich erzähl dir von unserem Hund Pip, der dem Fleischer eine ganze Kette Würstchen gestohlen hat und den Postboten mal in die Hand gebissen hat, als er sie durch den Briefschlitz steckte.«

Das war noch eine ganz andere Welt gewesen. Heute gab es keine Würste in Ketten mehr, dafür mehr Supermärkte als Fleischerläden. Heutzutage hätte der Postbote eine Psychotherapie und eine Impfung gegen Wundstarrkrampf bekommen, und Pip hätte das Todesurteil gedroht, bloß dass seine Eltern dann die Entscheidung des Amtsgerichts angefochten hätten und vors oberste Zivilgericht gezogen wären und Pips Foto in allen Zeitungen erschienen wäre. Als sie in Sidmouth eintrafen, war Walter müde, während Emma putzmunter war und gleich loslegen wollte. Er hatte ihr seine gesamte Kindheitsgeschichte oder jedenfalls das, woran er sich erinnern konnte, mehrmals hintereinander erzählt.

Sein Bein schmerzte. Bewegung war ihm aber immer

noch lieber als Ruhe. Während die anderen an den Strand hinuntergingen, machte er einen Spaziergang am Wasser entlang und durch Straßenzüge mit klassizistischen Häusern. Eigentlich wusste er nicht recht, was ihn bewog, einen Blick auf das Messingschild an einer der Säulen zu werfen, die eine Haustür flankierten. Vielleicht weil die Sonne auf die blank polierte Oberfläche fiel. Doch er sah hin und las dort: *Jenkins, Haultrey & Hall – Rechtsanwälte und Notare.* Es war doch nicht etwa sein Haultrey, oder? Harold Haultrey als Anwalt – der Gedanke war lachhaft.

Nach dem Abendessen und einem Drink in der Bar zog er sich früh auf sein Zimmer zurück. Die Jugend sollte auch mal ein bisschen für sich sein. Er hielt nach einem Telefonbuch Ausschau und fand schließlich eines im Schrank hinter einer Extradecke. Jenkins, Haultrey & Hall standen drin, auch ein gewisser Haultrey, A. P. mit einer örtlichen Adresse. Darunter stand: Haultrey, H., Mingle Valley Farm, Harcombe. Das war er bestimmt. Es war Harold Haultrey. Dann musste der Anwalt mit den Initialen A. P. sein Sohn sein. Ich könnte ihn einfach anrufen, dachte Walter, als er im Bett lag und sich im Dunkeln alle möglichen Bilder vorstellte, ich könnte ihn morgens früh einfach anrufen und auf einen Drink hierher einladen. Wenn ich ihm erst einmal wieder begegnet bin, muss ich nicht mehr an ihn denken. Ich möchte wetten, bei einer Psychotherapie hätte man mir geraten, mich mit ihm zu treffen. Mich mit ihm auseinander setzen, hätte man es genannt.

Ein Anrufbeantworter meldete sich. Die Stimme war natürlich nicht zu erkennen. Nicht nach all den Jahren. Sie sagte nicht, hier Harold Haultrey, sondern hier Haultreys Jerseyrinder, und man solle nach dem Signalton eine Nachricht hinterlassen. Um die Mittagszeit versuchte Walter es noch mal und dann wieder um zwei. Danach fuhren sie zusammen nach Lyme Regis, und er musste es auf sich beruhen lassen.

Als er zurückkam, rechnete er damit, dass sein Telefon blinkte, weil eine Nachricht drauf war, aber es tat sich nichts. Auch nicht am nächsten Tag. Walter spielte kurz mit dem Gedanken, den Sohn anzurufen, den Anwalt, verwarf diese Idee aber wieder. Wenn Haultrey ihn nicht sehen wollte, wollte er Haultrey nämlich auch nicht sehen. An diesem Abend blieb Walter bei den Kindern, während Ian und Barbara zum Essen ausgingen, und weil es am darauf folgenden Nachmittag regnete, gingen alle ins Kino und sahen sich *Der Glöckner von Notre-Dame* an.

Auf diesen Urlaubsreisen verhielt sich Walter immer möglichst taktvoll, übernahm seinen Anteil am Kinderhüten und manchmal mehr als seinen Anteil, achtete jedoch auch darauf, dass er sich nicht allzu sehr aufdrängte. So hatte er es sich zur Gewohnheit gemacht, an wenigstens einem Tag etwas allein zu unternehmen. Diesmal hatte er sich zu Besuch bei einem Cousin angemeldet, der in Honiton wohnte. Als der Cousin gehört hatte, dass Walter nach Sidmouth kam, hatte er ihn zum Mittagessen eingeladen.

Als er sich auf dem Rückweg Sidbury näherte, fiel ihm ein Wegweiser nach Harcombe auf. Wieso kam ihm das bekannt vor? Natürlich. Harcombe hieß der Ort, in dem Haultrey wohnte, er und seine Jerseyrinder. Bevor er recht wusste, was er tat, war Walter Richtung Harcombe abgebogen. Unter den gegebenen Umständen wäre es doch fast lächerlich, in der Nähe zu sein und nicht zur Mingle Valley Farm zu fahren, ein Versäumnis, das er vielleicht den Rest seines Lebens bereuen würde.

Wunderschöne Landschaft, grüne Wälder, dunkelrote Erde, wo die abgeernteten Felder bereits umgepflügt waren, ein glitzernder Fluss, der über Steine spritzte. Noch bevor er das Haus sah, bemerkte er das Vieh, cremefarbene, elegante Tiere, knochig und mit traurigen Augen, die bis zu den Hachsen im satten Gras standen. Hunderte – nun ja, ein ganzes Schock. Wenn er zu Emma und Andrew »ein ganzes Schock« sagte, wüssten sie gar nicht, wovon er redete. An einem Torpfosten konnte er in schwarzen Buchstaben auf einer weißen Tafel lesen: *Mingle Valley Farm, Haultreys Jerseyrinder* und darunter *Betreten verboten. Zuwiderhandelnde werden bestraft.*

Er stieg aus. Auf der anderen Torseite war nur ein schmaler Pfad, der sich zwischen blumenübersäten Grasbordüren und hohen Bäumen dahinwand. Ein Fasan, der seinen rauen, rasselnden Schrei ausstieß und auf plumpen Flügeln abhob, ließ ihn zusammenzucken. Der Pfad machte eine Biegung nach links, das Waldland endete abrupt, und vor ihm erstreckten sich Rasenflächen und dahinter das Haus. Es war ein ausladender Fachwerkbau, sehr malerisch, mit Bleiglasfenstern. Draußen auf dem Rasen fraßen die Kaninchen das Gras ab.

Fünfzehn Stück hatte er gezählt, als plötzlich ein Mann hinter dem Haus hervortrat. Selbst aus der Entfernung erkannte Walter, dass es sich um einen alten Mann handelte. Auch konnte er sehen, dass dieser alte Mann eine Flinte in der Hand hielt. Sechs Jahrzehnte fielen ab, und statt des grünen Rasens von Devon sah Walter einen Fluss außerhalb Londons träge dahinfließen, dazu Weiden und einen Eisvogel. Er tat das Gleiche wie damals und klatschte in die Hände.

Die Kaninchen stoben auseinander. Walter hörte das

scharfe Knallen der Schrotflinte und rechnete damit, dass ein Kaninchen umfiel. Stattdessen fiel er selbst um. Drehte sich auf den Rücken, als ihm ein stechender Schmerz ins Bein fuhr. Diesmal war es sein linkes Bein, doch der Schmerz war so ziemlich der gleiche wie damals, als er sieben gewesen war. Er setzte sich stöhnend auf, seine Hosen waren blutgetränkt. Über ihm stand ein Mann, in der einen Hand ein Mobiltelefon, die in der Mitte abgeknickte – sagte man dazu nicht »gebrochene«? – Flinte in der anderen. Diesen boshaft funkelnden Blick hätte Walter überall wiedererkannt, auch nach fünfundsechzig Jahren.

Im Krankenhaus entfernten sie die Schrotkugeln und – »wenn Sie schon mal hier sind« – zogen das Diabolgeschoss aus seinem rechten Bein auch gleich mit heraus. Mit etwas Glück, meinte der Arzt, wäre er bald wieder wie neu.

»Sie wissen ja, wir werden alle nicht jünger.«

»Wirklich?«, sagte Walter. »Ich dachte, ich schon.«

Haultrey kam ihn im Krankenhaus nicht besuchen. Zu Barbara sagte er, ihr Vater könne von Glück sagen, dass er ihn nicht wegen unbefugten Betretens anzeige.

Fachmännisch ausgeführt

Die Mädchen hatten es am besten getroffen. In Modellkleidern aus der Designer-Abteilung stellten sie sich in einem der auf die High Street hinausgehenden Schaufenster zur Schau, die eine in einer Hängematte von *Haus und Garten*, die andere in einem Sessel aus *Schöne Interieurs*, hielten Bestseller aus der Buchabteilung in der Hand und taten so, als läsen sie. Kleine Menschentrauben versammelten sich und starrten sie wie eingesperrte exotische Tiere an.

Die Jungs hatten ihren Sitz drinnen zwischen der Abteilung für Herren-Freizeitmode und der Parfümerie, direkt vor den Rolltreppen. Wer die Rolltreppe herunterkam, musste sie zwangsläufig sehen. Sie saßen umringt von ihren Handwerksutensilien: Jeder hatte zehn Paar Bürsten, dreißig verschiedene Arten von Polituren und Cremes und Sprays, unzählige weiche Lappen, alle in unterschiedlichen Farben, die alle nur zum einmaligen Gebrauch bestimmt waren und danach weggeworfen wurden. Die Kunden durften sich in bequeme Ledersessel setzen und bekamen gepolsterte Schemelchen für die Füße. Auf einem großen Schild stand: *Lassen Sie sich von unserem fachmännisch geschulten Personal die Schuhe putzen. Unerreicht hoher Qualitätsstandard. 2.50 Pfund.*

Die Arbeit war viel schwerer als das, was die Mädchen taten. Nigel war sauer, dass die Mädchen bloß herumlungerten, ohne einen Finger zu rühren, und auch noch Klamotten tragen durften, die sie sich in ihren kühnsten Träumen nicht hätten leisten können. Doch Ross wies ihn darauf hin, dass die Jungs auf lange Sicht doch das bessere Los gezogen hätten. Es war doch Blödsinn, wenn Karen und Fiona glaubten, das hier sei der erste Schritt zu einer Karriere als Fotomodell. Als wären sie in Paris (oder auch nur London), als wären sie auf dem Laufsteg statt im Schaufenster eines Kaufhauses in einer Stadt, die eine der höchsten Arbeitslosenraten des Landes aufwies.

Außerdem waren Nigel und er geschult worden. Beide hatten einen zweiwöchigen Intensivkurs hinter sich. Nachdem Ross seinen Stand am Fuß der Rolltreppe eine Woche betrieben hatte, kamen seine Eltern herein und wollten sehen, wie es denn so lief. Das hatte Ross nicht so recht gepasst, es war ihm peinlich, besonders als sein Vater meinte, er bekäme die Schuhe gratis geputzt. Doch seine Mutter verstand.

»Fachmännisch«, sagte sie und stieß seinen Vater mit dem Ellbogen an, »siehst du. Da steht es: ›unser fachmännisch geschultes Personal‹. Du wolltest doch immer, dass er eine richtige Ausbildung kriegt, und jetzt hat er sie. Unser Fachmann.«

Dafür, dass sie sie genommen hatten, bekamen W.S. Marsh & Partner einen staatlichen Zuschuss. Sechzig Pfund pro Woche und Nase, hatte ihm jemand verraten. Dazu reichlich Lob und von der Handelskammer eine gerahmte Beglaubigung für den »wertvollen Beitrag zur Verringerung der Jugendarbeitslosigkeit«. Die Beglaubigung hing neben dem Eingang zur Herren-Freizeitmode an der Wand, was Ross eigentlich ein bisschen zu nah war. Immerhin – es war ein Job, und noch dazu ein Job, für den er geschult war. Er war zwanzig, und es war die erste Arbeitsstelle, die er je gehabt hatte, seit er vor vier Jahren mit der Schule fertig geworden war.

Früher, als er noch in der Schule war und sich nicht so gut auskannte, war er ehrgeizig gewesen. Er hatte geglaubt, er könnte es zum Flugzeugpiloten bringen oder etwas mit Medien machen.

»O ja, oder Hirnchirurg werden«, sagte Nigel.

Aber dann hatte sich natürlich herausgestellt, dass eins so unwahrscheinlich war wie das andere. Inzwischen hatte er seine Ziele etwas tiefer gesteckt, aber wenigstens hatte er noch Ziele. Der Job bei W. S. Marsh & Partner hatte es möglich gemacht. Nun peilte er den Handel mit Fußbekleidung an. Geschäftsführer eines Schuhladens werden! Wie er das erreichen wollte, war ihm zwar noch nicht klar, weil er nicht wusste, wie Geschäftsführer von Schuhläden anfingen, doch glaubte er, den Fuß schon auf der untersten Sprosse der Leiter zu haben. Während des Schuheputzens stellte er sich vor, wie er Schuhe anpasste oder – besser noch – einer Verkäuferin zurief, sie solle den einen oder anderen Kunden bedienen. In diesen Tagträumen war immer Karen die Verkäuferin, die seinen Weisungen folgen musste und ihn nicht mehr mit geringschätzigen Blicken bedachte, wenn er auf dem Weg zum Mittagessen an ihrem Schaufenster vorbeikam. Aber nur Karen, nicht Fiona. Fiona hob manchmal den Kopf und lächelte.

Die Kunden – Nigel nannte sie Kundschaft – behandelten ihn meistens wie Luft. Jedenfalls nachdem sie bezahlt und gesagt hatten, was sie gemacht haben wollten. Oder nein, das stimmte nicht ganz. Nicht wie Luft, sondern eher wie eine Maschine. Sie setzten sich hin, stellten ihre Füße auf den Fußschemel und nickten ihm auffordernd zu. Die Schuhe behielten sie an.

Frauen zogen ihre Schuhe immer aus, reichten sie ihm und ließen ihre schlanken, fein bestrumpften Füße baumeln. Sie redeten mit ihm, hauptsächlich über Schuhe, aber immerhin redeten sie. Die Frauen waren netter als die Männer.

»Ja, aber du weißt doch, worauf die's abgesehen haben, oder?«, sagte Nigel.

Das war zwar eine schöne Vorstellung, doch glaubte Ross nicht daran. Wenn er eine dieser hübschen Frauen, die ihre Beine vor ihm zur Schau stellten, gefragt hätte, was sie denn abends vorhätte und ob sie Lust hätte, ins Kino zu gehen, hätte er damit gerechnet, eine Ohrfeige verpasst zu bekommen. Oder gemeldet zu werden. Gemeldet und vermutlich gefeuert. Der Abteilungsleiter war sowieso nicht gut auf sie zu sprechen. Er war bekannt dafür, dass er alles missbilligte, was Kunden überrumpeln oder in die Falle locken könnte. In der Parfümerie stand keine Verkäuferin herum, um vorbeigehende Kunden mit Düften zu besprühen. Das würde Mr. Costello nicht zulassen. Er hielt seine Verkäufer sogar davon ab, einen Kunden zu fragen, ob sie ihm vielleicht helfen könnten. Er glaubte, dass jeder, der bei W.S. Marsh durch die Tür kam, totale Freiheit genießen sollte, solange er nicht klaute, natürlich.

Wenn Ross und Nigel morgens zehn Minuten vor Ladenöffnung um neun ihren Platz gegenüber den Rolltreppen einnahmen, erschien jedes Mal Mr. Costello und schob sie etwas weiter nach hinten an die Wand, weil er den ihnen zugewiesenen Platz verringern wollte, und musterte sie eingehend, um sich zu vergewissern, dass sie ordentlich angezogen waren, dass ihre Haare kurz genug und ihre Hände sauber waren. Mr. Costello selbst war der Inbegriff von Eleganz: Er war einszweiundachtzig groß und schlank und hatte starke Ähnlichkeit mit Linford Christie, wenn man sich den schwarzen Sportstar überhaupt im dunklen Anzug, schneeweißen Hemd und Satinschlips vorstellen konnte. Beim Sprechen streckte er gewöhnlich einen langen – außergewöhnlich langen –, wohl manikürten, etwas gelbstichigen Zeigefinger entweder in Nigels oder in Ross' Richtung und wackelte damit, als wollte er den Takt zu irgendeiner Musik schlagen.

»Man spricht erst mit den Kunden, wenn sie einen ansprechen. Man sagt nicht ›hallo‹, man sagt nicht ›tschüss‹.« An dieser Stelle wanderte der bierernste Blick zu Nigel, und der Finger wackelte. »›Tschüss‹ ist kein Ersatz für ›danke schön‹. Man macht nicht auf sich aufmerksam. Und vor allem fängt man nicht die Blicke der Kunden auf oder tut so, als wollte man auf sich aufmerksam machen. Kunden von W.S. Marsh & Partner sollen dieses Geschäft frei und *unbehelligt* besuchen können.«

Mr. Costello hatte einen Abschluss in Betriebswirtschaft, und »unbehelligt« gehörte zu seinen Lieblingswörtern. Weder Ross noch Nigel hatten eine Ahnung, was es bedeutete. Doch begriffen beide, dass es Mr. Costello lieber wäre, wenn sie nicht da wären. Er fände bestimmt zu gern einen Vorwand, um sie loszuwerden. Ein- oder zweimal hatte man ihn sagen hören, als er zwanzig gewesen sei, hätte man auch keinen Arbeitgeber dafür bezahlt, dass er ihn anstellte, er hätte sich einen Abendjob suchen müssen, um am College finanziell über die Runden zu kommen. Irgendeine Kleinigkeit würde als Vorwand genügen, dachte Ross manchmal, irgendeine Verfehlung im Beisein eines Kunden.

Doch sie hatten nur wenige Kunden. Nach der Anfangszeit, als er und Nigel etwas ganz Neues gewesen waren, ebbte das Geschäft allmählich ab. Sich bei W.S.

Marsh die Schuhe putzen zu lassen war ein teurer Spaß. Auf der High Street draußen bekam man es für ein Pfund, und Hotelgäste benutzten die Schuhputzmaschine dort gratis. Zu ihnen kamen hauptsächlich Stammgäste, Geschäftsmänner aus den großen Bürohäusern, Frauen, die nichts anderes zu tun hatten, als einkaufen zu gehen, und denen die Zeit lang wurde. Das machte Ross etwas Sorgen, besonders weil Mr. Costellos Meinung nach – sechzig Pfund hin oder her – kein Handelsunternehmen sie behalten würde, wenn sie bloß untätig herumsaßen.

»Ihr seid schließlich keine Dekoration«, sagte er mit einem unangenehmen Lächeln.

Und sie saßen oft untätig herum. Nach dem halben Dutzend Leute, die gleich frühmorgens kamen, herrschte Flaute, bis nacheinander die Frauen auftauchten. Es war typisch für die Frauen, herumzustehen und zu ihnen herüberzuschauen, zu überlegen, die Sache vielleicht mit einer Begleiterin zu besprechen, ihnen zuzulächeln und dann in die Parfümerieabteilung weiterzugehen.

Ross saß auf seinem Hocker und starrte gedankenverloren die Rolltreppe hinauf. Wenn man es wie Nigel machte und die Kunden auf der Erdgeschossebene anstarrte, wenn man die Beine der Mädchen gelegentlich beäugte, handelte man sich eine Rüge ein. Mr. Costello lief den ganzen Tag im Erdgeschoss herum, wobei er einmal pro Stunde am Fuß der Rolltreppen vorbeikam und alles mit seinen Elektrobohreraugen beobachtete. Wenn nichts zu tun war, sah Ross den Leuten zu, wie sie auf der rechten Rolltreppe nach oben und auf der linken Rolltreppe nach unten fuhren. Beim Beobachten setzte er einen höflichen Gesichtsausdruck auf und achtete darauf, keine Blicke aufzufangen.

Karen und Fiona kamen selten vorbei, um sich die Schuhe putzen zu lassen. Schließlich trugen sie ihre eigenen Schuhe bloß beim Hereinkommen und wenn sie wieder nach Hause gingen. Manchmal aber, an nassen Tagen oder zur Mittagspause meldete sich eine der beiden bei Ross, um sich ein Paar feuchte oder schmutzverspritzte Slipper aufpolieren zu lassen. Sie mochten den Blick nicht, mit dem Nigel sie bedachte, und gingen lieber zu Ross.

Karen machte den Mund nicht auf, während er ihr die Wildlederstiefel säuberte. Ihr Blick schweifte im Geschäft umher, als rechnete sie damit, einen Bekannten zu sehen. Fiona redete, doch er konnte sein Glück dennoch nicht fassen, als sie einen schmalen Fuß ausstreckte, ihm einen derben grünen Straßenschuh hinhielt und dabei fragte, ob er auf dem Heimweg nicht gern etwas trinken gehen würde. Er nickte bloß, weil es ihm die Sprache verschlagen hatte, blickte jedoch tief in ihre großen, türkisfarbenen Augen. Als sie mit blitzblanken Schuhen davonging, drehte sie sich noch einmal um und warf ihm ein strahlendes Lächeln zu. Nigel tat, als hätte er es nicht gehört, bekam aber plötzlich ein ganz rot gesprenkeltes Gesicht. Ross, dessen Herz wild pochte, starrte dorthin, wohin er immer starrte, nämlich auf die auf- und abwärts gleitenden Rolltreppen.

Er war auf dem besten Wege. Er war geschult worden, er war Fachmann. Das konnte ja nur vorwärts und zum Besseren führen. Fiona mit den Eisvogelaugen und den spinnwebzarten Füßen wollte mit ihm einen trinken gehen. Verträumt starrte er nach oben und sah seine Zukunft als Rolltreppe, die ununterbrochen und endlos nach oben fuhr. Und dann sah er noch etwas.

Oben an der Rolltreppe stand eine Frau. Sie hielt

sich am Geländer fest und sah über ihre Schulter nach hinten zu dem Mann, der ihr folgte. Ross erkannte ihn, er hatte ihm ein paar Mal die Schuhe geputzt und sogar ein paar Worte, ein Lächeln und ein Dankeschön geerntet. Und er hatte ihn einmal draußen gesehen, als der Mann einen flüchtigen Blick in Fionas und Karens Schaufenster geworfen hatte. Er war etwa vierzig, aber die Frau war älter, eine dünne, zierliche Frau in einem sehr kurzen Rock, der sehr viel von ihren langen, knochigen Beinen zeigte. Sie hatte hell leuchtendes Haar, von der gleichen Farbe wie die gelbe Hängematte, in der Fiona sich immer ausstreckte. Als sie den Kopf wandte, um die Rolltreppe hinunterzusehen, als sie sie betrat, sah Ross, wie der Mann eine Hand ausstreckte und ihr einen heftigen Stoß in den Rücken versetzte.

Dann geschah alles ganz schnell. Die Frau stürzte mit einem lauten, lang gezogenen Schrei. Sie stürzte nach vorn wie jemand, der in tiefes Wasser eintaucht, bloß dass es kein Wasser war, sondern Metall, das sich bewegte, und als sie auf halber Höhe mit dem Kopf an etwas hängen blieb, vollführte sie einen regelrechten Purzelbaum. Dabei schrie sie die ganze Zeit.

Der Mann lief laut rufend hinter ihr abwärts. Die Leute oben an der Rolltreppe wichen erschrocken zurück, als der Mann allein hinunterlief. Ross und Nigel waren inzwischen aufgesprungen. Das Geschrei, das das Verkaufspersonal und die Kunden alarmiert hatte und sie aus Parfümabteilung und Herren-Freizeitmode herbeiströmen ließ, war inzwischen verstummt. Es hatte die Luft gespalten, wie ein Erdbeben Felsen spaltet, hatte nun aber aufgehört, und für einen Moment herrschte absolute Stille.

In diesem Moment sah Ross sie ausgestreckt am Fuß der Rolltreppe liegen. Auf einmal kam ihm der seltsame Gedanke, dass er noch nie jemanden so entspannt gesehen hatte. Dann begriff er: Sie sah deswegen entspannt aus, weil sie tot war. Ein Laut entfuhr ihm, eine Art Wimmern. Er konnte sie nicht mehr sehen, sie war von Leuten umringt, doch den Mann, der sie gestoßen hatte, konnte er sehen, weil er so groß war und alle überragte, sogar Mr. Costello.

Nigel sagte: »Hast du ihre Schuhe gesehen? Zehn Zentimeter hohe Absätze, mindestens. Sie muss mit dem Absatz hängen geblieben sein.«

»Sie ist nicht mit dem Absatz hängen geblieben«, sagte Ross.

Inzwischen war ein Arzt eingetroffen. Es gab immer einen Arzt, der gerade einkaufen war, deshalb befand sich das staatliche Gesundheitssystem auch in einem solchen Chaos, wie Ross' Mutter immer sagte. Der Haupteingang wurde aufgestoßen, ein Trupp Sanitäter kam hereingerannt. Mr. Costello machte ihnen zwischen den Schaulustigen einen Durchgang frei, dann versuchte er die Leute dazu zu bewegen, wieder an ihre Arbeit zu gehen oder weiter einzukaufen oder was sie eben sonst getan hatten. Damit kam er jedoch nicht sehr weit, denn eine Lautsprecherdurchsage teilte den Kunden mit, die Rolltreppen auf der Südseite seien für heute außer Betrieb und die Abteilungen Parfümerie und Herren-Freizeitmode geschlossen.

»Was soll das heißen, sie ist nicht mit dem Absatz hängen geblieben?«, fragte Nigel.

Da hätte Ross es sagen sollen. Es war seine erste Gelegenheit, es zu sagen. Fast hätte er es getan. Fast hätte er Nigel gesagt, was er gesehen hatte. Aber dann wurden sie durch die Sanitäter getrennt, die die Frau auf einer Trage hinaustransportierten und Nigel zur einen und ihn zur anderen Seite stießen, während der

hoch gewachsene Mann mit bleichem Gesicht und ge-
senktem Kopf hinter ihnen herging.

Mr. Costello trat auf die beiden zu. »Ihr habt wohl
gedacht, ihr könntet euch für den Rest des Tages drücken«, sagte er. »Da muss ich euch aber leider enttäuschen. Wir richten euch oben bei den Damenschuhen
einen neuen Stand ein.«

Das war seine zweite Gelegenheit. Mr. Costello blieb
neben ihnen stehen, während sie ihre Utensilien ein-
packten. Nigel trug die Hinweistafel mit der Aufschrift:
*Lassen Sie sich von unserem fachmännisch geschulten
Personal die Schuhe putzen. Unerreicht hoher Qualitätsstandard. 2.50 Pfund.* Da die Rolltreppen stehen
geblieben waren, folgten sie Mr. Costello zu den Auf-
zügen, Ross drückte den Knopf, und sie warteten. Jetzt
war der richtige Zeitpunkt. Er sollte es Mr. Costello sagen, und über Mr. Costello würde es die Geschäftsleitung erfahren und über diese – oder vielleicht bevor sie
hinzugezogen wurde – die Polizei.

»Ich hab gesehen, wie der Mann, der bei ihr war, sie
die Rolltreppe runtergestoßen hat.«

Er sagte es nicht. Der Aufzug kam und brachte sie in
den zweiten Stock. Die Abteilungsleiterin zeigte ihnen
ihren neuen Stand, und sie breiteten ihre Sachen aus.
Niemand ließ sich die Schuhe putzen, aber ein Mädchen, eine Bekannte von Nigel, die im Lager arbeitete,
kam herüber und erzählte ihnen, die Frau, die die Rolltreppe hinuntergefallen war, sei eine gewisse Mrs. Russell und ihr hoch gewachsener Begleiter ihr Mann, und
sie bewohnten das große Haus in The Mount oben,
also in der besten Gegend, wo all die feinen Leute
wohnten. Sie seien gute Kunden von Marsh & Partner,
sie seien oft im Geschäft und Mrs. Russell habe ein
Kundenkonto und eine Marsh & Partner-Kundenkarte.

Ross machte Mittagspause, und als er zurückkam, nahm Nigel seine Pause und kehrte mit weiteren Einzelheiten zurück, die er in der Cafeteria aufgeschnappt hatte. Mr. und Mrs. Russell seien erst seit einem Jahr verheiratet und einander treu ergeben gewesen.

»Mr. Russell ist am Boden zerstört«, sagte Nigel. »Sie haben ihm Beruhigungsmittel gegeben.«

Als die Abteilungsleiterin vorbeikam, um zu sehen, wie sie zurechtkamen, war Ross klar, dass dies seine dritte Gelegenheit war und vielleicht seine letzte. Sie teilte ihnen mit, am nächsten Tag nähme alles wieder seinen gewohnten Gang, dann wären sie wieder unten am Fuß der Rolltreppe zwischen Parfümerie und Herren-Freizeitmode, und jetzt solle er ihr sagen, was er gesehen hatte. Doch er tat es nicht und würde es auch nicht tun. Das war ihm jetzt klar, denn er konnte deutlich vor sich sehen, was dann passieren würde.

Er würde auf sich aufmerksam machen. Man konnte sich kaum etwas vorstellen, womit er *noch mehr* auf sich aufmerksam machen würde. Er müsste beschreiben, was er gesehen hatte, müsste Mr. Russell namentlich nennen – einen Kunden, einen guten Kunden! – und sagen, dass er gesehen hatte, wie Mr. Russell seiner Frau die Hand auf den Rücken getan und sie die Rolltreppe hinuntergestoßen hatte. Er allein hatte es gesehen. Nicht Nigel, nicht die anderen Kunden, er ganz allein. Sie würden ihm nicht glauben und ihn rausschmeißen. Er hatte diesen Job erst seit sechs Wochen und würde rausfliegen.

Er würde es also nicht sagen. Zumindest nicht Mr. Costello. Es gab nur einen Menschen, dem er es wirklich sagen wollte, nämlich Fiona, doch als sie sich trafen und einen tranken und redeten und noch einen tranken und sie sagte, sie würde sich am nächsten

Abend wieder mit ihm treffen, sagte er doch nichts über Mr. Russell. Er wollte es nicht verderben, sie sollte nicht denken, er sei vielleicht bescheuert oder ein Lügner. Als er zu Hause war, spielte er mit dem Gedanken, es seiner Mutter zu erzählen. Nicht seinem Vater, sein Vater würde bloß die Polizei verständigen, sondern seiner Mutter, die manchmal verständnisvolle Anwandlungen hatte. Doch sie war schon zu Bett gegangen, und am nächsten Morgen war er nicht in der Stimmung, darüber zu reden.

In der Nacht war etwas Seltsames geschehen. Er war sich der Tatsachen plötzlich nicht mehr ganz sicher. Er fing an, daran zu zweifeln. Hatte er tatsächlich gesehen, wie dieser reiche und mächtige Mann, dieser groß gewachsene Mann im besten Alter, einer der wenigen Männer, die je mit ihm gesprochen hatten, während er sich die Schuhe putzen ließ, hatte er wirklich gesehen, dass dieser Mann seine Frau die Rolltreppe hinuntergestoßen hatte? War das nachzuvollziehen? War es *möglich*? Welches Motiv könnte er gehabt haben? Er war reich, er hatte erst vor kurzem geheiratet, es war bekannt, dass er seiner Frau treu ergeben war.

Ross versuchte, sich den Anblick erneut vor Augen zu führen, den Film sozusagen zurückzuspulen und ihn noch einmal ablaufen zu lassen. Ihn an dem Punkt anzuhalten und die Einstellung festzuhalten. Mit geschlossenen Augen versuchte er es. Er bekam Mrs. Russell oben an die Rolltreppe, er konnte ihren Kopf drehen, damit sie ihren näher kommenden Gatten ansah, er konnte ihren Kopf wieder der Rolltreppe zuwenden, doch dann kam ein Augenblick Dunkelheit, Mattscheibe, so wie ein paar Mal beim Fernseher, als der Strom ausgefallen war. Sein Stromausfall dauerte zwar bloß zehn Sekunden, doch als es wieder Elektrizität gab, war die nach vorn stürzende Mrs. Russell zu sehen und dieser schreckliche, gellende Schrei zu hören. Der Abschnitt, in dem Mr. Russell die Hand auf ihrem Rücken hatte und stieß, war verschwunden.

Am nächsten Morgen waren sie wieder am Fuß der Rolltreppe. Alles lief wie gewöhnlich, als wäre nichts geschehen. Ross traute seinen Ohren kaum, als Mr. Costello vorbeikam und sagte, er wolle ihnen beiden, Nigel und ihm, seine Anerkennung aussprechen, weil sie am Vortag einen kühlen Kopf bewahrt hatten, sich höflich verhalten und keine unnötige Aufmerksamkeit auf sich gelenkt hatten. Nigel wurde rot, aber Ross lächelte zufrieden und bedankte sich bei Mr. Costello.

Von dem Tag an belebte sich das Geschäft auf wundersame Weise. Eines denkwürdigen Mittwochnachmittags standen die Kunden tatsächlich Schlange, um sich die Schuhe putzen zu lassen. Der Unfall hatte in allen Zeitungen gestanden, und jemand hatte ein Foto gemacht. So, wie immer ein Arzt zur Hand ist, gibt es auch immer jemanden mit Fotoapparat. Die Leute wollten sich ihre Schuhe von den zwei Fachmännern putzen lassen, die gesehen hatten, wie Mrs. Russell die Rolltreppe hinuntergefallen war, die dabei gewesen waren, als es passierte.

Hinuntergefallen, nicht hinuntergestoßen worden war. Je öfter Ross den Begriff »hinuntergefallen« hörte, desto mehr verblasste das »hinuntergestoßen« in seinem Bewusstsein. Er hatte nichts gesehen, natürlich nicht, es war ein Traum gewesen, lauter Einbildung, Sensationslust. Er war ausgesucht höflich zu den Kunden, nannte sie ständig Sir und Madam, sagte jedoch nie mehr über den Unfall, als wie schlimm es doch gewesen sei und was für eine Tragödie. Direkt darauf angesprochen, sagte er immer: »Ich fürchte, ich habe nicht hingesehen, Madam, ich habe mich um einen Kunden gekümmert.«

Mr. Costello hörte wohlwollend zu. Drei Monate später, als in der Herrenschuhabteilung eine Stelle frei wurde, bot er Ross den Job an. Inzwischen gingen Ross und Fiona fest miteinander, sie hatte ihre Träume von einer Karriere als Fotomodell zu Gunsten einer Ausbildung zur Friseuse aufgegeben, und sie waren zusammen in ein kleines Apartment gezogen. Karen war von der Bildfläche verschwunden. Fiona hatte sie nie besonders gut gekannt, sie war ein stilles Wasser, sprach nie über ihr Privatleben, und nun war sie fort, und das Schaufenster, in dem die beiden gesessen und so getan hatten, als läsen sie Bestseller aus der Buchabteilung, nahm jetzt die Armani-Herrenlinie ein.

Während er in der Herrenschuhabteilung arbeitete, gelang es Ross, tagsüber regelmäßig freigestellt zu werden, um einen Betriebswirtschaftskurs in der Hauptstadt zu besuchen. Seine Mutter war enttäuscht, weil er kein Fachmann mehr war, doch alle anderen betrachteten es als gewaltigen Schritt nach vorn. Das war es auch, denn zwei Wochen bevor er und Fiona sich verlobten, wurde er als stellvertretender Leiter eines Geschäfts in der Fußgängerzone namens The Great Boot Sale übernommen und bekam doppelt so viel Gehalt wie bei Marsh & Partner.

In dieser ganzen Zeit hatte er über Mr. Russell kaum etwas gehört, außer dass er das Haus in The Mount vermietet hatte und weggezogen war. Von seiner Mutter erfuhr Ross, dass er wieder da war und sein Haus herrichten ließ, bevor er mit seiner neuen Frau dort einzog. »Komische Sache«, sagte sie, »es fällt mir aber immer wieder auf. Ein Mann, der mal mit einer viel älteren Frau verheiratet war, wird beim zweiten Mal immer eine Frau heiraten, die viel jünger ist als er. Wie kommt das eigentlich?«

Niemand wusste es. Ross machte sich darüber kaum Gedanken. Er hatte sich längst davon überzeugt, dass er sich den ganzen Zwischenfall mit der Rolltreppe eingebildet hatte, als eine Art Tagtraum, vermutlich eine Folge der Videos, die er sich damals angesehen hatte. Und als er Mr. Russell auf der High Street begegnete, überraschte es ihn nicht, dass ihn der Mann nicht erkannte. Es war immerhin ein Jahr her.

Aber Karen hochnäsig vorbeigehen zu sehen überraschte ihn doch. Sie hängte sich bei Mr. Russell ein – an der Hand den Brillantring und den Ehering – und drehte ihn zu sich herüber, nämlich in Richtung des Schaufensters eines Juweliers. Als Ross ihre Spiegelbilder in der Scheibe betrachtete, schauderte ihn.

Der Strand-Butler

Die Frau war dünn und sehnig, dunkelbraun gebrannt, in einem weißen, viel zu knappen Bikini. Ihr Haar sah schon lange nicht mehr wie Haar aus, sondern wie ein bleicher, strohiger Bausch. Sie kam aus dem Meer, aus dem letzten, donnernd niedergegangenen Wellenbrecher, schwenkte weinend die Arme und schrie irgendetwas von einem Verlust. Alison, die in ihrem etwas abseits stehenden Liegestuhl unter dem gestreiften Sonnendach saß (für 6 Dollar pro Vormittag oder 10 Dollar pro Tag gemietet), sah sie herauskommen, sah, wie sich Leute um sie scharten, hörte wütende Stimmen sich verärgert beschweren, aber nicht, was gesagt wurde.

Der Himmel war wie immer wolkenlos blau, das Meer etwas tiefer gefärbt. Der Pazifik hieß zwar auch Stiller Ozean, doch still und friedlich war er nicht. Er wirkte nur so. Ruhig lag er da, bis sich nicht weit vom Ufer entfernt eine große Woge aus dem Meer emporwölbte, sich zu einem Kamm aufschob und in einer überwältigenden, atemberaubenden, unaufhaltsamen Wasserkaskade über einem zusammenschlug, wenn man gerade zufällig dort stand, sodass man umfiel, bevor man wusste, wie einem geschah. So eine Welle war auf die Frau im weißen Bikini herabgestürzt. Als sie sich wieder aufgerappelt hatte, sah sie sich irgendwie zu Schaden gekommen oder beraubt.

Da sie allein war und niemanden kannte, wusste

Alison nicht, wen sie hätte fragen können. Sie ließ den Kopf aufs Kissen zurücksinken, rückte ihre Sonnenbrille zurecht und wandte sich wieder ihrem Buch zu. Sie hatte kaum einen Absatz gelesen, als sie ihn mit seiner sanften Stimme fragen hörte, ob sie vielleicht etwas brauche. Ob er ihr etwas bringen könne?

Als sie seinen – nun, was? Seinen Titel? – zum ersten Mal gehört hatte, als sie erfahren hatte, dass man ihn den Strand-Butler nannte, hatte sie lachen müssen. Unglaublich! Sie überlegte, dass sie es zu Hause erzählen und dann schauen wollte, was für Gesichter die Leute machten. Der Strand-Butler. Das rief bei ihr eher das Bild eines ältlichen, dickbäuchigen Mannes in weißer Smokingjacke, Nadelstreifenhosen und spitzen Lackschuhen à la Hercule Poirot hervor. Agustin war ganz anders. Er war jung, gut aussehend, er war wachsam und höflich und trug Shorts und weiße Turnschuhe. Seine T-Shirts waren stets makellos und schneeweiß, sicher verbrauchte er täglich gleich mehrere. Wer sie ihm wohl waschen mochte, überlegte sie. Seine Mutter? Die Ehefrau?

Lächelnd stand er vor ihr, in der Hand den Notizblock, auf den er sich die Bestellungen notierte. Eigentlich konnte sie sich gar nicht leisten, etwas zu bestellen, denn sie hatte nicht gewusst, dass Getränke, Mittag- und Abendessen und Extras wie dieser Liegestuhl mit Sonnendach im Pauschalpreis gar nicht inbegriffen waren. Andererseits konnte sie nicht ständig weiter so tun, als brauchte sie nichts zu trinken. »Na ja, eine Cola light«, sagte sie. Sie korrigierte sich. »Ich meine eine Diet Coke.«

»Was zu essen, Ma'am?«

Es musste um die Mittagszeit sein. »Vielleicht ein paar Chips.«

Agustin schrieb etwas auf seinen Block. Er sprach recht gut Englisch, aber wahrscheinlich nur, wenn es ums Thema Essen ging. Sie würde es trotzdem versuchen. »Was war denn mit der Dame los?«

»Der Dame?«

»Die da geschrien hat.«

»Ah. Hat verloren ihr ...« Er verlegte sich auf die Gebärdensprache, hob die Hände, legte die Finger zu einem Ring um sein Handgelenk. »Der Ozean nehmen ihr – diese Dinger.«

»Ein Armband, meinen Sie? Oder Ringe?«

»Alle ja. Der Ozean nehmen. Armband, Ringe, diese ...« Er legte die Hände an die Ohrläppchen.

Alison schüttelte lächelnd den Kopf. Sie hatte einmal gesehen, wie jemand mit Sonnenbrille ins Meer gegangen und ohne wieder herausgekommen war, nachdem er sie in den Fluten verloren hatte. Aber Schmuck ...!

»Eine Diet Coke, einmal Chips«, sagte er. »Suitenummer, bitte?«

»Sechshundertsieben – äh, sechs-null-sieben.«

Sie zeichnete den Bestellzettel ab. Er ging weiter zu dem Paar, das unter einem gestreiften Schirm saß. Hier waren lauter Paare, Paare oder Familien. Als sie und Liz sich zu der Reise entschlossen hatten, war ihnen das nicht klar gewesen. Sie hatten mit jungen, ungebundenen Leuten gerechnet. Dann hatte Liz eine Blinddarmentzündung bekommen und absagen müssen, und Alison war allein gefahren, denn gar nicht zu kommen konnte sie sich nicht leisten, schließlich hatte sie ja schon bezahlt, und dann hatte sie sich sogar darauf gefreut. Vor allem Amerikaner, hatte der Mann im Reisebüro gesagt, und sie hatte sich lauter Tom-Cruise-Doppelgänger vorgestellt. Alle Amerikaner waren groß,

173

und im Kino sahen sie alle gut aus. Auf dem langen Flug hierher hatte sie mit dem Gedanken gespielt, wie es wäre, welche kennen zu lernen. Nun, *einen* kennen zu lernen.

Es gab aber gar keine Männer. Oder besser gesagt, es gab jede Menge Männer in allen Altersklassen, und sie waren auch ziemlich groß und sahen ziemlich gut aus, aber alle waren verheiratet oder mit ihren Partnerinnen oder Freundinnen da, und die meisten waren Familienväter. Noch nie hatte Alison so viele Kinder auf einem Haufen gesehen. Die Abende waren ruhig, wenn sich der Strand allmählich leerte und alle diese Eltern in ihren Suiten verschwanden – hier gab es keine Zimmer, nur Suiten –, um bei ihren schlafenden Kindern zu sein. Um zehn hörte die Band auf zu spielen, denn die Kinder mussten ja schlafen können, das Restaurantpersonal trug die Tische hinein, die Bar machte dicht.

Am ersten Abend war sie am Strand entlanggegangen, hatte Lichter erwartet, dahinschlendernde Leute, vielleicht sogar ein Barbecue. Doch es war dunkel und still gewesen, nur der Strand-Butler war noch da, der den Sand vom Abfall des Tages säuberte, von Getränkedosen, Chipstüten und Zigarettenkippen.

Er brachte ihr ihre Diet Coke und die Chips, lächelte sie dabei an. Seine Zähne waren so weiß wie sein T-Shirt. Plötzlich verspürte sie den Drang, ihn in ein Gespräch zu verwickeln, ihn dazu zu bringen, sich neben sie auf einen Stuhl zu setzen und mit ihr zu reden, nur um nicht so allein zu sein. Vielleicht sollte sie ihn fragen, ob er schon zu Mittag gegessen hatte, ob er etwas mit ihr trinken wollte, doch bis sie es sich zurechtgelegt hatte, war er schon weitergegangen zu der Gruppe, bei der die Frau saß, die vorhin geschrien hatte.

Von ihrer Mutter und ihrem Vater und ihrer

Schwimmlehrerin in der Schule hatte Alison gelernt, dass man nach dem Essen erst zwei Stunden verstreichen lassen musste, bevor man wieder ins Meer oder ins Schwimmbecken durfte. Allerdings hatte sie letzte Woche in einer Zeitschrift gelesen, dass diese Theorie ein alter Hut sei und dass man nach dem Essen schwimmen gehen darf, sobald man will. Außerdem war eine Packung Kartoffelchips ja kaum eine richtige Mahlzeit. Ihr war sehr heiß, es war die heißeste Zeit des Tages.

Als sie sich in einem der zahlreichen Spiegel in ihrer Suite betrachtete, fand sie, dass sie es in ihrem schwarzen Bikini hier mit jeder Frau aufnehmen konnte. Und die meisten sogar übertrumpfte. Dünner war sie jedenfalls und würde sogar noch dünner werden, weil sie es sich nicht leisten konnte, viel zu essen. Bloß waren eben so viele am Strand jünger als sie, selbst die mit zwei oder drei Kindern. Oder sahen zumindest jünger aus. Panik überkam sie bei dem Gedanken, eine Panikattacke, die wie körperlicher Schmerz von ihr Besitz ergriff. Und die Worte, die damit einhergingen, lauteten »alt« und »arm«. Sie ging hinunter ans Wasser. Stellte sich zur Schau und hoffte, sie würde beobachtet. Dann lief sie rasch ins klare, warme Wasser.

Die hereinbrechende Welle teilte sich zu ihren Füßen. Bis die nächste anschwoll, sich auftürmte und in tosender Gischt zusammenstürzte, war sie bereits außer Reichweite. Haie gab es auch, aber die kamen nicht näher als tausend Meter an den Strand heran, und sie hatte keine Angst. Sie schwamm, ließ sich im Wasser treiben, schwamm wieder ein Stück. Ein Mann und eine Frau, beide mit Sonnenbrillen, schwammen zusammen hinaus, umarmten sich Wasser tretend und begannen einander leidenschaftlich zu küssen. Alison wandte sich ab und schaute zum Hotel hinauf, überallhin, nur nicht zu ihnen.

Im Reiseprospekt hatte das Hotel ganz anders ausgesehen, eher golden als rot, die dahinter liegenden Berge nicht so kahl. Es hatte nicht wie das ausgesehen, was es war – ein ziegelrotes Gebäude in einer ziegelroten Wüste. Die umliegenden Rasenflächen waren zwar nicht direkt künstlich, aber man hatte die Art von Gras gesät, die nie wuchs und deshalb nie geschnitten werden musste. Bewässert wurde nachts. Niemand wusste, woher das Wasser kam, denn es gab keine Flüsse oder Wasserreservoirs, und regnen tat es auch nie. Von jedem Balkon hingen leuchtend bunte Blumen in Rot, Pink, Violett und Orangegelb, und die riesigen Tröge waren mit Hibiskus und Paradiesvogelblumen gefüllt. Doch außerhalb des Geländes wuchsen nur Kakteen, von denen manche wie Schwerter aussahen und manche wie stachelbewehrte Teller. Und durch die Wüste ging die weiße Straße, die vom Flughafen herführte und irgendwohin weitergehen musste.

Alison ließ sich von der Dünung hereintragen, schätzte den Rhythmus der Wellen ab, wartete, bis vor ihr eine brach, und rannte dann über die seichte Fläche, gerade rechtzeitig, bevor die nächste kam. Das Pärchen, das sich vorhin geküsst hatte, hatte seine Sonnenbrillen verloren. Sie sah die beiden wild herumgestikulieren und sich bei Agustin beschweren, als wäre er verantwortlich für die Kraft des Meeres.

Allmählich setzte Ebbe ein. Vier kleine Jungen und drei Mädchen begannen an einer Stelle, wo der Sand feucht und fest war, eine Sandburg zu bauen. Sie konnte sie nicht leiden, diese Nervensägen, sie sollten bloß nicht mit ihr reden oder zutraulich werden, das fehlte noch, doch bei ihrem Anblick fiel Alison auch ein, wenn sie sich jetzt nicht sputete, würde sie nie Kinder haben. Bald wäre es zu spät, mit jeder Minute wurde es später. Sie trocknete sich ab und nahm das gebrauchte Badetuch mit hinüber, um es in den Behälter neben dem Pavillon des Strand-Butlers zu werfen. Soeben händigte Agustin dem attraktivsten Mann am ganzen Strand und seiner wunderschönen Freundin je eine Schnorchelausrüstung aus. Nun, dem attraktivsten Mann nach Agustin.

Er winkte ihr zu und sagte: »Schönen Tag noch, Ma'am.«

Die Stunden verstrichen langsam. Wenn Liz mitgekommen wäre, wäre alles anders gewesen, trotz des Mangels an verfügbaren Männern. Wenn man sich mit jemandem unterhalten kann, denkt man nicht so viel nach. Alison hätte lieber nicht die ganze Zeit nachgedacht, konnte aber irgendwie nicht anders. Sie dachte über das Alleinsein nach und darüber, dass sie offenbar als Einzige im Hotel allein war. Sie dachte darüber nach, was dieser Urlaub kostete. Einiges war zwar schon bezahlt, aber nicht alles.

Bei der Ankunft hatten sie ihre Kreditkarte verlangt, um sie einzulesen. Sie hatte sie ihnen gegeben, da sie nicht wusste, wie sie hätte ablehnen sollen. Sie stellte sich vor, wie das Abbild ihrer blassblau-grauen Kreditkarte den Computerbildschirm ausfüllte, wie jeder Drink, den sie zu sich nahm, jedes Stück Pizza, das sie vertilgte, jedes Handtuch, das sie benutzte, jeder Strandsessel, in dem sie saß, und jedes Video, das sie sich anschaute, einen roten Punkt auf der pastellfarbenen Oberfläche hinterließ, bis die gesamte Karte scharlachrot eingefärbt war. Bis sie zerbarst oder einen Signalton auslöste und der Computer quer über den ganzen Bildschirm »nein, nein, nein« schrieb.

Sie legte sich auf das riesige Bett und schlief. Die Klimaanlage blieb konstant auf der Temperatur eines durchschnittlichen englischen Januartages, daher musste sie sich mit der dicken Steppdecke zudecken, die hier *Comforter* hieß. Besonders komfortabel war sie nicht, eher glatt und glitschig und kalt. Draußen brannte die Sonne auf den Balkon und knallte so auf die Scheibe, dass man zu den Fenstern überhaupt nicht hinsehen konnte. Wenn sie jetzt schlief, konnte Alison zwar nachts nicht schlafen, aber es gab ja sonst nichts zu tun. Rechtzeitig zum Sonnenuntergang wachte sie auf. Die Sonne schien im Meer zu versinken oder von ihm geschluckt zu werden, wie ein glühend rotes Eisen, das man in Wasser tauchte. Fast konnte sie es zischen hören. Ein leichter Wind wog die dünnen Palmen hin und her.

Nach dem Abendessen – Pasta, Salat, Obstsalat und ein Glas Hauswein, das Billigste auf der Speisekarte – und nachdem sie beim Gratiskaffee, den sie einem unaufhörlich einschenkten, am Pool gesessen hatte, ging sie zum Strand hinunter. Wieso, wusste sie eigentlich auch nicht recht. Vielleicht weil es im Hotel zu dieser Tageszeit unerträglich wurde, wenn sich alle in ihre Zimmer verzogen, erschöpfte Kinder auf dem Arm oder Hand in Hand oder eng umschlungen, so offensichtlich in der Absicht, nun miteinander zu schlafen, dass es schon unanständig war.

Sie ging die fahlen Fußwege entlang, unter Palmen, zwischen den Trögen mit gespenstisch bleichen Blumen hindurch, aus denen die Farbe inzwischen gewichen war. Dann das Treppchen zum frisch gesäuberten Sand hinunter, zu den frisch gekehrten roten Felsen. Die Strandsessel und Liegestühle waren alle aufgestapelt, die Schirme zusammengerollt, die Sonnendächer hochgeklappt. Es war warm und windstill, die Luft roch nach gar nichts, nicht einmal nach Salz. Am Wasser unten schritt der Strand-Butler im bleichen Mondlicht langsam voran und schob dabei etwas vor sich her, was von da, wo sie stand, wie ein kleiner Staubsauger aussah.

Sie ging auf ihn zu. Es war kein Staubsauger, sondern ein Metalldetektor. »Sie suchen nach dem Schmuck, den die Leute verlieren«, sagte sie.

Er sah sie und lächelte. »Wir nie finden.« Er steckte die Hand in die Tasche seiner kurzen Hosen. »Nur finden das.«

Kleingeld, hauptsächlich amerikanische Münzen, eine Hand voll sandiger Fünf-Cent-Stücke, Zehner und Vierteldollars.

»Dürfen Sie die behalten?«

»Diese Geld? Klar. Wer kann sagen, wer hat verloren diese Geld?«

»Aber Schmuck – wenn Sie den finden, gehört der dann auch Ihnen?«

Er schaltete den Detektor aus. »Ich jetzt fertig.« Er schien zu überlegen, fing an zu lachen.

Durch dieses Lachen wurde ihr plötzlich so vieles klar, dass sie über ihre intuitiven Kräfte selbst staunen musste. Der Klang seines Lachens, das ungläubige Staunen, das darin mitschwang, erzählten ihr sein ganzes Leben: seine Armut, die wundersame Fügung, überhaupt diesen Job zu haben, der Wert, den fünf Dollar Kleingeld für ihn darstellten, seine Gier, seine Furcht, seine ständige Verwunderung über das Verhalten dieser reichen Leute. Es war eine ganze Menge, was sie da in dieses Lachen hineininterpretierte, aber sie wusste, dass sie sich nicht täuschte. Und gleichzeitig überwältigte sie das Verlangen nach ihm, in dem auch Mitleid und Mitgefühl und Sehnsucht lagen. Sie vergaß, dass sie Acht geben musste, vergaß die Kreditkarte. »Gibt's in dem Pavillon vielleicht was zu trinken?«

Das Lachen hatte aufgehört. Den Kopf leicht zur Seite geneigt, lächelte er sie an. »Ja, es gibt Wein. Und Rum.«

»Ich würde Sie gern zu einem Drink einladen. Geht das?«

Er nickte. Sie hatte angenommen, der Pavillon wäre zu und er müsste eine Tür aufschließen und einen Rollladen heraufziehen, doch er war noch offen, offen für die Familien, die nach sechs Uhr aber nie kamen. Er nahm zwei Gläser aus dem Regal.

»Ich will keinen Wein«, sagte sie. »Ich will einen richtigen Drink.«

Er schenkte ihnen Tequila ein und füllte ihr Glas mit Sodawasser auf. Seines leerte er auf einen Zug und schenkte sich gleich nach. »Suitenummer, bitte«, sagte er.

Dass er danach fragte, versetzte ihr einen etwas unangenehmen Schock. »Sechs-null-sieben«, sagte sie, sah lieber gar nicht erst nach, was es kostete, und zeichnete die Rechnung ab. Er nahm sie so entgegen, dass sich ihre Finger dabei berührten. Sie fragte ihn, wo er wohnte.

»Im Dorf. Ist fünf Minuten.«

»Haben Sie ein Auto?«

Wieder fing er zu lachen an. Er trat aus dem Pavillon, in der Hand die Tequilaflasche. Nachdem er den Rollladen heruntergelassen und verriegelt und die Tür abgeschlossen hatte, nahm er ihre Hand und sagte: »Komm.« Ihr fiel auf, dass er sie nicht mehr Ma'am nannte. Die Hand, die die ihre hielt, legte sich um ihre Taille und zog sie näher heran. Der Fußweg führte zwischen den roten Felsen hindurch nach oben, unter Kiefern, die nachts fast schwarz aussahen. Unter ihren Füßen war heller, trockener Sand. Sie hatte gedacht, er würde sie mit ins Dorf nehmen, doch stattdessen zog er sie im tiefen Schatten in den Sand hinunter.

Seine Küsse waren flüchtig. Er schob ihren langen Rock hoch, streifte ihr die Strumpfhose herunter. Nach ein paar Minuten war alles vorbei. Sie hob die Arme und wollte ihn halten, wartete nun auf einen echten Kuss und vielleicht ein paar schmeichelhafte Worte. Er setzte sich auf und zündete sich eine Zigarette an. Obwohl sie schon seit zwei Jahren nicht mehr rauchte, hätte sie jetzt auch gern eine gehabt, traute sich aber nicht, ihn darum zu bitten. Er war so arm, dass er sich seine Zigaretten vermutlich genau einteilen musste.

»Ich gehen jetzt heim«, sagte er und drückte seine Zigarette in dem Sand aus, den er von den Kippen anderer Leute gesäubert hatte.

»Gehst du zu Fuß?«

Die Antwort überraschte sie. »Ich nehmen Bus. In arme Länder es gibt immer viele Busse.« Das hatte er gelernt. Sie hatte das Gefühl, dass er es schon oft gesagt hatte.

Wieso fragte sie überhaupt? Fast fürchtete sie sich jetzt vor ihm, fühlte sich aber gleichzeitig wieder von ihm angezogen. »Werde ich dich wiedersehen?«

»Klar. Am Strand. Diet Coke und Chips, stimmt's?« Er fing wieder an zu lachen. Seine Art von Humor war ihr noch nie begegnet. Er drehte sich zu ihr hin und streifte ihre Wange mit einem flüchtigen Kuss. »Morgen Abend, klar. Hier. Gleiche Zeit, gleiche Stelle.«

Keine besonders befriedigende Begegnung, dachte sie auf dem Rückweg zum Hotel. Doch es war Sex gewesen, zum ersten Mal seit langem, und er sah gut aus und war süß und lustig. Sie war sich sicher, dass er ihr nie wehtun würde. In dieser Nacht schlief sie zum ersten Mal seit ihrer Ankunft richtig gut.

Hier war jeder Morgen wie der andere, immer strahlender Sonnenschein, anschwellende Hitze und ein wolkenloser Himmel. Als Erstes ging sie zum Pool. Er sollte nicht denken, sie würde ihm hinterherlaufen. Doch sie hatte ihren neuen weißen Badeanzug angezogen, der inzwischen nicht mehr zu eng war, und nach einer Weile ging sie, das Badetuch wie einen Sarong um sich geschlungen, zum Strand hinunter.

Erst sah sie ihn lange gar nicht. Die junge Amerikanerin und der Mann aus der Karibik servierten Speisen und Getränke. Alison war so spät dran, dass sämtliche Liegestühle und Sonnendächer bereits vergeben waren. Sie bekam einen Stuhl und einen Schirm, als Sonnenschutz eher ungenügend. Dann sah sie ihn, als er sich aus dem Pavillon beugte, um jemandem ein Handtuch zu reichen. Er winkte ihr zu und lächelte. In plötzlicher Hochstimmung rannte sie – ihr Badetuch auf dem Stuhl zurücklassend – zum Strand hinunter und stürzte sich ins Wasser.

Weil sie nicht aufpasste, weil sie alles vergessen hatte außer ihm und der Hoffnung, er würde kommen und sich zu ihr setzen und etwas mit ihr trinken, kam sie wieder heraus, ohne auf die Wassermassen zu achten, die sie verfolgten, ohne sich bewusst zu machen, dass sie sich hinter ihr auftürmten. Die Riesenwelle brach, warf sie um und rollte tosend weiter, raubte ihr den Atem und durchnässte ihr völlig die Haare. Sie versuchte, mit den Händen irgendwo Halt zu finden, sie in den Sand zu krallen und sich hochzuziehen, bevor der nächste Brecher kam. Augen, Mund und Ohren waren voller Salzwasser. Hastig grub sie die Finger in den nassen, rutschigen Sand und stieß dabei auf etwas, was sie zunächst für eine Muschel hielt. Sie hielt es fest, was immer es war, und kroch aus dem Wasser, während die Welle hinter ihr brach und sanft plätschernd heranrollte, ein harmloses Rinnsal.

Inzwischen war ihr klar, dass das, was sie in der Hand hielt, keine Muschel war. Ohne einen Blick darauf zu werfen, schob sie es sich rasch in den Ausschnitt ihres Badeanzugs, zwischen die Brüste. Sie trocknete sich ab, tupfte die vom Salz brennenden Augen trocken und verspürte einen quälenden Durst von dem Meerwasser, das sie geschluckt hatte. Niemand war ihr zu Hilfe geeilt, niemand war ans Wasser heruntergekommen, um zu fragen, ob alles in Ordnung sei. Nicht einmal der Strand-Butler. Inzwischen stand er jedoch neben ihr, mit ihrem Diet Coke und den Chips, als ob sie sie bestellt hätte.

»Meer werfen dich um, ja? Pech. Du hast nicht Schmuck verloren, oder?«

Sie schüttelte den Kopf und hätte fast gesagt: »Nein, aber gefunden.« Dazu war jetzt nicht der geeignete Zeitpunkt, sie musste ihn sich erst einmal genau ansehen. Sie trank ihr Diet Coke, die Chips nahm sie mit nach oben. Im Badezimmer wusch sie ihren Fund unter dem Kaltwasserhahn ab. Dabei sah sie wieder vor sich, wie Agustin sein Handgelenk mit den Fingern umschlossen hatte, als er ihr vom Missgeschick der Frau im weißen Bikini erzählt hatte. Bestimmt war es ihr Armband oder das von irgendeiner anderen reichen Frau.

Es war gute fünf Zentimeter breit, aus Gold, das mit breiten Reihen von Diamanten besetzt war. Ihr Funkeln blendete einen förmlich, wenn die Sonne daraufschien. Als Alison die Unterseite begutachtete, entdeckte sie den Stempel mit der Angabe, dass es sich um

18-karätiges Gold handelte. Das Meer, der Sand, die Felsen und das Salz hatten es überhaupt nicht beschädigt. Es funkelte und glitzerte bestimmt noch genauso wie damals, als es auf einem blauen Samtkissen in einem Schmuckgeschäft in der Madison Avenue oder in Beverly Hills gelegen hatte.

Sie duschte, wusch sich die Haare und föhnte sie trocken, zog ein Strandkleid an. Das Armband lag auf dem Couchtisch im Wohnzimmerbereich der Suite, seine Diamanten leuchteten in der Sonne. Sie sollte es lieber hinunterbringen und der Geschäftsleitung übergeben. Die Frau im weißen Bikini wäre bestimmt froh, es wiederzuhaben. Allerdings war es zweifellos versichert. Ihr Mann hatte sie bestimmt schon in die Stadt gefahren, in der der Flughafen lag (nach Ciudad Sowieso), und ihr ein neues gekauft.

Was es wohl wert war? Falls diese Diamanten echt waren, eine Riesensumme. Und ein Juwelier würde sicher nur echte Diamanten in 18-karätiges Gold fassen. Alison scheute sich, es in ihrer Suite zu lassen. In einem der Kleiderschränke befand sich ein Safe. Doch wenn sie das Armband nun im Safe deponierte und ihn dann nicht mehr aufbekam? Sie steckte es in ihre weiße Schultertasche. Es war erst kurz nach drei. Sie sah sich die Liste der verfügbaren Videos durch und warf in einem Anflug von Verwegenheit auch einen Blick auf die Speisekarte mit dem Zimmerservice. Jetzt, wo sie das Armband hatte – obwohl sie es ja abgeben wollte –, sah sie ihre Kreditkarte mit anderen Augen. Sie ging ans Telefon und bestellte sich eine Piña Colada, eine halbe Flasche Wein, Meeresfrüchtesalat, einen doppelten Hamburger mit Pommes frites und ein Video von *Shine – Der Weg ins Licht*.

So reichlich gegessen zu haben hielt sie nicht davon

ab, vier Stunden später ein üppiges Abendessen zu sich zu nehmen. Sie ging ins teuerste der drei Hotelrestaurants, trank wieder Wein, aß Räucherlachs, Hummer Thermidor und Himbeermeringue. Ohne auch nur einen Blick auf den Betrag zu werfen, schrieb sie ihre Suitenummer auf die Rechnung und zeichnete sie ab. Unter dem Tisch öffnete sie ihre Tasche und betrachtete das goldene Diamantarmband. Es jetzt zur Geschäftsleitung zu bringen wäre sicher höchst merkwürdig. Die wussten vielleicht, dass sie seit kurz nach der Mittagszeit nicht mehr am Strand gewesen war, und fragten womöglich, was sie in der Zwischenzeit mit dem Armband gemacht hatte. Sie fasste einen Entschluss. Sie würde es nicht zur Geschäftsleitung bringen, sondern zu Agustin.

Der Mond war an diesem Abend größer und heller, die schmale Sichel verwandelte sich zusehends in einen Halbmond. Nicht gerade schüchtern – sie hatte ja ordentlich getrunken –, ging sie den gewundenen Fußweg unter den Palmen zum Strand hinunter. Diesmal hantierte er nicht mit seinem Metalldetektor, sondern saß auf einem Stapel zusammengeklappter Strandstühle, rauchte eine Zigarette und starrte aufs Meer. Es war das erste Mal, dass sie das Meer so ruhig sah, so glatt und glänzend, ohne Wellen, ja sogar ohne die gewohnte Dünung.

Agustin würde wissen, was zu tun war. Vielleicht gab es einen Finderlohn, mit ziemlicher Sicherheit hatte man einen ausgesetzt. Sie hätte nichts dagegen, ihn sich mit ihm zu teilen, vorausgesetzt ihr blieb genug für all die Extraausgaben. Er drehte sich herum, lächelte, streckte ihr die Hand hin. Sie erwartete einen Kuss, doch er küsste sie nicht, sondern klopfte nur einladend auf den Sitz neben sich.

Sie machte ihre Tasche auf. »Schau mal.«

Sein Gesicht schien sich zu verschließen, verspannte sich, wirkte plötzlich älter. »Wo hast du gefunden?«

»Im Meer.«

»Jemand sagen?«

»Du meinst, ob ich jemandem davon erzählt habe? Nein, hab ich nicht. Ich wollte es dir zeigen und dich um Rat fragen.«

»Es ist viel wert. Sehr viel. Schau, das ist Gold. Das ist Diamant. Wert vielleicht fünfzigtausend, hunderttausend Dollar.«

»O nein, Agustin!«

»O ja. Ja.«

Er fing an zu lachen. Er juchzte geradezu vor Lachen. Dann nahm er sie in die Arme, bedeckte ihr Gesicht und ihren Hals mit Küssen. Es war ganz anders als am Abend zuvor. Im Schatten der Kiefern, wo die Felsen glatt waren und der Sand weich, waren seine Liebeskünste gemächlich und süß. Er drückte sie fest an sich und küsste sie sanft und murmelte ihr Worte in seiner eigenen Sprache zu.

Das Meer plätscherte leise. Von irgendwoher tönte zum Abendausklang leise Musik herüber. Er sagte ihr, dass er sie liebe. Ich liebe dich, ich liebe. Er sprach mit kalifornischem Akzent, und sie wusste, dass er es aus Filmen gelernt hatte. Ich liebe dich.

»Pass auf«, sagte er. »Morgen wir nehmen den Bus. Wir fahren in die Stadt …« Ciudad Sowieso sagte er, doch den Namen verstand sie nicht. »… Wir verkaufen diese Schmuck, ich weiß wo, und wir sind reich. Wir gehen nach Mexico City, vielleicht Miami, vielleicht Rio. Magst du Rio?«

»Keine Ahnung. Ich war noch nie dort.«

»Ich auch nicht. Küss mich. Ich liebe dich.«

Sie küsste ihn. Sie zog sich an, nahm ihre Handtasche. Er beobachtete sie und sagte: »Was machst du?« Dann, als sie den Strand entlangging, rief er ihr nach: »Wohin gehst du?«

Dicht am Wasser blieb sie stehen. Das Meer schwoll jetzt wieder zu Wellen an, es war nicht lange ruhig geblieben, die schimmernde, gekräuselte Oberfläche glänzte schwarz und silbern. Sie öffnete ihre Tasche, nahm das Armband heraus und warf es, so weit sie konnte, ins Meer hinaus.

Sein Aufschrei klang wie der eines Kindes, dem man etwas verwehrt hatte. Er stürzte sich ins Wasser. Sie drehte sich um und begann, am Strand entlang auf die Treppe zuzugehen. Als sie unter den Palmen stand und zurückschaute, sah sie ihn wild um sich spritzend auf allen Vieren im Sand herumwühlen auf der Suche nach etwas, was nie gefunden werden konnte. Als sie das Hotel betrat, fiel ihr plötzlich ein, dass sie ihm nie ihren Namen gesagt und er nie danach gefragt hatte.

Das astronomische Halstuch

*E*s war ein sehr großes Quadrat aus Seide in einem Farbton namens Mitternachtsblau, also dunkler als Königs- und heller als Marineblau, und hatte als Muster den Sternenhimmel aufgedruckt. Die Milchstraße war zu sehen und der Große Wagen, Orion, Kassiopeia und die Plejaden. Eine junge Frau, die die Sekretärin von James Mullen war, entdeckte es in einem Schaufenster in der Bond Street, wo es über die Sitzfläche eines (nachgebildeten) Rokokosessels drapiert war; eine silberne Halskette lag darauf, und die eine Ecke wurde von einem breitkrempigen schwarzen Damenhut mit dunkelblauem Band verdeckt.

Cressida Chilton arbeitete erst seit drei Monaten für James Mullen, als er sie mit dem Auftrag losschickte, ein Geburtstagsgeschenk für seine Frau zu kaufen. Keinen Schmuck, hatte er gesagt. Sie können es selbst beurteilen, ich sehe ja, Sie haben einen guten Geschmack, aber keinen Schmuck. Cressida sah schon, woher hier der Wind wehte.

»Keinen Schmuck« lauteten die schicksalhaften Worte. Elaine Mullen war seine zweite Frau und bekleidete diese Stellung nun seit fünf Jahren. Im Büro erzählte man sich, er hätte etwas mit einer der Trainees in der Auslandsaktienverwaltung. Ach, wäre ich doch an ihrer Stelle, dachte Cressida, betrat das Geschäft und kaufte das Halstuch – passenderweise auch zu einem astronomisch hohen Preis. Weil einem damals kein

Geschäft die Sachen als Geschenk einpackte, ging sie anschließend in einen Schreibwarenladen um die Ecke und erstand einen Bogen rosa-silbern gemustertes Papier und eine Rolle Silberband.

Elaine begriff, was das astronomische Halstuch zu bedeuten hatte. Sie wusste auch, wer es verpackt hatte und dass es nicht James war. Sie hatte eigentlich mit einem goldenen Armband gerechnet und sah das Menetekel nun so deutlich vor sich, wie wenn James sich in einen Graffitikünstler verwandelt und etwa Folgendes an die Wand geschrieben hätte: Alles Gute geht einmal zu Ende. Und was das Halstuch betraf: Wusste er denn nicht, dass sie niemals Blau trug? War ihm denn nicht aufgefallen, dass sie haselnussbraune Augen hatte und hellbraunes Haar? Diese Sekretärin, die in ihn verliebt war, hatte es vermutlich aus purer Bosheit gekauft. Elaine schenkte es ihrer blauäugigen Schwester, die zufällig gerade zu Besuch war und es auf dem Frisiertisch liegen sah. An jenem Tag gingen ihr auch die unter dem Neuen Eherecht von 1973 erstellten Scheidungspapiere zu.

Elaines Schwester trug das Tuch anlässlich eines Vortrags der Königlichen Gesellschaft der Schmetterlingskundler, deren Fellow sie war. Die Garderobenverhältnisse in den Räumlichkeiten gelehrter Gesellschaften werden oft etwas nachlässig gehandhabt, und in diesem klassizistischen Haus am Bloomsbury Square wurde von den Fellows, Mitgliedern und deren Gästen erwartet, dass sie ihre Mäntel an einer Reihe von Haken in einer dunklen Ecke der Eingangshalle selbst aufhängten. Wenn alle Haken belegt waren, musste man die Mäntel entweder über die bereits vorhandenen hängen oder auf den Boden legen. Elaines Schwester war spät dran, hatte ihren Mantel abgelegt, das astronomische Halstuch durch einen Ärmel gezogen – an der Schulter hinein und an der Ärmelstulpe wieder heraus – und den Mantel über irgendeinen uralten Ozelot gehängt.

Sadie Williamson war eine weltweit anerkannte Spezialistin für die Gattung *Argynnis*, deren globale Verbreitung und Lebensräume. Außerdem war sie eine Diebin. Beinahe jeden Tag stahl sie etwas. Den Mantel, den sie trug, hatte sie bei Harrods gestohlen und die Schuhe an ihren Füßen nach einer Party aus dem Kleiderschrank einer Freundin. Sie war (insgeheim) auch stolz darauf, dass sie noch nie etwas verschenkt hatte, wofür sie hätte bezahlen müssen. In der düsteren und menschenleeren Eingangshalle, an deren Wänden die paar Kunstdrucke aus dem achtzehnten Jahrhundert mit einheimischen Schmetterlingen kaum auszumachen waren, war Sadie nun gerade dabei, die Kleidungsstücke nach irgendeiner Kleinigkeit zu durchforsten, bei der es sich lohnte, sie mitgehen zu lassen.

Aus den Kleidern stieg ein unangenehmer Geruch empor, eine Mischung aus schmutzigem Stoff, altem Schweiß, Mottenkugeln, Reinigungsbenzin und so etwas wie nassem Schlaf. Sadie rümpfte angewidert die Nase. Sie hätte sich gern die Hände gewaschen, aber jemand hatte ein Schild mit der Aufschrift *Außer Betrieb* an die Waschraumtür gehängt. Hier ist wohl nicht viel zu holen, dachte sie, als sie plötzlich den Zipfel eines handgerollten und -gesäumten blauen Halstuchs aus einem Mantelärmel hervorlugen sah. Sie zupfte daran. Das ist ja nett, dachte sie und stopfte es, da sie aus dem Vortragsraum Schritte kommen hörte, rasch in ihre Manteltasche.

Am nächsten Tag brachte sie es zur Reinigung. Die meisten Sachen, die sie stahl, ließ sie chemisch reinigen, selbst wenn sie frisch vom Kleiderbügel eines Geschäfts stammten. Man konnte ja nie wissen, wer sie schon anprobiert hatte.

»Sternzeichen«, sagte die Frau hinter dem Ladentisch. »Welches sind Sie denn?«

»Ich glaube zwar nicht dran, aber ich bin Krebs.«

»O je«, sagte die Frau, »ich finde immer, das klingt nicht so nett, oder?«

Sadie tat das Tuch in eine Schachtel, in der vorher ein paar Strumpfhosen gewesen waren, die sie bei Selfridges gestohlen hatte, wickelte es in ein Stück Papier ein, in der das Geschenk für *sie* eingewickelt gewesen war, und schickte es ihrem Patenkind zu Weihnachten. Das Päckchen kam jedoch nie an. Es gehörte zu denen, die bei dem Raubüberfall auf einen Postzug zwischen Norwich und London verloren gegangen waren.

Von den beiden jungen Männern, die die Postsäcke geklaut hatten, riss der Ältere sich das Tuch unter den Nagel. Er hielt es für neu, denn es sah ja auch wie neu aus, und schenkte es seiner Freundin. Die warf einen kurzen Blick darauf und fragte ihn, für wen er sie eigentlich hielte, etwa für ihre eigene Mutter? Was sie damit sollte, ob sie es sich vielleicht um den Kopf binden sollte, wenn sie zum Pferderennen ging?

Sie hatte vor, es ihrer Mutter zu vermachen, ließ es auf der Fahrt von Kilburn nach Acton dann aber aus Versehen im Taxi liegen. Es wurde – zusammen mit einer Stange Zigaretten, zwei Dosen Cola light und einem *Playboy*-Heft, alles in einer ziemlich abgenutzten Harrods-Einkaufstasche – vom nächsten Fahrgast gefunden. Dabei handelte es sich zufällig um Cressida Chilton, die immer noch James Mullens Sekretärin war, das Halstuch aber nicht wiedererkannte, weil es noch in dem Papier steckte, das Sadie Williamson darumgewickelt hatte. Außerdem stand sie immer noch ein wenig unter Schock, denn an jenem Morgen hatte sie in der Zeitung die Ankündigung von James' bevorstehender Hochzeit entdeckt, seiner dritten.

»Das lag hier auf dem Boden«, sagte sie und händigte dem Taxifahrer die Einkaufstüte zusammen mit dem Trinkgeld aus.

»Traumtänzer sind das«, sagte er. »Sie glauben gar nich, was die für Zeug liegen lassen. Letzte Woche hatte ich 'ne komplette Freimaurerkluft hier im Wagen und in der Woche davor 'n Babytöpfchen, ungelogen, und 'n Paar Gummistiefel. Woher soll ich denn wissen, wem das Zeug gehört? Die würden sich noch selber liegen lassen, bloß wenn sie gezahlt haben, müssen sie ja Gott sei Dank raus. Also, was isses denn diesmal? 'Ne Stange Zigaretten und 'n schweinisches Heft …«

»Hoffentlich finden Sie den Besitzer«, sagte Cressida und eilte durch die Pendeltür davon und mit dem Aufzug nach oben, um auf jeden Fall vor James dort zu sein und breit lächelnd mit ihren Glückwünschen parat zu stehen.

»So'n Quatsch – finden Sie den Besitzer«, brummte der Taxifahrer vor sich hin.

An der nächsten roten Ampel hielt er neben einem anderen Taxi, dessen Fahrer ein Kumpel von ihm war, und reichte ihm – weil er das Heft schon kannte – den *Playboy* durchs offene Fenster hinüber. Die Zigaretten rauchte er selbst. Die Cola light und das Halstuch gab er seiner Frau. Sie sagte, es sei das schönste Halstuch, das sie je gesehen hätte, und trug es jedes Mal, wenn sie irgendwohin ging, wo man sich fein anziehen musste.

Elf Jahre später lieh ihre Tochter Maureen es sich aus. Die Frau des Taxifahrers bat sie wiederholt, es ihr zurückzugeben, und Maureen hatte es auch fest vor, vergass es aber immer wieder. Bis ihr eines Tages, als sie gerade zu ihrer Mutter gehen wollte – inspiriert von einer Abbildung des nächtlichen Septemberhimmels in der Radiozeitung – das Tuch wieder einfiel. Ihre Wohnung war immer unaufgeräumt, ein Tohuwabohu aus Kleidern, Zeitschriften, Kassetten und vollen Aschenbechern. Doch sobald sie erst einmal angefangen hatte zu suchen, wollte sie das Tuch auch unbedingt finden. Sie suchte überall, wühlte in Schränken und Schubladen herum, warf Sachen auf den Boden und durchstöberte halb ausgepackte Koffer. Das Ende vom Lied war, dass sie mit großer Verspätung bei ihrer Mutter ankam, ohne jedoch das astronomische Halstuch gefunden zu haben.

Was daran lag, dass es ein Freund eine Woche vorher mitgenommen hatte – sie hätte auch »ausgeliehen« gesagt –, der sehr verliebt in sie war, dessen Liebe aber unerwidert blieb. Oder jedenfalls nicht so umfassend erwidert wurde, wie er es sich wünschte. Das Tuch war nicht nur als Liebesandenken gedacht, sondern sollte einer Hellseherin in Shepherds Bush vorgelegt werden, die ihm durchschlagende Erfolge versprochen hatte, wenn sie nur »etwas von der Geliebten« in Händen halten könne. Am Ende funktionierte der Zauber aber nicht, womöglich weil das Tuch gar nicht Maureen gehörte, sondern ihrer Mutter. Oder etwa nicht? Inzwischen war schwer zu sagen, wer die Besitzerin war.

Die Hellseherin wollte das Tuch Maureens Freund bei seinem nächsten Besuch zurückgeben, doch der sollte erst in zwei Wochen stattfinden. In der Zwischenzeit trug sie es selbst. Von all den Personen, in deren Besitz es gelangt war, war sie erst die zweite, die es voller Liebe und Bewunderung betrachtete. Elaine Mullens Schwester hatte es getragen, weil es offensichtlich von guter Qualität und gerade *zur Hand* war. Sadie Williamson hatte es als teuer erkannt. Maureen hatte es sich ausgeliehen, weil es abends kalt geworden war und sie einen rauen Hals hatte. Doch nur ihre Mutter und jetzt die Hellseherin hatten das Tuch wirklich zu schätzen gewusst.

Der richtige Name dieser Frau wurde erst nach ihrem Tode bekannt. Sie nannte sich Thalia Essene. Das Tuch versetzte sie in Entzücken, nicht wegen der Qualität der Seide oder wegen des handgerollten Saums oder der Farben, sondern wegen der über sein Mitternachtsblau hingestreuten Konstellationen. So eine Karte war für sie das, was für einen Seefahrer früher eine Meereskarte des Atlantischen Ozeans gewesen wäre: essenziell, hinreißend, mysteriös, unerlässlich, lebensrettend. Diese Sterne waren die Enzyklopädie ihres Gewerbes, die undurchdringlichen Räume dazwischen die Quelle ihrer Weissagungen. Stundenlang saß sie da, ganz in die Betrachtung des Tuches versunken, das sie auf ihrem Schoß ausbreitete, sanft streichelte und dabei bisweilen Beschwörungen murmelte. Wenn sie ausging, trug sie es zu mehreren Schichten von wallenden Kleidungsstücken, dem schwarzen Umhang und den mit Teufelsdreckkraut gefüllten Aromakugeln.

Roderick Thomas hatte nie zu ihren Kunden gezählt. Er war ihr Nachbar, war erst kürzlich in eines der möblierten Zimmer unter ihrer Wohnung in der Uxbridge Road gezogen. Es war Jahre her, seit er das letzte Mal gearbeitet hatte oder sich jemand auch nur gelinde für ihn interessiert, seine Gesellschaft gesucht oder darauf geachtet hatte, was er sagte, geschweige denn Zuneigung für ihn empfunden hätte. Thalia Essene war eine der Wenigen, die überhaupt mit ihm sprachen, und dabei sagte sie auch nur »Hallo«, wenn sie ihn sah, oder »Regnet es schon wieder«.

Eines Tages machte sie allerdings den Fehler, etwas mehr zu sagen. Die Sonne schien von einem wolkenlosen Himmel herunter. »Die Göttin liebt uns heute Morgen.«

Roderick Thomas starrte sie mit offenem Mund an. »Häh?«

»Ich sagte, die Göttin liebt uns heute«, wiederholte Thalia. »Sie lässt ihren prächtigen Sonnenschein auf das Antlitz der Erde strahlen.«

Sie lächelte ihn an und ging weiter, denn sie war auf dem Weg zu den Läden in der King Street. Roderick Thomas fing an, hinter ihr herzuschlurfen. Schon seit einigen Jahren hielt er Ausschau nach dem Antichrist, der sich, wie er wusste, in weiblicher Gestalt offenbaren würde. Er folgte Thalia bis zu Marks & Spencer hinein und in den Kassettenladen, wo sie sich immer die Hintergrundmusik für ihre Wahrsagesitzungen besorgte. Sie war sich seiner Gegenwart sehr wohl bewusst und fuhr, erst verärgert, dann immer nervöser, mit dem Taxi nach Hause.

Am nächsten Tag trommelte er an ihre Tür. Sie sagte, er solle verschwinden.

»Sagen Sie noch mal das mit dem Sonnenschein«, verlangte er.

»Heute ist es aber gar nicht sonnig.«

»Sie könnten ja so tun. Sagen Sie das mit der Göttin.«

»Sie sind ja verrückt«, sagte Thalia.

Ein Kunde, der sich gerade aus der Hand lesen ließ und alles gehört hatte, musterte sie mit einem seltsamen Blick. Sie sagte ihm, seine Lebenslinie sei die längste, die sie je gesehen hätte und dass er es vermutlich bis Hundert schaffen würde. Als sie später hinunterging, wartete Roderick Thomas im Hauseingang auf sie. Er stierte auf das Halstuch.

»Mit der Sonne bekleidet«, sagte er, »und auf dem Haupt eine Krone von zwölf Sternen.«

Da sagte Thalia etwas, was ihrer Lebensphilosophie so fremd war, all ihren Grundsätzen zuwiderlief, dass sie kaum glauben konnte, es ausgesprochen zu haben. »Wenn Sie mich nicht in Ruhe lassen, hol ich die Polizei.«

Er folgte ihr trotzdem. Sie ging hinauf zu Sheperds Bush Green. Die Drohung verlieh ihr eine dunkle Aura, und er sah die Sterne, die sie umkreisten. Sie faszinierte ihn, obwohl er in ihr allmählich eine Quelle der Gefahr sah. In Newcastle, wo er bis vor zwei Jahren wohnte, hatte er eine Frau umgebracht, die er irrtümlicherweise für den Antichrist hielt, weil sie sagte, er solle zur Hölle fahren, als er sie ansprach. Danach rechnete er noch lange damit, zur Hölle geschickt zu werden, und obwohl seine Angst sich etwas gelegt hatte, kam sie immer wieder hoch, wenn er mit offensichtlich bösartigen Frauen konfrontiert wurde.

Auf einer der Bänke an der Grünfläche stand ein Mann und predigte zu der Menge. Nun, eigentlich zu vier oder fünf Leuten. Roderick Thomas war Thalia bis zur U-Bahnstation gefolgt, musste die Verfolgung dort allerdings aufgeben, weil er kein Geld hatte, um eine Fahrkarte zu kaufen. Er schlenderte zu der Grünfläche hinüber. Der Mann auf der Bank starrte ihn unverhohlen an und sagte: »Du sollst keine anderen Götter neben mir haben!«

Roderick nahm es als Zeichen, man hätte ja blöde sein müssen, wenn man es nicht kapierte, stellte seine Frage aber trotzdem. »Und was ist mit der Göttin?«

»Also wandelte Salomo Asthoreth nach«, sagte der Mann auf der Bank, »und Milkom, dem Gräuel der Ammoniter. Darum sprach der Herr zu Salomo: Also will ich auch das Königreich von dir reißen und deinem Knecht geben.«

Auch gut. Roderick ging nach Hause und wartete ab. Er lauschte der Stimme des Predigers, die an die Stelle der Stimme getreten war, die er sonst während seiner wachen Stunden hörte. Sie erzählte ihm von einer Frau in Lila, die auf einem scharlachroten Tier saß, das voll mit gotteslästerlichen Namen war und sieben Häupter und zehn Hörner hatte. Er schaute aus seinem Fenster, bis er Thalia Essene daherkommen sah, die eine große, mattlila Tüte aus Recyclingpapier mit der Aufschrift *Himmlisches aus Zweiter Hand* trug.

Thalia war glücklich, denn sie hatte Roderick seit ein paar Stunden nicht mehr gesehen und glaubte, ihn abgeschüttelt zu haben. Sie hatte vor, abends auszugehen und sich in Gesellschaft eines Freundes, eines berühmten Wünschelrutengängers, im Lyric in Hammersmith ein Theaterstück anzusehen. Für diesen Anlass hatte sie sich ein neues Kleid gekauft, oder, besser gesagt, ein »fast neues« Kleid aus lilafarbener indischer Baumwolle mit schwarzer Stickerei und aufgenähten Spiegelchen. Das blaue Sternentuch, das sie mittlerweile *astrologisches* Halstuch nannte, passte gut dazu. Sie schlang es sich, über die nächtliche Kälte klagend, kunstvoll um den Hals. Eine Stola würde nicht reichen, und so würde ihr alter schwarzer Mantel eben die ganze Pracht verdecken.

Bei einem kurzen Blick in ihren Terminkalender stellte sie fest, dass Maureens Freund am nächsten Morgen zu seiner Sitzung kommen sollte. Dann musste sie ihm das Tuch zurückgeben. Sie würde es also zum letzten Mal tragen. Nun traf es sich aber so, dass Thalia all ihre Sachen zum letzten Mal trug, dass sie alles, was sie tat, zum letzten Mal tat, doch ihr bevorstehendes Schicksal konnte sie nicht vorhersagen, obwohl sie Hellseherin war.

Nach einem Taxi Ausschau haltend, schritt sie voran. Es kam keines. Sie hatte reichlich Zeit und beschloss, sich zu Fuß nach Hammersmith zu begeben. Roderick Thomas war hinter ihr, doch den hatte sie vergessen und drehte sich auch nicht um. Sie war in Gedanken bei dem Wünschelrutengänger, den sie seit anderthalb Jahren nicht mehr gesehen hatte und der sich angeblich von seiner Freundin getrennt hatte.

Roderick Thomas holte sie an einer ziemlich dunklen Ecke von Hammersmith Grove ein. Ihm schien sie nicht dunkel, sondern erhellt von den sieben Mal siebzig Sternen auf dem Stoff um ihren Hals und dem gläsernen Meer gleich dem Kristall am Saum ihres Kleides. Er sprach kein Wort, sondern ergriff die beiden Enden des besternten Stoffes und erdrosselte sie.

Nachdem man die Leiche gefunden hatte, war es ein Leichtes, auch ihren Mörder zu finden. Obwohl es nicht viel Sinn hatte, Roderick Thomas anzuklagen oder vor Gericht zu stellen, tat man es. Bei der Verhandlung war das astronomische Halstuch Beweisstück Nummer eins. Roderick Thomas wurde des Mordes an Noreen Blake – denn so hieß Thalia in Wirklichkeit – für schuldig befunden und in ein Gefängnis für geisteskranke Straftäter eingewiesen.

Normalerweise wären die Beweisstücke im Schwarzen Museum gelandet, doch das fand eine junge Polizeibeamtin namens Karen Duncan, deren Aufgabe es war, solche denkwürdigen Gegenstände einzusammeln, so traurig und geschmacklos – der arme Teufel hätte von vornherein nicht auf die Gesellschaft losgelassen werden dürfen –, dass sie Thalias Einkaufstüte und das Theaterbilett in den Papierschredder gab und das Halstuch mit nach Hause nahm. Es war zwar chemisch gereinigt, aber noch nie gewaschen worden. Karen wusch es mit Feinwaschgel in kaltem Wasser und plättete es mit kühlem Bügeleisen. Keiner hätte gedacht, dass es für einen solch makabren Zweck benutzt worden war, denn es war makellos.

Doch dann ergab sich ein unvorhergesehenes Problem. Karen konnte sich nicht dazu durchringen, das Tuch zu tragen. Es war nicht so sehr die Geschichte des Halstuchs, die sie davon abhielt, als vielmehr die Angst, andere Leute könnten es womöglich wiedererkennen. Die Verhandlung vor dem Strafgericht hatte bei der Öffentlichkeit einiges Aufsehen erregt, und es war viel die Rede gewesen von dem mitternachtsblauen Halstuch mit dem Sternenmuster. Cressida Chilton hatte davon gelesen und sich gefragt, wieso es sie an James Mullens zweite Frau erinnerte, also an seine vorvorletzte. Eine vierte Scheidung und eine fünfte Heirat glaubte sie nicht verwinden zu können, dann würde sie wohl die Stelle wechseln müssen. Sadie Williamson las von dem Halstuch und musste aus irgendeinem Grund an ein Schmetterlingsbild und ein düsteres Haus in Bloomsbury denken.

Nach einigen inneren Kämpfen, bei denen sich Beschwichtigung und Ableugnen und Selbstvorwürfe gegenüberstanden, brachte Karen Duncan das Tuch ins Wohltätigkeitsgeschäft, wo sie es gegen einen schwarzen Samthut eintauschen durfte. Drei Wochen später wurde es von einer Frau gekauft, die es nicht wiedererkannte, im Gegensatz zu dem Mann, der den Laden führte und sich, seit Karen es gebracht hatte, in einem seelischen Dilemma befunden hatte. Die neue Besitzerin trug das Tuch ein paar Jahre. Dann heiratete sie einen Astronomen, der das Tuch schockierend und höchst ärgerlich fand. Er erklärte ihr, was für eine ungenaue Darstellung der Gestirne es war und dass diese Konstellationen unmöglich nebeneinander stehen oder auch nur gleichzeitig sichtbar sein konnten, und wenn er ihr nicht verbot, es zu tragen, dann nur deshalb, weil er kein Unmensch war.

Die Frau des Astronomen schenkte das Tuch der Frau, die drei Mal die Woche zum Putzen kam. Mrs. Vernon trug das Tuch zwar nicht – sie mochte keine Halstücher, weil sie ihr dauernd herunterrutschten –, doch wäre ihr nie eingefallen, etwas abzulehnen, was ihr angeboten wurde. Als sie drei Jahre später starb, entdeckte ihre Tochter es bei ihren Habseligkeiten.

Bridget Vernon war Silberschmiedin und Mitglied eines hoch angesehenen Kunsthandwerkvereins. Eine andere Frau, ebenfalls Mitglied, stellte Steppdecken her und war ständig auf der Suche nach passenden Stoffen, die sie für ihre Patchworkarbeiten verwenden konnte. Die Steppdeckenmacherin Fenella Carbury brauchte blaue, cremefarbene und elfenbeingelbe Seidenreste für eine Patchworkdecke, die Auftragsarbeit für einen millionenschweren Geschäftsmann, der als Förderer von Kunst und Kunsthandwerk galt und für seine wohltätigen Spenden bekannt war. Wohltätigkeit war hier jedoch nicht im Spiel. Fenella arbeitete hart und oft bis in die tiefe Nacht hinein. Die Patchworkdecke wäre jeden Penny der zweitausend Pfund wert, die sie dafür zu verlangen gedachte.

Zum zweiten Mal in seinem Dasein wurde das Halstuch gewaschen. Die Seide war so gut wie neu, das Dunkelblau nicht verblichen, und die Sterne leuchteten so hell wie vor zwanzig Jahren. Fenella konnte daraus vierzig Sechsecke schneiden, die abwechselnd mit vierzig elfenbeinfarbenen Rauten aus Damast und vierzig himmelblauen Seidenstücken in Tropfenform, einem Restposten aus dem Stoffgeschäft, das zentrale Motiv der Steppdecke bildeten. Im fertigen Zustand hatte sie genau die richtige Größe für ein überbreites Bett.

James Mullen erklärte sich damit einverstanden, dass sie genau zwei Wochen lang in der Chenil Gallery in Chelsea ausgestellt wurde. Dann holte er sie ab und schenkte sie seiner Braut zur Hochzeit, zusammen mit einem Diamantarmband, einem Landhaus in Derby-shire und einem Himmelbett im Queen-Anne-Stil, auf das sie die Steppdecke breiten konnte.

Cressida Chilton hatte vier Hochzeiten und einund-zwanzig Jahre lang gewartet. Männer heiraten, laut Os-car Wilde, weil sie müde sind. Männer heiraten, laut Cressida Mullen, am Ende immer ihre Sekretärinnen. Hartnäckigkeit zahlt sich aus, und hartnäckig war sie geblieben, sie hatte durchgehalten und ihren Lohn be-kommen.

Bevor sie in ihrer Hochzeitsnacht ins Bett schlüpfte, betrachtete sie die Zweitausend-Pfund-Steppdecke ein-gehend und sagte zu James, so etwas Schönes hätte sie noch nie gesehen.

»Der mittlere Teil erinnert mich an dich, als du ge-rade bei mir angefangen hattest«, sagte James. »Ich hätte gleich so vernünftig sein sollen, dich zu heiraten. Ich weiß gar nicht, warum es mich daran erinnert, weißt du es?«

Cressida lächelte. »Wahrscheinlich, weil ich die Au-gen voller Sterne hatte.«

Kein Ort für Fremde

1

Vor Ben hatte ich das Haus noch nie jemandem überlassen. Es hatte mich auch nie jemand gefragt. Als Ben schließlich fragte, hatte ich bereits Zweifel, ob es wohl der Ort wäre, den man einem Freund zumuten konnte, stimmte dann aber zu, denn eine Ablehnung hätte ich nicht zu erklären gewusst. Von den merkwürdigen und beunruhigenden Dingen sagte ich nichts, nur, dass ich schon monatelang nicht mehr dort gewesen sei.

Dabei meine ich nicht das Haus. Das Haus war in Ordnung. Oder wäre es gewesen, wenn es sich woanders befunden hätte. Ein kleines, graues neugotisches Haus mit Türmchen, das an einen schottischen *loch* oder in eine Provinzstadt gepasst hätte, doch meines lag mitten in einem Wald. Genauer gesagt, am Rand des großen Waldes an der westlichen Grenze zu – nun, ich werde nicht verraten, wo. Irgendwo in England, eine lange Autostrecke von London entfernt. Ursprünglich hatte ich es wegen seiner Lage gekauft. Das Dorf, der Wald und die Sumpflandschaft hatten sich kaum verändert, während sich sonst im Umkreis alles veränderte. Mein Haus lag etwa eine Meile außerhalb des Dorfes am oberen Ende eines großen, künstlich angelegten Sees. Der westliche Zipfel des Waldes umschloss Haus und See in einer kühn geschwungenen, hufeisenförmigen Linie wie in einer Umarmung.

Irgendetwas stimmte nicht mit dem Dorf. Es war genau richtig für die Bewohner und falsch für die anderen. Man musste dort geboren sein, leben und sterben – aber ein Ort für Fremde war es nicht.

Ben hatte mich dort einmal übers Wochenende besucht. Seine Frau hätte ebenfalls mitkommen sollen, sagte jedoch im letzten Moment ab. Später erfuhr ich von Ben, dass sie die Gelegenheit wahrnahm, die Nacht mit dem Mann zu verbringen, mit dem sie jetzt zusammen ist. Es war im Juli und sehr heiß. Wir machten einen Spaziergang, doch dann wurde uns die Hitze zu viel, und wir waren froh, als wir die schattigen Bäume am Ostufer des Sees erreichten. Dann sahen wir die Badenden. Sie mussten ins Wasser gegangen sein, nachdem wir uns zu unserem Spaziergang aufgemacht hatten, denn sie waren nah am Haus, waren von dem kleinen Kiesstreifen aus ins Wasser gegangen, den ich »meinen Strand« nannte.

Der Himmel war wolkenlos und die Sonne so heiß wie nur im Osten Englands, grell weiß, flirrend, und das Grün, auf das dieses Licht fiel, leuchtete deswegen so kräftig, weil es gut bewässert wurde. Das Wasser des Sees, vollkommen ruhig, wirkte wie phosphoreszierend, als ob auf der glatten Oberfläche ein weißes Feuer brannte. Und aus diesem blendenden, feurigen Wasser sahen wir, wie die Badenden sich erhoben und die Arme hochreckten, aufstanden und mit erhobenen Gesichtern ihre Körper in der Sonne hin und her drehten.

Die Augen taten einem weh davon, doch wir konnten es sehen. Sie wollten, dass wir es sahen, jedenfalls eine von ihnen.

»Es sind Kinder«, sagte ich.

»Die da ist aber kein Kind.«

Ich wusste schon, dass sie keines war. Wir haben alle unsere Hemmungen, was die Nacktheit betrifft, besonders wenn wir zufällig und im Beisein anderer damit konfrontiert werden, wenn wir darauf nicht vorbereitet sind. Es ist etwas anderes, wenn wir allein sind und selbst nicht gesehen werden. Ben war zwar kein sonderlich prüder Mensch, aber doch eher zurückhaltend, und wandte den Blick verlegen ab.

Das Mädchen im brennenden Wasser, das völlig nackt war, wurde immer deutlicher sichtbar, je näher wir – wenn nun auch etwas langsamer – auf sie zugingen. Wir hätten stehen bleiben und zu Voyeuren werden können. Oder umkehren und – da war ich mir sicher – von ihr und ihren Gefährten ausgelacht werden. Und wer weiß von wem noch alles, der sich dort in den Bäumen versteckte.

Ihre Gefährten waren zweifellos Kinder, ein Junge und ein Mädchen. Die drei reckten sich und schauten versonnen ins strahlende Blau, während die Sonne auf ihre nassen Körper fiel. Auch das beunruhigte mich, diese Sonne, die auf weißer Haut bestimmt einen schlimmen Sonnenbrand hervorrief. Denn sie waren ganz weiß, weiß wie Milch, wie weiße Lilien, und die erhobenen Brüste des Mädchens, erhöht durch ihre emporgestreckten Arme, waren wie runde weiße Knospen mit rosaroten Spitzen.

Was Ben davon hielt, wusste ich nicht genau. Er sprach erst viel später darüber. Doch sein Gesicht lief dunkel an, wie von der Sonne gerötet, so wie diese Körper sich eigentlich hätten röten sollen, es aber nicht taten, sondern auf Grund des nicht immer glücklichen Zaubers dieses Ortes, unversehrt und unbefleckt blieben. Er hatte die Hände von den Augen genommen und befühlte seine heißen, geröteten Wangen mit den Fingerspitzen.

Er sah nicht mehr zu den Badenden hinüber. Er hielt den Blick abgewandt und sah angestrengt in den Wald, als hätte er dort eine Ansammlung interessanter Wildtiere entdeckt. Die drei wateten aus dem Wasser, als wir uns näherten, und die Kinder rannten unter die schützenden Bäume. Doch das Mädchen blieb einen Augenblick auf dem kleinen Strandstreifen stehen, zeigte sich uns aber nicht mehr entblößt, sondern – es gibt nur ein Wort dafür, nur eines, das ihre Pose wirklich beschreibt – so als *schämte* sie sich. Ihre Haltung glich der von Venus in ihrer Muschel auf dem Gemälde: die eine Hand hielt sie über das helle Haarvlies zwischen ihren Schenkeln, die andere und den weißen Arm, auf dem Wassertropfen schimmerten, über ihre Brüste gebreitet. Venus blickt den Betrachter unschuldig versonnen an, doch dieses Mädchen stand mit hängendem Kopf da, ihr langes, weißblondes Haar triefte, und obwohl nichts sie dort hielt, blieb sie in dieser schamvollen Pose stehen wie eine auf dem Marktplatz öffentlich zur Schau gestellte Sklavin.

Und hatte doch ihren Spaß daran. Sie spielte eine Rolle, und sie spielte sie gern. Das konnte man sehen. Sogar damals, bevor ich recht Bescheid wusste, glaubte ich, sie hätte auch die kühne Besucherin am Nacktbadestrand geben können oder die freizügige Stripperin oder die Kundin, die in der Ankleidekabine überrascht wird, aber sie hatte sich die Sklavin ausgesucht. Es war ein Spiel und doch Teil ihrer Natur.

Als wir noch knapp zwanzig Meter von ihr entfernt waren, hob sie den Kopf und tat so, als hätte sie uns gerade erst gesehen. Wir sollten wohl glauben – denn ehrlich konnte es nicht gemeint sein –, sie hätte unser

Näherkommen, ja überhaupt unsere Gegenwart bis zu diesem Moment nicht bemerkt. Sie stieß einen leisen, gekünstelten Schrei aus, dann ein erschrockenes belustigtes Lachen, schwenkte theatralisch die Arme, als wollte sie Kleider zusammenraffen, griff sich unsichtbare Sachen aus der Luft und wickelte sie um sich, während sie ins hohe Gras, zu den niedrigen Büschen und schließlich unter die hohen, alles verbergenden Bäume lief.

»Ich weiß nicht, wer das war«, sagte ich zu ihm, als wir ins Haus gingen. »Vielleicht eine aus dem Dorf.«

»Und wieso keine Besucherin?«, fragte er.

»Nein, sicher eine aus dem Dorf.«

Ich war mir sicher. Man merkte es, obwohl ich ganz selten auch nur in die Nähe des Dorfes ging. Damals schon nicht mehr. Weder in die Kirche noch ins Pub, noch in den Laden. Und Ben nahm ich auch nicht dorthin mit. Das Dorf zog mich allmählich immer weniger an, der Besuch von Gothic House wurde zu einer bloßen Verpflichtung, die ich immer wieder hinausschob. Auf direktem Wege erreichte man das Haus eigentlich nur, indem man durchs Dorf fuhr, und das Dorf wollte ich tunlichst meiden. Als er schließlich fragte, ob ich ihm das Haus für eine Weile überlassen würde, hatte ich bereits den Entschluss gefasst, es zu verkaufen.

Seine Frau hatte ihn verlassen. Oder ihm zu verstehen gegeben, sie erwartete, dass *er* sie beziehungsweise das Haus verließ, in dem sie wohnten. Er hatte sich in London eine Wohnung gekauft, hatte jedoch bevor er dort eingezogen war, eine Art Zusammenbruch erlitten – aus einer ganzen Reihe von Gründen, hauptsächlich aber wegen Margarets Weggang. Er wollte irgendwohin weit weg, einfach einmal alles hinter sich lassen, Menschen und Orte und Dinge, die ihn an sie erinnerten. Und er wollte irgendwo sein, wo er in Ruhe arbeiten konnte.

Ben ist Übersetzer. Er übersetzt aus dem Französischen und Italienischen, Belletristik und Sachbücher, und war nun drauf und dran, sich an die größte und komplexeste Arbeit zu wagen, die er je in Angriff genommen hatte, ein Buch mit dem Titel *Der goldene Apfel*, verfasst von einem französischen Psychoanalytiker, der die Mythen des Trojanischen Krieges, die Sagen um Helena und Paris, Priamus und Hekabe in ihrer geistesgeschichtlichen Verbindung aus Jungscher Perspektive untersuchte. Er nahm seinen Computer mit, sein Französischwörterbuch Collins-Robert, sein Griechischwörterbuch von Liddell und Scott und die *Griechische Mythologie* von Robert Ranke-Graves.

Ich gab ihm einen Schlüssel für Gothic House. »Es gibt bloß zwei davon. Den anderen hat Sandy.«

»Wer ist Sandy?«

»So eine Art Faktotum. Jemand muss ja reinkönnen, falls es brennt oder – was wahrscheinlicher ist – bei einer Überschwemmung.«

Vielleicht klang ich etwas bedrückt, denn er sah mich fragend an. Doch ich klärte ihn nicht auf. Was hätte ich schon sagen sollen, ohne gleich alles zu erzählen?

An dem Dorf und seiner Umgebung war nichts Unheimliches. Es ist wichtig, das klar zu machen. Es war ein wunderschöner Ort und trotz der vielen Bäume, trotz des üppig wuchernden Waldes, der sich bis an den Horizont erstreckte, eigentlich nicht dunkel. Das Licht schien dort sogar ganz besonders hell zu leuchten, der Himmel schien weiter zu reichen und die Sonne länger zu scheinen als anderswo. Ich bin sicher, dass der Himmel wolkenloser war als in manchen Gegenden nördlich und südlich von uns. Wenn man Wolken sah, rollten sie meistens auf diesen bläulich, bewaldeten Horizont zu. Die Sonnenuntergänge waren leuchtend rot wie die Brustfedern eines Dompfaffs.

Ich weiß nicht, wie es kam, dass dort alles so unberührt und unverdorben war. Zehn Meilen weiter führten zu beiden Seiten Fernverkehrsstraßen vorbei, doch die beiden Straßen ins Dorf und die drei Ausfahrtsstraßen waren schmal und gewunden. Es waren zwar neue Gebäude errichtet worden, aber nicht zu viele, und wenn, dann waren sie zum Glück geschmackvoll und schlicht. Die alte Schule stand noch, es hatten sich keine Industriebetriebe angesiedelt, und keine Hochspannungsmasten reihten sich über die Weizenfelder und die Wiesen, auf denen das Vieh graste. Nichts störte den Blick der Dorfbewohner auf den grünen Eichen- und Eschenwald und den schwarzen Wald aus Fichten und Kiefern. Die Kirche hatte einen runden Turm wie ein Schloss, war aber mit Schindeln verkleidet.

Das soll nun nicht heißen, dass es keine Merkwürdigkeiten gab. Vieles im Dorf war sicher einmalig, und ein Großteil der Geschehnisse dort trug sich bestimmt nirgendwo sonst in England zu. Nun, inzwischen weiß ich natürlich Bescheid, aber selbst damals, als ich gerade dort angekommen war, in jenen ersten Jahren …

Vor seiner Abreise erzählte ich Ben einiges davon. Ich hatte das Gefühl, es ihm schuldig zu sein.

»Ich werde keine große Lust haben, mich viel mit bürgerlichen Leuten abzugeben«, sagte er.

»Das wird dir auch schwer fallen. Es gibt dort nämlich keine.«

Dass er davon kaum überrascht war, lag wohl daran, dass er vom Leben auf dem Lande keine Ahnung hatte. Ich hatte ihm gesagt, die übliche Mischung aus Arbeiterfamilien, die schon seit Generationen dort ansässig waren, Berufspendlern, Ärzten, Anwälten, pensionierten Bankdirektoren, Universitätsdozenten, Lehrern und Geschäftsleuten sei dort nicht zu finden. Im Pfarrhaus hatte es einmal einen Geistlichen gegeben, doch wurde die Kirche nun schon seit ein paar Jahren vom Pfarrer einer fünf Meilen entfernten Gemeinde betreut, der einmal pro Woche Gottesdienste hielt.

»Für so snobistisch hatte ich dich eigentlich gar nicht gehalten«, meinte Ben.

»Das ist kein Snobismus«, erwiderte ich, »sondern eine Tatsache.«

Es gab keinen Landadel, keinen »Gutsherrn«, keinen Jagdbesitzer und keine noble Lady. Es gab auch gar keine Häuser, in denen sie hätten untergebracht werden können. Ein Landwirt aus Lynn hatte das Pfarrhaus gekauft. Das Herrenhaus, ein schmuckes klassizistisches Herrenhaus, von dem ein Kunstdruck bei mir im Gothic House hing, war in den Fünfzigerjahren abgebrannt.

»Es gehört dem Volk«, sagte ich. »Du wirst schon sehen.«

»Eine Art Idealkommunismus«, sagte er, »die Sorte, von der es heißt, dass sie nie funktioniert.«

»Dort schon. Für sie.«

Tatsächlich? Nachdem ich es gesagt hatte, fragte ich mich, was ich wohl damit gemeint hatte. Gehörte es denn wirklich dem Volk? Wie sollte das gehen? Die Leute dort waren genauso arm und elend dran wie überall sonst auch, es gab die gleiche Arbeitslosigkeit, die gleiche Anzahl von Sozialhilfeempfängern, den gleichen Arbeitsmangel für die Landarbeiter, die durch die Mechanisierung von der Scholle vertrieben wurden. Merkwürdig war aber auch, dass die jungen Leute nicht weggingen. Es gab keinen Exodus von Schulabgängern und frisch Verheirateten. Sie blieben, und irgendwie gab es immer genügend Häuser, in denen sie unterkommen konnten. Die Alten wurden, wenn sie gebrechlich wurden, offensichtlich freudig in den Häusern ihrer Kinder aufgenommen.

An einem Nachmittag im Mai fuhr Ben schließlich hin und rief mich noch am gleichen Abend an, um mir zu sagen, er sei angekommen und alles sei in Ordnung. Mehr sagte er damals nicht. Nichts von Sandy und dem Mädchen. Ich hatte damals den Eindruck, er habe einfach die Tür aufgeschlossen und sei ins Haus gegangen, ohne einer Menschenseele zu begegnen.

»Ich kann die Vögel singen hören«, sagte er. »Es ist dunkel, und ich kann die Vögel hören. Wie kommt das?«

»Nachtigallen«, sagte ich.

»Ich wusste gar nicht, dass es die noch gibt.«

Und obwohl er es nicht sagte, hatte ich den Eindruck, er legte deswegen so schnell auf, damit er hinausgehen und den Nachtigallen zuhören konnte.

Die Haustür wurde ihm aufgemacht, noch bevor er die Gelegenheit hatte, sie aufzuschließen. Sie hatten den Wagen gehört oder ihn durchs Fenster herfahren sehen, wozu reichlich Zeit gewesen war, denn an der Stelle, wo die Straße bis dicht an den See heranführt, hatte er ein Weilchen Halt gemacht, um die Aussicht zu genießen.

Er war viel später aus London abgefahren, als ich gedacht hätte, erst nach sechs. Inzwischen ging bereits die Sonne unter. Im See, der mit einem rosa und lila Schein überzogen war, spiegelte sich der Himmel, und da vollkommene Windstille herrschte, wurde die glatte, gläserne Oberfläche nur von den dunkelgrünen, flachen Seerosenblättern durchbrochen. Am jenseitigen Ufer ragte in der Ferne schwarz und geheimnisvoll der Wald auf, während sich das Licht in den dunkler werdenden Himmel zurückzog. Er war bedrückt gewesen, hatte sich »down« gefühlt, wie er es ausdrückte, und der Anblick des Sees und der Waldlandschaft, die Stille und die Farben hatten ihn zwar nicht direkt aufgeheitert, wirkten jedoch tröstlich und ließen ihn die Dinge so akzeptieren, wie sie waren. Geraume Zeit, vielleicht zehn Minuten lang hatte er in Betrachtung des schwindenden Lichts dagestanden, und sie mussten ihn dabei beobachtet und sich gefragt haben, wie lange es dauern würde, bis er wieder in den Wagen stieg.

Die Haustür ging auf, als er gerade in der Hosentasche nach dem Schlüssel kramte. Ein Mädchen stand da und hielt die Tür auf. Ohne etwas zu sagen, ohne zu lächeln hielt sie einfach die Tür auf und trat beiseite, um ihn einzulassen. Er hatte plötzlich die absurde Vorstellung, es handelte sich um *dasselbe* Mädchen, das er beim Baden gesehen hatte, und ein paar Minuten war er sich dessen auch ganz sicher, es kam ihm nicht absurd vor.

So ungefähr drückte er sich dann auch aus. »Du«, sagte er. »Was machst du denn …?«

»Bloß schauen, ob alles in Ordnung ist, Sir.« Sie sprach respektvoll, aber sachlich, vernünftig. »Damit Sie's auch schön bequem haben.«

»Aber habe ich dich nicht – nein. Nein, Verzeihung.« Im Licht des Hauseingangs bemerkte er seinen Irrtum. »Ich dachte, wir hätten uns« – »schon kennen gelernt« war nicht der Ausdruck, nach dem er suchte – »schon gesehen.«

»O nein.« Sie musterte ihn bedeutungsvoll. »Daran hätte ich mich erinnert, wenn ich Sie schon gesehen hätte.«

Sie hatte die für diese Gegend des Landes typische gedehnte, auf und ab modulierende Sprechweise, eine Art breiten Wäldler-Singsang. Im Lampenschein sah er nun, dass sie viel jünger war als die Frau, die er beim Baden gesehen hatte, aber ebenso hoch gewachsen. Ihre Körpergröße hatte ihn wohl getäuscht, das und die helle Haarfarbe und die Blässe. Nie, dachte er, hatte er jemanden gesehen, der nicht krank war und dabei so zart und zerbrechlich aussah.

»Wie die Zeichnung von einer Fee«, sagte er zu mir, »in einem Kinderbuch. Kannst du es dir vorstellen? Wie ein mythologisches Geschöpf aus dem Buch, das ich gerade übersetze, wie Önone, die Quellnymphe, vielleicht. Hoch gewachsen, aber so schmal und zierlich, dass man sich fragt, ob sie überhaupt körperlich existiert.«

Sie bot an, ihm sein Gepäck hinaufzutragen. Das lächerlichste Ansinnen, das er je gehört hatte: Dieses feenhafte Wesen, das wie eine Blume auf ihrem Stängel wirkte, sah nicht so aus, als wäre es im Stande, auch nur seinen Laptop anzuheben. Er holte die Koffer selbst herein, während sie ihn lächelnd beobachtete. Ihr Lächeln war vertraulich, fast verschwörerisch, als hätten sie gemeinsam schon etwas Unvergessliches erlebt. Als Ben halb die Treppe hinauf war, sagte der Mann plötzlich etwas. Wie erstarrt blieb er stehen und drehte sich um.

»Was fällt dir eigentlich ein, Lavinia, Mr. Powell seine Sachen selber rauftragen zu lassen?«

Seinen Namen so ausgesprochen zu hören, so lässig, als hätte dieser Mann ihn täglich auf den Lippen, versetzte ihm einen Schreck. Oder ihn überhaupt ausgesprochen zu hören ... Woher kannte der Mann ihn? Doch da war ihm schon klar, dass es keine Erklärung geben würde. Es würde ihm nie gelingen, eine Erklärung zu bekommen, jetzt nicht und auch später nie – jedenfalls keine echte –, keine wirkliche, tatsächliche, ehrliche Erklärung, wie sich etwas verhielt und weshalb. Irgendwie war ihm das klar.

»Alexander Clements, Mr. Powell. Allgemein bekannt als Sandy.«

Das Mädchen folgte ihm nach oben und zeigte ihm sein Schlafzimmer. Ich hatte ihm gesagt, er könne schlafen, wo er wolle, er könne zwischen vier Zimmern wählen, doch das Mädchen führte ihn in das große, nach vorn hinaus gelegene mit dem Blick auf den See. Das sei sein Zimmer, sagte sie. Ob sie ihm vielleicht seine Sachen auspacken solle? Das hatte ihn bisher noch nie jemand gefragt. Er war nie in Hotels abgestiegen, wo sie einen das fragten. Verwundert schüttelte er den Kopf. Sie zog die Vorhänge auf und schlug die Bettdecke zurück.

»Ein schönes, großes Bett, Sir. Ich hab es selbst für Sie bezogen.«

Da war wieder dieses Lächeln, gefolgt von einem Blick, wie er ihn noch nie gesehen hatte – nun ja, vielleicht doch, aber nur in Filmen, in Westernkomödien oder der Filmfassung einer Farce von Feydeau. Zumindest konnte er ihn einordnen. Sie sah ihn über die Schulter hinweg an. Ihr Ausdruck war von einer süßen, etwas frechen Scheu, den Kopf hatte sie leicht zur Seite geneigt. Die Augenbrauen hochgezogen, ihr Blick ging schräg zu ihm hinüber und wandte sich dann ab. »Sie werden ganz schön einsam sein in dem großen Bett, nicht wahr?«

Er wollte lachen. »Ich werd schon zurechtkommen«, sagte er mit gepresster Stimme.

»Bestimmt werden Sie *zurechtkommen*, Sir. Ich denk bloß an Sandy, also, mit Sandy würde ich mir's an Ihrer Stelle lieber nicht verscherzen.«

Er hatte keine Ahnung, wovon sie redete, beeilte sich aber, schnell aus dem Schlafzimmer zu kommen.

Sandy erwartete ihn bereits unten, der Tisch war für eine Person gedeckt, mit einem kalten Imbiss und einer Flasche Wein. »Ich hoffe, es ist alles zu Ihrer Zufriedenheit, Mr. Powell?«

Er bejahte, bedankte sich, er habe allerdings nicht damit gerechnet, er habe nicht erwartet, dass jemand da wäre.

»Nun, es wurden gewisse Vereinbarungen getroffen, Sir. Ich für meinen Teil bin dafür zuständig, dass alles ordentlich erledigt wird, und ich hoffe, das wurde es. Lavinia ist dafür da, Ihnen alles tipptopp zu halten und sich eventuell ums Kochen zu kümmern. Ich stehe für die eher männlichen Aufgaben zur Verfügung, Sie verstehen schon, Ihr Automobil und die Elektrogeräte. Unterschätzen Sie niemals die Bedeutung einer guten Organisation.«

»Was für eine Organisation denn?«, fragte ich, als er es mir erzählte. »Ich habe überhaupt nichts vereinbart. Ich wusste, dass Sandy Clements noch einen Schlüssel hatte, den wollte ich eigentlich schon längst von ihm zurück. Aber dass ich ihn gebeten hätte, etwas zu organisieren oder ›Vereinbarungen‹ zu treffen …«

»Ich dachte, du hättest Sandy und das Mädchen hergebeten. Ich nahm an, sie würde immer für dich putzen und du hättest es für mich auch so vereinbart. Ich wollte sie überhaupt nicht, mochte mich aber auch nicht in deine Vereinbarungen einmischen.«

»Nein«, sagte ich, »nein, aber ich verstehe schon.«

Sie blieben daneben stehen, bis er am Tisch Platz genommen und die weiße Serviette entfaltet hatte, die Lavinia vermutlich mitgebracht hatte. Woher sie stammte, weiß ich nicht, weil ich selbst gar keine weiße Tischwäsche habe. Sandy öffnete die Flasche Wein, bei der es sich, wie Ben zu seinem Missfallen feststellte, um einen Riesling aus dem Supermarkt handelte. Sein Entsetzen steigerte sich noch, als Sandy ihm einen Fingerbreit in sein Weinglas einschenkte und abwartend zusah, während Ben probierte.

Inzwischen, sagte er, sei er fast wie gelähmt gewesen, habe aber auch das – damals sah er es noch so – »Komische an der ganzen Sache« gesehen. Nach einiger Zeit fand er es nicht mehr besonders komisch, an jenem Abend jedoch schon. Sie hatten ihn in eine heitere Stimmung versetzt. Er sah in dem Mädchen eine Art Hausmamsell auf einer Theaterbühne. Sie war sogar so ähnlich gekleidet, in dem weißen, straff um ihre winzige Taille gebundenen Schürzchen und dem weißen Schleifchen im hellblonden Haar. Er dachte, sie wollten es ihm einfach nur recht machen. Die ungebildeten Bauerntrampel bemühten sich nach Kräften – wobei sie ihre Kenntnisse aus Zeitschriften und aus dem Fernsehen bezogen –, den Besucher aus London in seinem gewohnten Stil zu bewirten.

Sobald er mit Essen angefangen hatte, gingen sie. Dabei war die Art ihres Abgangs höchst sonderbar. Lavinia öffnete die Tür, ließ Sandy zuerst hinaustreten, drehte sich dann um und warf Ben noch einmal diesen verschwörerisch frechen Blick zu. Sie ließ ihn länger als nötig auf ihm verweilen, bis ihre Blicke sich trafen und er sich abwandte. Noch ein flüchtiges Lächeln, und schon war sie draußen und Zimmertür und Haustür fielen hinter ihr ins Schloss.

Es vergingen bloß einige Sekunden, bis er Sandys Kombi anspringen hörte. Als er aufstand, um die Vorhänge zuzuziehen, sah er ihn die Straße hinunter Richtung Dorf davonfahren. Die roten Schlusslichter wurden immer kleiner und schwächer, bis die Dunkelheit sie ganz verschluckt hatte. Ein bronzefarbenes Licht stieg langsam auf und schimmerte durch die Baumwipfel. Es dauerte eine Weile, bis er merkte, dass es der Mond war, die kupfergoldene Scheibe des Mondes.

Er aß von dem Schinken und dem Käse, die sie ihm gebracht hatten, und würgte auch ein Glas von dem Wein hinunter. Die tiefe Stille, die nach dem Weggang von Sandy und dem Mädchen herrschte, wurde nun von Vogelgezwitscher unterbrochen, von unirdischen Trillerlauten, die er erst nicht für möglich hielt. Er ging hinaus, um sich zu vergewissern, dass er in der Dunkelheit wirklich Vögel singen hörte.

Der volltönende, aber auch kalte Gesang kam aus dem nahen Wald, war klar und unverkennbar und erschien ihm doch unwirklich und irgendwie passend zu dem Verhalten, dessen Zeuge er soeben geworden war: dass sein Name genannt worden war, die koketten Blicke der Quellnymphe und das lockende Lächeln. Doch als er dann hineinging und mich anrief, sprach er vom Lied der Nachtigallen. Von dem Mann und dem Mädchen, der Mahlzeit, dem Bett und den »getroffenen Vereinbarungen« sagte er nichts.

»Warum hast du nichts davon gesagt?«, fragte ich ihn, als ich ihn im Juni dort besuchte.

»Ich weiß auch nicht. Ich habe bewusst den Entschluss gefasst, nichts zu sagen. Weißt du, ich fand die beiden lächerlich, aber gleichzeitig dachte ich, es sind ja deine – na ja, deine ›Gehilfen‹, deine Putzfrau, dein Handwerker. Ich hatte das Gefühl, dir nicht für die Vereinbarungen danken zu können, die du mit Lavinia getroffen hast, ohne über ihren Aufzug und Sandys Sprechweise lachen zu müssen. Das kannst du doch verstehen, oder?«

»Aber du hast nie was davon gesagt. Bis jetzt nicht.«

»Ich weiß«, sagte er. »Du verstehst warum, oder?«

2

Als ich zum ersten Mal im Gothic House war, war Sandy ungefähr fünfundzwanzig, als Ben dann hinkam, war er also sieben Jahre älter, ein groß gewachsener, hellhaariger Mann mit sehr regelmäßigen Zügen, den man aber trotzdem nicht als gut aussehend bezeichnen konnte. Dafür waren seine Augen zu blässlich, und die weiße Gesichtshaut hatte sich wie bei einigen der anderen Einheimischen, die die Dreißig schon überschritten hatten, gerötet.

Kurz nachdem ich Gothic House gekauft hatte, kam er zu mir und bot mir seine Dienste an. Ich sagte ihm, einen Gärtner oder Handwerker könnte ich mir nicht leisten und bräuchte auch keinen, der mir das Auto wusch. Er hielt den Kopf leicht schräg, eine Haltung, die andeutet, dass man den anderen vollkommen versteht, ihm Nachsicht und sogar Geduld entgegenbringt.

»Ich will dafür ja auch keine Bezahlung.«

»Und ich würde gar nicht dran denken, Sie ohne Bezahlung einzustellen.«

Er nickte. »Na, sehen wir mal, wie es sich anlässt, einverstanden? Vorab lassen wir's mal dabei.«

Mit »vorab« hatte er bestimmt ein paar Wochen gemeint. Als ich das nächste Mal übers Wochenende im Gothic House war, war der Rasen vor dem Haus, der sich bis zu dem Mäuerchen am Seeufer erstreckt, gemäht. Ein Stück verstopfte Dachrinne hinten am Haus, um das ich mich hatte kümmern wollen, war freigelegt. Hätte Sandy sich während meiner Anwesenheit blicken lassen, hätte ich meine Weigerung wiederholt, ihn in Dienst zu nehmen, und zwar in deutlichen Worten, denn ich war wütend. Doch er ließ sich nicht blicken, und ich hatte damals keine Ahnung, wo er wohnte.

Bei meinem nächsten Besuch stellte ich fest, dass im Garten Unkraut gejätet worden war. Beim übernächsten Mal waren die Fenster geputzt. Doch als ich wiederkam und einen Schließhaken am Fenster repariert fand, eine Arbeit, die man nur durchführen konnte, wenn man Zugang zum Haus hatte, ging ich ins Dorf, um Sandy ausfindig zu machen.

Es war meine erste richtige Erkundungstour durch das Dorf, und erst jetzt fiel mir auf, wie schön und unverfälscht es war. Im Mittelpunkt lag der Dorfanger, ein dreieckiges Rasenstück mit Baumbestand, wie man ihn sonst in Parklandschaften findet: Zedern und ungewöhnliche Eichenarten und eine Sumpfzypresse. Die Häuser und Cottages waren entweder grob verputzt oder mit Flintsteinplatten verkleidet, hatten Schieferdächer oder waren reetgedeckt. Es war Hochsommer, und Gärten, Tröge und Fensterkästen waren voller Blumen. Die Fuchsienhecken trugen Blätter in einem tiefen weichen Grün und waren gesprenkelt mit knallroten Blüten. Überall duftete es nach Rosen. Es war die Art von Dorf, von dem Fernsehproduktionsfirmen träumen, wenn sie eine Jane-Austen-Serie drehen wollen. Die Autos müsste man dazu zwar verstecken, doch ansonsten sah es hier aus wie in einem früheren Jahrhundert.

Eine Frau im Laden wusste, wen ich meinte, und sagte mir, wo Sandy wohnte. Sie lächelte und sprach mit einer gewissen zärtlichen Zuneigung von ihm. Sandy, ach ja, natürlich. Sandy sei sehr gefragt. An diesem Vormittag sei er allerdings nicht zu Hause, sondern bei Marion Kirkman drüben. Das sei das Cottage gegenüber vom Dorfanger und ganz leicht zu finden. Ich erkannte Sandys Kleinlaster, der davor geparkt stand, öffnete das Gartentor und ging hinein.

Inzwischen war mein Ärger abgeflaut – die offenkundige Zuneigung der Frau und ihr Vertrauen in Sandy hatten dafür gesorgt –, und ich fragte mich, ob ich denn so einfach an eine Haustür gehen, nach dem Gärtner fragen und ihn vor der Bewohnerin auszanken konnte. Wie sich dann herausstellte, brauchte ich das gar nicht zu tun. Ich ging hinten herum ums Haus in der Hoffnung, ihn dort allein anzutreffen, und fand ihn – mit ihr zusammen.

Sie hatten mir den Rücken zugewandt, ein hoch gewachsener, blonder Mann und eine hoch gewachsene, blonde Frau, sein Arm um ihre Schultern, ihr Arm um seine Mitte gelegt. Sie betrachteten irgendetwas, eine Blume an einem Spalier oder vielleicht einen Schmetterling, der sich irgendwo niedergelassen hatte, dann wandten sie einander die Gesichter zu und küssten sich. Ein leichter, zarter, liebevoller Kuss, wie ihn sich Liebende geben, nachdem das Verlangen gestillt ist, nachdem das Verlangen viele Male über Monate oder Jahre hinweg gestillt worden ist, ein Kuss voller

Bejahung und Vertrauen und tiefer gegenseitiger Kenntnis.

Was mich umstimmte, war nicht so sehr der Kuss als vielmehr ihre Reaktion auf meine Gegenwart. Sie drehten sich um und schienen nicht im Geringsten entrüstet, auch ganz ohne Schuldgefühle. Vorerst ließen sie ihre Arme, wo sie waren, und lächelten mich freundlich und unschuldig an. Ich merkte sofort, dass ich hier über eine schon lange bestehende Liebesbeziehung gestolpert war, die vermutlich in eine Ehe münden würde, auch wenn Marion Kirkman offensichtlich viel älter war.

Zwei Frauen hatten Sandy also im Zeitraum von zwanzig Minuten Achtung und Lob gezollt. Ich fragte ihn nur, wie er denn in mein Haus gelangt sei.

»Ach, ich hab zu ganz vielen Häusern hier den Schlüssel«, sagte er.

»Sandy macht es sich zur Aufgabe, die Schlüssel zu verwalten«, sagte Marion Kirkman. »Wegen der Sicherheit, stimmt's, Sandy?«

»Sozusagen eine Art Nachbarschaftswache.«

Ich verstand nicht recht, was Sicherheit damit zu tun haben sollte, denn ich war schon immer der Auffassung gewesen, je weniger Schlüssel in Umlauf waren, desto sicherer war es. Doch wie die beiden da so vor mir standen, völlig entspannt, lächelnd, absolut überzeugt von Sandys Recht, Zugang zu allen Häusern zu haben, schienen sie mir wahre Stützen der Gesellschaft zu sein und ernsthafte Verfechter der sozialen Ordnung. Ich nahm Marions Einladung auf eine Tasse Kaffee an. Wir saßen in einer hellen, freundlichen Küche, die, wie ich erfuhr, im vorigen Jahr von Sandy mit ganz neuen Schränken ausgestattet worden war. Und so sagte ich schließlich, es wäre schon in Ordnung, selbstverständlich dürfe er kommen und diese Arbeiten für mich ausführen.

»Sie stehen im Dorf nämlich sonst ganz allein da«, sagte Marion lachend, und Sandy gab ihr wieder einen Kuss, diesmal mitten auf ihre glatte, rosige Wange.

»Ich bestehe aber darauf, Sie zu bezahlen.«

»Da sag ich nicht nein«, meinte Sandy. »Ich bin ja kein Streithammel.«

Und danach führte er alle diese notwendigen Arbeiten für mich aus, regelmäßig, unaufdringlich, effizient, und gewann mein Vertrauen, bis sich die Dinge (wie er es ausgedrückt hätte) eines Tages änderten. Oder sich geändert hätten, wenn es nach Sandy gegangen wäre. Sie änderten sich natürlich trotzdem, denn nach einer solchen Begebenheit geht es zwischen zwei Menschen nie so weiter wie bisher, und obwohl Sandy meinen Schlüssel behielt, war er nicht mehr mein Handwerker, und ich hörte auf, ihn zu bezahlen. Ich glaubte, ich hätte die Sache im Griff.

Wieso erzählte ich Ben also nichts davon, bevor er ins Gothic House zog? Weil ich – aus Gründen, die mir offensichtlich schienen – sicher war, dass ihm so etwas nicht passieren könnte.

Der Therapeut, bei dem Ben seit seiner Scheidung in Behandlung war, hatte ihm geraten, Tagebuch zu führen. Statt der alltäglichen Ereignisse sollte er seine Gedanken und Gefühle, seine Emotionen und Träume zu Papier bringen. Nun hatte Ben so etwas noch nie gemacht, hatte nie »Zeit dafür gefunden«, bis er zum Gothic House kam. Vielleicht weil er dort – zunächst – wenig Ablenkung hatte und es, wenn er mit der Arbeit an seiner Übersetzung fertig war und einen Spaziergang gemacht hatte, sonst nicht viel zu tun gab, begann er, sich täglich aufzuschreiben, was ihm durch den Kopf ging.

Dies war das Tagebuch, das er mir später in Teilen zu sehen gab, andere Eintragungen las er mir laut vor, und er hatte es auch bei sich, als er die Ereignisse jenes Sommers rekapitulierte. Es stand manches Sensationelle darin, aber das meiste war mir fast schmerzlich vertraut. Zunächst beschränkte er sich jedoch darauf, seinen seelischen Zustand zu beschreiben, seine alles durchdringende Traurigkeit, das Gefühl, sein Leben sei vorbei, dann beschrieb er auch die Schönheiten des Ortes, den See, die Waldlandschaft, den Sonnenschein, den weiten, blauen Federwölkchenhimmel, der ihm weit weg schien und anderen Leuten gehörte.

Täglich machte er einen Spaziergang: rings um den See, auf einem hoch gelegenen Fußpfad über feuchte, von Gräben voller Brunnenkresse durchzogene Wiesen, die schmale Straße hinunter in einen Weiler, wo es einen Anger gab, eine Kreuzung und ein Pub. In den Wald wagte er sich zu der Zeit nicht hinein. Einmal ging er ins Dorf und wieder zurück, sah aber niemanden. Obwohl es warm und trocken war, war niemand unterwegs. Er wusste, dass er beobachtet wurde, er sah Augen, die ihn aus Fenstern betrachteten, doch das war zu erwarten und ganz normal. Dorfbewohner waren Fremden gegenüber nun einmal neugierig, mitunter sogar feindselig, das war ein Klischee, mit dem sogar er als Stadtmensch aufgewachsen war. Nun war es beileibe nicht so, dass man ihm feindselig begegnete. Der Postbote, der die Briefe im Kasten draußen mitnahm, winkte ihm zu und wünschte ihm einen guten Morgen. Anne Whiteson, die Frau im Laden, war freundlich und nett, wenn er kam, um Teebeutel und einen Laib Brot zu kaufen. Eine Zeitung könne er sich wohl nicht zustellen lassen? Er konnte. Selbstverständlich. Er brauchte bloß zu sagen, was er wollte, dann würde »man« es ihm jeden Morgen bringen.

»Man« entpuppte sich als Sandy, der um halb neun mit seinem *Independent* ankam. Lavinia Fowler war bereits zwei Mal da gewesen, doch war dies das erste Mal, dass er Sandy seit jenem Abend wieder sah. Weil Lavinia ungefragt für beide Tee auftrug, war Ben gezwungen, sich, während er ihn trank, mit Sandys Anwesenheit in der Küche abzufinden. Wie er denn mit Lavinia zurechtkäme? War sie ihm denn auch recht zu Diensten?

Ben fand die Wortwahl sonderbar, fast archaisch. Oder sollte es vielleicht anders ausgelegt werden? Offensichtlich ja, denn Sandy fügte die Frage hinzu, ob Ben Lavinia nicht für ein äußerst anziehendes Mädchen halte. Er habe, sagte Ben, nicht die geringste Absicht gehabt, sich mit dem Handwerker auf ein Gespräch dieser Art einzulassen. Er fertigte Sandy recht unwirsch ab, sagte, er habe zu arbeiten, und empfahl sich.

Doch fiel es ihm schwer, sich an die Arbeit an *Der Goldene Apfel* zu machen. Er war bis zur Beschreibung des Wettstreits zwischen den drei Göttinnen gekommen, wo Paris von Aphrodite verlangt, sich ihres Gewandes zu entledigen und ihren Zaubergürtel fallen zu lassen, als er aus der Küche Geräusche hörte, ein oder zwei Mal ein Kichern und das Gemurmel leiser Stimmen. So leise, sagte er, so genüsslich und neckisch, dass er nicht umhin konnte, aufzustehen und an der Tür zu horchen.

Er hörte dann nichts weiter und sah Sandys Kleinlaster kurz darauf am Seeufer entlang davonfahren. Die Folge davon war jedoch, dass er nach allem, was Sandy gesagt hatte, Lavinia plötzlich mit ganz anderen Augen ansah. Vor allem kam sie ihm nun nicht mehr komisch vor, und als sie am späten Vormittag mit seinem Kaffee hereinkam, wurde er sich ihrer Weiblichkeit machtvoll bewusst, ihrer Zerbrechlichkeit, ihrer Verletzlichkeit. Sie war so schlank, so blass, und ihre weiße, dünne Haut sah aus – dies waren seine Worte, so hatte er es in sein Tagebuch geschrieben –, als wartete sie nur darauf, verletzt zu werden.

Ihr helles Haar war fein und weich wie bei einem Baby, aber viel länger, ein hauchdünner Schleier, fast bis zur Taille, sehr sauber und leicht nach Kräutern duftend. Nach Thymian vielleicht oder Oregano. Als sie sich über seinen Schreibtisch beugte, um die Tasse hinzustellen, streifte ihm ihr Haar über die Wange, und er erschauerte innerlich, als er ihren Finger berührte. Denn er hatte die Hand nach dem Kaffeebecher ausgestreckt, während sie ihn immer noch festhielt. Statt loszulassen, ließ sie ihren Zeigefinger einen Moment, vielleicht eine halbe Minute, verharren, sodass er neben seinem lag und sie sich zart berührten.

Wieder dachte er, bevor er seine Hand ruckartig wegzog, an Haut, die nur darauf wartete, verletzt zu werden, und wie es wohl wäre, wenn er dieses weiße Handgelenk, das dünn war wie bei einem Kind und blau geädert, mit hartem Griff packte und zudrückte, wenn seine Finger ihre nicht nur trafen, sondern sich darüber legten und zudrückten, bis sie aufschrie. Solche Gedanken waren ihm vorher noch nie gekommen, bei niemandem, und ihm wurde ganz unwohl dabei. Als sie aus dem Zimmer ging, warf sie ihm wieder einen dieser Blicke über die Schulter zu, diesmal jedoch wehmütig und versonnen – etwa enttäuscht?

Und doch fühlte er sich, wie er betonte, von ihr nicht angezogen. Er sagte mir das alles sehr ehrlich. Er fand sie nicht anziehend, außer auf eine Art, die er nicht mochte. Önone, die Schäferin und Tochter des Flussgottes sah er in ihr. Ihre Zerbrechlichkeit, der Anblick äußerster Hilflosigkeit, als könnte schon der Wind sie umblasen oder als sänke sie bei einer bloßen Berührung dahin, rief in ihm lediglich das hervor, was es, wie er behauptete, in jedem Mann hervorrufen würde – die Lust zu schänden, zu zermalmen, zu verletzen und zu erobern.

»Schänden« war sein Ausdruck, nicht »vergewaltigen«. »Das hast du wirklich alles empfunden?«

»Später dachte ich darüber nach. Ich behaupte nicht, dass ich es damals so empfunden habe. Als ich darüber nachdachte, habe ich ihr gegenüber genau das empfunden. Glücklich war ich darüber nicht, weißt du, stolz war ich nicht auf mich. Ich versuche nur, dir die Wahrheit zu sagen.«

»Hat sie dir« – ich zögerte – »Avancen gemacht?«

»Gleich von Anfang an. Jedes Mal, wenn wir einander begegneten, gab sie mir durch ihre Blicke und Gesten zu verstehen, dass sie verfügbar wäre, dass ich sie haben könnte. Und weißt du was – so etwas ist mir vorher noch nie begegnet.«

Seit der Trennung von seiner Frau hatte er keusch gelebt und konnte ein Ende seines Zölibats auch nicht absehen. Er dachte, so würde es für den Rest seines Lebens weitergehen, denn der Schritt, der unternommen werden musste, um es zu beenden, schien ihm zu groß, als dass er ihn in Erwägung gezogen, geschweige denn gemacht hätte. Nun machte jemand anders diesen Schritt für ihn. Er brauchte nur zu reagieren, nur den Blick zu erwidern, seinen Finger ein wenig länger neben jenem Finger verweilen zu lassen, seine Finger um jenes Handgelenk zu schließen.

Doch auch diese Schritte waren ihm noch zu groß. Außerdem fürchtete er sich. Er fürchtete sich vor sich selbst, vor dem Schrecklichen, das sich ihm als seine Begierde offenbarte. Seine lebhafte Phantasie führte ihm vor, was mit ihm geschähe, wenn er sie verletzt sähe, womöglich durch sein Zutun, die wunde, abgeschürfte weiße Haut. Trotzdem kam ihm ihr Bild im Laufe jenes Tages oft ins Bewusstsein und suchte ihn nachts wie ein Nachtmahr heim. Er stand am offenen Fenster und lauschte den Nachtigallen und fühlte sie hinter sich ins Zimmer treten, hätte schwören können, sie hätte ihm mit einem durchscheinenden Finger sanft über den Nacken gestreichelt. Als er herumfuhr, war niemand da, nichts außer dem leichten Kräuterduft, den sie am Morgen zurückgelassen hatte.

In dieser Nacht träumte er zum ersten Mal vom See und von dem Turm.

Der See war wie in seinen wachen Stunden auch eine glatte Wasserfläche, die man in zwanzig Minuten umrunden konnte, der Turm des Gothic House aber war unermesslich hoch, so hoch wie ein Kirchturm. Das Haus ging darin auf, es gab überhaupt kein Haus, nur diesen hohen, breiten Turm mit der zinnenbesetzten Spitze und Ochsenaugenfenstern wie bei einer Burgfestung. Erst hatte er den Turm gesehen, dann befand er sich plötzlich auf dem Turm, wie es in Träumen ist, und Lavinia, die Tochter des Flussgottes, kam aus dem See gelaufen, während ihr das Wasser vom Körper und den hoch erhobenen Armen strömte. Sie kam zum Turm und umarmte ihn, drückte ihren nassen Körper gegen den Stein. Das Seltsame aber war, sagte Ben, dass *er* inzwischen der Turm geworden war, der Turm war er selbst, zwar noch aus Stein, aber er spürte, er stand kurz vor der Verwandlung in lebendiges Fleisch, das reagieren und handeln konnte. Bevor es geschah, wachte er auf, triefend nass, als wäre eine echte Frau aus dem See gestiegen und hätte ihn umarmt.

»Schweiß«, sagte er, »und – na ja, man kann selbst in meinem Alter noch feuchte Träume haben.«

»Warum nicht?«, sagte ich, obwohl mich damals, ganz am Anfang, seine Offenheit noch überraschte.

»Henry James hat diese Metaphorik benutzt: Der Turm steht für den Mann, der See für die Frau. In *Die Drehung der Schraube*, nicht wahr? Ich hab es schon ewig nicht mehr gelesen, aber mein Unterbewusstsein hat sich wohl erinnert.«

Am nächsten Tag kam Lavinia nicht. Es war auch nicht einer ihrer üblichen Tage. Am Freitag stellte er sich auf ihr Kommen ein, nervös, aufgeregt, voller Angst vor sich selbst und vor ihr, immer wieder rief er sich den Traum und das Gefühl ihrer nassen, glitschigen Haut auf seinem Körper in Erinnerung, ihre kleinen, weichen Brüste. Er erinnerte sich, notierte er in sein Tagebuch, wie Wasser an ihren Brüsten hinunterlief und von ihren Brustwarzen abperlte.

Und halb neun sollte sie eigentlich kommen. Als sie um zwanzig vor neun immer noch nicht da war – sie verspätete sich sonst nie –, war ihm klar, dass er sie offenbar beleidigt hatte. Sie hatte seine Zurückhaltung als Ablehnung gedeutet. Er rief sich in Erinnerung, dass die Frau in seinem Traum nicht sie gewesen war, sondern ein Phantasieprodukt. Die reale Frau wusste nichts von seinen Träumen, seinen Ängsten, seinen schrecklichen Selbstvorwürfen.

Sie kam nicht. Niemand kam. Er war erleichtert, gleichzeitig tat es ihm aber auch Leid, dass er sie offenbar verletzt hatte. Davon abgesehen war es ihm recht, seine Einsamkeit war ihm lieber, die Stille im Haus. Dass er sich seinen morgendlichen Kaffee selbst machen musste war keine unangenehme Aufgabe, sondern eine willkommene Unterbrechung seiner Arbeit, zu der er danach erfrischt wieder zurückkehrte. Er übersetzte gerade eine Passage aus Eusthatios über Homer, die der Autor als frühes Zeugnis sexueller Abartigkeiten zitierte. So sehr vermisste Laodameia ihren Gatten, als er Segel setzte, um in den Trojanischen Krieg zu ziehen, dass sie sich eine wächserne Statue von ihm machte und sie neben sich ins Bett legte.

Ironie des Schicksals, dachte Ben: dass er sich das erste Mal seit dem Ende seiner Ehe amourösen Versuchungen ausgesetzt sah, fiel zeitlich mit seiner Übersetzung dieses sexuell höchst verstörenden Buches zusammen. Oder wirkte das Buch nur wegen der Lavinia-Episode so verstörend auf ihn? Er wusste, es lag nicht am Buch, dass er von Lavinia in Versuchung geführt worden war. Und als er an jenem Nachmittag seinen Spaziergang machte, wurde ihm klar, dass er nicht mehr in Versuchung war. Die Erinnerung an sie, selbst der Traum, konnten ihn nicht mehr aufwühlen. Das alles gehörte der Vergangenheit an.

Doch hatte es – vielleicht zusammen mit dem Buch – seine seit langem schlummernde Sexualität erweckt. Länger als nötig hatte er bei der Passage verweilt, in der Laodameias im Krieg gefallener Gatte als Geist wiederkehrt und dem wächsernen Abbild als ihr Liebhaber innewohnt. Er war das Opfer einer unbestimmten, ziellosen, richtungslosen Begierde geworden.

An jenem Abend schrieb er etwas in sein Tagebuch. Es war voll sexueller Bilder. Und als er schlief, träumte er sehr plastisch: farbenprächtige Träume voller sinnlicher Bilder, nicht zu vergleichen mit dem, was er aus dem realen Leben kannte. Den ganzen Tag über verspürte er eine gewisse Unruhe, arbeitete mechanisch, abgelenkt von Geräuschen, die von draußen hereindrangen: Vogelgezwitscher, ein vorbeifahrendes Auto, Sandys Ankunft und dann der Lärm des Rasenmähers. Er konnte sich nicht dazu überwinden zu fragen, was mit Lavinia los war. Er sprach überhaupt nicht mit Sandy, achtete nicht auf dessen Winken und Lächeln und die anderen bedeutungslosen Signale.

Als er am Mittwoch aufstand, verfiel er auf den Gedanken, dass Lavinia vielleicht kommen würde. Am Montag war sie vielleicht nur krank oder sonst wie verhindert gewesen. Möglicherweise hatte Sandy ihm mit den Zeichen zu verstehen geben wollen, dass er etwas von Lavinia zu berichten hatte. Ein unangenehmer Gedanke. Er fürchtete ihren Anblick.

Er hatte bereits an der Analyse des Autors zu arbeiten begonnen, in der dieser sich mit der Behauptung auseinander setzte, die echte Helena sei nach Ägypten geflohen und Paris habe bloß ein Scheinbild mit nach Troja genommen, als er plötzlich hörte, wie die Hintertür aufging, wieder geschlossen wurde und Schritte über die Fliesen eilten. Es war nicht Lavinias Schritt, es waren nicht Lavinias Bewegungen. Einen Augenblick lang fürchtete er, Sandy könnte sein Zimmer betreten, mit einer Erklärung oder – schlimmer noch – mit der *Frage* nach einer Erklärung. Irgendwie rechnete er damit.

Stattdessen kam ein Mädchen herein, ein anderes Mädchen. Sie klopfte nicht. Sie kam ohne jedes Zögern in sein Zimmer gelaufen, als wäre das ihr gutes Recht. »Ich heiße Susannah, ich habe von Lavinia übernommen. Sie haben doch nichts dagegen, oder? Wir dachten uns schon, dass Sie nichts dagegen haben. Es macht ja auch nicht den geringsten Unterschied.«

Ich kenne das Mädchen, von dem er sprach, diese Susannah. Glaube ich jedenfalls, obwohl es vielleicht eine ihrer Schwestern war, die ich im Dorf vor dem Haus ihrer Eltern gesehen habe. Ihr Vater war einer dieser seltenen Fälle, nicht im Dorf geboren, sondern zugezogen, als er ihre Mutter heiratete, ein Mann, der irgendwie akzeptiert und sogar willkommen geheißen wurde. Es gab noch ein paar andere wie ihn, insgesamt vielleicht vier. Was das Mädchen betraf …

»Sie war so schön«, sagte er.

»Es gibt ja viele gut aussehende Leute im Dorf«, sagte ich. »Man kann eigentlich keinen direkt unscheinbar nennen. Ein recht ansehnliches Völkchen.«

Er sprach weiter, als hätte ich gar nichts gesagt. Ihre Schönheit überwältigte ihn gleich von Anfang an. Sie hatte goldene Locken, Filmstarlocken. Wenn sich das vulgär anhörte, so sollte ich nur einmal daran denken, dass dieses typische Aussehen deshalb mit Hollywood verbunden wurde, *weil* es so archetypisch war, weil es keine größere Schönheit gab als die hoch gewachsene Blondine mit den vollen Lippen, der geraden Nase und den großen, blauen Augen, den runden Brüsten, schmalen Hüften und langen Beinen. Dies alles besaß Susannah und dazu ein Lächeln von unendlicher Süße.

»Sie hat sich mir auch nicht an den Hals geworfen«, sagte er. »Sie putzte das Haus und machte mir Kaffee und war nicht – nicht so servil wie Lavinia. Sie lächelte. Sie unterhielt sich mit mir, als sie mir den Kaffee brachte und sich später verabschiedete, und was sie sagte, war schlicht und vernünftig, dass sie mit dem Rad gekommen war und über das schöne Wetter und

dass ihr Vater ihr zum Geburtstag einen Walkman geschenkt hatte. Es war nett. Es war *süß*. Das Beste war
vielleicht, dass sie Sandy nicht erwähnte. Ihr Kommen
hatte auch eine *heilsame* Wirkung. Ich hatte diese
Träume nicht mehr, und was Lavinia betraf – Lavinia
verschwand. Aus meinen Gedanken, meine ich. An
dem Wochenende verspürte ich etwas ganz Neues: Zufriedenheit. Ich arbeitete. Ich war zufrieden mit meiner
Übertragung von *Der Goldene Apfel*. Es würde alles
gut werden. Es störte mich nicht einmal, als Sandy am
Sonntag auftauchte und sämtliche Fenster innen und
außen putzte.«

»Die junge Susannah muss ja ein Prachtstück gewesen sein, wenn ihr das alles gelungen ist.«

Er zitterte nicht gerade, zog jedoch die Schultern
hoch, als ob ihm kalt wäre. Mit leiser Stimme begann
er, aus seinen Tagebucheintragungen vorzulesen.

3

Sie schien ihm noch sehr jung. Als sie das nächste Mal
kam und dann das nächste, nahm er sich vor, sie zu fragen, wie alt sie sei, doch er stellte diese Frage nicht
gern, niemandem. Er betrachtete ihre Brüste, er konnte nicht anders, sie waren so schön, so vollkommen.
Die Form der Brüste einer jungen Frau sei wie sonst
nichts auf der Welt, sagte er, nichts sei damit zu vergleichen, jeder Vergleich wäre vulgäre Pornografie.

Erst redete er sich ein, er würde sie deswegen betrachten, weil er wissen wollte, wie alt sie war – war
sie sechzehn oder siebzehn oder älter? –, doch das war
nicht der Grund, damit machte er sich nur etwas vor.
Sie trug schlichte Sachen, oder jedenfalls Sachen, die

sie größtenteils bedeckten – ein hoch geschlossenes T-Shirt und einen langen Rock, doch bemerkte er genau, dass sie darunter nichts anhatte, gar nichts. Ihr Bauchnabel zeigte sich als flache Vertiefung im anliegenden Baumwollstoff ihres Rockes, ihr Venushügel (sein Ausdruck, nicht meiner) hob den Stoff leicht an. Wenn er an diese Dinge dachte und sie vor sich sah, pochte ihm das Blut laut in den Schläfen, und es schnürte ihm den Hals zu. Sie trug zierliche Riemchensandalen, die ihre kleinen Füße mit dem hohen Rist praktisch nackt ließen.

Er wäre damals nie auf die Idee gekommen, das Opfer einer ausgeklügelten Strategie zu sein. Er hatte nie Verdacht geschöpft, Susannah hätte vielleicht deswegen Lavinias Platz eingenommen, weil er deutlich zu verstehen gegeben hatte, Lavinia sei für ihn nicht begehrenswert. Es hatte ihn nicht irritiert, dass zwei junge Mädchen, die nacheinander für ihn arbeiteten, beide – sofort – den Versuch machten, ihn zu betören, ja sogar zu verführen.

Eigentlich hätte für ihn kein Zweifel bestehen sollen – obwohl er gesagt hatte, Susannah habe sich ihm nicht an den Hals geworfen –, denn schließlich entspricht es nicht den normalen gesellschaftlichen Gepflogenheiten, dass ein Mädchen splitternackt unter Rock und Oberteil für einen Mann arbeiten kommt und mit ihm allein ist, außer sie möchte ihn verführen. Doch das sah er nicht. Er sah ihre Brüste, die sich unter dem dünnen Stoff bewegten, sah jedoch nur Unschuld. Er sah den Baumwollstoff, der sich über ihren Bauch spannte, straff wie eine zweite Haut, und schrieb es ihrer jugendlichen Naivität zu, dass sie sich so kleiden wollte. Schuld daran war er – und Lavinia. Lavinia, sagte er sich, hatte eine Verliebtheit in ihm erweckt, die er nur allzu gern nie wieder verspürt hätte. Stattdessen waren innerer Frieden und Gelassenheit nun ganz dahin. Sie hatte sie ihm mit ihrer dummen Kokettiererei, ihren Posen und Kleidern geraubt. Und nun hatte ihn dieses schöne, schlichte und unschuldige Mädchen in seinen Bann geschlagen.

Sie war unaufdringlich. Es war nicht ihre Art, sich in eindeutiger Pose die Arme über den Kopf zu halten, um ein hoch gelegenes Regal zu erreichen, noch weniger, auf einen Stuhl oder eine Trittleiter zu steigen – all das gehörte in die Welt des Softpornos. Als er sie bat, sich doch zu setzen und mit ihm Kaffee zu trinken, setzte sie sich ganz bescheiden hin, peinlich genau darauf bedacht, dass nicht nur ihre Knie, sondern die ganzen Beine bis hinunter zu den zierlichen Fesseln bedeckt waren. Sie steckte sich sogar den Rock um die Beine fest, und zwar ziemlich fest, wodurch sie – sicher in aller Unschuld – ebenso viel offenbarte wie verbarg. Während sie von ihrer Familie erzählte, von ihrer Mutter, einer geborenen Fowler, ihrem Vater, der hundert Meilen von hier aus Yorkshire stammte, und ihren beiden jüngeren Schwestern, musste sie wohl bemerkt haben, in welche Richtung sein Blick gewandert war, denn sie verschränkte die Arme über der Brust.

Er war verstört. Wofür hielt sie ihn denn? Vor seiner Frau hatte er Freundinnen gehabt, aber keine flüchtigen Beziehungen, keine schnellen Nummern oder One-Night-Stands. Fast hätte er gesagt, er habe nie mit einer Frau geschlafen, ohne in sie verliebt zu sein – oder jedenfalls auf dem besten Wege dazu. Doch das Gefühl, das er nun verspürte, war Wollust. Er war sicher, dass es nichts mit »Verliebtheit« zu tun hatte, obwohl es ebenso stark und gewaltig war wie die Liebe. Und schuld daran war allein ihre Schönheit – er sagte

»schuld«. Er hätte nicht sagen können, ob er Zuneigung für sie empfand, Zuneigung war überhaupt nicht im Spiel. Ihre äußere Erscheinung, ihre Präsenz, die Aura, die sie umgab, betörten ihn, ließen ihn aber gleichzeitig wie unter Zwang hinstarren. Er fand es erstaunlich, dass andere diesen Drang nicht sahen.

Nun gab es aber auch gar keine anderen, mit Ausnahme natürlich von Sandy.

Während Ben arbeitete, tauchte Sandy manchmal von draußen am Fenster auf und lächelte oder reckte aufmunternd den Daumen hoch. Oft, wenn er gerade an irgendeiner abstrusen Gegenüberstellung Jungscher Archetypen mit Helena und Achilles arbeitete, sah er sich plötzlich mit Sandys grinsendem Gesicht konfrontiert. Wenn das Fenster bei schönem Wetter offen stand, streckte Sandy den Kopf herein und erkundigte sich, ob alles in Ordnung sei. »Wie läuft's denn so, alles okay?«

Ben verzog sich nach oben. Er brachte seinen Laptop und sein Wörterbuch in ein nach hinten hinaus gelegenes Schlafzimmer mit unzugänglichem Fenster. Dabei hielt er diese Leute die ganze Zeit für meine Bediensteten, für »Haushaltshilfen«, die von mir dafür bezahlt wurden, ihn zu bedienen. Er konnte sie nicht wegschicken, glaubte er, oder auch nur Einwände erheben. Ich verlangte keine Miete von ihm, er bezahlte nur seinen Strom und das Telefon. Er wäre sich höchst undankbar und unverschämt vorgekommen, mich dafür zu kritisieren. Wäre es nach ihm gegangen, dann hätte er nicht bloß Sandy, sondern auch Susannah weggeschickt. Er konnte ihre Gegenwart fast nicht ertragen. Und doch fragte er sich, wie viel Trostlosigkeit und Leere an ihre Stelle treten würde.

Ich sollte nun nicht den Eindruck erwecken, all das

hätte lange angedauert. Nicht länger als drei Wochen vielleicht, bevor der Wandel einsetzte und seine Welt auf den Kopf gestellt wurde. Im Nachhinein dachte er, die Tatsache, dass er sich mit seiner Arbeit nach oben verzogen hatte, habe den Wandel vorangetrieben. Was sie dann tat, hätte sie vielleicht nicht getan, wenn er im Erdgeschoss geblieben wäre, in dem Zimmer mit dem Ausblick auf den See – in das die am See Vorbeifahrenden und der Fenster putzende, Rasen mähende und Blumenbeet jätende Sandy hineinsehen konnten.

Sie kam immer in sein Zimmer, um ihm Bescheid zu sagen, wenn sie ging. Er war inzwischen so weit, dass ihm beim Geräusch ihrer Schritte auf der Treppe am ganzen Körper heiß wurde und das Blut in seinen Adern pochte. Der Monitor beschlug und seine Hände zitterten über der Tastatur. So schlimm stand es schon um ihn.

Was ihn ebenfalls in Schrecken versetzte, war die Vorstellung, sie könnte ihn berühren. Könnte ihm spielerisch oder einfach in einer freundlichen Geste die Hand auf den Arm legen oder auch nur kurz seine Hand nehmen. Sie hatte es nie getan, hatte es nicht so mit dem »Anfassen«. Doch wenn sie es täte, wüsste er nicht, wie er reagieren würde, könnte er für seine eigenen Taten keine Verantwortung übernehmen, würde vielleicht etwas Ungeheuerliches tun, oder sein Körper würde unwillentlich etwas Schändliches treiben. Merkwürdigerweise kam ihm dabei offenbar nie in den Sinn, sie könnte vielleicht *ihn* begehren oder sich zumindest einverstanden zeigen. Sie kam ins Zimmer. Begierde loderte in ihm auf, doch er war längst nicht mehr im Stande, sie zu bezähmen.

»Also, ich geh dann jetzt, Sir.«

Wie er dieses »Sir« hasste! Damit musste Schluss

sein, und zwar sofort, was auch immer ich von meinen »Haushaltshilfen« verlangte.

»Nenn mich bitte nicht so. Nenn mich einfach Ben.«

Wie ein jämmerlicher Schrei kam es heraus. Er hätte auch schreien können, er leide an einer tödlichen Krankheit oder ein ihm nahe stehender Mensch sei gestorben.

»Ben«, sagte sie. »Ben.« Sie sagte es, als wäre es für sie ganz neu oder sehr exotisch und nicht – wie er es ausdrückte – der Name der halben Hundepopulation im Distrikt. »Das gefällt mir.« Dann fragte sie ihn: »Ist Ihnen nicht recht wohl?«

»Schon gut«, sagte er. »Ignoriere mich einfach.«

»Wieso sollte ich das wohl tun, Ben?«

Ihre Aussprache war plötzlich viel breiter geworden. Es klang wie der typisch ländliche Akzent bei einer Radiostimme. Vielleicht hatte sie mit Männern in Bens Zustand Erfahrung, vermutlich war es die ganz normale Reaktion auf ihre Gegenwart, denn sie wusste genau, was mit ihm nicht stimmte. Was stimmte denn *überhaupt* noch mit ihm?

»Komm her«, sagte sie.

Er stand auf, hypnotisiert, fassungslos, noch weit davon entfernt, es zu glauben. Doch sie nahm seine Hände und legte sie auf ihre Brüste. Sie tat es ganz natürlich, legte seine Hände auf jene weichen, verborgenen Stellen ihres Körpers, an denen sie am liebsten von ihm berührt werden wollte. Sie presste ihren Mund auf den seinen, ihre Zungenspitze an seine Zungenspitze, stellte sich auf die Zehenspitzen und hob ihm ihren Unterleib entgegen. Dann nahm sie ihn mit einem Nicken, mit einem Lächeln bei der Hand und führte ihn in sein Schlafzimmer.

4

Bevor Ben ins Gothic House zog, hatten wir vereinbart, dass ich im Juni ebenfalls ein Wochenende dort verbringen sollte. Ich hatte beschlossen, das Haus gleich nach Bens Auszug zum Verkauf anzubieten, und es gab diesbezüglich einiges zu regeln, wie etwa, was ich mit den Möbeln machen sollte, welche ich behalten und welche ich verkaufen wollte. Je näher der Termin rückte, desto weniger Lust hatte ich hinzufahren. Seine Gesellschaft würde mir gut tun – vielleicht mehr als nur gut tun –, doch die konnte ich auch in London haben. Mir lag nicht viel daran, in dem Haus zu sein. Während meiner Abwesenheit hatte sich meine Abneigung sogar noch gesteigert. Falls es überhaupt möglich war, fühlte ich mich in dem Haus noch unwohler als bei meinem letzten Aufenthalt dort.

Zu dem Zeitpunkt wusste ich natürlich fast nichts von dem, was Ben dort trieb. Nach dem Gespräch über die Nachtigallen hatten wir nur einmal telefoniert, und er hatte lediglich gesagt, die Luftveränderung täte ihm gut und die Übersetzung mache Fortschritte. Von den Mädchen war keine Rede, auch nicht von Sandy, und so wusste ich von Susannah nur das, was ich vor zwei oder drei Jahren mitbekommen hatte.

Damals hatte ich einige Begegnungen mit ihren Eltern. Peddar hießen sie und hatten drei junge Töchter, Susannah, Carol und noch eine, an deren Namen ich mich nicht mehr erinnere. Ich wusste nicht einmal mehr, welche die Älteste war und welche die Jüngste. Heute ist es mir natürlich aus gutem Grund bekannt. Bis dahin war ich oft im Dorf gewesen und nahm sogar ein wenig am Dorfleben teil, war zu einem geselligen

Beisammensein in der Gemeindehalle gegangen und auf der Hochzeit von Marion Kirkmans Tochter gewesen.

Erwartungsgemäß waren die Dorfbewohner zunächst etwas zurückhaltend gewesen, dann aber allmählich aufgetaut. Ich ging auf die Hochzeit und das anschließende Fest. Trotz allem, was seither passiert ist, finde ich immer noch, dass es die netteste Hochzeit war, auf der ich je gewesen bin, das gelungenste Fest mit den attraktivsten Gästen, dem besten Essen, dem größten Spaß. Alle waren unheimlich nett zu mir. Dass ich das Gefühl hatte, sie würden mich genau beobachten, fast als sammelten sie Daten für eine Gesellschaftsstudie, schrieb ich meiner Einbildung zu. Sie waren eben einfach neugierig. Sie empfanden vermutlich eine gewisse Scheu wegen meiner bürgerlichen Herkunft, denn ich hatte bereits bemerkt, dass es im Dorf keine Akademiker gab. Es gab Landarbeiter, Automechaniker, Ladenbesitzer und Putzfrauen – die ihre Tätigkeit anderswo ausübten –, Klempner, Elektriker, Maurer, Dachdecker und Gipser, eine Friseuse und – weil das moderne Leben auch hier Einzug gehalten hatte – einen Computertechniker, aber keiner arbeitete anders als mit seinen eigenen Händen.

Heute bin ich der Ansicht, dass ich damals sehr dumm war. Ich hätte mich abseits halten sollen. Ich hätte den freundlichen, warmherzigen Verlockungen widerstehen sollen. Stattdessen beschloss ich, ebenfalls ein Fest zu geben, als Antwort auf ihre Gastfreundschaft. Ich dachte an eine kleine Cocktailparty am Sonntag, nach der Kirche. Ich lud alle ein, die mich eingeladen hatten, und viele andere, die mich nicht eingeladen hatten, die ich aber bei den verschiedenen Zusammenkünften kennen gelernt hatte. Sandy bot an, die Getränke zu servieren, was er dann auch bemerkenswert gut tat.

Sie kamen, und das Fest fand statt. Alle waren reizend, jeder schien zu wissen, dass man sich auf einem Fest bemühen soll, unterhaltsam zu sein, zu reden, zuzuhören, sich sorglos zu geben. Was fehlte, war jene bürgerliche Kultiviertheit, auf die ich allerdings gern verzichtete. Das Fest trug mir eine Einladung ein, eine einzige, nämlich von den Peddars, die sie mir beim Abschied überreichten – eine schriftliche Einladung in einem Briefumschlag, offensichtlich sorgfältig im Voraus vorbereitet. Ob ich nächsten Freitag zum Abendessen kommen könnte? Ich bräuchte auch nicht mit dem Auto zu fahren, denn John Peddar würde mich abholen und auch wieder nach Hause bringen.

Ungefähr zu der Zeit muss es gewesen sein, dass mir am Dorf und seinen Bewohnern eine andere Merkwürdigkeit – falls man gute Manieren und Freundlichkeit so nennen kann – auffiel. Ich hatte natürlich schon bemerkt, dass mein eigenes Äußeres in vielen Punkten dem ihren glich, dass wir uns vom Typ her ähnelten. Ich war ebenso groß und hellhaarig wie sie und hatte die gleichen blassen Augen. Damit meine ich nun nicht, dass sie alle gleich aussahen, nicht wie Klone, manche waren kleiner, manche weniger schlank, die Augenfarbe variierte von Mitternachtsblau über Türkis bis zu einem blassen Himmelblau und die Haarfarbe von flachsblond bis hellbraun, und doch hatten sie dieses gewisse Aussehen, als gehörten sie alle dem gleichen Stamm an. Dänen sahen früher so aus, hat man mir einmal erzählt, vor dem Zustrom von Einwanderern und Besuchern. Wenn man vor einem Café auf der Strøget saß, konnte man alle diese blauäugigen, blonden Menschen vorbeigehen sehen, die aussahen wie

Angehörige ein und derselben Familie. So war es auch im Dorf, als wäre ihre Erbmasse klein, als wäre ich vielleicht eine von ihnen.

Und Ben vielleicht auch, obwohl ich damals nicht daran dachte. Warum sollte ich auch?

Ich schrieb den Peddars, ich würde mich freuen und käme am Freitag gern.

Was ich gleich sagen will, hört sich sehr feige an. Nun, dann hört es sich eben so an. Obwohl ich die Fahrt zum Gothic House viel lieber auf den Samstag verschoben hätte, hatte ich Ben bereits gesagt, ich käme am Freitag, und beließ es auch dabei. Allerdings fuhr ich am Abend hin, um in der Dunkelheit durchs Dorf zu fahren, und weil es im Juni erst nach halb zehn dunkel wird, kam ich spät an.

Ich wappnete mich innerlich, holte sogar tief Luft, als ich an die Ecke kam, an der ungefähr eine halbe Meile von den anderen entfernt das erste Haus stand: Mark und Kathy Greshams Haus. Es brannte zwar Licht, doch kein Fenster stand offen, obwohl es ein warmer Abend war. Rasch fuhr ich weiter. Etwa ein Dutzend Halbwüchsige hatten sich mit ihren Fahrrädern am Unterstand bei der Bushaltestelle versammelt, sonst war niemand unterwegs. Das Licht der einzigen Laterne an der Dorfstraße schien auf ihr helles Haar. Als ich vorbeifuhr, drehten sich alle gemeinsam um, da sie den Wagen erkannt hatten, doch keiner von ihnen winkte.

Vor dem alten Pfarrhaus war das »Zu-Verkaufen«-Schild einer Maklerfirma angebracht. Der Landwirt aus Lynn hatte es also auch nicht mehr ausgehalten. Oder sie hatten ihn nicht mehr ausgehalten. Ich fuhr langsamer und – da ich mir sicher war, dass mich keiner sah – hielt an. In dem großen, ansehnlichen klassizistischen Haus brannte kein Licht. Es lag verlassen im Dunkeln. Man sieht von außen immer, ob ein Haus unbewohnt ist – kein Wunder, dass Einbrecher so leichtes Spiel haben.

Zweifellos verbrachte er dort so wenig Zeit wie möglich. Er hatte nicht lange dort gewohnt, zwei Jahre vielleicht, und ich hatte ihn nur vom Sehen gekannt, ein großer, dunkler Mann mit einer hübschen, blonden, sehr viel jüngeren Frau. Während ich den Motor wieder anließ, fragte ich mich, was sie ihm wohl angetan hatten und warum.

Es war ein klarer, aber mondloser Himmel. Im dunklen, gläsernen See spiegelten sich ganze Konstellationen, und ein einzelner heller Planet leuchtete wie eine unter Wasser gehaltene Taschenlampe. Ein leichter Wind war aufgekommen, und in dem Waldstück raschelten die Bäume mit ihrem schweren Blätterkleid. Im Licht meiner Scheinwerfer sah Gothic House wie ein Märchenschloss aus, grau, aber hell erleuchtet, die Fenster – orangegelbe, längliche Flächen mit gebogenen Spitzen, nur die zinnenbewehrte Krone des Türmchens im Wasser reflektiert.

Ben und ich hatten uns noch nie geküsst. Doch jetzt nahm er mich in die Arme und küsste mich voller Zärtlichkeit. »Louise, wie schön, dass du hier bist. Willkommen in deinem eigenen Haus!«

Er kam mir völlig verändert vor.

Erst eine halbe Stunde zuvor hatte Susannah ihn verlassen und war nach Hause zu ihren Eltern gegangen. Das erzählte er mir, während wir an dem Fenster mit der Aussicht auf den See saßen und Whisky tranken. Der Mond war aufgegangen, ein heller Vollmond, dessen Strahlenkraft fast an die Wintersonne heranreichte und der mit seinem silbergrünen Licht Flechten an die Baumstämme malte.

»Susannah Peddar?« Es ging mir nur schwer über die Lippen, denn gleich erinnerte ich mich wieder.

»Warum so überrascht?«, sagte er. »Sie ist doch bei dir angestellt. Und Sandy ja übrigens auch.«

Ich sagte ihm, dass Sandy früher bei mir angestellt gewesen war, inzwischen aber nicht mehr. Und was Susannah betraf ... Nun, sie war vielleicht nicht der letzte Mensch aus dem Dorf, den ich in meinem Haus haben wollte, aber fast. Doch das sagte ich nicht. Ich sagte, ich sei froh, dass er jemanden gefunden hatte, der für ihn sorgte. Er fuhr fort, von ihr zu reden, schon vom Bedürfnis des Liebenden ergriffen, den Namen der Geliebten immer wieder auszusprechen, doch davon wusste ich damals noch nichts. Ich fragte mich nur, weshalb er so versessen darauf war, die Nettigkeit, Aufgewecktheit und Schönheit einer Person zu betonen, in der ich immer noch einen Dorfteenager sah.

An jenem Abend sagte er nichts von dem, was sich zwischen ihnen abgespielt hatte, ging jedoch in nachdenklicher Stimmung zu Bett, immer noch verwundert darüber, dass Susannah nicht bei mir angestellt war. Eigentlich war ich ganz entspannt gewesen und in einen Zustand friedlicher Schlaftrunkenheit hinübergeglitten, doch nun lag ich lange hellwach da und dachte über die Peddars und alles Mögliche nach.

Der Abend bei John und Iris Peddar lief eigentlich genau so ab, wie ich es mir vorgestellt hatte, jedenfalls am Anfang. Sie wohnten in einem der neueren Häuser, ursprünglich sozialer Wohnungsbau, hatten jedoch viel Arbeit hineingesteckt, einen Anbau hinzugefügt und die beiden Zimmer im Erdgeschoss zu einem zusammengelegt.

In meiner bürgerlichen Einstellung, in meinem zutiefst englischen Klassendünkel hatte ich angenommen, sie würden sich für mich fein machen. Er würde einen Anzug tragen, sie ein Kleid mit aufwändigem Schmuck und die drei kleinen Mädchen Rüschenkleider. Also beschloss ich, mich für sie fein zu machen und tat das Seltene, nämlich ein Kleid tragen, mit Nylonstrümpfen und hochhackigen Schuhen. Als John Peddar mich abholen kam, war ich überrascht, ihn in Jeans und kariertem Hemd mit offenem Kragen zu sehen, nahm jedoch an, dass er sich später zu Hause noch umziehen wollte.

Meiner Meinung nach sieht man in lässiger Kleidung immer besser aus. Abendkleidern und Juwelen und bei Männern dunklen Anzügen haftet unwillkürlich etwas Absurdes an. Doch ich hatte nicht erwartet, dass sie ebenso dachten, und war daher erstaunt, als Iris mich in Jeans und gestreiftem T-Shirt begrüßte. Die Kinder trugen ebenfalls das, was sie an dem Tag zur Schule getragen hatten, oder hatten sich nach der förmlichen Schulkleidung sogar noch umgezogen.

Auch jetzt noch, nach allem, was ich inzwischen weiß, versetzen mich ihr psychologisches Gespür, ihre Menschenkenntnis und Geschmackssicherheit immer noch in Erstaunen. Sie *wussten*, dass ich mich nicht unbedingt entspannter fühlen würde, wenn sie so gekleidet waren, dass ich einen von ihnen oder aber alle miteinander dann bestimmt attraktiver finden würde. Es war eine gut aussehende Familie, insbesondere John – groß, dünn, hellhaarig mit einem fein geschnittenen Gesicht und wissbegierigen Augen, die Augenbrauen oft hochgezogen, als wollte er sich damit heimlich über irgendetwas Unerhörtes lustig machen. Iris hatte das hübsche, etwas platte Aussehen einer Barbiepuppe, die drei kleinen Mädchen aber waren alle drei Schönheiten, die zwei Goldblonden ähnelten ihrem Vater, die Dritte, die keinem von den Eltern ähnlich sah, war wie das Kind auf dem Gemälde von Millais, mit nussbraunem Haar und versonnenen Augen.

Vor dem Essen tranken wir Sherry. John trank ebenso viel wie Iris und ich und auch genauso viel Wein. Inzwischen war mir klar, dass man im Dorf' vor dem Autofahren so viel trank, wie man wollte. Die Polizei, die mit ihrem kleinen Streifenwagen ab und zu durch die Straßen fuhr, würde nie einen Dorfbewohner anhalten, geschweige denn einen Alkoholtest machen. Schließlich wohnten hier zwei Wachtmeister, von denen einer Jennifer Fowlers Bruder war.

Es gab Avocado mit Garnelen, Hühnchen im Schmortopf und Schokoladenmousse. Zumindest das entsprach meinen Erwartungen. Die Kinder gingen ins Bett, gerechtigkeitshalber die Älteste zuletzt. Als Iris mich nach oben rief, um mir ihr Schlafzimmer zu zeigen, das sie mit John zusammen frisch tapeziert hatte, ging ich hinauf – es war immer noch hell, wenn auch schon etwas dämmerig, jenes für waldige Gebiete typische sanftviolette Dämmerlicht – und während ich die Tapete bewunderte, schob sie plötzlich ihren Arm in meinen und stellte sich ganz dicht neben mich.

Es war freundlich gemeint, die warme, offene Geste einer Frau gegenüber einer anderen, zu der sie sich hingezogen fühlt. So dachte ich, als sie meinen Arm drückte und ihren Körper an meinen presste. Sie hatte bereits ziemlich viel getrunken, und ihre Hemmungen waren gesunken. Das dachte ich auch noch, als sie mir den Arm um die Schulter legte und, während sie mich langsam an sich zog, ihre Lippen dicht an meine führte. Mit einem leisen, etwas verlegenen Lächeln trat ich beiseite. Mir lag sehr daran, mir lag in diesem Moment schrecklich viel daran, sie an etwas zu hindern, was sie am nächsten Morgen bitter bereuen würde. Wir alle kennen das Gefühl, wenn uns beim Aufwachen die schreckliche Erinnerung überkommt, wenn wir uns die Was-habe-ich-bloß-getan-Frage stellen, die das Blut in den Adern pochen lässt.

Etwa eine Stunde später chauffierte mich John nach Hause. Sie, voller Liebenswürdigkeit und Charme, bat mich, doch mal wieder zu kommen, es sei reizend, dass wir uns endlich kennen gelernt hätten. Diesmal blieb mir keine andere Wahl, als mich küssen zu lassen, doch es war nicht mehr als ein kühler, flüchtiger Kuss in die Wangengegend. John war nicht anzumerken, wie viel er getrunken hatte. Ihr allerdings auch nicht, abgesehen von jenem Annäherungsversuch im Schlafzimmer, bei dem ich mir inzwischen nicht mehr sicher war, ob es nicht bloß ein impulsives Zeichen ihrer Zuneigung gewesen war.

Als er neben mir im Wagen saß, sagte er mir, ich sei eine schöne Frau. Mir wurde etwas unwohl. Da die möglichen Antworten darauf alle entweder kokett oder vulgär waren, erwiderte ich nichts. Er fuhr mich nach Hause und meinte, er würde vielleicht noch mit hereinkommen, er könne mich doch nicht allein in ein dunkles, leeres Haus lassen. Es sei spät, sagte ich, und ich sei müde. Umso mehr Grund für ihn, mich hineinzubegleiten. Sobald ich drinnen war, schaltete ich die Festbeleuchtung ein und bot ihm einen Drink an. Er hatte sich bereits gemütlich hingesetzt, als wäre er hier zu Hause.

»Wird Iris sich denn nicht wundern, wo Sie bleiben?«

Er sah mich an und hob wieder erstaunt diese Augenbrauen. »Das glaub ich nicht.«

Es war klar, was er meinte. Ich war entrüstet. Seine heimlichen Liebesaffären waren offenbar an der Tagesordnung, denn anscheinend hatte seine Frau sich resigniert damit abgefunden, dass er, wenn er nicht nach Hause kam, bei einer anderen Frau war. Es erklärte ihren Annäherungsversuch bei mir, eine Geste der Einsamkeit und Zurückweisung.

Er fing an, von ihr zu reden – dass er niemals etwas tun würde, was ihr Schmerzen bereiten oder ihre Ehe gefährden könnte. *Nichts* könnte sie in Gefahr bringen, betonte er. Die meisten Frauen haben Männer schon irgendwann einmal so daherreden hören, es ist das übliche Geschwätz von Schürzenjägern. Und doch – hätte er es nicht gesagt, wäre er ein wenig anders gewesen, weniger durchtrieben, weniger selbstsicher, und, nun ja, nicht so ungeschminkt, dann hätte ich mich vielleicht zu ihm hingezogen gefühlt, zumindest wegen seines guten Aussehens. Ihretwegen hätte ich zwar nichts unternommen, aber vielleicht Lust dazu verspürt. Tatsächlich empfand ich einfach nur Verachtung. Doch ich wollte keine Schwierigkeiten, wollte keine Szene machen. Ob ich Angst vor ihm hatte? Ein wenig vielleicht. Er war ein großer, kräftiger Mann, der eine Menge getrunken hatte, und ich war allein mit ihm.

Nachdem er seinen zweiten Whisky getrunken hatte, stand ich schließlich auf und sagte, ich sei schrecklich müde und müsse ihn jetzt hinauswerfen. Inzwischen weiß ich, dass ihm körperliche Gewalt völlig fremd ist, damals wusste ich es jedoch nicht und empfand es als unangenehm, als er die Hand unter mein Kinn legte, mein Gesicht hob und mich küsste. Man konnte es – gerade noch – einen freundschaftlichen Kuss nennen.

Die Träume, die Ben später haben sollte, hatte ich ebenfalls. Lag es vielleicht an der Luft dort? Oder, etwas subtiler ausgedrückt, an der Atmosphäre des Ortes? Den ersten Traum hatte ich in jener Nacht. John Peddar war in dem Traum ganz anders, sah zwar genauso aus, war aber ein Mann nach meinem Geschmack. »Zivilisiert« fällt einem dazu ein, und doch trifft der Ausdruck es nicht ganz. Sanfter, sensibler, weniger direkt in seinem Verhalten. Ich nehme an, dass das träumende Ich dies wohl so arrangierte, doch was auch immer es war, ich wies ihn jedenfalls nicht ab, sondern begann, mit ihm zu schlafen, ihn schwelgerisch zu genießen, bis mich der frühmorgendliche Chor der Vögel mit seinem Gesang weckte.

Morgens kam er wieder, der echte John, nicht das Traumbild.

Es war ein trüber, wolkenverhangener Morgen. Ich habe behauptet, dass der Himmel immer klar war und die Sonne immer schien, aber das stimmt natürlich nicht. All das ist Einbildung, Mythos und Magie. Im Haus war es ziemlich dunkel. Vor dem Traum hatte ich schlecht geschlafen. Damals fing es an, dass ich in Gothic House schlecht schlief, später folgten schlimme Nächte und völlige Schlaflosigkeit. Ich ging im Morgenmantel nach unten an die Haustür, weil ich dachte, es sei Sandy. Er trat ein und – ich weiß gar nicht, wie ich es ausdrücken soll – nahm mir die Tür weg, zog meine Hände weg und machte sie selbst zu, schob den Riegel vor.

Ich war ziemlich perplex angesichts der selbstherrlichen Art, in der er Dinge tat, die eigentlich ausschließlich mir vorbehalten waren. Ich starrte ihn an. Er umarmte mich in einer seltsam zärtlichen Geste, leicht und sanft streiften seine Hände an meinen Armen, meinem Körper, meinen Schenkeln entlang. Er zog mich an sich und murmelte »Liebling« und wieder »Liebling« und »Schätzchen« mit belegter, atemloser Stimme. Bevor sein Mund meinen erreichte, stieß ich ihn mit aller Macht von mir, und er taumelte gegen die Wand.

»Bitte gehen Sie«, sagte ich. »Das ist ja unerträglich. Bitte gehen Sie.«

Ich rechnete mit Schwierigkeiten, Ausflüchten, ich hätte ihn doch hereingebeten, Rechtfertigungen, er könne meine Begierde doch spüren, schließlich Anschuldigungen, ich sei frigide. Doch es kam nichts dergleichen. Einen Augenblick musterte er mich fragend. Dann nickte er, als hätte eine Vermutung sich bestätigt. Er lächelte sogar. Meine Haustür, derer er sich zuvor bemächtigt hatte, öffnete er nun, trat hinaus und machte sie leise und ganz behutsam hinter sich zu.

Ben erzählte mir von Susannah. Er erzählte mir alles, was ich hier schon erzählt habe, und noch mehr. Wir saßen draußen im Garten, wo es einen Steintisch, eine Bank und Stühle gab, auf dem Rasen vor dem Haus unter einem Maulbeerbaum in der brütenden Mittagshitze. Die gefallenen Früchte lagen wie Löffel voll blutroter Marmelade im Gras.

Der Baum bot ausreichend Schatten, sodass es dort angenehm zu sitzen war. Auf den See konnte man ebenso wenig blicken wie in einen Spiegel, auf den die grelle Sonne scheint. Ein paar Autos fuhren die Straße entlang, Leute aus dem Dorf, die auf dem Weg in die Supermärkte der Stadt waren, und die Fahrer winkten. Sie winkten natürlich Ben, mir würden sie nicht zuwinken. Er erzählte mir, dass aus seinen ersten Zärtlichkeiten mit Susannah inzwischen eine richtige Liebesaffäre geworden war.

Er hatte keinerlei Hemmungen, mir davon zu erzählen. Er musste es einfach loswerden. Ich hatte ihn noch nie so mitteilsam erlebt, so offenherzig.

»Ich freue mich, dass es dich glücklich macht«, sagte ich.

Was lügen wir einander doch um der Harmonie willen vor!

»Es ist natürlich nichts Dauerhaftes, das ist mir klar. Es ist rein körperlich.« (Ich bin immer skeptisch, wenn Leute das sagen. Was wollen sie damit sagen? Wissen sie überhaupt, was sie damit sagen?) »Sie ist um einiges jünger als ich.«

»Ja.« Allerdings. »Wie alt *ist* sie denn?«

»Achtzehn, glaub ich.«

»Und man würde sie auch nicht« – ich versuchte es taktvoll auszudrücken – »direkt gebildet nennen, oder?«

»Was macht das schon? Ich hab ja nicht vor, sie zu heiraten und mit ihr einen Hausstand zu gründen. Es ist ja nicht so, dass ich in sie verliebt wäre. Mit ihr habe ich – ach, etwas, was ich bisher noch mit niemandem hatte, etwas, wovon ich nur gelesen habe: unverfälschten, unkomplizierten, wunderbaren Sex. Sex ohne Fragen, ohne Seelenqualen, ohne Konsequenzen. Es ist, als wären wir mythische Wesen am Anbeginn der Welt, Paris und Helena, sich berauschend an den süßesten und unschuldigsten Wonnen, die die Menschheit kennt.«

»Meine Güte«, sagte ich.

»Du findest das wahrscheinlich sehr abgehoben, es drückt meine Gefühle aber haargenau aus.«

Warum habe ich ihn da nicht gewarnt? Warum habe

ich ihm nicht von Susannahs Vater erzählt und von Sandy und Roddy Fowler und von den Zusammenkünften in der Gemeindehalle? Oder von meinem Verdacht, was die Frau des Landwirts aus Lynn betraf? Ganz einfach, weil ich dachte, wegen des *Geschlechtsunterschieds sei alles anders*. Er war ein Mann. Ich dachte, Männer wären ausgenommen. Später am gleichen Tag aber, nachdem ich eine grobe Inventarliste der Möbel erstellt hatte, die ich behalten wollte, und einige kleine Reparaturen aufgelistet hatte, die im Haus gemacht werden mussten, bevor es zum Verkauf angeboten werden konnte, ertappte ich mich dabei, wie ich ihn prüfend taxierte.

Ich empfand ihm gegenüber große Zuneigung, ein Gefühl, das nach der Trennung von seiner Frau erst richtig gewachsen war, doch es bezog sich sehr stark auf seinen Geist und Verstand und auf seine Art. Seine ruhige, sanfte Art gefiel mir, seine Aufmerksamkeit, sein Einfühlungsvermögen und seine Bescheidenheit. Dass er besonders ansehnlich war, konnte man nicht behaupten, obgleich ich sein Aussehen mochte, den intelligenten, wachen Gesichtsausdruck und sein verständnisvolles, nachdenkliches Mienenspiel. Doch er war nicht sonderlich groß und sehr dünn, unsportlich mit schlaffen Muskeln. Er wirkte älter, als er war – siebenunddreißig? achtunddreißig? –, hatte bereits Falten – wozu schmale, helle Gesichter nun einmal neigen – und sein Haar lichtete sich zusehends.

Ich wusste, was ich in ihm sah, nicht aber, was Susannah in ihm sah. Den älteren Mann vielleicht, eine Vaterfigur, obwohl sie ja einen völlig adäquaten, eigenen Vater hatte, kaum älter als Ben. In dem Dorf heiraten sie früh. Aber versteh einer die Liebe. Oder auch nur die Anziehungskraft.

An dem Abend dinierten wir in einem etwa zehn Meilen entfernten Restaurant. Während des Essens fragte er mich, ob er Sandy nicht bezahlen sollte. Es war doch nicht in Ordnung, wenn Sandy ohne Bezahlung für ihn arbeitete, oder?

»Wenn du ihn nicht bezahlst«, erwiderte ich, »kapiert er es vielleicht und verschwindet. Der Kerl ist wirklich eine Nervensäge.« Über Sandys Versuche, sich nach der Episode mit John Peddar an mich heranzumachen, und meine empörte Reaktion sagte ich nichts. Ich hätte es getan, wenn ich der Ansicht gewesen wäre, es hätte etwas genützt.

»Wenn er nicht gewesen wäre«, sagte er, »hätte ich Susannah vermutlich nie kennen gelernt.«

Hätte er doch, aber das wusste ich damals nicht.

»Na, und wann trifft man sich wieder?« Die witzige Frage meinte ich ernst, und so fasste er es auch auf.

»Am Montagmorgen. Es ist mir ein bisschen unangenehm, dass sie weiterhin das Haus putzt, und es ist mir auch peinlich, sie dafür zu bezahlen. Ich werde mich nach jemand anderem umschauen müssen. Wir treffen uns natürlich immer abends – also, sie kommt hierher. Ich kann ja schlecht zu ihr nach Hause gehen.«

Dazu sagte ich lieber nichts. So, wie ich das Haus ihrer Eltern kannte, hätte man dort gegen eine Wohnzimmerorgie am helllichten Tage auch nichts einzuwenden gehabt. Meine Sympathie für Iris war umgeschlagen, als sie mich bei einem Dorftanz in unmissverständlicher Absicht ihrem jüngeren, unverheirateten Bruder Roddy hatte vorstellen wollen. Aus irgendeinem unerfindlichen Grund hatte die Familie Peddar nach Kräften versucht, einen Sexualpartner für mich zu finden, und offenbar war jeder gerade recht, und wenn schon nicht einer von ihnen oder ein Verwandter, dann eben irgendein anderer Dorfbewohner. Sandy, nahm ich an, war auch von ihnen auf mich angesetzt worden. Schließlich kannte ich ihn bereits, was in ihren Augen wohl die einzige notwendige Vorbedingung war.

Während er mir irgendetwas zeigte, was er im Garten gemacht hatte, legte er plötzlich den Arm um mich. Ich verbat es mir. Er sah mich schräg an und wollte wissen, warum.

»Darum«, sagte ich. »Ich will es eben nicht. Das reicht doch, oder?«

»Also, das ist doch nicht normal, so eine hübsche Frau wie Sie und kein Mann.«

»Das geht Sie überhaupt nichts an.« Wie lächerlich man sich anhört, wenn man beleidigt ist!

»Stehen Sie vielleicht eher auf Frauen? Sagen Sie's ruhig, Sie müssen sich nicht genieren. Damit kenn ich mich aus, ich bin schon ganz schön rumgekommen.«

»Hier herum brauchen Sie aber nicht mehr zu kommen, so viel steht fest«, sagte ich. »Ich möchte nicht, dass Sie weiter für mich arbeiten. Bitte gehen Sie und kommen Sie nicht wieder.«

Ben hätte es nicht interessiert, deshalb sagte ich es ihm auch nicht. Wir fuhren zum Gothic House zurück, und am nächsten Tag sagte ich, ich hätte vor, das Haus Ende August zum Verkauf anzubieten.

»Bis dahin bist du mit deiner Übersetzung doch fertig, oder?«

»Ja, ganz bestimmt.« Er wirkte ziemlich bestürzt. »Ich sagte ja, drei Monate, nicht? Es ist so schön hier, das Haus und die Lage und das Dorf – wirst du es denn nicht bereuen, wenn du dich davon trennst?«

»Ich komme so selten her«, sagte ich, »da lohnt sich der Unterhalt eigentlich nicht.«

5

Es war merkwürdig, wie selten diese Leute abends ausgingen. Sie besuchten sich gegenseitig, das weiß ich inzwischen, verließen jedoch kaum einmal nach sechs das Dorf. Als ich mich noch bemühte, das Haus gern zu haben, und einmal zwei Wochen dort verbrachte, kam abends nicht ein einziges Mal ein Auto auf der Straße am See vorbei. Die Autos selbst hätte ich zwar vielleicht nicht gesehen, wohl aber die Lichtstrahlen der Scheinwerfer, die über meine Zimmerdecken schweiften. Sie blieben zu Hause. Sie zogen es vor, sich zu isolieren.

Ich glaube, ich stand damals im Mittelpunkt ihres Interesses. Bestimmt hielten sie in der Gemeindehalle eine Versammlung ab, die eigens zur Diskussion über *mich* einberufen wurde. In eine dieser Versammlungen platzte ich einmal unversehens herein, nachdem ich irrtümlich angenommen hatte, an diesem Abend finde die Sammelaktion zur Krebshilfe für Jugendliche statt. Als ich eintrat, herrschte Grabesstille, sie hatten mein Kommen wohl gehört oder gespürt. Mark Gresham trat auf mich zu, klärte mich über meinen Irrtum auf und begleitete mich so behutsam und ausgesucht höflich hinaus, dass auch der dünnhäutigste Mensch sich nicht hätte beklagen können.

Manchmal winkten mir damals in jenen letzten Tagen die Beobachter an den Fenstern zu. Sie wären nie auf die Idee gekommen, mir zu verheimlichen, dass sie mich beobachteten. Sie winkten oder lächelten oder nickten. Und dann hörte das Lächeln und Winken plötzlich auf, und auf einmal war Schluss mit der Freundlichkeit. Als Ben an jenem Wochenende mitkam und wir die Badenden sahen, waren sie mir noch freundlich gesinnt. Als ich das nächste Mal kam, hatte sich alles verändert, und die feindselige Stimmung war fast mit Händen zu greifen.

Ben verliebte sich in sie.

Vielleicht war er gleich von Anfang an verliebt gewesen, hatte es sich aber nicht eingestehen wollen, und die hartnäckige Behauptung, zwischen ihnen sei alles »rein körperlich«, war nur Selbsttäuschung. Wie auch immer, Mitte Juli war er schließlich verliebt, »Hals über Kopf, bis über die Ohren«, wie er mir sagte, war vollkommen und ganz und gar auf Liebe eingeschworen.

Damals sagte er es mir allerdings nicht. Das kam viel später. Als ich damals von ihm hörte, ging es gar nicht um Susannah. Er schrieb mir, um zu fragen, ob es mein Ernst sei, Gothic House zu verkaufen, und wenn ja, ob ich es ihm wohl verkaufen würde. Seine Exfrau hatte einen Käufer für das ehemals gemeinsame Haus gefunden, und laut Scheidungsurteil sollte die Hälfte des Erlöses an ihn gehen. Vielleicht würde Gothic House seine Mittel dennoch übersteigen, in dem Fall wollte er sich nach einem Cottage im Dorf umsehen. In einem mysteriösen, undurchschaubaren Satz schrieb er, er dächte, »woanders zu leben wäre für alle Beteiligten wohl inakzeptabel«.

Wieso wollte er dort leben? Er war doch Londoner. Er hatte zwar auch im Ausland gelebt, aber immer nur in einer großen Stadt. Die Antwort war, dass er in der kurzen Zeit, die er nun dort war, das Haus und die Umgebung ins Herz geschlossen hatte. Er liebte es. Wie konnte er nach London und zu den schmerzlichen Erinnerungen zurückkehren? Als Übersetzer konnte er überall leben. Das Dorf war ein Ort, an dem er glaubte, glücklich wie nie zuvor sein zu können.

Vielleicht war ich etwas schwer von Begriff, maß dem allen aber keine besondere Bedeutung bei. Ehrlich gesagt, war mir nicht ganz wohl bei der Sache. Einer meiner Grundsätze, nach dem zu handeln bisher allerdings noch nie Bedarf bestanden hatte, lautete: Verkaufe nie ein Haus, ein Auto oder sonst einen großen, wertvollen Gegenstand, oder am besten überhaupt nichts an einen Freund. Wenn Geld die Hände wechselt, zerbricht die Freundschaft, so jedenfalls lautete meine Theorie.

Ich wartete einige Tage ab, bevor ich antwortete. Die Ernsthaftigkeit des Anliegens, der bevorstehende Verkauf oder dessen Verweigerung, bewog mich dazu, ihm zu schreiben statt ihn anzurufen. Telefonisch hätte ich vielleicht mehr erfahren. Schließlich schrieb ich ihm aber, wie er ja bereits wüsste, hätte ich nicht die Absicht, jetzt schon zu verkaufen. Wir sollten doch lieber noch bis Ende August abwarten. Ob er denn nicht noch Zeit bräuchte, bevor er sich festlegte? Wenn er später immer noch im Dorf wohnen und Gothic House haben wollte, könnten wir ja darüber reden.

Auf meinen Brief kam keine Antwort. Später erfuhr ich, dass Ben, verärgert über meine Verzögerungstaktik, am nächsten Tag ein Maklerbüro aufgesucht hatte, um sich nach Cottages zu erkundigen. Ihm war es ziemlich egal, wo er wohnte, was für ein Dach er über dem Kopf hatte, solange er nur mit Susannah dort wohnen konnte.

Als alles vorbei war und wir darüber sprachen, schüttete er mir sein Herz aus und sagte, die Liebe sei ganz unvermittelt über ihn gekommen, mit absoluter Plötzlichkeit. Aus dem zufriedenen Mann mit der wunderschönen jungen Geliebten, deren Körper ihm mehr Genuss schenkte als wohl irgendeine Frau zuvor, wurde ein Verlorener, gleichermaßen von Angst erfüllt und schwärmerisch, besessen, allein und verzweifelt. Und doch kam die Liebe über ihn, als Susannah ihm aus den Augen war, zu Hause in ihrem Elternhaus.

Sie hatten in seinem Bett im Gothic House miteinander geschlafen, hatten dann gegessen und Wein getrunken und waren wieder ins Bett gegangen, um noch einmal miteinander zu schlafen. Und ganz spät, kurz vor Mitternacht, hatte er sie, wie er sich inzwischen angewöhnt hatte, nach Hause gefahren und sie diskret am anderen Ende der Straße abgesetzt. Zwecklos, diese ganze Heimlichtuerei, das hätte ich ihm sagen können. Bestimmt wussten es alle. Sie wüssten es vom ersten Kuss an, der zwischen den beiden ausgetauscht worden war. Doch für ihn war die Liebesaffäre ein Geheimnis, aber sobald er seine Gefühle als das erkannt hatte, was sie wirklich waren, wollte er alles offen legen, wollte es der Welt mitteilen.

Er ging im Haus umher, stellte das Geschirr ins Spülbecken, trank den letzten Rest Wein aus und wurde plötzlich von Sehnsucht nach ihr überwältigt. Ein heftiger Schmerz packte ihn in der Brust und den Schultern. Wie ein Herzanfall, sagte er, oder wie er sich einen Herzanfall vorstellte. Er schlang die Arme um sich, setzte sich und sagte laut vor sich hin: »Ich bin verliebt und weiß, dass ich vorher noch nie verliebt war.«

Der Schmerz strömte aus ihm heraus und ließ ihn müde und entkräftet zurück. Er war erfüllt von etwas, was er »Ekstase, Verzückung« nannte. Er sah sie vor sich, nackt und lächelnd, sah sie so süß, so zärtlich auf ihn zukommen, die Arme um ihn legen und ihn mit ihren Lippen berühren. Der Trennungsschmerz war so schlimm, dass er sagte, er wüsste gar nicht, wie er dort sitzen bleiben konnte, wie er der Versuchung widerstehen konnte, in den Wagen zu springen und zu ihr zurückzurasen, bei ihren Eltern an die Tür zu hämmern, ihre Herausgabe zu verlangen und sie in die Arme zu schließen. Schließlich stand er auch auf, aber nur, um im Zimmer und im ganzen Haus umherzugehen, ihren Namen zu sagen – Susannah – und ins stille Haus hineinzurufen: »Ich liebe dich, ach, ich liebe dich.«

Am nächsten Tag erzählte er es ihr. Sie schien überrascht. »Ich weiß«, sagte sie.

»Du weißt es?« Er sah sie verträumt an, hielt dabei ihre Hände. »Wie klug du bist, mein Liebling, mein Schatz, dass du etwas weißt, was ich nicht wusste. Liebst du *mich* denn? Kannst du mich lieben?«

Sie sagte es in aller Seelenruhe. »Ich habe dich immer geliebt. Von Anfang an. Natürlich liebe ich dich.«

»Tust du das wirklich, meine geliebte Susannah?«

»Dachtest du denn, ich hätte das alles getan, was wir miteinander getan haben, wenn ich dich nicht lieben würde?«

Das stimmte ihn nachdenklich. Er hätte es wissen müssen. Sie war keine Lavinia. Doch eine gewisse Vorsicht, ein letzter Rest an Besonnenheit oder vielleicht bloß sein Alter und die Erinnerung an seine Ehe hielten ihn davon ab, sie auf der Stelle zu fragen, ob sie ihn heiraten würde. Denn das hatte er vom ersten Augenblick an gewollt, als er es erkannt hatte: sie heiraten. Das tut man doch, sagte er zu mir, wenn man so verliebt ist, so unwiderruflich und absolut verliebt, da will man keine Probezeit, nur das Bekenntnis zueinander auf Lebenszeit. Außerdem war sie sehr jung, halb

so alt wie er, sie waren schließlich keine zwei Teenager, die beide mit der Leidenschaft herumexperimen-
tierten. Als Ehrenmann musste er sie heiraten.

»Du hast sie aber nicht gefragt?«, wollte ich wissen.

»Damals nicht. Ich hatte vor, noch eine Woche zu
warten. Sie war so süß in dieser Woche, Louise, so lie-
bevoll, ich kann dir gar nicht sagen, wie sie mich be-
schenkt hat, wie leidenschaftlich sie war. Natürlich
will ich es auch gar nicht sagen, darüber wollte ich
nicht sprechen. Einiges habe ich in meinem Tagebuch
aufgeschrieben. Du kannst es lesen. Was sollte ich jetzt
noch dagegen haben?«

Als sie sich liebten, hatte sie ihm Dinge gezeigt, von
denen er nicht geahnt hatte, dass sie sie wusste. Dinge,
die er selber kaum kannte. Sie war verwegen, ohne alle
Hemmungen. Einmal war er sogar ziemlich geschockt.

»O, ich würde es doch nicht tun«, sagte sie heiter,
»wenn ich dich nicht so sehr lieben würde.«

Das Haus putzte sie immer noch. Seine Bemerkung,
es sei nicht mehr angebracht, er müsse sich jemanden
anders suchen, quittierte sie mit ungläubigem Gelächter. Selbstverständlich würde sie weiter das Haus putzen, hatte es auch regelmäßig und zuverlässig getan.
Nur manchmal ließ sie ihre Arbeit liegen und kam zu
ihm, um ihn zu küssen oder die Arme um seinen Hals
zu schlingen und ihre Wange zärtlich an seine zu legen.

Am Samstag war es gewesen, als sie ihm gesagt hatte, sie liebte ihn so sehr, und am Montagmorgen erwartete er sie wieder. Nein, das wäre zu zahm ausgedrückt. Dreißig Stunden hatte er sie nun nicht mehr
gesehen – er verzehrte sich nach ihr. Während er auf
die vereinbarte Stunde wartete, halb neun, ging er unstet im Haus umher und hielt aus jedem Fenster nach
ihr Ausschau.

Sie kam nicht.

Nach einer halben Stunde voller Höllenqualen, in der er sich alles mögliche Unheil ausmalte – ein Autounfall, ein Wutanfall ihres Vaters –, und gerade beschlossen hatte, bei den Peddars anzurufen, kam Lavinia.

Sie konnte ihm keine Erklärung anbieten außer der Mitteilung, Susannah könne nicht kommen und habe sie als Vertretung geschickt. Susannah sei in aller Frühe bei ihrer, Lavinias, Mutter gewesen und habe gefragt, ob sie nicht an dem Tag in Gothic House Dienst machen könnte. Nur heute?, hatte er wissen wollen, und sie hatte erwidert, so viel sie wüsste, ja. Sie jedenfalls bezweifle, dass sie selbst noch einmal zum Putzen käme. Doch als sie es sagte, warf sie ihm über ihre schmale, weiße Schulter hinweg einen ihrer koketten Blicke zu, als wollte sie ihm zu verstehen geben, zukünftige Besuche wären durchaus möglich und hingen nur von seiner Reaktion ab. Er war empört und wütend. Er versuchte nach Möglichkeit, sie zu ignorieren, legte ihr das Geld unten auf den Küchentisch und flüchtete nach oben in sein Zimmer. Abends würde Susannah kommen, sie hatten vereinbart, dass sie um sieben käme, und dann wäre alles in Ordnung, alles würde sich klären.

Kurz nachdem Lavinia gegangen war, rief der Makler an. Soeben sei ein Cottage auf den Markt gekommen. Es befinde sich im Herzen des Dorfes. Ob er Interesse habe? Wenn ja, würde der Makler sich um drei mit ihm draußen vor dem Cottage treffen und es ihm zeigen. Die Besitzerin sei eine gewisse Mrs. Fowler, eine alte Dame, die inzwischen etwas gebrechlich sei und zu ihrem Sohn und dessen Frau ziehen wolle.

Ben ging zu Fuß ins Dorf. Es war ein schöner Tag.

Ihm war, als schiene die Sonne für ihn heller als für andere, als wäre der See blauer und das Wasser glitzernder, die Blumen im Garten duftender und leuchtender und die Luft süßer – denn er war verliebt. Immer wieder geriet er in »diese Ekstase, diese Verzückung« und wollte dann jedes Mal in die Höhe springen und singen, sich auf den Boden werfen und jenem Wesen oder jener Macht laut zurufen, die ihm die Freuden der Liebe geschenkt hatte, die ihm Susannah geschenkt hatte. Das alles stand in seinem Tagebuch. Ein Satz aus der Bibel kam ihm wieder in den Sinn: Und Schmerz und Seufzen wird entfliehen. Er sagte ihn sich beim Gehen immer wieder vor – keine Pein wird mehr herrschen, und Schmerz und Seufzen wird entfliehen. Er glaubte nicht, dass das Wort im Text »Pein« lautete, konnte sich aber nicht mehr genau erinnern.

Mrs. Fowlers Cottage war klein, hatte oben und unten jeweils zwei Zimmer sowie ein Reetdach. Das miefige, kleine Schlafzimmer mit der niedrigen Decke, dem mit mehreren Teppichschichten bedeckten Fußboden, dem Bett mit Schichten von schmuddeligen, schmutzig weißen Decken, fransenbehangen oder spitzenbesetzt und nun von schlafenden Katzen okkupiert, sah er bereits anders eingerichtet vor sich, wenn er und Susannah es bewohnten. Ein Himmelbett würden sie haben, dachte er und malte sich aus, wie sie, nackt auf der Steppdecke kniend, die Vorhänge aufzog, um sich ihm zu zeigen, und wie sie beide in ihrer Umarmung in diese seidige, schattige, duftende Wärme sänken …

Als er aus dem Fenster sah, blickten ihm Gesichter entgegen, in jedem gegenüberliegenden Fenster eines. Ein Vorhang fiel, ein weiteres Augenpaar tauchte auf.

Mrs. Fowler sagte gelassen: »Hier interessiert sich eben jeder für das, was der andere treibt.«

Sie war eine winzige, aufrechte Frau, auch im hohen Alter noch adrett, mit Adlernase und zweifellos auch Adleraugen, die in einem hellen Türkisblau funkelten.

»Meine Enkelin schafft ja bei Ihnen«, sagte sie.

Aus einem unerfindlichen Grund dachte er, sie meinte Lavinia, doch sie klärte ihn gleich auf.

»Susannah Peddar.«

Ein Anflug von Lächeln saß in ihren Mundwinkeln, als sie den Namen sagte. Sie sah ihn verschwörerisch an. In diesem Moment sehnte er sich danach, sie einzuweihen. Er wurde von dem heftigen Wunsch überwältigt, es ihr zu sagen, mit der Wahrheit herauszurücken. Er wollte sagen, dass er deswegen ein Haus im Dorf bräuchte, ein Heim, in das er seine Braut bringen könne, ein idyllisch gelegenes Fleckchen für Susannah, bei ihren eigenen Leuten, nur einen Katzensprung von ihrer Mutter entfernt. Und wie herrlich es doch sei, was für ein wahrer Glückstreffer, dass er im ganzen Dorf ausgerechnet das Haus kaufen könne, dass Susannah fast als ihr Zuhause betrachtete.

Es gelang ihm zwar, dieses Bedürfnis zu unterdrücken, doch waren mit einem Mal alle Vorsätze verschwunden, Gothic House zu erwerben. Dieses hier war sein Haus, das einzige. Er hätte ihr auch das Doppelte der verlangten Summe geboten, alles, nur um es zu besitzen und Susannah präsentieren zu können. Vermutlich war es sein Glück, dass man ihn vorsichtshalber darauf hingewiesen hatte, er solle sein Angebot nur über das Maklerbüro machen.

»Auf diese Weise wurde mir wenigstens erspart, mich völlig zum Trottel zu machen«, schrieb er in sein Tagebuch.

Der Makler, stellte er fest, war ebenfalls im Dorf zu Hause. Er war ein waschechter Dorfbewohner. Sehr

wahrscheinlich würde Mrs. Fowler sein Angebot an-
nehmen, sagte er. Ein Versuch könnte jedenfalls nicht
schaden.

»Ich will es mir aber nicht entgehen lassen«, sagte
Ben.

Der Makler lächelte. »Keine Angst. Denken Sie darüber nach und melden Sie sich wieder.«

Recht spät fiel Ben nun ein, dass er Susannah zuerst
hätte fragen sollen, ob sie überhaupt in einem Haus
wohnen wollte, dass ihrer Großmutter gehört hatte. Er
würde sie gleich abends fragen. Er würde um ihre Hand
anhalten und zweifelte nicht daran, dass sie einwilli-
gen würde, denn schließlich hatte sie ihm ja gesagt,
dass sie ihn liebte. Danach würde er ihr von dem Cottage erzählen. Sie war, sagte er sich, ein einfaches Mädchen vom Lande. Sie war natürlich eine Göttin, seine
Helena, seine Önone, seine Aphrodite, eine Idealfrau,
eine Königin, die perfekte Geliebte, doch sie war auch
ein Mädchen vom Lande, erst achtzehn, das sicher
nichts von der Vorliebe des modernen Städters für Beziehungen ohne Trauschein und ähnlichem Unsinn
hielt.

Um halb acht war sie immer noch nicht gekommen.
Er war schon halb verrückt vor Sorgen und Angst. In
ihrem Elternhaus wollte er nicht anrufen, das hatte er
noch nie getan, und inzwischen war er überzeugt –
ohne irgendeinen Anhaltspunkt dafür zu haben –, dass
die Peddars ihn ablehnten. Vielleicht war sie krank. Einen Augenblick fand er diesen Gedanken beruhigend.
(So trösten sich Liebende, indem sie Seelenfrieden aus
der Unpässlichkeit der Geliebten schöpfen.) Er hatte
für einen Moment vergessen, dass sie »in aller Frühe«
zu Lavinia gegangen war, was wohl kaum dem Verhalten einer Person entsprach, die zu krank war, um ar-

beiten zu gehen. Er würde anrufen, er musste einfach anrufen.

Ihre Stimme war wie ein Zauber für ihn, weich, süß, mit dem federnden Akzent, den er mittlerweile hübsch und natürlich verführerisch fand. Er hatte sie nie am Telefon sprechen hören, wusste jedoch, wenn er sie hörte, würde er umgehend verstummen, würde sekundenlang kein Wort hervorbringen können, ihr lauschen müssen, sich von ihrer Stimme gefangen nehmen lassen und fühlen, wie sie ihm ins Blut strömte und ihm den Atem raubte. Er wählte die Nummer und wartete, wartete auf *sie*. Für ihn war es das erste Mal, dass er jene Qualen litt, die sich immer dann einstellen, wenn der Apparat am anderen Ende klingelt und klingelt und man sich flehentlich eine Antwort herbeisehnt.

Endlich meldete sich jemand. Es war die Stimme eines jungen Mädchens, weich, süß, mit dem gleichen Akzent, doch ohne die Macht, ihn aufzuwühlen, eine Stimme, bei der er sofort erkannte, dass sie nicht die ihre war. Eine ihrer Schwestern, vermutete er. Ihren Namen sagte sie nicht.

»Sue ist zu Kim rüber.«

Es hörte sich wie eine verschlüsselte Botschaft an, ein Schwall unzusammenhängender Laute. Er musste sie bitte, es zu wiederholen.

»Sue«, sagte sie etwas langsamer, »ist zu Kim rübergegangen, okay?«

»Danke«, sagte er.

Er stellte fest, dass er nichts über ihre Freundinnen wusste, nichts über ihr Leben ohne ihn. Er hatte sie für so jung und anspruchslos gehalten, dass ihr die Gesellschaft ihrer Eltern und Schwestern genügte, hatte geglaubt, sie habe die Abende zu Hause verbracht, bis er sie aus dieser ländlichen Häuslichkeit erlöste. Aber natürlich hatte sie Freundinnen, Mädchen, mit denen sie zur Schule gegangen war, Nachbarstöchter. Nichts davon erklärte allerdings die Tatsache, dass sie nicht gekommen war, und er zerbrach sich den Kopf über die möglichen Gründe. Hatte er unbeabsichtigt etwas gesagt, was sie verletzt hatte?

Konnte es vielleicht sein, dass er sie mit seiner Bemerkung – nachdem sie noch einmal genau darüber nachgedacht hatte – über ihre sexuelle Verwegenheit gekränkt hatte? Sie hatte aber doch geantwortet, diese Dinge würde sie nur mit jemandem tun, den sie liebte, und sie liebte ihn so sehr. Es war fast das Letzte gewesen, was sie zu ihm gesagt hatte, als sie sich am vorigen Freitag hundert Meter vor ihrem Elternhaus entfernt verabschiedet hatte: dass sie ihn so sehr liebte. Er konnte nicht umhin zu glauben – er *wollte* unbedingt glauben –, dass ihre Eltern, nachdem sie von Susannah die Wahrheit erfahren hatten, weil ihr das Herz überging vor Liebe und sie es nicht für sich behalten konnte, nun einen harten Kurs eingeschlagen und sie weggeschickt hatten, damit sie den Abend nicht in Gothic House, sondern bei einer Freundin verbrachte.

Die Nacht ist der Feind des unglücklich Verliebten, denn dann kommen die angstvollen Gedanken und schrecklichen Ahnungen. Es wäre besser gewesen, die Nacht wäre trübe und nass gewesen, doch es war warm, und der gelbe, sich wieder rundende Mond ging auf. Er trat hinaus und ging zum See hinunter, um den Nachtigallen zu lauschen, nicht wissend, dass sie nach den ersten Junitagen aufhören zu singen. Das fast goldene Mondlicht lag als bleicher Schein auf dem Wasser und auf den Seerosen, die sich für die Stunden der Dunkelheit zu Knospen geschlossen hatten. Er hielt es in seinem Tagebuch fest, die Dinge, die er beobachtete, und die Geräusche, die er hörte – den einsamen Schrei aus den Wäldern wie von einem Tier, das vom Fuchs angegriffen wurde, das Rascheln der Seerosenblätter, wenn ein Moorhuhn, das sich zum Schlafen niedergesetzt hatte, sich bewegte und seine Flügel anlegte.

Er dachte an Susannah, die vielleicht wach in ihrem Bett lag und sich ebenso sehr nach ihm sehnte wie er sich nach ihr. Er legte sich auf das trockene Erdreich am Seeufer, das Gesicht nach unten gekehrt, die Arme ausgestreckt, und flüsterte ihren Namen in den Sand: Susannah, Susannah.

Am nächsten Morgen versuchte er zu arbeiten. Immer wieder las er den letzten Abschnitt, den er übersetzt hatte, über Hekabe, die geträumt hatte, sie gebäre einen Fackelbrand, der zu feurig sich windenden Schlangen zerbarst. Der französische Text verschwamm vor seinen Augen wie Kaulquappen, sinnlose schwarze Krakel. Den Rest des Tages verbrachte er mit dem Versuch, Susannah zu erreichen.

Er rief an, und es meldete sich niemand. Er versuchte es wieder, und immer noch antwortete keiner. Dass ihre Stelle im Gothic House nicht ihre einzige war, wusste er. Sie putzte auch noch für andere Leute, hütete bei einer der Lehrerinnen die Kinder, wusch Haare und kehrte aus bei der Friseuse, die ihr Geschäft in zwei Räumen über dem Laden führte. Die Ironie des Ganzen fiel ihm gar nicht auf: dass er in London, in seinem alten Leben nie in Betracht gezogen hätte, eine Frau, die ihren Lebensunterhalt mit so einfachen Tätigkeiten verdiente, überhaupt auf einen Drink einzuladen, geschweige denn die Absicht gehabt hätte, sie zu heiraten.

Er hatte keine Ahnung, wann und wo sie diese Arbeiten verrichtete. Eventuell war sie im Friseursalon, die Nummer konnte er ausfindig machen und es dort versuchen. Anne Whiteson vom Laden gab sie ihm. Sicher bildete er es sich bloß ein, doch er hatte das ungute Gefühl, dass sie etwas wusste, was er nicht wusste, dass sie ihm irgendwie nachgab, auf undurchschaubare Art sein Spiel mitspielte. Dabei interpretierte er eine ganze Menge in die Stimme einer Frau hinein, die sich nach seinem Befinden erkundigte und ihm eine Telefonnummer gab, doch war seine Phantasie, wie er sagte, sehr lebhaft und pulsierte vor Theorien, Ahnungen und Ängsten.

Im Friseursalon war Susannah nicht. Dort rechnete man erst am Mittwochnachmittag mit ihr. Er rief noch einmal in ihrem Elternhaus an und bekam wieder keine Antwort. Er dachte an Telefonapparate, die wild entschlossene Eltern ausgesteckt hatten. An der Übersetzung wurde an diesem Tag nicht mehr gearbeitet, und am späten Nachmittag fuhr er unruhig und sehr besorgt zu ihr nach Hause. Er war zwar absolut nicht darauf erpicht, John Peddar oder Iris gegenüberzutreten, sah aber keine andere Möglichkeit.

Ein kleines Mädchen kam an die Tür. So beschrieb er sie, Julie, die Jüngste, die vierzehn oder fünfzehn gewesen sein musste, in der er jedoch ein Kind sah.

»Die sind alle ans Meer gefahren. Die kommen erst später zurück.«

Es war nicht die gleiche Stimme wie am Telefon. Er war überzeugt, dass sie gelogen hatte, konnte es ihr aber schlecht ins Gesicht sagen. »Warum bist du denn nicht mitgefahren?« Anklagender hätte er es nicht formulieren wollen.

»Ich war doch in der Schule!«

266

Bis dahin war ihm schon aufgefallen, wie selten die Leute das Dorf verließen, außer um zur Arbeit oder zum Einkaufen zu fahren. Die Geschichte vom Meer erschien ihm recht fadenscheinig, er glaubte, alle hätten sich im Haus versteckt und hielten Susannah vielleicht gefangen. An dem Abend setzte er sich in seinem Elend ans Fenster und hielt Ausschau, ob der Kleinbus der Peddars am See entlanggefahren kam, da die Familie auf diesem Weg von der Küste zurückkehren müsste. Doch es kamen nur zwei Autos vorbei, und beides waren Limousinen.

Er träumte von Susannah, nackt und angekettet wie Andromeda auf ihrem vom Drachen bedrohten Felsen, die im Vorwort zu *Der Goldene Apfel* kurz auftauchte. Er hieb die Ketten entzwei, und sie fielen mit einem einzigen Schlag von ihr ab, doch als er sie in die Arme schloss und die glatte, weiche Spannkraft spürte, mit der sich ihre Brüste und Schenkel an ihn pressten, begann das Fleisch zu schmelzen und ihm als duftender, klebriger Strom durch die Finger zu rinnen, wie Creme oder irgendeine Kosmetikmilch. Er wachte von seinem eigenen Schrei auf, stützte den Kopf in die Hände, sah dann, wie spät es war und dass Lavinia bald kommen würde. Oder nicht? Hatte sie nicht gesagt, sie habe nicht vor, am Mittwoch zu kommen? War es möglich, dass *Susannah* schließlich doch noch kam?

Das Mädchen, das sich die Tür aufschloss und in die Küche trat, wo er mit geballten Fäusten und zusammengebissenen Zähnen stand und vor sich hin starrte, war diejenige, deren Stimme er gehört hatte, als sich das einzige Mal jemand auf seinen Anruf gemeldet hatte.

»Sue kommt heute nicht.«

Er herrschte sie grob an: »Wer bist du denn?«

»Carol«, sagte sie. »Ich bin die Mittlere.«

Sie öffnete den Schrank, in dem die Putzsachen aufbewahrt wurden, holte den Staubsauger heraus, begutachtete ein nicht besonders sauberes Staubtuch und schnüffelte daran. Er wollte seinen Augen nicht trauen. Es war, als hätte sich die vereinte Familie darin verschworen, ihn zu kontrollieren, ihn im Auge zu behalten, ihn zu *dirigieren* und von Susannah fern zu halten. Er war ein Mann von siebenunddreißig Jahren, ein Intellektueller, ein hoch angesehener Sprachwissenschaftler, manipuliert von ein paar Bauerntrampeln, deren Vertreterin dieses schnippische, sechzehnjährige Blondchen war. So etwas sagt man sich eben, wenn man furchtbar unglücklich und besorgt ist. Normalerweise hätte Ben Bauern nicht mal erwähnt oder sich selbst als Angehörigen einer Elite bezeichnet. Außerdem war Susannah ja eine von ihnen …

»Ich verlange eine Erklärung«, sagte er.

Sie wollte gerade aus dem Zimmer gehen und lächelte. »Ach ja?«

Er packte sie am Handgelenk. »Du musst es mir sagen. Ich will, dass du es mir sagst – sofort. Was geht hier vor? Wieso kann ich Susannah nicht sehen?«

Sie sah auf seine Hand, die ihr Gelenk umfasste. »Lassen Sie mich los.«

»Also gut«, sagte er. »Dann kannst du dich aber auch hinsetzen, setz dich hier an den Tisch und sag es mir.«

»Deswegen bin ich ja eigentlich auch gekommen, um es Ihnen zu sagen«, sagte sie ganz ruhig. »Ich dachte, ich mach Ihnen hier erst mal alles fertig, und dann sag ich's Ihnen beim Kaffee.«

»Sag es mir jetzt.«

Sie lächelte gelassen. Es war das Lächeln einer Frau,

die viel älter war als sie, ein mittelaltes Lächeln, wie das einer Mutter, die von einem erfreulichen Ereignis spricht, der Hochzeit einer Tochter zum Beispiel. Und doch war sie eine Jugendliche mit glattem Gesicht, rosigen Wangen und vollen Lippen, die wie vom Lippenstift rot, aber unangemalt waren, und deren samtige Haut keine Falte oder Runzel trug.

»Sie können sich mit Sue schon wieder treffen, natürlich. Das ist doch keine Frage. Aber nicht die ganze Zeit. Sie können sie nicht« – sie sprach den Ausdruck aus, als hätte ihn ihr jemand an dem Morgen eingetrichtert – »mit Beschlag belegen. Das geht nicht. Verstehen Sie das denn nicht?«

»Ich verstehe überhaupt nichts«, sagte er. »Ich liebe Susannah, und sie liebt mich.« Nun konnte er es ihr eigentlich auch gleich sagen. Nun musste alles ausgesprochen werden. »Ich will Susannah heiraten.«

Sie zuckte die Achseln. Dann sprach sie das Unbegreifliche aus. »Sue ist mit Kim Gresham verlobt.«

Fast hätte ihm die Stimme versagt. »Was soll denn das heißen?«, sagte er heiser.

»Sue ist seit einem Jahr mit Kim verlobt. Und im Frühjahr heiraten sie.« Sie stand auf. »Es gibt doch noch jede Menge andere Mädchen.«

6

An einem warmen Septemberabend sah ich die Badenden im See vor meinem Haus. Nicht die Frau und die beiden Kinder, die uns begegnet waren, als Ben mich an dem Wochenende damals besucht hatte, sondern eine ganze Gruppe, die von »meinem« Strand aus schwimmen ging. Es war, nachdem ich John Peddar eine Abfuhr erteilt und Sandy entlassen hatte, aber bevor sich die wirklich beunruhigenden Dinge zutrugen.

Es waren lauter Frauen, und alle waren schön anzusehen. Ich glaube, an dem Punkt stellte ich fest, dass es im Dorf keine übermäßig dicken Frauen gab, dass keine unförmig war und ihre Körper selbst beim Älterwerden nicht von der Schwerkraft nach unten gezogen, von Falten zerfurcht oder von Krampfadern entstellt wurden. Diese Dinge haben sehr viel mit den Genen zu tun. Ich hatte reichlich Gelegenheit, das Ergebnis guter Erbmasse zu beobachten, als ich den Frauen von meinem Vorgarten aus im sanften Dämmerlicht zusah.

Eigentlich war es zum Baden nicht warm genug. Streng genommen. Wäre ich näher herangekommen, dann hätte ich wohl die Gänsehaut auf ihren Gliedmaßen gesehen, doch ich kam nicht näher, obwohl sie das offensichtlich gern gehabt hätten. Sie winkten. Jennifer Fowler rief mir zu: »Es ist herrlich hier im Wasser!«

Sie schwammen zwischen den Seerosen hindurch. Diese Seerosen waren wie ein Gemälde von Monet, rote und rosa und weiße Kelche, die zwischen flachen, entengrünen Blättern auf dem bleichen Wasser schwammen. Eine der Frauen pflückte eine rote Seerose und steckte sich den braunen, gewundenen Stängel in den gelben Haarknoten, den sie auf ihrem Kopf festgesteckt hatte. Die Frau des Landwirts aus Lynn war auch dabei, ließ sich neben Jennifer an der stillen, glitzernden Oberfläche treiben und hielt mit der ausgestreckten Hand Jennifers Hand fest.

Habe ich schon erwähnt, dass sie alle nackt waren? Sie schwammen, meistens aber spielten sie am Ufer im seichten Wasser, spritzten sich gegenseitig nass, legten sich wieder hinein und tauchten bis auf die emporgereckten Gesichter und das lange, über das gekräuselte Wasser gebreitete Haar ein. Die Frau des Landwirts, deren Namen ich nie erfahren habe, stand auf und hob in einer erotischen und dabei doch unschuldigen Geste – konnte man sie denn nicht alle mit diesem Ausdruck beschreiben? – ihre vollen Brüste an, jede in einer gewölbten Hand, während Kathy Gresham sie mit Wasser bespritzte.

Die ganze Zeit über schauten sie immer wieder zu mir herüber, lächelten mich an, warfen mir ihr aufmunterndes Lächeln zu. Offenbar sollte ich auch ins Wasser kommen. Ich hatte nichts gegen ihr Treiben, es machte mir nichts aus, der See gehörte niemandem und damit allen, doch diese gewisse Haltung, die sie alle an den Tag legten, unverkennbar, wenn auch schwer festzumachen, die lehnte ich ab. Es war, als lachten sie mich aus. Es war, als wollten sie sagen – und vermutlich sagten sie es auch zueinander –, ich sei dumm, voller Hemmungen, schüchtern, schämte mich vielleicht meines Körpers. Wenn ich mich zu ihnen gesellte, wäre gleich alles anders. Doch ich wollte nicht zu ihnen ins Wasser. Es ist keine Ausrede, wenn ich sage, dass es inzwischen tatsächlich recht kalt geworden war. Ich stand auf und ging ins Haus.

Später sah ich sie alle aus dem Wald kommen, wo sie ihre Kleider gelassen hatten. Vollständig bekleidet, immer noch lachend, tanzten sie am Seeufer entlang langsam heimwärts. Manche hielten sich an den Händen. Mittlerweile war die Dämmerung hereingebrochen, und bald konnte ich sie in der Ferne nur noch als schattenhafte Umrisse ausmachen, die sich – immer noch tanzend und sicher auch immer noch lachend – zusammenfanden und wieder trennten wie bei einer eleganten Pavane.

Falls irgendwelche Badenden gekommen waren, um sich Ben zu zeigen, so erwähnte er sie nicht in seinem Tagebuch. Allerdings ließ er vieles aus. Ich nehme an, er konnte es nicht ertragen, es aufzuschreiben oder sich die Seite danach noch einmal anzusehen. Einiges davon erzählte er mir, doch es muss eine ganze Menge gewesen sein, was er mir nicht erzählte, was ich nie erfahren werde.

Was andere taten, zeichnete er peinlich genau auf. Über seine eigenen Aktivitäten hüllte er sich dagegen einige Tage in Schweigen. Beispielsweise schien es ihm nichts auszumachen, zu Papier zu bringen, dass Carol Peddar sich ihm angeboten hatte. Nachdem sie gesagt hatte, es gäbe doch noch eine Menge andere Mädchen, sah sie ihm in die Augen und meinte lächelnd, sie zum Beispiel. Ob sie ihm denn nicht gefalle? Viele Männer fänden sie nämlich hübscher als ihre Schwester. »Probieren Sie's mit mir«, sagte sie. »Fassen Sie mich mal an.« Dabei griff sie nach seiner Hand.

Er sagte, sie solle gehen, sie solle abhauen und nie wieder herkommen. Er glaubte nämlich immer noch, es sei eine Familienverschwörung im Gange, die versuchte, ihn von Susannah zu trennen, ein Komplott, an dem alle Peddars beteiligt waren und Carol auch.

»Ich glaubte sogar, die Verlobung sei arrangiert worden«, sagte er mir. »Ich dachte, sie hätten sie eingefädelt, vielleicht würden in dem Dorf so die Ehen gestiftet. Ich wusste, dass da etwas Seltsames vorging, und dachte, vielleicht waren bei ihnen solche arrangierten Ehen gang und gäbe. Dass Susannah und dieser Kim Gresham schon als Kleinkinder füreinander bestimmt gewesen wären, so wie in Indien oder bei den Habsburgern. Ich wusste, dass sie mich wollte, ich war mir so sicher, wie ich weiß, dass wir beide jetzt hier sitzen.«

»Du dachtest, du wüsstest es«, wandte ich ein.

»Später, als ich es begriff, versuchte ich mir einzureden, ich hätte sie ja erst ein paar Monate gekannt, es könnte gar nicht echt sein, es wäre bestimmt bloß Sex und eine gewisse Schwärmerei und Vernarrtheit, wie auch immer. Ich sagte mir das, was du mir an dem Wochenende gesagt hast, nämlich dass sie ungebildet und viel zu jung für mich ist.«

»Hab ich das gesagt?«

»Du hast es jedenfalls so gemeint, ob du's nun gesagt hast oder nicht«, erwiderte er. »Das alles sagte ich mir und fragte mich dabei, welche Gemeinsamkeiten wir eigentlich hatten. Würde sie zum Beispiel überhaupt begreifen, was ich beruflich machte? So etwas sollte doch wichtig sein, war es aber nicht. Ich war in sie verliebt. Noch nie hatte ich für jemanden das empfunden, was ich für sie empfand, nicht einmal für Margaret, als wir frisch verheiratet waren. Ich hätte wer weiß was darum gegeben, zehn Jahre meines Lebens hätte ich darum gegeben, wenn sie in dem Moment hereingekommen wäre und gesagt hätte, die Geschichte mit der Verlobung sei Unsinn, die hätte ihre Familie sich ausgedacht, und ich sei derjenige, den sie heiraten würde.«

Zehn Jahre seines Lebens dafür geben zu wollen war unter diesen Umständen das Letzte, was er hätte tun sollen. Doch es verlangte ja keiner von ihm, dass er irgendetwas gäbe. An jenem Abend suchte er die Peddars auf, verlangte Einlass und bekam ihn gewährt. John und Iris waren mit Carol und Julie zu Hause, doch von Susannah keine Spur. Sie sei ausgegangen, sagte Iris. Nein, sie wisse nicht, wohin, sie sei nicht der Ansicht, eine Achtzehnjährige müsse ihren Eltern immer Rechenschaft darüber ablegen, wohin sie gehe.

»Besonders hier im Dorf«, sagte John. »Hier ist es doch sicher. Hier passieren keine schrecklichen Dinge, das hat's hier noch nie gegeben, und das wird es hier auch nie geben.«

Er schien sich, sagte Ben, seiner Sache absolut sicher zu sein. Er habe dabei gelächelt. Ob mir je aufgefallen sei, wie viel sie in diesem Dorf lächelten? Die Männer hatten ständig ein Grinsen im Gesicht, und die Frauen ein strahlendes Lächeln.

»Jetzt, wo du's sagst«, meinte ich, »eigentlich schon.« Bis sich ihr Verhalten mir gegenüber veränderte und das Lächeln ganz aufhörte.

Ben hatte eine unbändige Wut. Er hielt sich – und andere bestätigten ihn darin – sonst eigentlich für einen ruhigen, zurückhaltenden Menschen, doch mittlerweile war er wütend. Woher wusste er, dass sie nicht doch im Haus war, dass sie sie nicht irgendwo versteckt hielten?

»Sie können gern nachschauen«, sagte Iris und dann – unglaublich – kam die betuliche Hausfrau durch: »Oben ist aber nicht richtig aufgeräumt, fürchte ich.«

Er schaute natürlich nicht nach. Sie hätten es nicht zugelassen, wenn sie doch da gewesen wäre. John musterte ihn von oben bis unten, wie um ihn für irgendetwas abzuschätzen oder zu beurteilen. Dann fragte er ihn, wieso er Susannah sprechen wollte. Was *wollte* er von ihr?

Zweifellos hatte Carol ihnen über das morgendliche Gespräch Bericht erstattet, sie wussten also bestimmt Bescheid über ihn und Susannah und dass er sie heiraten wollte. Er sagte es ihnen auf den Kopf zu und wiederholte, was er gesagt hatte.

»Dazu gehören aber immer zwei«, sagte Iris vollkommen gelassen.

»Wir sind zwei«, sagte er. »Sie liebt mich, sie hat es mir oft genug gesagt. Ich weiß nicht, was Sie machen, wie Sie sie bewachen oder unter Druck setzen, aber es wird nichts nützen. Sie ist achtzehn, sie braucht Ihre Einwilligung nicht, sie kann machen, was sie will.«

»Sie hat ja gemacht, was sie wollte, Ben.« Es war das erste Mal, dass jemand aus dem Dorf außer Susannah ihn beim Vornamen nannte. »Sie hat gemacht, was sie wollte, und sich Kim ausgesucht.«

»Das glaube ich nicht«, sagte er. »*Ihnen* glaube ich nicht.«

»Das ist Ihre Sache«, sagte John. »Sie können glauben, was Sie wollen.«

Er sagte es heiter, lächelte dabei. Dann sagte Ben etwas, was ich auch oft gedacht hatte, nämlich dass sie im Dorf so glücklich waren, als hätten sie das Geheimnis des Lebens entdeckt, immer lächelnd, nie zerknirscht, immer ruhig und nachsichtig. Die meisten waren ziemlich arm, viele von ihnen waren arbeitslos, einige wenige etwas besser situiert, doch sie brauchten keine materiellen Dinge, sie waren auch ohne sie glücklich.

»Als wären sie total verliebt«, sagte Ben bitter. »Als wären sie die ganze Zeit total verliebt.«

»Vielleicht«, sagte ich, »waren sie es ja irgendwie auch.«

Nachdem er zu Ben gesagt hatte, er könne glauben, was er wolle, und hinzugefügt hatte, dies stehe ihm völlig frei, wollte John wissen, weshalb ihm denn so viel daran läge, Susannah zu heiraten. Warum konnte es denn nicht beispielsweise Carol sein.

»Ich höre wohl nicht recht«, sagte Ben.

»Ah, dann müssen Sie aber umdenken. Darum geht es doch, verstehen Sie denn nicht? Wenn Sie hier leben wollen, wenn Sie ins Haus meiner Schwiegermutter ziehen wollen.«

»Hier im Dorf gibt es keine Geheimnisse«, sagte Iris, »aber das wissen Sie ja.«

John nickte. »Carol ist auf ihre Art genauso reizend wie Susannah, und sie hat Sie gern. Ich würde das alles nicht sagen, wenn sie Sie nicht gern hätte. Das ist nicht unsere Art. Steh auf, Carol.«

Das Mädchen stand auf. Mit hoch erhobenem Kopf drehte sie sich langsam im Kreis, zeigte sich erst im Profil, dann von vorn. Wie wenn eine Sklavin verkauft wird, dachte er und erinnerte sich an die Badende, die aus dem See gestiegen war. Sie hob die Arme und löste das Band, das ihr Haar zu einem Pferdeschwanz zusammenhielt. Sie hatte dichtes, glänzendes Haar von der Farbe des Weizens, den sie an dem Tag zu ernten begonnen hatten.

»Sie können sich doch mit Carol verloben, wenn Sie möchten«, sagte Iris.

Er stand auf, verließ das Haus und schlug die Tür hinter sich zu.

Dann läutete er am Nachbarhaus Sturm. Er wusste nicht, wer dort wohnte, es war ihm auch ziemlich egal. Die Frau, die ihm aufmachte, erkannte er sofort. Später erfuhr er, dass sie Gillian Atkins hieß, damals wusste er nur, dass sie die Badende war, die er gesehen hatte, als er bei mir gewesen war, und an die er gerade erst gedacht hatte. Es vermittelte ihm, sagte er, das schreckliche Gefühl, unversehens in eine andere Welt geraten zu sein, einen Ort voller Träume und Zauberei oder auch Science Fiction. Oder in die Mythen des französischen Analytikers, wo aus Wolken Göttinnen auftauchten und wo sich Götter in verführerischer Absicht in Schwäne und Stiere und güldene Schauer verwandelten.

Natürlich lächelte sie. Er starrte sie verwirrt an und fragte dann, ob sie wusste, wo Kim Gresham wohnte. Daraufhin musste sie wieder lächeln. Als ob sie es nicht wüsste, als ob das hier nicht jeder wüsste. Sie sagte, er solle zu dem Haus am Rande des Dorfes gehen.

Als er hinkam, war das Haus verschlossen. Er merkte gleich, dass niemand zu Hause war. Es war ein hübsches Haus, wie ein Cottage auf einem altmodischen Kalender oder einer Pralinenschachtel, mit einem Reetdach, das bis über die halbrunden Gaubenfensterchen reichte, und einem Fasan aus Stroh auf dem First. Rosen kletterten über die Fachwerkmauern, und gleich daneben verströmte eine weiß blühende Kletterpflanze einen üppigen, schweren Duft. Ihm wurde übel.

Es war ein warmer Abend mit einem lila und rosa Himmel. Wie in dichten Bienenschwärmen flogen die Vögel gemeinsam heimwärts. Als er zu der Stelle zurückkam, an der er sein Auto abgestellt hatte, kam er an dem Cottage vorbei, das er kaufen wollte, das er zu der Zeit immer noch kaufen wollte. Die alte Mrs. Fowler saß neben einem alten Mann auf der Holzbank im Vorgarten in der frischen Luft. Sie hielten sich an den Händen und winkten ihm lächelnd zu. Er sagte, trotz seiner inneren Aufgewühltheit sei er sich ihrer Gegenwart sehr intensiv bewusst gewesen, und fügte hinzu, er habe noch nie ein so friedliches Bild gesehen.

Er wusste, wo Susannah am nächsten Tag sein würde. Mittwochnachmittags arbeitete sie immer im Friseursalon. Er rechnete damit, dass Lavinia am Morgen kam – sicher nicht Carol, nach allem, was passiert war –, stattdessen kam jedoch eine Fremde, die von Sandy bis direkt an die Haustür gebracht wurde.

»Wir wollten Sie nicht hängen lassen«, sagte Sandy, »stimmt's, Teresa? Das ist Teresa, sie kommt als Vertretung für Susannah.«

»Teresa – und weiter?«, fragte er.

»Gresham«, sagte die Frau. »Teresa Gresham. Mit dem Neffen von meinem Mann ist Susannah doch verlobt.«

Sie war ungefähr fünfunddreißig, kleiner und rundlicher als die Mädchen, mit braunerer Haut und hellbraunem Haar, einem ausnehmend hübschen Gesicht und Augen im leuchtenden Dunkelblau von Rittersporn. Das Sommerkleid, das sie trug, betrachtete er als altmodisches Kleidungsstück, das hatte er gelernt. Es war rosarot mit weißen Blumen. Ihre Beine waren nackt, und an den kräftigen braunen Füßen trug sie weiße Sandalen.

»Die haben ja wirklich alles versucht«, sagte ich, als er es mir erzählte.

»Anscheinend ja. Sie hat aber nicht herumgeflirtet wie Lavinia oder plumpe Annäherungsversuche gemacht wie Carol. Man könnte vielleicht sagen, sie war – *mütterlich*. Sie redete beruhigend auf mich ein, war munter und tröstlich – oder glaubte zumindest, dass sie mich tröstete. Inzwischen wusste natürlich das ganze Dorf Bescheid über Susannah und mich und hatte erfahren, was geschehen war. Teresa machte mir Kaffee und brachte ihn herauf. Ich arbeitete immer noch oben, versteckte mich immer noch vor Sandys Gegrinse und Gehampel. Als sie den Kaffee hereinbrachte, meinte sie, ich solle mich nicht grämen, dafür sei das Leben doch viel zu kurz. Lächelte dabei natürlich die ganze Zeit, das brauche ich wohl nicht extra zu erwähnen. Sie sagte nicht, es gäbe ja noch eine Menge andere Mädchen im Dorf, sondern – junge Mädchen gäbe es ja schließlich auch noch anderswo auf der Welt.«

Um eins klopfte Sandy an die Hintertür, um sie in seinem Kleinlaster nach Hause zu fahren. Ben hatte schon geahnt, dass zwischen den beiden etwas war, er konnte ihre Nähe und zärtliche Zuneigung spüren, aber dann teilte ihm Sandy mit, dass er in zehn Tagen heiraten und Ben gern dazu einladen würde. Mittags um zwölf in der Dorfkirche. Er sagte zwar nicht, wen er heiratete, doch Teresa konnte es nicht sein, denn sie hatte von einem Ehemann gesprochen, und Marion Kirkman war ebenfalls verheiratet. Inzwischen glaubte er schon, die Dorfbewohner wären zu allem fähig, bei Bigamie hörte es aber wohl auf.

Er sagte, er wisse noch gar nicht, ob er zusagen könne, weil er nicht wisse, wo er Samstag in einer Woche sei, er müsse erst mal sehen.

»Ach, Sie werden schon kommen«, sagte Sandy leichthin. »Das kommt schon in Ordnung, Sie werden sehen. Bis dahin ist wieder alles in Butter.«

Um in den Friseursalon zu gelangen, musste man durch den Laden, erst durch den Laden und dann die Treppe hoch. Anne Whiteson hinter ihrem Ladentisch hielt ihn zu lange auf, erkundigte sich freundlich lächelnd nach seinem Befinden, nach der Arbeit, nach seiner Meinung über das anhaltend heiße Wetter. Er hörte Susannahs Stimme, während er die steile Treppe hochging, und so sehr er sich danach sehnte, sie zu sehen, blieb er erst noch einen Augenblick stehen, um den Genuss und den Schmerz auszukosten, wobei er nicht wusste, welches von beiden überwog – diese weichen, süßen Töne, der ländlich-breite Akzent, die sonnige Wärme, die alles durchdrang, was sie sagte. Nicht dass das, was sie sagte, sonderlich hörenswert gewesen wäre, das war selbst ihm klar, und doch klang es für ihn wie Poesie. Es ging um irgendein Shampoo und ob eine Dauerwelle dadurch wirklich länger hielt, versetzte ihn jedoch so in Verzückung, dass er gleichzeitig zitterte und von Ehrfurcht ergriffen war.

Die Tür stand offen, doch als er hinkam, fingen zwei Haartrockner gleichzeitig an zu laufen. Er trat ein. Alle Frauen hatten ihm den Rücken zugewandt: Angela Burns, die Friseuse, und ihre Assistentin Debbie Kirkman – die Namen erfuhr er später –, zwei ältere Frauen, deren graues Haar auf rosa Plastikwickler aufgerollt war, und Gillian Atkins, deren lange, blonde Locken Susannah höchstselbst in diesem Augenblick von einem ganzen Satz Wickler befreite. Allmählich begann er in Gillian Atkins schon eine Art bösen Geist zu sehen, der ihn unablässig verfolgte und in entscheidenden Augenblicken seines Lebens auf den Plan trat. Venus oder Hekate.

Trotz der offen stehenden Fenster war es drinnen sehr heiß, und als Susannah sich umdrehte, waren ihre Wangen hochrot, und ihr Haar rollte sich zu kleinen Löckchen um ihr Gesicht wie bei einem Mädchenbild von Botticelli. Noch nie war sie ihm so schön vorgekommen. Vor allen anderen kam sie auf ihn zu, legte ihm die Arme um den Hals und küsste ihn. Über ihre Schulter hinweg konnte er sehen, wie alle Köpfe sich hergedreht hatten und sie von fünf Augenpaaren beobachtet wurden. Er war nicht in der Lage, vor ihnen zu sprechen, aber sie konnte es. »Ist schon gut«, sagte sie. »Es wird schon wieder werden. Hab Vertrauen zu mir. Morgen Abend komm ich zu dir.«

Irgendjemand lachte. Die fünf Frauen fingen an zu klatschen. Sie klatschten wie bei einem Theaterstück oder einer Vorführung, die eigens für sie gezeigt wurde.

Furchtbar verlegen murmelte er irgendetwas und lief die Treppe hinunter und durch den Laden ins Freie. Doch sie hatte ihn wieder aufgebaut, nun ging es ihm schon besser, sie hatte Ja gesagt, er solle Vertrauen zu ihr haben. Er sah bereits alles vor sich: die arrangierte Ehe, die festgesetzte Verlobung, zwei Elternpaare und einen Haufen Geschwister, die diese Ehe alle unbedingt wollten, alle außer der zukünftigen Braut, die unbedingt *ihn* wollte.

An dem Abend ging ihm die Arbeit gut von der Hand. In dem französischen Text war vom Opfer zur Besänftigung der Götter die Rede, von Agamemnons Tötung der Iphigenie und der Selbstopferung der Polyxena auf Achilles' Grabaltar – einem Thema, das eine ähnlich elegante, etwas getragene Übersetzung erforderte. Er arbeitete oben in dem Zimmer mit Aussicht auf den Wald, nicht auf den See, und als er bei Polyxenas Begräbnis anlangte, kam ein Wind auf wie der, der sich kurz vor der Einschiffung der Griechen von Rhöteion erhoben hatte. Die Bäume im Wald bogen sich und zitterten heftig im unsteten Wind, der blies und heulte und nach einer halben Stunde wieder erstarb.

Sobald er so weit war, dass sich seine Griechen nach Thrakien eingeschifft hatten, ließ er die Übersetzung liegen und wandte sich stattdessen seinem Tagebuch zu, dem Tagebuch, das fast eine Woche lang unberührt geblieben war. Er schrieb über Susannah und dass sie ihn beunruhigt hatte und auch über den dunklen Wald und die seltsamen Geräusche, die er hören konnte, während er in der hereinbrechenden Dunkelheit dort saß. »Wie das Kläffen eines Hundewelpen«, schrieb er, ohne sich bewusst zu sein, dass das, was er gehört hatte, der Schrei des Steinkauzes bei der Jagd gewesen sein musste.

In dieser Nacht schlief er tief und fest und ging am nächsten Tag um die Mittagszeit, einem spontanen Entschluss folgend, zu Fuß ins Pub hinunter. Habe ich eigentlich erwähnt, dass es ein Pub gab? Ich glaube nicht, jedenfalls gab es eines, und geführt wurde es von Jean und David Stamford. Es hätte einen zum Dorf passenden Namen tragen sollen, Amors Pfeil vielleicht oder die Betende Jungfrau, sagte Ben, doch stattdessen hieß es *Red Lion*, der Rote Löwe. Wie fast alle Häuser an der Dorfstraße und rings um den Dorfanger war es ein hübscher Fachwerkbau mit blühenden Kletterpflanzen, vor dem Tröge mit Blumen standen. Ben ging zum Mittagessen auf ein Bier und ein Sandwich hinein, aus dem einfachen Grund, weil er glücklich war.

Man konnte Fremde immer von den Dorfbewohnern unterscheiden. Sie sahen anders aus. Ziemlich brutal behauptete Ben, Fremde seien entweder fett oder dunkelhaarig oder hässlich oder alles zusammen. Im Schankraum saßen mehrere solche Paare. Er hatte ihre Autos draußen stehen sehen. Sie waren auf der Durchfahrt, mehr wurde nicht gestattet, sagte er, obwohl es im Red Lion eigentlich auch Zimmer gab und Besucher schon ein paar Nächte oder gar eine Woche geblieben waren.

Der Landwirt aus Lynn saß allein an der Theke. Wie die Dorfbewohner zu ihm standen und im Übrigen seit langem zu ihm gestanden hatten, ließ sich daran erkennen, dass keiner je seinen Namen aussprach oder ihn damit anredete, weshalb ich bis heute nicht weiß, wie er eigentlich hieß. Bekümmert und einsam saß er da, während die übrigen Gäste sich amüsierten und Ben überschwänglich begrüßten. Der Alte, den er Hand in Hand mit Mrs. Fowler gesehen hatte, klopfte ihm sogar freundschaftlich auf den Rücken. Bestimmt war der Landwirt aus Trotz hergekommen, weil er sich weigerte, klein beizugeben. Er trank sein Bier, und nachdem er noch fünf Minuten sitzen geblieben war und auf die Flaschen hinter dem Tresen gestarrt hatte, stand er von seinem Hocker auf und ging.

Zu Bens Erstaunen lachten und klatschten alle. Die Szene glich der vorherigen im Friseursalon. Als der Beifall verebbte, verkündete Jean Stamford der versammelten Gesellschaft, ein Vögelchen hätte ihr zugezwitschert, dass das alte Pfarrhaus verkauft sei. Allen schien bekannt zu sein, dass es sich bei dem Vögelchen um den ortsansässigen Makler handelte, ihren Schwiegersohn. Als Mrs. Fowlers Freund wissen wollte, wie viel der Landwirt denn dafür gekriegt hätte, nannte Jean Stamford eine so hohe Summe, dass die Gäste nur stumm die Köpfe schütteln konnten.

»Wer hat es denn gekauft?«, fragte Ben.

Seine Zwischenfrage schien ihnen zu gefallen, denn es erhob sich beifälliges Raunen. Es war offensichtlich die richtige Frage zur rechten Zeit. Doch keiner wusste, wer das alte Pfarrhaus gekauft hatte, nur dass es niemand aus dem Dorf war.

»So ein Pech«, sagte der Alte.

»Pech für die«, sagte David Stamford rätselhaft, »wenn sie nicht reinpassen.«

Ben ging zu Fuß nach Hause. Das ganze Gerede über Häuser sowie sein bevorstehendes Treffen mit Susannah bewog ihn, den Makler anzurufen und ein Angebot für Mrs. Fowlers Haus zu machen. Der Makler versicherte ihm, es würde angenommen, daran bestünde kein Zweifel.

Die Mischung aus Bier, Fußmarsch und Sonnenschein ließ ihn sofort einschlafen. Erst nach fünf wachte er wieder auf und machte sich gleich daran, Wein

kalt zu stellen und für Susannah und sich eine Mahlzeit vorzubereiten: Avocados, Hühnchensalat und Eis-
creme. Das alles schrieb er am nächsten Morgen in sein
Tagebuch, während sie noch schlief. Es war das erste
Mal, dass sie eine ganze Nacht bei ihm geblieben war.

Aus seinem Schlafzimmerfenster hielt er nach ihr
Ausschau. Sie hatte keine genaue Zeit genannt, und er
wartete eine Stunde auf sie, wurde fast wahnsinnig
und konnte überhaupt nicht stillhalten. Endlich kam
sie. Sie fuhr den Kleinbus ihres Vaters. Der Anblick erfüllte ihn mit Freude, mit höchstem Entzücken. Alle
Spannung, alle Ängste der vergangenen Stunde waren
vergessen. Wenn sie im Wagen ihres Vaters kommen
konnte, musste das heißen, dass ihre Eltern wundersa-
merweise ihr Einverständnis gegeben und es sich anders überlegt hatten und er als legitimer Liebhaber willkommen war.

Unter ihrer dünnen, fast durchsichtigen Seidenhose
und einem locker sitzenden, lila Seidenoberteil trug sie
nichts. Er war sich der Schönheit ihres jungen Körpers
noch nie so bewusst gewesen, ihrer langen Beine und
des leicht gerundeten Bäuchleins, in dem als flaches
Grübchen der Nabel saß. Ihr offenes Haar bedeckte
ihre Brüste, als hätte sie es vor Scham darüber gebreitet. Sie hob ihm ihre warmen, roten Lippen entgegen,
und ihre Zunge fuhr flink über seinen Gaumen.

»Susannah, ich liebe dich so. Sag mir, dass du mich
liebst.«

»Ich liebe dich, liebster Ben.«

Er war vollkommen getröstet. Dies waren die Worte,
die er am nächsten Morgen niederschrieb. Sie trank
den Wein mit ihm, sie aß. Ganz aufgeregt erzählte sie
von Sandy Clements' Hochzeit mit Rosalind Wantage,
von dem Geschenk, das ihre Eltern gekauft hatten, und

dem Kleid, das sie zur Trauung tragen würde. Ben müsse unbedingt mitkommen, sie würden zusammen hingehen. Das würde er doch machen, nicht wahr? Ben lachte. Er wäre mit ihr bis ans Ende der Welt gegangen, nicht nur in die Dorfkirche.

Sein Lachen erstarb, und er fragte sie nach Kim Gresham. Sie sollte ihm sagen, dass daran nichts war, oder zumindest, dass es vorbei wäre. Eine verflossene Liebe konnte er ertragen, eine Liebe aus der Vergangenheit.

Ernst sagte sie: »Lass uns doch nicht von anderen Leuten reden«, und als wiederholte sie eine Regel: »Das tun wir hier nämlich nicht. Das wirst du auch bald lernen, liebster Ben.«

In jener Nacht liebten sie sich viele Male. Ben schrieb, so eine Nacht habe es in seinem ganzen Leben noch nie gegeben. Er wüsste gar nicht, dass es so sein könnte, er habe von solchen Dingen gelesen und geglaubt, sie existierten nur in der Phantasie des Autors. Und das Seltsame daran war auch, dass sie sich den Handlungen, die er zuvor so verwegen, ja schockierend gefunden hatte, nicht hingaben, und wenn doch, so *prägten* sie sich ihm jedenfalls *nicht ein*, denn etwas anderes war geschehen. Es war, als hätten sie sich mitten in dieser körperlichen Verzückung irgendwie von ihrem physischen Selbst gelöst, Sex wurde zu Geist und alles Sexuelle wurde transzendiert. Sie wurden sich selbst enthoben, um zu Engeln oder Göttern zu werden, und alles, was sie taten, nahm den Charakter von Gnadenakten oder heiligen Ritualen an, blieb gleichzeitig aber ein ununterbrochener Strom des Genusses.

Das schrieb er morgens in sein Tagebuch. Er hätte sich nicht dazu überwinden können, es mir in Worten zu schildern.

Sie schlief, den Kopf auf seinem Kissen, ihr Haar

ausgebreitet, »strahlenförmig«, drückte er es aus, »wie die Sonne in all ihrer Pracht«. Er betrachtete die Schlafende und erinnerte sich wieder daran, dass sie gesagt hatte, er solle ihr vertrauen. Er konnte sich seine Furcht, seine entsetzliche Angst daher nicht erklären. Wovor fürchtete er sich?

Um halb neun kam Teresa Gresham, um das Haus zu putzen, und um neun wachte Susannah auf.

7

Um ihren wissenden Blicken auszuweichen, ging er Teresa aus dem Weg, machte für Susannah Kaffee und richtete ein Tablett mit Orangensaft, Toast und Obst her. Doch als er es zu ihr hinaufbrachte, saß sie bereits angezogen auf der Bettkante und kämmte sich die Haare. Sie lächelte ihn an und streckte die Arme nach ihm aus. Sie umarmten und küssten sich, und er fragte sie, wann sie heiraten könnten.

Sie musterte ihn erstaunt. »Du hast doch noch gar nicht um mich angehalten.«

»Ach nein?«, sagte er. »Ich hab fast allen anderen gesagt, dass ich das möchte.«

»Jedenfalls, liebster Ben ...« So nannte sie ihn immer, »lieber Ben« oder »liebster Ben«, was bei ihrem ländlichen Akzent merkwürdig und gleichzeitig ganz reizend klang. Was sie zu sagen hatte, war jedoch nicht reizend. »Jedenfalls kann ich nicht, liebster Ben, weil ich Kim heiraten werde.«

Er konnte nicht fassen, was er da eben gehört hatte, er traute buchstäblich seinen Ohren nicht. Sie musste ihn gefragt haben, ob er glaubte, dass sie Kim heiraten würde.

Er fragte, was sie da eben gesagt hatte, und sie wiederholte es. Sie sagte: »Du weißt doch, dass ich mit Kim verlobt bin. Carol sagte, sie hätte es dir gesagt.«

»Das ist doch wohl ein Witz, oder?«

Sie nahm seine Hand, küsste sie und hielt sie zwischen ihre Brüste. »Es ist nett, dass du mich heiraten willst. Heiraten ist etwas sehr Wichtiges, man tut es nur einmal, also finde ich es schön, dass du mit mir gern für immer und ewig zusammen sein willst. Aber so werde ich mit Kim zusammen sein. Im gleichen Haus wohnen, das Bett miteinander teilen und zusammen Kinder großziehen. Das lässt sich nicht ändern, liebster Ben. Ich kann mich mit dir aber trotzdem treffen, so wie gestern Nacht. Niemand hat etwas dagegen. Hast du gedacht, sie hätten was dagegen?«

Sie war seine Liebste, seine angebetete Susannah, aber sie war auch völlig verrückt. Oder ein Kind, das keine Ahnung vom Leben hatte. Doch er wusste, dass es das nicht traf. Sie war vielleicht achtzehn, aber ihre Augen waren es nicht, die waren so alt wie die ihrer Großmutter, so wissend und auf ihre Art so weltklug.

Er nahm seine Hand weg. Sie gehörte nicht dorthin. Sie nahm ihre Kaffeetasse und wiederholte, was sie gesagt hatte. Sie war geduldig mit ihm, verstand aber nicht, was daran so schwer zu begreifen war. Ihr schien es glasklar. »Also, ich kann das nicht so gut«, sagte sie. »Frag Teresa.«

Die Letzte, die er in dem Moment sehen wollte, war Teresa Gresham, doch Susannah ging zur Tür und rief sie, und Teresa kam herauf.

Sie wirkte nicht im Geringsten verlegen, war nicht einmal überrascht. »Wir tun hier alle das, was uns gefällt«, sagte sie. »Heiraten tun wir natürlich nur einmal, das ist fürs Leben. Aber miteinander schlafen, das ist was anderes. Die Männer gehen, mit wem sie wollen, und die Frauen genauso. In dreißig Jahren hat es im Dorf nur eine Scheidung gegeben«, sagte sie. »Und davor hat sich ja überhaupt niemand scheiden lassen. Auch nicht außerhalb von hier – also in der Welt draußen.«

Es lief ihm kalt über den Rücken, als er sie über das Dorf reden hörte, als wäre es der Himmel oder ein utopischer Planet. »In der Welt draußen«, zwei Meilen von hier …

»Ich konnte es nicht fassen«, sagte er zu mir. »Kein menschliches Wesen könnte das aushalten, nicht als Lebenseinstellung. In einer Kommune mag es ja gehen, einige Zeit, aber bei allen und in jedem Alter, eine ganze Dorfgemeinschaft in *England*? Ich fragte sie, wie es mit der Eifersucht sei. Teresa, meine ich. Ich fragte sie. Sie sagte, früher hätten sie gesagt, Eifersucht läge ihnen eben nicht im Blut, aber heutzutage meinte sie, dass ihnen das Gen für Eifersucht fehlte. Schließlich seien sie alle mehr oder weniger der gleiche Menschenschlag, stammten von der gleichen Erbmasse ab.« An mich gewandt fragte er: »Wusstest du das denn alles?«

»Ich? Nein, das wusste ich nicht.«

»Nicht das grüngeäugte Scheusal der Eifersucht«, sagte er, »sondern die blauäugige Fee. Du wusstest es also nicht, als du an dem Wochenende herkamst?«

»Ich wusste, dass da etwas war. Ich dachte, es läge daran, dass ich eine Frau bin, dass es einem Mann nicht passieren könnte.«

»Wir saßen dort im Schlafzimmer, Susannah und Teresa und ich, und Teresa klärte mich über alles auf. Sie kannte es, ihr Leben lang, bei ihnen gehörte es zum Leben dazu, und soweit sie wussten, war es schon immer so gewesen, seit Hunderten von Jahren womöglich. Wenn neue Leute im Dorf leben wollten, klärte man ab, ob sie akzeptabel waren oder nicht, ob sie die richtige äußere Erscheinung hatten, ob sie *mitmachen würden*.«

»Du meinst, ob sie an diesem gemeinsamen sexuellen Treiben teilnehmen würden?«

»Sie haben sie getestet. John Peddar bestand den Test. Wenn einer nicht bestand, haben sie ihn sich – vom Hals geschafft. Wie sie sich den Mann aus Lynn vom Hals schafften. Er wollte nicht, sagte Teresa, aber seine Frau schon, und natürlich wollte der Arme sie nicht lassen.«

»Und ich wollte nicht«, sagte ich, »und du auch nicht.«

»Sie waren sich im Klaren darüber, dass manchmal neue Gene eingeführt werden müssen, obwohl bei den Kindern bisher keine Defekte auftraten. Und was die Vaterschaft betrifft, so war es oft gar nicht der Mann der Mutter, aber der hatte dafür anderswo Kinder, daher hat es niemanden gestört. Wenn die Kinder eines Mannes nicht seine eigenen waren, dann waren es höchstwahrscheinlich die seines Bruders oder Cousins.«

»Und was ist mit unbeabsichtigtem Inzest zwischen Bruder und Schwester?«

»Vielleicht scheren sie sich nicht darum«, sagte er und fügte dann hinzu: »Ich habe dir ja jetzt alles so erzählt, als hätte ich es geglaubt, als es mir damals gesagt wurde. Aber ich habe es nicht geglaubt. Ich dachte, Susannah wäre von ihren Eltern bearbeitet worden und Teresa hätte man hinzugezogen, weil sie redegewandt war, eine geeignete Sprecherin. Es war mir einfach unbegreiflich, nachdem – na ja, nachdem Susannah so mit mir zusammen gewesen war und mir alle diese Dinge gesagt hatte. Teresa war ja nicht dabei gewesen,

Gott sei Dank – was wusste sie denn? Ich dachte, die Peddars hätten Susannah vorgeschrieben, was sie zu sagen hatte, und sich zusammen mit Teresa dieses Märchen ausgeheckt, damit ich mich zurückzog.«

»Es stimmte aber, oder?«

»Selbst die Götter des Olymp waren eifersüchtig«, sagte er. »Hera verfolgte die Geliebten des Zeus. Persephone war eifersüchtig besorgt um den König der Unterwelt.« Dann antwortete er auf meine Frage. »O ja, es stimmte.«

Nachdem Susannah gegangen und Teresa ihr gefolgt war – denn zu Teresa hatte er gesagt, sie solle verschwinden und nie wieder herkommen –, schob er statt den Peddars ihr und Kim Gresham die Schuld zu. Schließlich war sie Kim Greshams Tante, oder nicht? (Oder Cousine oder Cousine zweiten Grades oder gar Schwester.) Kim Gresham bestand darauf, dass Susannah sich an die Verlobung mit ihm hielt, obwohl sie doch ihn, Ben, liebte. Im Lichte dessen, was er gerade gehört hatte, war dies zwar keine logische Schlussfolgerung, doch war er bereits jenseits von aller Logik.

Er nahm sich vor, zu den Greshams zu gehen und Kim zur Rede zu stellen, ins Dorf zu fahren und herauszufinden, wo er arbeitete. Doch als er das Haus abschloss und den Wagen herausfuhr, geschah etwas Seltsames. Es war wieder ein schöner Tag, sonnig und warm, der blaue Himmel mit winzigen Wölkchen wie mit Daunenfedern gesprenkelt. Ein Schwanenpaar war auf dem See aufgetaucht, um im ruhigen, glasigen Wasser zwischen den Seerosen zu schwimmen. Der Wald stand in üppigem, samtigem Grün, und für einen Augenblick blieb er stehen und betrachtete versonnen, wie sich das Grün im Blau widerspiegelte.

Er ertappte sich bei dem Gedanken, dass wenn – wie

er es ausdrückte – »man bei Null anfangen könnte«, wenn er nicht in Susannah verliebt wäre, das Leben, wie Teresa es ihm dargestellt hatte, ja so idyllisch sein könnte: schrankenlose Liebe und Genuss ohne Eifersucht oder gegenseitige Vorwürfe, ohne Angst oder Risiko, freie Liebe in jeder Beziehung, etwas, worauf man sich den ganzen Tag freuen und an das man sich jeden Morgen erinnern konnte. Liebe, derer man nie müde wurde, denn wenn es doch so kam, konnte man sie ohne Schmerz und Schaden austauschen. Eine endlose Reihe von Liebesaffären an diesem schönen Ort, wo alle freundlich und warmherzig waren und sich gegenseitig mochten, wo die Leute beim Anblick von Küssenden applaudierten. Er dachte an seine Frau, die er hasste, weil sie ihm untreu gewesen war. Hier hätte er ihr seinen Segen gegeben, und sie wären immer noch zusammen.

Wenn er geglaubt hätte, was Teresa sagte. Er glaubte es aber nicht. Es herrschte nicht immer eitel Sonnenschein. Bei seiner genetischen Zusammensetzung war die Eifersucht nicht ausgelassen worden, und bei Susannahs, dessen war er sich sicher, auch nicht. Der Gedanke, sie könnte mit Kim Gresham geschlafen haben, war ihm vorher noch gar nicht gekommen, doch als es ihm nun einfiel, wurde das Grün des Waldes rot, der Himmel flammte in grellgelbem Licht auf, Leidenschaft regte sich machtvoll in seinem Inneren, und er vergaß Idylle und Segen und schrankenlose Liebe.

Er fuhr ins Dorf, stellte den Wagen ab und ging in den Laden, die Quelle für seinen gesamten Nachschub an Lebensmitteln und Informationen. Anne Whiteson war weniger freundlich als sonst, was ihn auf den Gedanken brachte, dass Teresa die Geschichte von ihrem Rauswurf aus Gothic House womöglich bereits herumerzählt hatte. Weniger freundlich war sie zwar, aber das war auch alles, und sie sagte ihm bereitwillig, wo Kim Gresham zu finden war: zu Hause bei seinen Eltern in ihrem Haus am Rande des Dorfes. Seine Stellung als Automechaniker in einer Werkstatt vier Meilen von hier habe er verloren und müsse, bis er eine neue fände, von der Stütze leben.

Zu Bens Zorn auf Kim gesellte sich nun Verachtung. Diese Peddars waren tatsächlich gewillt, ihre Tochter einen arbeitslosen Mann heiraten zu lassen, der nicht für ihren Unterhalt sorgen konnte. Diesen Mann zogen sie also ihm vor. Er fuhr zu den Greshams, zu diesem hübschen, etwas außerhalb des Dorfes gelegenen Haus mit der von Rosen umrahmten Haustür. Kathy machte auf und ließ ihn herein, und im Wohnzimmer fand er Kim, alle Viere von sich gestreckt, vor dem Fernseher sitzend. Das verschlimmerte in seinen Augen das Vergehen noch.

Als Ben hereinkam, stand Kim auf und streckte ihm arglos lächelnd – wie sie bloß immer alle lächelten und lächelten! – die Hand hin. Er war ein großer, gut gebauter junger Mann, sehr jung, vielleicht zwanzig, mehrere Zentimeter größer als Ben und vermutlich zehn Kilo schwerer. Ben ignorierte die Hand. Ihm fiel plötzlich ein, dass es zu nichts führte, im Haus von Kims Eltern einen Streit anzuzetteln, gegen die er eigentlich gar nichts hatte, und so sagte er Kim, er solle herauskommen.

Obwohl er offensichtlich keine Ahnung hatte, worum es hier ging, folgte Kim ihm hinaus in den Vorgarten. Vermutlich nahm er an, Ben wollte ihm etwas zeigen, vielleicht stimmte etwas nicht mit seinem Wagen. Kim war schließlich Automechaniker. Draußen zwischen den Blumen auf dem Rasen, in dessen

Mitte sich ein Vogelbad befand, sagte Ben ihm, er sei in Susannah verliebt und sie in ihn, für Kim sei in diesem Verhältnis kein Platz, er sei ersetzt worden, seine Zeit mit Susannah sei vorbei. Ob er ihn verstanden habe?

Kim sagte, er habe keine Ahnung, wovon Ben redete. »Ich werd Susannah heiraten«, sagte er völlig emotionslos, im gleichen Tonfall, in dem er sagen würde, er ginge kegeln oder ins Pub. »Die Hochzeit ist auf September angesetzt. Auf den zweiten Samstag im September. Sie können kommen, wenn Sie wollen. Ich weiß, Sie mögen sie, das hat sie gesagt, und für mich ist das okay. Sie hat mir alles darüber erzählt, wir haben keine Geheimnisse voreinander.«

Ben schlug zu. Er sagte, es sei das erste Mal im Leben gewesen, dass er jemanden geschlagen habe, und der Schlag sei ihm nicht besonders gut gelungen. Er hatte ausgeholt und Kim am Hals unterhalb des Kieferknochens getroffen, mit der anderen Faust dann noch einmal zugeschlagen, diesmal auf den Kopf, beide Male aber ohne viel auszurichten. Anders als die Widersacher im Film taumelte Kim nicht zurück oder fiel zu Boden. Er packte Ben am Hals, wandte den Armschlüssel an, den die Polizei bei Verhaftungen nicht anwenden soll, und stieß ihn vor sich her, den Weg entlang und durch das Gartentor, wo Ben zusammenbrach und sich schwerfällig hinsetzte. Ben erzählte mir das alles ganz offen und ehrlich. Er sagte, er habe sich tief gedemütigt gefühlt.

Kim Gresham, der wahrscheinlich viel fernsah, riet Ben, keine »Mätzchen« mehr zu machen, sonst »sähe er sich gezwungen, ihm wehzutun«. Dann fragte er ihn, ob alles in Ordnung sei, und als Ben nicht antwortete, ging er wieder ins Haus und machte leise die Haustür hinter sich zu.

Weil das Haus der Greshams ringsum von Feldern umgeben für sich stand – die Greshams, hatte mir jemand gesagt, wohnten schon immer gern ein wenig außerhalb vom Dorf –, gab es keine Zeugen. Ben stand auf, rieb sich den Hals und dachte, wenn er Glück hatte, würde niemand von seiner schmählichen Niederlage erfahren. Seine Unkenntnis über das Dorf und dessen Gepflogenheiten war immer noch beträchtlich. Er glaubte immer noch, er könnte außerhalb seiner vier Wände Dinge tun, von denen nie jemand erfahren würde.

Er ging zurück ins Dorf, wo er geparkt hatte. Während seiner Abwesenheit hatte sich jemand um seinen Wagen gekümmert und mit einer glänzenden, roten Substanz, vermutlich Nagellack, *Verschwinde!* an die Windschutzscheibe geschrieben. Selbst damals hatte er bereits begriffen, dass sie damit nicht meinten, er solle wegfahren und nicht hier parken. Die Dorfstraße war menschenleer. Das war sie zwar oft, doch wenn überhaupt Leute unterwegs waren, dann zu dieser Zeit, um elf Uhr morgens. Keine Menschenseele ließ sich blicken. Selbst die Vorgärten waren leer, und an diesem schönen Augusttag waren sämtliche Haustüren und Fenster geschlossen. Augen beobachteten ihn. Niemand tat so, als würden ihn diese Augen nicht beobachten.

Nach der Rückkehr ins Gothic House putzte er die Buchstaben mit Nagellackentferner ab, den er im Badezimmerschränkchen fand. Die Vorfälle hatten ihn zwar erschüttert, doch er zwang sich, stark zu sein, und rief bei den Peddars an. Eine Frau meldete sich, Iris, vermutete er, denn Susannah oder ihren Schwestern gehörte die Stimme nicht.

Er sagte: »Hier spricht Ben Powell.«

Ohne ein weiteres Wort legte sie den Hörer auf. Nachmittags rief er im Friseursalon an. Bevor es mit den schrecklichen Dingen angefangen hatte, am Abend davor, als er und Susannah so glücklich gewesen waren, hatte sie ihm gesagt, sie arbeite freitagnachmittags ebenfalls im Friseursalon. Um zwei rief er an. Angela Burns hob ab, und als er sagte, wer er war, legte sie gleich wieder auf.

Das brachte ihn doch aus der Fassung, denn es schien der Beweis, dass Kim Gresham oder seine Mutter erzählt hatten, was geschehen war. Teresa hatte geplaudert. Dass sie es den Peddars erzählt hatte, war verständlich, doch war die Nachricht sogar bis in den Friseursalon gedrungen. Nach seiner morgendlichen Niederlage hatte er nun das Gefühl, Tapferkeit zeigen zu müssen. Wenn er überhaupt etwas erreichen wollte, wenn er diese Leute bezwingen und Susannah für sich gewinnen wollte, musste er jetzt Mut beweisen. Er fuhr wieder ins Dorf, parkte diesmal jedoch direkt vor dem Laden.

Als Anne Whiteson ihn sah, sagte sie ihm unverhohlen ins Gesicht, dass sie ihn nicht bedienen würde. Dann ging sie ins Hinterzimmer und machte die Tür hinter sich zu. Ben trat an die Treppe, doch bevor er noch ein paar Stufen hochgegangen war, tauchte Susannah am oberen Treppenabsatz auf. Sie kam ihm auf halber Treppe entgegen und blieb zwei Stufen über ihm stehen. Er streckte die Hand nach ihr aus. Sie schüttelte den Kopf und sagte ganz leise, damit es niemand sonst hören konnte: »Es ist aus, Ben.«

»Was soll das heißen?«, sagte er. »Was willst du damit sagen? Wegen dem, was diese Leute sagen oder tun? Der Rest der Welt ist nicht so, Susannah. Das weißt du nicht, aber ich, ich hab's gesehen, glaub mir.«

»Es ist aus«, sagte sie, mittlerweile flüsternd. »Ich dachte, es hätte nicht so kommen müssen, ich dachte, es könnte so weitergehen, weil ich dich liebe, aber wir müssen Schluss machen, wegen dem, was du getan hast, Ben, und wegen dem, was du *bist*.«

»Was bin ich denn?«

»Du bist nicht wie mein Vater, so wie er sind nicht viele. Du bist wie der Mann, der im Pfarrhaus wohnt, du bist wie die Dame, der Gothic House gehört. Ich hab's nicht geglaubt, aber so bist du.«

»Das ist doch alles Unsinn.« Flüstern würde er nicht, egal, was sie dann machte. »Das ist Quatsch, das tut doch nichts zur Sache. Jetzt hör mir mal zu, Susannah, ich will, dass wir beide von hier weggehen. Geh mit mir weg von hier.« Er vergaß das Cottage ihrer Großmutter. »Ich hab eine Wohnung in London, da können wir heute Abend hin, gleich *jetzt* können wir hin.«

»Du musst gehen, Ben. Ich geh nirgends hin. Hier lebe ich, und ich werde immer hier leben, weißt du. Die Leute, die hier leben, wollen nie weg.« Sie reichte von ihrer Stufe zu ihm herunter und berührte ihn am Arm. Die Berührung war elektrisierend, er spürte, wie der Schock ihm am Arm entlanglief und seinen Körper rüttelte. »Aber du musst gehen«, sagte sie.

»Ich gehe natürlich nicht«, rief er laut. »Ich werde hier bleiben und dich von diesen Leuten wegholen.«

Er meinte es ernst. Er dachte, er könnte es. Er rannte wieder zu seinem Wagen und fuhr zum Gothic House zurück, wo er einen Brief an Susannahs Eltern verfasste und einen weiteren – für alle Fälle – an Susannahs Großmutter. Vielleicht sah er in ihr so etwas wie die Dorfälteste. Gerade als er »Liebe Mrs. Fowler ...« schrieb, klingelte, wie es der Zufall so wollte, das Telefon. Der Makler rief an, um ihm mitzuteilen, Susannahs Großmutter habe für ihr Haus ein besseres Angebot als seines bekommen.

»Wie viel denn?«, sagte er. »Ich biete das Gleiche.« Leichtsinn – der gleichermaßen von Furcht wie von Glückseligkeit hervorgerufen werden kann – riss ihn zu dem Ausspruch hin: »Ich überbiete es.«

»Mrs. Fowler hat das Angebot bereits angenommen.«

Er zerriss den Brief, den er gerade angefangen hatte. Der andere an die Peddars blieb auf dem Schreibtisch liegen. Er hatte aber vor, ihn abzuschicken. Er hatte vor zu kämpfen. Diesmal weigerte er sich, sich geschlagen zu geben. Er verdrängte die sehnsüchtigen Gedanken an sie, die Begierde, die unweigerlich aufkam, wenn er an sie dachte. Er würde um sie kämpfen, es würde ihm schon etwas einfallen. Was scherte ihn der Verlust des Cottages? Sie konnten in diesem Dorf sowieso nicht leben.

Er weigerte sich, sie in das einzuschließen, was er als eine einzige große Kommune betrachtete, wo Gattentausch an der Tagesordnung war und Ehemänner nicht wussten, welches ihre eigenen Sprösslinge waren. Für einen Augenblick, für einen ganz kurzen Augenblick hatte er ein Ideal darin gesehen, das alle Männer – und Frauen vielleicht auch – anstrebten. Doch war es ein Augenblick des Wahnsinns gewesen. Diese Leute hatten einen allgemeinen Wunschtraum wahr werden lassen, doch würde er sich nicht hineinziehen lassen und Susannah auch nicht. Und das Dorf wollte er erst dann verlassen, wenn er sie mitnehmen konnte.

8

Sie entledigten sich meiner. Ich konnte mir keinen Grund für meine Vertreibung denken – nein, das stimmt nicht, einige Vermutungen hatte ich, es waren nur nicht die richtigen. Aber erklären konnte ich es mir schon irgendwie. Ich war sozusagen eine »Fremde«, weit weg geboren und aufgewachsen, und hatte einen Großteil meines Lebens anderswo verbracht. Ich hatte Sandy gefeuert. Als ich mich fragte, ob es auch etwas damit zu tun hatte, dass ich John Peddar schnöde abgewiesen hatte, kam ich der Wahrheit ziemlich nahe, hielt es aber für zu weit hergeholt. Zwar wusste ich, dass ich irgendwie Anstoß erregt hatte, konnte mir aber nicht vorstellen, etwas so Verwerfliches getan zu haben, dass ich die Behandlung verdiente, die mir zuteil wurde.

Am Tag nachdem sich mir die Badenden so einladend gezeigt hatten – übrigens der letzte Annäherungsversuch ihrerseits –, ging ich zur Kirche. Oder ich *versuchte*, zur Kirche zu gehen. Es war Johannistag, die Kirche war dem heiligen Johannes geweiht, und ich hatte bemerkt, dass an jenem Tag immer ein Sondergottesdienst stattfand, ob er nun auf einen Wochentag oder Sonntag fiel. Sie hatten einen wunderbaren Organisten, einen gewissen Burns, der aus dem einige Meilen entfernten Nachbardorf kam, vermutlich aber ein Cousin dieser Angela, der Friseuse, war. Der Pfarrer aus der anderen Gemeinde hielt eine gute Predigt, und bei den Kirchenliedern sangen alle kräftig mit.

Einer vom Kirchenrat oder Gemeindevorstand, was er war, weiß ich nicht, jedenfalls ein Stamford, so viel wusste ich, trat mir im Kirchenvorraum entgegen. Er wartete schon auf mich. Sie wussten, ich würde kommen, und hatten ihn abgeordnet, dort auf mich zu warten.

»Heute Morgen ist hier Privatgottesdienst«, sagte er.

»Was soll das heißen, privat?«

»Ich bin nicht verpflichtet, es Ihnen zu erklären«, erwiderte er und stellte sich mit dem Rücken gegen die schwere alte Tür, um mir den Weg zu versperren.

Ich konnte nicht viel machen. Ich konnte gar nichts machen. Ich konnte mich ja schlecht auf ein Handgemenge mit ihm einlassen. Also ging ich zu meinem Wagen zurück und fuhr nach Hause, empört und gedemütigt. Angst hatte ich damals nicht, noch nicht, bis dahin noch nicht.

Eine Woche später kam ich wieder. Ich kam am Freitagabend, wie so oft, wenn ich es ermöglichen konnte. Ich hatte natürlich viel darüber nachgedacht, was genau geschehen war, als ich die Kirche zu betreten versuchte, doch je mehr ich es mir durch den Kopf gehen ließ, desto weniger sah ich in dem Zwischenfall einen Grund zur Wut und Empörung. Vielleicht hatte ich meine Frage aggressiv gestellt, und Stamford, der ebenfalls zur Streitlust neigte, hatte mit den gleichen Waffen zurückgeschlagen. Vielleicht hatte er einen schlechten Tag gehabt, war bereits verärgert gewesen. Ich kam zu dem Schluss, dass es Unsinn war zu glauben, »sie« hätten ihn geschickt, dass dies schon an Verfolgungswahn grenzte. Er war rein zufällig dort, war vermutlich auch selbst gerade erst angekommen.

All diese x-mal aufbereiteten und überprüften Gedanken gingen mir auch an jenem Freitag durch den Kopf, als ich in der Abenddämmerung das Dorf erreichte. Sie wussten, dass ich kommen würde, wussten auch ungefähr, zu welcher Uhrzeit ich käme, und außerdem musste ich zwei Minuten vor Einfahrt ins eigentliche Dorf am Haus der Greshams vorbei. Sie benutzten das Telefon und ihre dorfeigene Buschtrommel.

Es war wie auf Bildern, die man von Straßen kennt, durch die gleich königliche Hoheiten oder berühmte Persönlichkeiten kommen sollen. Alle standen draußen vor ihren Häusern. Sie standen in ihren Vorgärten, falls sie welche hatten, oder auf der Straße draußen, wenn sie keine hatten. Doch wer darauf wartet, eine Berühmtheit willkommen zu heißen, fängt an zu lächeln und zu winken, ja sogar zu jubeln. Diese Leute, die Kirkmans und Burns', die Stamfords und Wantages, die Clements' und Atkins' und Fowlers, standen alle da, manche mit ihren Kindern auf dem Arm, große, hellhaarige, gut aussehende Leute, standen da und glotzten.

Beim Näherkommen sah ich, dass sie den Blick alle in meine Richtung gewandt hatten, und hatte beim Vorüberfahren keinen Zweifel daran, dass mir ihre Blicke folgten, denn im Rückspiegel konnte ich sehen, wie sie mir nachstarrten. An der ganzen Dorfstraße standen sie vor ihren Häusern und warteten auf mich. Keiner lächelte. Keiner rührte sich – bis auf die Augen, die mir folgten. Vor dem letzten Haus standen drei alte Leute, eine Frau zwischen zwei Männern, die sich alle an den Händen hielten. Ich weiß nicht, weshalb dieses Händchenhalten mich besonders entnervte. Vielleicht weil sich dadurch diese totale Solidarität mitteilte. Heute denke ich, es symbolisierte das, was ich zurückgewiesen hatte – die diffuse, nicht klar abgegrenzte Liebe.

Etwas weiter vorn fuhr ich langsamer und sah im Rückspiegel, wie die drei sich umdrehten und ins Haus zurückgingen. Ich fuhr zum Gothic House und merkte beim Aussteigen, dass ich zitterte. Sie hatten gar nicht viel getan und mir doch Angst eingejagt. Weil ich wenig zu essen im Haus hatte, wollte ich am nächsten Morgen eigentlich im Dorf einkaufen gehen, verwarf diese Idee aber nun und beschloss, über die Straße, die nicht durchs Dorf führte, in die vier Meilen entfernte Stadt zu fahren.

Seither frage ich mich, ob sie auf jeden Neuankömmling im Dorf so zugingen oder eine Art Auswahlsystem anwandten. Würden sie beispielsweise jemanden als Ehepartner tolerieren, so wie im Fall des Landwirts aus Lynn? Wären ältere, pensionierte Leute willkommen? Ich nahm es nicht an, da die Hauptmotivation ja die Aufnahme neuer Gene in ihre Erbmasse war und Alte sich nicht mehr fortpflanzten.

Ich hätte mich daher wohl geschmeichelt fühlen sollen, denn immerhin ging ich auch schon auf die vierzig zu. Ob sie hofften, ich würde mich dort niederlassen, dort *leben*, einen für mich ausgesuchten Mann *heiraten*? Ich werde es nie erfahren. Ich werde nie erfahren, weshalb sie Ben wollten, obwohl ich mir denken kann, dass es vielleicht an seinem Intellekt lag. Er hatte einen scharfen Verstand, und vielleicht dachten sie, Intelligenz würde sich weitervererben. Vielleicht hatte jemand, der diese Dinge entschied – alle zusammen? Wie ein Parlament? –, im Dorf einen sinkenden Intelligenzquotienten konstatiert.

Er versuchte ebenfalls, in die Kirche zu gehen. Es war der Tag vor Sandys Hochzeit, und Susannah hatte ja gesagt, sie würden zusammen hingehen. Aus ihrer Einladung war in seiner Vorstellung ein festes Versprechen geworden, und er glaubte immer noch, sie würde sich daran halten. Lange hielt er an seiner Überzeugung fest, sie würde zu ihm kommen und bei ihm bleiben, nachdem sie ihm so oft gesagt hatte, dass sie ihn liebte.

Anders als ich, hatte er damals keine Angst vor dem Dorf. Er ging beherzt hin und klopfte bei den Peddars an die Tür. Carol machte auf. Als sie sah, wer es war, versuchte sie, die Tür wieder zuzumachen, doch er hatte den Fuß dazwischengeschoben. Er drängte sich an ihr vorbei ins Haus, und sie kam ihm hinterher, während er die Tür aufstieß und ins Wohnzimmer stürzte. Dort war niemand. Bis auf Carol waren alle Peddars bereits zur Kirche gegangen. Er glaubte ihr nicht und lief nach oben, rannte durch sämtliche Zimmer.

»Wo ist Susannah?«

»Weg«, sagte sie. »In die Kirche. Sie kriegen sie nie, geben Sie's auf. Warum gehen Sie nicht einfach?«

Er dachte, damit hätte sie gemeint, aus dem Haus. In dem Moment kam ihm die erweiterte Bedeutung des Wortes nicht in den Sinn. Als er ankam, traf Sandy soeben an der Kirche ein. Im Cut und Zylinder sah er vollkommen anders aus als der Handwerker und Fensterputzer, den Ben kannte. Sein Trauzeuge war einer der Kirkmans, ähnlich gekleidet, rotgesichtig, sehr blond und verlegen. Ben stand am Kirchentor und ließ ihnen den Vortritt. Als er ebenfalls versuchte hineinzugehen, wurde ihm von zwei großen Männern der Weg versperrt, die aus dem Kirchenvorraum traten und direkt auf ihn zuhielten. Ben erkannte sie nicht, seiner Beschreibung nach musste es sich aber um George Whiteson und Roger Atkins gehandelt haben. Sie traten direkt auf ihn zu, und er wich nicht von der Stelle.

Einen Augenblick lang. Es ist schwer, nicht zu weichen, wenn sich jemand auf einen stürzt, doch Ben gab sein Bestes. Er schritt auf sie zu, es kam zum Stillstand, während er sich durch die hohe Mauer zu kämpfen versuchte, die sie mit ihren Körpern bildeten, und dann stießen sie ihn mit den Handflächen weg. Sie waren fest entschlossen, nicht direkt über ihn herzufallen, dessen war er sich sicher. Ihm war es jedoch gleichgültig, ob er über sie herfiel oder nicht. Er sagte, er habe sie mit Fäusten traktiert, und dann hätten sich andere Männer eingeschaltet, John Peddar, der aus der Kirche kam, Philip Wantage, der gerade mit seiner Tochter, der Braut, angekommen war. Sie hielten Ben die Arme auf dem Rücken fest, hoben ihn über die Mauer und ließen ihn auf der anderen Seite ins Gras fallen.

Nach dieser unwürdigen Behandlung setzte er sich auf und konnte gerade noch sehen, wie Rosalind Wantage im weißen Spitzenkleid mit wehendem Schleier den Weg entlangkam, einen Schwarm rosa gekleideter Kirkman-Atkins-Clements-Mädchen im Schlepptau. Er versuchte, ihnen zu folgen, wurde am Vorraum jedoch wieder aufgehalten. Ein anderer großer, kräftiger Wächter streckte ihn mit einem heftigen Stoß zu Boden und verzog sich in die Kirche. Ben sprang zur Tür und hörte gerade noch, wie innen ein schwerer Riegel vorgeschoben wurde.

Je mehr sie unternahmen, desto überzeugter war er davon, dass es wohl wegen Susannah, aber ohne ihre Einwilligung geschah. Es war eine Verschwörung, die sie von ihm fern halten sollte. Er setzte sich vor dem Kirchentor ins Gras und wartete das Ende der Trauung ab. Es war ein schöner, sonniger Tag, und die Kirchenfenster, die geöffnet werden konnten, standen alle offen. Kirchenlieder tönten laut aus den Kehlen fast der

gesamten Dorfgemeinde und wurden zu ihm hinausge-
tragen: »Ach, du Liebe meiner Liebe« und »Es tönt' die
Stimme über Eden«.

Um den Segen holder Kinder,
Um die Lieb' und süße Treu,
Um den hochheimlichen Bund,
Den auf Erden nichts entzweit.

Niemand sollte den Bund entzweien, den er mit Susannah geschlossen hatte, und als er dort draußen im
Sonnenschein saß, musste er wohl an die Nacht denken, die sie zusammen verbracht hatten, an Transzen-
denz, an Geist gewordenen Sex, wie er in sein Tagebuch geschrieben hatte. Damals kam ihm nicht in den
Sinn, was er später erkennen würde, nämlich dass das,
was das Dorf besaß, was diese Dorfleute besaßen, ein
hochheimlicher Bund war.

Dann kamen sie nacheinander aus der Kirche, Braut
und Bräutigam zuerst, Brautjungfern und Eltern. Susannah kam mit ihren Eltern und Carol. Als er sie sah,
sagte er, sah er sonst niemanden mehr. Alle anderen
wurden zu Schatten, wurden allmählich unsichtbar,
als sie auftauchte. Sie kam den Weg herunter, ging
durchs Tor. Was die anderen taten, sagte er, wusste er
nicht, ob sie ihr nachstarrten oder sich anschickten,
ihr zu folgen. Er hatte keine Augen für die anderen.

Susannah trug ein blassblaues Kleid. Wenn sie sich
vor den Himmel gestellt hätte, sagte er, wäre es in dessen Blau verschwunden, es wirkte wie eine dünne,
spärliche Himmelshülle. Mit langen, blassen Fingern
schob sie ihr Haar zurück. Er wollte ihr zu Füßen fallen, ihren schönen, weißen Füßen, und ihr huldigen.

»Du musst weggehen, Ben«, sagte sie zu ihm. »Das

hab ich dir schon gesagt, aber du hast mich nicht gehört.«

»Die haben dich unter Druck gesetzt«, sagte er. »Hör nicht auf sie. Wieso hörst du auf sie? Du bist alt genug, selbst zu entscheiden. Verstehst du nicht, dass du woanders ein schönes Leben haben kannst? Dir steht doch alles offen.«

»Ich will nicht, dass wir dir wehtun müssen, Ben.« Sie sagte nicht »die«, sie sagte »wir«. Sie sprach von »wir«. »Das müssen wir aber nicht, wenn du gehst. Du hast einen Tag, du brauchst nicht vor Montag zu gehen, aber am Montag musst du gehen.«

»Du und ich gehen am Montag.« Dass sie vorhin von »wir« gesprochen hatte, hatte ihn erschüttert. »Du kommst mit, Susannah«, sagte er, doch hatten seine Zweifel schon begonnen.

»Nein, Ben, du wirst gehen. Du wirst gehen müssen.« Als hinge es nicht damit zusammen, obwohl es ja damit zusammenhing, sogar eine logische Folge daraus war, fügte sie hinzu: »Sandy kauft das Cottage, Großmutters Cottage, und er und Roz wollen drin wohnen.«

Über den Wald habe ich noch nicht viel gesagt.

Der Wald umgab den See hufeisenförmig, mit einer Öffnung auf der Seite, wo die Straße vom Ufer abbog und auf das Dorf zuführte. Jenseits des Hufeisens erstreckte er sich meilenweit, manchmal dicht und nur von Reitwegen durchschnitten, manchmal in spärlichem Wuchs mit vielen von Heidekraut bewachsenen Lichtungen. Er stand unter Naturschutz und war teilweise Wildreservat, der Lebensraum von Steinkauz und Buntspecht. Wenn ich ihn nicht oft erwähnt habe, wenn ich es vermieden habe, auf ihn hinzuweisen, dann wegen des Erlebnisses, das ich tief in seiner Mitte hatte, wegen der Begebenheit, die mich aus dem Dorf vertrieb und mich den Entschluss fassen ließ, Gothic House zu verkaufen.

Damals fing der Ort bereits an, seinen Reiz für mich zu verlieren. Nach der freitagnächtlichen Fahrt durch das Dorf, bei der ich mich den schweigend starrenden Einwohnern gegenübergesehen hatte, mied ich ihn einen ganzen Monat. Das Haus und seine Lage gefielen mir aber immer noch, ich liebte den See und die Waldspaziergänge, die Nachtigallen im Frühling und den Ruf der Eule im Winter, den weiten Himmel, die Schwäne und die Seerosen. Nicht gewillt, mich der stummen Feindseligkeit erneut auszusetzen, fuhr ich sehr spät hin. Eine halbe Stunde vor Mitternacht durchquerte ich das Dorf.

Niemand war unterwegs, aber alle Lichter waren an. Sie hatten die Lichter in allen Zimmern auf der Vorderseite ihrer Häuser eingeschaltet, oben und unten. Das ganze Dorf war hell erleuchtet. Und doch zeigte sich an keinem dieser hellen Fenster auch nur ein einziges Gesicht. Es war, als hätten sie ihre Lichter angemacht und wären verschwunden, irgendwohin gegangen, vielleicht vom Wald verschluckt worden. Ich fand diese Lichter beängstigender als das feindselige Starren damals und fasste auf der Stelle den Entschluss, nicht mehr durchs Dorf zu fahren, denn als ich langsamer wurde und mich dann umdrehte, um noch einen Blick darauf zu werfen, wurden die Lichter nacheinander ausgeschaltet und alles versank in Finsternis. Es war gar niemand weggegangen, sie waren da und hatten ihr Werk vollbracht.

Ich würde nicht mehr durchs Dorf fahren, wenigstens so lange nicht, bis sie sich wieder gefangen hatten, bis sie mich wieder akzeptierten. Daran glaubte ich damals wirklich noch. Aber nicht mehr durchzufahren hieß ja nicht, dass ich zu Hause bleiben musste. Schließlich hat ein Wochenendhaus auf dem Lande wenig Sinn, wenn man es nicht ab und zu auch verlässt.

Samstagnachmittags hatte ich die Angewohnheit, einen Waldspaziergang zu machen. Wenn ich einen Gast hatte, bat ich ihn, mich zu begleiten, wenn ich allein war, ging ich allein. Sie wussten, dass ich an dem Wochenende allein war. Wenn ich sie hinter ihren Lichtern auch nicht gesehen hatte, so hatten sie doch mich gesehen, allein am Steuer eines ansonsten leeren Wagens.

Um drei Uhr nachmittags machte ich mich auf den Weg in den Wald. Es war im Mai, ein Jahr vor Bens Aufenthalt dort, kein besonders schöner Tag, aber annehmbar. Für eine halbe Stunde war sogar die Sonne herausgekommen und hatte sich dann wieder hinter weiße, bauschige Wolken zurückgezogen. Es wehte ein leichter Wind, vorab nicht mehr als eine kleine Brise. Zehn Minuten später sah ich den Ersten von ihnen. Ich spazierte auf dem breiten Fußweg, der über mehrere Meilen hin ins Herz des Waldes führte. Ich erkannte in ihm George Whiteson, doch ob er mich erkannte – er tat es natürlich, ich war ja der Grund, weswegen er dort war –, ließ er sich nicht anmerken. Diesmal glotzte er nicht, sondern sah auf den Erdboden zu seinen Füßen.

Knapp hundert Meter weiter saßen drei von ihnen auf einem Baumstamm, lauter Kirkmans oder zwei Kirkmans und ein Atkins, ich weiß es nicht mehr, und es ist auch nicht wichtig, doch ich sah sie, und sie taten so, als sähen sie mich nicht, und gleich darauf kamen noch mehr, ein Mann und eine Frau in inniger Umarmung auf dem Erdboden – für mich zur Schau gestellt, nehme ich an –, zwei Kinder im Geäst eines Baumes und ein Grüppchen Frauen, die Badenden von damals, die nun Händchen haltend im Kreis standen.

Die Sonne schien auf eine Lichtung, und es war schön dort drinnen, all die winzigen Wildblumen auf dem dichten Waldboden standen in Blüte, Holzapfelbäume blühten, und das Sonnenlicht blitzte immer wieder auf, wenn der Wind Wolken darübertrieb und es wieder freigab. Es war aber auch schrecklich: Diese Leute, offenbar das ganze Dorf, warteten dort auf mich, ließen sich aber nicht anmerken, dass sie mich gesehen hatten. Sie waren überall, ganz in der Nähe oder im tiefen Wald, dicht am Fußweg oder kaum auszumachen am fernen Ende eines grünen Reitwegs, die Burns' und Whitesons, die Atkins' und Fowlers und Stamfords, Männer und Frauen, Junge und Alte. Während ich voranschritt, merkte ich, dass sie mir folgten. Sobald ich vorbeiging, setzten sie sich hinter mir schweigend in Bewegung, sodass ich beim Umdrehen – es dauerte geraume Zeit, bis ich mich umdrehte – diesen Strom von Leuten hinter mir gewahrte, die leise auf dem sandigen Weg, auf dem trockenen Laub vom Vorjahr vorantappten.

Ich kam mir vor wie der Rattenfänger von Hameln. Doch die Kinder, die ich anführte, waren nicht verzaubert, in Bann geschlagen, liefen mir nicht in ein Paradies hinterher, sondern folgten meinen Schritten in stummer Drohung, trieben mich vor sich her. Zu welchem Zweck? Welche Konfrontation stand mir in den Tiefen des Waldes bevor?

Ich hatte schreckliche Angst. Es ist nicht übertrieben, wenn ich sage, dass ich um mein Leben fürchtete.

Der ganze Stamm war auf einmal wahnsinnig geworden, war spontaner seelischer Abnormität anheim gefallen, empfand plötzlich einen furchtbaren, paranoiden Hass gegen mich. In einem finsteren, grünen Hain würden sie mich umzingeln und mich ermorden. In ihrem hochheimlichen Bund. In aller Stille.

Aber irgendwie glaubte ich es doch nicht ganz. Ich hätte mich auf den Boden kauern, den Kopf bedecken und sie wimmernd anflehen können, mich doch gehen zu lassen, mich in Frieden zu lassen, tat es aber nicht. Durch irgendeine innere Kraftanstrengung gelang es mir, weiß Gott wie, mich umzudrehen, die Fäuste zu ballen, einen Fuß vor den anderen zu setzen und den Weg zurückzugehen, den ich gekommen war.

Dadurch sah ich mich plötzlich Auge in Auge mit der Vorhut, mit John Peddar und einer seiner Töchter, möglicherweise Susannah höchstpersönlich. Sie machten mir den Weg frei. Es geschah anmutig, einer nach dem anderen zog sich zurück, mit einer leichten Verbeugung, als vollführten wir einen komplizierten rituellen Tanz, als machten sie der Haupttänzerin Platz, die nun mit genau vorgeschriebenen Schritten den Gang zwischen ihnen passieren musste. Nur dass ich bei diesem Menuett keinen Partner hatte, ich war ganz allein.

Niemand sagte etwas. Ich sagte nichts, obwohl ich wollte, ich wollte sie aus der Reserve locken, fragen warum, doch ich konnte nicht. Vermutlich weil ich wusste, dass ich keine Antwort bekommen würde oder mir die Stimme wegbliebe, wenn ich zu sprechen versuchte. Die Sprachlosigkeit war mit das Schlimmste, das und die verschlossenen Gesichter und die stummen Bewegungen. Und das Geräusch des aufkommenden Windes.

Sie folgten mir den ganzen Weg zurück. Während ich im Wald war, konnte man den Wind hören, aber nicht richtig fühlen. Er traf auf mich, als ich am Seeufer herauskam, und hielt mich sogar einen Augenblick zurück, als stieße er mich mit seinen Händen. Die Seeoberfläche war bewegt, und die Äste an den Bäumen wurden herumgezerrt und gezogen und gepeitscht. Am Ufer ließen mich die Leute, die mir folgten, gehen und wandten sich ab, wohl zweihundert an der Zahl, mindestens zweihundert.

Während sie bisher vollkommen still gewesen waren, fingen sie nun an zu reden und zu lachen, sobald sie von mir getrennt waren, und traten, vom Wind durchgeschüttelt, den Heimweg an. Ich rannte in mein Haus und schloss mich ein, konnte ihre Stimmen aber immer noch hören, zum Gespräch erhoben, zum Gelächter und schließlich zum Gesang. Es hätte sich bestimmt gelohnt, es aufzuzeichnen, wenn sie eine alte Ballade gesungen hätten, ein wahrer Schatz für einen Volkskundler, einen unverfälscht aus der Zeit Langlands oder Chaucers überlieferten Text! Doch das taten sie nicht. Das Lied, das mir vom Wind herangetragen wurde, allmählich verklang und schließlich in der Stille erstarb, war *Somewhere Over the Rainbow*.

An dem Abend wurde aus dem heftigen Wind ein gewaltiger Sturm. Am Waldrand fielen Bäume um, und vom Dach von Gothic House wehten vier Ziegel herunter. Die Dorfleute trugen daran keine Schuld, doch damals kam es mir so nicht vor, als ich mich in meinem Haus verkroch, im Bett liegend dem Sturm lauschte, dem Heulen des Windes und dem Krachen fallender Äste. Es war nur ein glücklicher Zufall für sie, dass sich dieser heftige Wind unmittelbar nach ihrem langsamen, dramatischen Verfolgungsmarsch im

Wald erhob. In dieser Nacht hätte ich sie jedoch alle für Hexen und Magier gehalten, für Anhänger des Wicca-Kults, die den Elementen gebieten und Wind aufkommen lassen konnten.

9

Sie hatten für Ben noch etwas auf Lager.

»Ich war fest entschlossen, nicht zu gehen«, sagte er. »Ich wäre sofort gegangen, wenn Susannah mitgekommen wäre, aber ohne sie wollte ich mich nicht vom Fleck rühren. Als ich am Sonntag auf der Suche nach ihr wieder ins Dorf ging, machte man mir nirgends die Tür auf, nicht nur bei den Peddars, sondern überall.«

»Es war mutig von dir, es zu versuchen«, sagte ich, und dann erzählte ich ihm, was mir geschehen war, von den stumm Starrenden, den hell erleuchteten Lichtern, der Verfolgungsjagd durch den Wald.

»Inzwischen bin ich kein Feigling mehr – dachte ich jedenfalls.«

Am nächsten Morgen sollte jemand kommen, um das Haus zu putzen. Welches Mädchen sie wohl schicken würden? Oder konnte es sein, dass Susannah kam? Er hatte natürlich nicht viel geschlafen, seit vier Nächten hatte er eigentlich nicht recht geschlafen, und die Erschöpfung war ihm allmählich anzusehen. Wenn es ihm gelang, ein wenig einzudösen, dann nur, um mit Macht in irgendwelche Träume von Susannah gestürzt zu werden, lauter erotische, aber höchst unbefriedigende Träume. Darin war sie immer nackt. Sie begann mit ihm zu schlafen, ihn zu küssen, seine Hände auf ihren Körper zu legen, wie es ihre Angewohnheit war, seine Finger zu küssen und sie an Stellen zu führen, an denen sie gern berührt werden wollte. Dann sprang sie plötzlich aus seinen Armen auf und rannte auf den Mann zu, der gerade ins Zimmer getreten war, ob es nun Kim Gresham oder George Whiteson oder Tom Kirkman war, und begann ihm in wilder Hast die Kleider vom Leib zu reißen, sich an ihn zu schmiegen und erregt zu keuchen. Er war inzwischen schon so weit, dass er aus Furcht vor diesen Träumen nicht mehr schlafen wollte.

Am nächsten Tag um halb neun war er bereits seit zwei Stunden auf. Er hatte sich eine Kanne Kaffee gemacht und sie getrunken. Sein Kopf pochte, und ihm war schlecht. Die Zeit verging, es war neun Uhr vorbei, und niemand kam. Jetzt würde niemand mehr kommen, das wusste er.

Das Wetter war umgeschlagen, es war trüb und kühl geworden. Er ging eine Weile nach draußen und spazierte ziellos herum. Es war niemand zu sehen, wie gewöhnlich, obwohl er das Gefühl hatte, beobachtet zu werden. Er nahm seine Arbeit mit nach unten ins Wohnzimmer, weil er wusste, dass er im hinteren Zimmer oben unmöglich bleiben konnte. Wenn er das tat, wenn er dort oben saß, wo er nur den rückwärtigen Teil des Gartens und den Wald sehen konnte, würde vorn am See vielleicht etwas Schreckliches geschehen, würde irgendein furchtbares Ereignis stattfinden, das er mit eigenen Augen bezeugen müsste. Es war ein unsinniges Gefühl, doch er gab ihm nach und zog um ins Wohnzimmer.

Der Autor von *Der Goldene Apfel* analysierte Helena, ihren Narzismus, wie sie kundtat, dass ihre Wahl auf Menelaos gefallen war, indem sie ihm einen Kranz um den Hals hängte, ihre Flucht mit Paris. Ben versuchte, sich auf die Übersetzung dieser Passage zu konzentrieren, zunächst um zu verstehen, welche Begebenheiten nach Einschätzung des Autors vom Schicksal bedingt waren und welche vom Charakter, konnte jedoch nicht umhin, ständig zum Fenster hinüberzublicken. Eine halbe Stunde war verstrichen, und er hatte nur zwei Zeilen übersetzt, als ein Auto auf der Straße vom Dorf her gefahren kam und am See vor Gothic House parkte.

Zwischen dem Haus und dem kleinen Strand lagen wohl ungefähr hundert Meter, und der Wagen stand direkt oberhalb des Strandes auf dem Gras. Er sah hinaus und wartete darauf, dass der Fahrer oder Fahrer und Beifahrer ausstiegen und zum Haus heraufkämen. Niemand kam. Nichts regte sich. Dann, etwa zehn Minuten später, wurden die Autofenster heruntergekurbelt. Er sah, dass der Fahrer Kim Gresham war und die Person neben ihm eine unbekannte Frau.

Er versuchte zu arbeiten. Er übersetzte die Zeilen, in denen es darum ging, dass Helena eines ihrer Kinder mit auf die Flucht nahm, las das Geschriebene durch und stellte fest, dass die Übertragung kaum verständlich war und den Sinn nicht wiedergab. Es hatte keinen Zweck, unter diesen Bedingungen zu arbeiten. Er fragte sich, was wohl geschehen würde, wenn er versuchte hinauszugehen, und war sich sicher, wenn er sich zu einem Spaziergang ins Dorf aufmachte, würden ihn diese beiden aufhalten. Sie würden ihn packen und mit dem Gesicht nach unten ins Haus zurückschleppen. »Ich spielte mit dem Gedanken, die Polizei zu rufen«, sagte er.

»Warum hast du's nicht getan?«

»Der Mann, den man mir geschickt hätte, wohnt in der Polizeiwache im Dorf. Er ist einer von ihnen, er heißt Michael Wantage. Wenn jemand anderes gekommen wäre, was hätte ich dann gesagt? Dass da zwei Leute in einem geparkten Auto sitzen und sich die schöne Aussicht anschauen? Ich habe die Polizei nicht gerufen. Ich habe meinen Wagen aus der Garage geholt.«

Er legte seine Arbeit beiseite und beschloss, in die vier Meilen entfernte Stadt zu fahren und seinen Wocheneinkauf zu tätigen. Er beobachtete sie dabei, wie sie ihn beobachteten, während er den Wagen rückwärts herausfuhr.

»Sie hofften wohl, ich würde die Koffer holen und meinen Computer und meine Bücher. Dann wüssten sie nämlich, dass ich gehorsam wäre und wegging. Sie hätten mich einfach gehen lassen, da bin ich mir sicher. Sie hätten einen Seufzer der Erleichterung ausgestoßen und wären ins Dorf zurückgefahren.«

So aber folgten sie ihm. Die ganze Fahrt über sah er den Wagen hinter sich. Sie bemühten sich nicht um Diskretion. In der Stadt ließ er sein Auto stehen und ging zum Supermarkt, doch soviel er wusste, blieben sie in ihrem sitzen. Als er zurückkam, saßen sie immer noch in ihrem Auto, und als er nach Hause fuhr, waren sie hinter ihm.

Am frühen Nachmittag kam ein zweites Auto angefahren, und das erste fuhr weg. Sie arbeiteten nach einem Schichtsystem. Bens Beschreibung nach wurde das zweite Auto anscheinend von Marion Kirkman chauffiert. An der Identität ihrer Beifahrerin hatte er keinen Zweifel. Es war Iris Peddar. Später wurden sie von einem anderen Auto abgelöst, das immer noch dastand, als die Dunkelheit hereinbrach.

Vielleicht stand die ganze Nacht über ein Auto dort. Er wusste es nicht. Mittlerweile wollte er es auch gar nicht mehr wissen, sondern hoffte nur inständig, diese

Überwachung würde bis zum Morgen ein Ende haben. Kurz nach Sonnenaufgang zog er die Vorhänge auf und sah hinaus. Draußen stand ein Wagen. Er konnte nicht erkennen, wer darin saß. Da sagte er sich schließlich, dass er genauso stark und entschlossen sein konnte wie sie. Er konnte durchhalten. Er würde einfach nicht hinsehen, sondern tun, was ihm am Vortag unmöglich schien, nämlich oben im hinteren Zimmer arbeiten, nicht hinsehen, sie ignorieren. Sie wollten ihm nichts Böses, sie hielten hier nur Wache, um ihn daran zu hindern, ins Dorf zu gehen und Susannah zu suchen. Es musste aber doch noch andere Möglichkeiten geben, Susannah zu erreichen. Er könnte einen riesigen Umweg über die Stadt fahren und aus der anderen Richtung ins Dorf kommen. Er könnte *sein* Auto vor ihrem Elternhaus abstellen. Doch wenn er es tat, das alles oder etwas davon, dann würden sie ihm folgen ...

Den ganzen Tag blieb er im Haus. Er konnte nicht arbeiten, er konnte nicht lesen, er wollte nicht essen. Einmal legte er sich zum Schlafen hin, nur um dann von Susannah zu träumen. Diesmal war er in einem hohen, schmalen Turm, in dessen Innerem sich wie bei einer Windmühle eine Wendeltreppe befand, und beobachtete sie von oben durch ein Loch im Fußboden. Er hörte ihre Schritte, als sie die Treppe heraufkam, ihre und die von jemand anderem, und als sie ins darunter liegende Zimmer trat, war Sandy Clements bei ihr. Sandy begann sie auszuziehen, nahm ihr das Armband vom Arm und die Halskette vom Hals und hielt sie bei einem Finger ihrer rechten Hand, während sie nackt aus dem blauen Kleid stieg. Sie sah an die Zimmerdecke und lächelte, streckte die Hände aus, eine nach ihm, eine nach Sandy, und drehte ihren Körper genüsslich hin und her, damit sie ihn betrachten und ihm huldigen konnten. Mit einem Schrei wachte er auf und stolperte, seinen Entschluss vergessend, nach vorn ins Wohnzimmer, um nach dem Auto zu sehen. Diesmal war es ein rotes, das von Teresa Gresham. Sie saß allein drin.

Abends etwa um sieben, lange vor Einbruch der Dunkelheit, stieg sie aus und kam zum Haus herauf. Er hatte vergessen, dass er die Hintertür nicht abgeschlossen hatte. Sie trat einfach ein. Er fragte sie, was zum Teufel ihr eigentlich einfiele.

»Sie haben gesagt, ich soll herkommen und Ihre Bügelwäsche machen«, entgegnete sie.

»So ein Quatsch«, sagte er. »Ich habe Ihnen überhaupt nichts gesagt. Und jetzt raus.«

Sie war wohl seit fünf Minuten verschwunden, als er sah, wie sich aus der Ferne ein Fahrrad näherte. Als sie das allererste Mal gekommen war, hatte Susannah ein Fahrrad dabeigehabt, und er dachte, sie wäre es. Die Überwachung war vorbei, sie hatte die anderen überredet, damit aufzuhören, und kam jetzt zu ihm. Sie hatte ihnen gesagt, sie könnten sie nicht daran hindern, mit ihm zusammen zu sein, sie sei volljährig, sie liebte ihn. Er öffnete die Haustür und blieb auf der Schwelle stehen, um auf sie zu warten.

Es war nicht Susannah. Es war die jüngere ihrer beiden Schwestern, die vierzehnjährige Julie. Enttäuschung wühlte ihn innerlich auf wie die Liebe, und er verspürte ein heftiges Zerren am Herzen. Dennoch rief er ihr einen Gruß zu. Sie lehnte ihr Fahrrad an die Gartenmauer, machte die Kette mit dem Vorhängeschloss am Vorderrad fest, ganz das brave Mädchen, der verantwortungsbewusste Teenager. Wer dachte sie denn, sollte es hier draußen stehlen? Er ließ sie herein, sicher hatte sie eine Nachricht für ihn, vielleicht eine Nachricht von Susannah, die diese ihm nicht anders zukommen lassen durfte.

Sie war ein hübsches Mädchen – sein Ausdruck –, viel kleiner als ihre Schwestern, sie würde sicher niemals Susannahs Größe erreichen, mit einer sehr zierlichen, kindlichen Figur. Sie trug einen kurzen Rock, ein weißes Sweatshirt, Söckchen und weiße Turnschuhe. Ihr strohblondes Haar war schulterlang mit Ponyfransen.

»Sie sah genauso aus wie das Mädchen auf dem Gemälde von Millais, das im Bett sitzt und überrascht, aber nicht unglücklich dreinschaut.«

»Das kenne ich«, sagte ich. »Es heißt *Eben erwacht*.«

»Ach ja?«, sagte er. »Ich frage mich, was Millais mit ›erwacht‹ meinte. Glaubst du, die Doppeldeutigkeit war beabsichtigt?«

Julie setzte sich seelenruhig in mein Wohnzimmer. Als er sie fragte, ob sie vielleicht von Susannah eine Nachricht für ihn hätte, schüttelte sie den Kopf. »Sie haben gesagt, ich soll kommen«, sagte sie. »Vor einer Stunde haben Sie angerufen und gefragt, ob ich kommen kann, Sie wollten mir die Bücher geben, von denen Sie Susannah gesagt haben, dass ich sie haben kann.«

»Was für Bücher?« Er hatte keine Ahnung, wovon sie redete.

»Für meine Schularbeiten. Für meine Hausaufgabe in Englisch.«

Da beschlich ihn das schreckliche Gefühl, sie sei als Nächste in der Reihe losgeschickt worden. Sie waren übereingekommen, dass es sich doch noch lohne, ihn dazubehalten und zu einem der Ihren zu machen. Lavinia und Carol wollte er nicht, er hielt hartnäckig an der monogamen Beziehung mit Susannah fest, doch nachdem er die etwas reifere Teresa verschmäht hatte, war es dann nicht möglich, dass er sich von ihrer Antithese, diesem Kind, angezogen fühlte?

Hier irrte er sich natürlich. Sie waren schließlich nicht pervers. Auf ihre ganz eigene Art waren sie unschuldig. Inzwischen hätte er ihnen jedoch alles zugetraut und glaubte für ein paar Minuten tatsächlich, sie hätten sie geschickt, um ihn in Versuchung zu führen. Er hatte gesessen, sprang nun aber auf, und sie stand ebenfalls auf.

»Warum bist du denn wirklich hier?«

Sie vergaß das mit den Büchern. »Ich soll Ihnen sagen, dass Sie weggehen sollen«, sagte sie. »Ich soll sagen, es ist Ihre letzte Chance.«

»Das ist doch lächerlich«, sagte er. »Das höre ich mir nicht länger an.«

»Heute Nacht können Sie noch hier bleiben.« Sie sagte es ganz gelassen, als wäre sie absolut befugt, ihm die Erlaubnis zu erteilen. »Heute Nacht können Sie noch bleiben, aber morgen müssen Sie gehen. Sonst sorgen wir schon dafür.«

Er fasste sie nicht ein einziges Mal an. Sie fasste ihn nicht an. Sie verließ das Haus, schloss das Vorhängeschloss an der Kette auf und stieg auf ihr Fahrrad. Es ist für einen geübten Radler fast unmöglich, vom Fahrrad zu fallen, doch sie fiel herunter. Auf der Straße fiel sie herunter, und das Gefährt fiel auf sie. Er befreite sie unter dem Fahrrad, streckte ihr die Hand hin, um sie hochzuziehen, half ihr auf die Füße. Sie sprang auf ihr Rad und fuhr davon, dabei drehte sie sich um und rief ihm etwas zu, doch er verstand es nicht. Er kehrte ins Haus zurück und beschloss, am nächsten Morgen ins Dorf zu fahren und sich Zutritt zu ihrem Elternhaus zu verschaffen, selbst wenn es bedeutete, ein Fenster zu zertrümmern oder die Tür einzutreten.

Morgens war das Auto wieder da. Es stand am See-ufer geparkt, der Fahrer war David Stamford und die Beifahrerin Gillian Atkins.

Wenn er in die Stadt führe und von dort den hinteren Weg ins Dorf nähme, würden sie ihm folgen. Er be-zweifelte nicht, dass sie ihn tatsächlich daran hindern würden, die Straße am Seeufer entlangzugehen oder zu fahren. Es war eine Belästigung, ihre bloße Anwesen-heit dort war eine Belästigung, doch man stelle sich nur vor, der Polizei diese Geschichte zu erzählen, et-was davon beweisen zu wollen.

An der Übersetzung zu arbeiten war unmöglich. Susannah zu finden würde sich als schwierig erweisen, doch er versuchte es trotzdem. Er rief bei den Peddars an, bei Sandy Clements, im Laden, im Pub und bei An-gela Burns. Sobald sie seine Stimme hörten, legten sie einer nach dem anderen auf. Es war nervenaufreibend, und nach Angelas Schweigen und dem Klicken, mit dem der Hörer auf die Gabel fiel, gab er seine Versuche auf.

Ein gewisser Trost ließ sich aus diesen erfolglosen Anrufen jedoch schöpfen. Wenigstens hatte er sie täti-gen können. Die Telefonleitung hatten sie ihm also nicht durchtrennt. Es sagt einiges über den Gemütszu-stand aus, in den er allmählich geriet, dass er über-haupt auf diese Idee kam. Dieses Nicht-handeln, diese nicht ausgeführte hypothetische Aktion verriet ihm, dass sie gegen ihn keine Gewalt anwenden würden. Di-rekt gefürchtet hatte er sich davor nicht, aber es hatte ihm doch ziemliche Sorgen gemacht.

Er setzte sich in den rückwärtigen Teil des Hauses,

wo er das Auto nicht sehen konnte, und dachte darüber nach, was sie getan hatten. Eigentlich nicht sehr viel. Sie hatten ihn davon abgehalten, zu einer Hochzeit zu gehen, waren seinem Wagen gefolgt und hatten ihn gesellschaftlich geächtet. Wenn das alles war, was passieren würde, könnte er es doch gut aushalten. Wenn er Susannah erst hätte, würde es ihm gelingen. Um ihretwillen musste er im Gothic House bleiben, er musste bleiben, bis er sie von dort wegbekam.

»Ich habe daran gedacht, zu ihnen hinauszugehen«, sagte er zu mir, »zu diesen beiden, zu Stamford und dieser Atkins, und später zu den Leuten, die sie ablösten, den Wantages, Rosalinds Eltern, zu ihnen hinauszugehen und sie zu fragen, was sie von mir wollten. Ich wusste ja im Grunde schon, dass sie verlangten, ich sollte gehen, aber ich wollte es jemanden sagen hören, und zwar nicht ein vierzehnjähriges Kind. Und dann würde ich sagen, okay, ich gehe, aber Susannah nehme ich mit.«

Inzwischen hielt er es nicht mehr aus, seine Beobachter unbeobachtet zu lassen, und setzte sich ans vordere Fenster, um sie im Auge zu behalten, während sie ihn im Auge behielten. Er hatte sich immer noch nicht dazu überwinden können, seine Absicht in die Tat umzusetzen. Er saß einfach da und beobachtete sie und dachte darüber nach, wie er seine Frage formulieren und in welche Wörter er seine Entschlossenheit kleiden sollte. Mitten am Nachmittag passierte dann etwas Schreckliches. Er hatte sich ausgerechnet, dass die Schicht der Wantages um vier enden würde – so weit war er schon, dass er die Schichten seiner Aufpasser abmaß –, und um fünf vor vier kam schließlich ein anderes Auto angefahren. Der Fahrer war ein Unbekannter, die Beifahrerin Susannah.

Das Auto stand so geparkt, dass die linke, also die Beifahrerseite Gothic House zugewandt war. Er blickte Susannah in die Augen, und sie erwiderte seinen Blick, jedoch mit ziemlich ausdruckslosem Gesicht. Es gibt Zeiten, in denen man das Denken als nutzlos verwirft, in denen man aufhört zu denken und einfach handelt. Er hatte genug gedacht. Er ging hinaus, marschierte vielmehr, und rief ihren Namen.

Sie kurbelte das Fenster herunter. Das Gesicht, das sie ihm zuwandte, sagte er, sei das einer Frau gewesen, die im Auto saß und von einem Fremden gerade nach dem Weg gefragt worden war. Es war, als hätte sie ihn noch nie gesehen. Der Mann auf dem Fahrersitz wandte sich nicht einmal her, sondern starrte mit gespannter Aufmerksamkeit auf den See. Er sah aus, sagte Ben, als hätte er gerade das Ungeheuer von Loch Ness gesehen.

»Bitte steig aus und komm ins Haus, Susannah«, sagte er zu ihr.

Sie blieb stumm. Sie sah ihn weiterhin an, als wäre er wirklich dieser Fremde und als überlegte sie, wie sie ihm den Weg beschreiben sollte.

»Wir können doch über das alles reden, Susannah. Komm doch bitte herein und lass uns reden, ja? Ich weiß, du willst hier nicht weg, aber das liegt daran, weil du nichts anderes kennst. Komm doch mit mir und probier es aus, ja?«

Sie schüttelte bedächtig den Kopf. »Du musst gehen«, sagte sie.

»Nicht ohne dich.«

»Ich komme aber nicht mit. Du musst allein gehen.«

Sie berührte ihren Gefährten am Arm, und er drehte den Kopf zu ihr. An dieser Berührung, vertraulich, aber entspannt, merkte Ben irgendwie, dass dieser junge, hellhaarige Mann ihr Liebhaber war, so wie *er* ihr Liebhaber gewesen war, und für einen kurzen Moment veränderte sich der Himmel, und ein stechender Schmerz fuhr ihm in die Brust.

Sie musterte ihn abwägend. Dann sagte sie: »Wieso gehst du denn jetzt nicht? Wenn du vernünftig bist, dann gehst du.«

Der junge Mann neben ihr sagte: »Ich würde Ihnen raten, vor Einbruch der Dunkelheit zu verschwinden.«

»Wir fahren dir durchs Dorf hinterher«, sagte Susannah. »Dann bist du sicher. Pack deine Koffer und schaff sie ins Auto.«

»Sagen wir, so in einer Stunde?«, ließ sich der junge Mann mit seiner rauen, bäuerlichen Stimme vernehmen.

Ben ging wieder ins Haus. Er hatte nicht die Absicht zu packen, wusste aber auch nicht, was er als Nächstes unternehmen sollte. Wenn er Susannah nur allein sprechen könnte, stellte er sich vor, würde alles gut. Dann könnte er mit ihr reden, sie an Vergangenes erinnern, sie überzeugen. Die Frage war, wie er es bewerkstelligen sollte. Nicht im Friseursalon, das hatte er schon versucht. Einen Abend pro Woche hütete sie bei Jennifer Fowler die Kinder, an einem Abend, an dem sie nie zu ihm hatte kommen können, einem Mittwoch – wie hatte er sich an diesen wenigen Mittwochabenden einsam und verlassen gefühlt. Morgen also würde er irgendwie ins Dorf und zu Jennifer Fowler gehen. In der vorigen Nacht hatten sie die Überwachung nur bis zum Einbruch der Dunkelheit aufrecht erhalten, und um neun wäre es bereits dunkel ...

Er saß drinnen am Fenster und sah Susannah lange an. Es war ein klein wenig besser, sie zu sehen, hatte er festgestellt, als sich in einem anderen Teil des Hauses aufzuhalten und sie nicht zu sehen, aber zu wissen, dass sie da war. Dieses versonnene Hinausstarren war gleichermaßen genussvoll und schmerzlich. Das Seltsame daran war, sagte er mir, dass es ihm nie langweilig wurde, sie anzuschauen, und er konnte sich nicht vorstellen, dass dies bei irgendeinem anderen Menschen oder Gegenstand auf der Welt der Fall sein könnte.

Auch wollte er in krankhaft selbstquälerischer Weise sehen, ob sie und ihr Begleiter sich berührten oder näher aneinander heranrückten oder irgendwie zu erkennen gaben, dass sie in dem Verhältnis zueinander standen, dessen er sich anfänglich sicher gewesen war. Das taten sie aber nicht. Jedenfalls soweit er sehen konnte. Sie redeten, und er fragte sich natürlich, was sie sagten. Er sah, wie Susannah den Kopf an die Kopfstütze lehnte und die Augen zumachte.

Es war ein ruhiger, trüber Nachmittag, der Himmel weiß. Kein Lüftchen regte sich, die Wasseroberfläche war ziemlich glatt, und die Bäume im Wald standen reglos. Er ging nach hinten, um sich den Sonnenuntergang anzusehen, einen prächtigen Sonnenuntergang in Bronze und Rot mit einer schwarz geränderten, dünnen Wolkendecke. Durch dieses sichtbare Zeichen, dass die Zeit verstrich, schien ihm der morgige Abend näher zu rücken, Mittwochabend, wenn er allein mit ihr sein konnte. Er begann sein Vorhaben zu planen.

Als er wieder ans vordere Fenster trat, war das Auto gerade dabei, vor dem Abfahren zu wenden. Eine Ablösung war nicht gekommen. Er verspürte plötzlich eine gewisse Leichtigkeit, fast so etwas wie Erregung. Sie konnten sie nicht von ihm fern halten, wenn sie beide zusammen sein wollten, und wenn andere sie beeinflussen konnten, wie viel mehr konnte er es dann erst? Die Beziehung zwischen ihr und ihrem Gefährten im Wagen hatte er sich doch nur eingebildet. Irgendwann hatte sie vermutlich mit Kim Gresham geschlafen, aber das stand ja zu erwarten. Er hatte sich nie vorgegaukelt, bei ihr der Erste zu sein, und es auch gar nicht gewollt.

Nach einer Weile schenkte er sich einen Drink ein. Normalerweise trank er nicht viel, doch in den letzten paar Tagen hatte er sich immer wieder davon abhalten müssen, zum Whisky zu greifen. Um acht Uhr abends durfte er sich aber bestimmt einen genehmigen. Er überlegte, ob er sich etwas zu essen holen sollte, doch weil er bis auf die paar kurzen Worte, die er an Susannah gerichtet hatte, den ganzen Tag nicht draußen gewesen war, ging er etwa um neun, als das Dämmerlicht sich verstärkte, an den See hinunter.

Fliegen schwärmten knapp über der Wasseroberfläche, und Fische sprangen und schnappten nach ihnen. Das Wasser wallte auf und teilte sich, als ein glitschiger Körper hochsprang, sich drehte und silbern im letzten Licht aufblinkte. Er sah zu, wurde ruhig und fast schicksalsergeben, fand sich mit dem Gedanken ab, dass ein schwerer Kampf vor ihm lag, wusste aber, dass einer, der so fest entschlossen war wie er, einfach gewinnen musste.

Weil ihre Scheinwerfer ausgeschaltet waren und inzwischen die Dämmerung hereingebrochen war, weil alle leise fuhren und sich hintereinander hielten, sah er die Autos erst, als das vorderste bereits dicht vor ihm stand.

10

Er ging ins Haus zurück. Er wusste nicht recht, was er sonst tun sollte. Sie stellten die Autos auf dem kleinen Strand und im Gras ab, es waren etwa zwanzig, und er sagte, es hätte ausgesehen, als wollten sie zu einer Veranstaltung in der Gemeindehalle gehen und davor auf dem Rasen parken. Bloß dass sie erst ausstiegen, als er im Haus war, und dann auch nicht gleich.

Dazu muss man wissen, dass sich dies alles im Dunkeln abspielte, oder jedenfalls ohne Licht, denn es war nicht vollkommen finster. Die Autos waren nicht beleuchtet, ebenso das Haus. Sobald er drinnen war, wollte er das Licht anmachen, doch dann hätte er nicht sehen können, was sie unternahmen. Er knipste im Hausflur das Licht an und beobachtete sie durchs Wohnzimmerfenster.

Sie saßen in ihren Autos. Er erkannte den Wagen der Wantages, den von Sandy Clements und natürlich John Peddars weißen Kleinbus. Es war gerade noch hell genug, um sie zu erkennen. Er spielte mit dem Gedanken, die Polizei anzurufen, diesen Gedanken hatte er oft, und kam immer zum gleichen Schluss, dass er nämlich nichts zu sagen hatte. Sie hatten das Recht, dort zu sein. Er konnte sich denken, dass sie ihre Anwesenheit mit der Behauptung erklären würden, sie seien zum Angeln gekommen oder um Eulen zu beobachten. Aber inzwischen hatte er es mit der Angst bekommen. Gleichzeitig war er fest entschlossen, seine Angst nicht zu zeigen, egal was sie taten.

Die Türen des weißen Kleinbusses gingen auf, und die vier Insassen stiegen aus – Susannah, ihre Eltern und eine ihrer Schwestern. Er trat vom Fenster zurück

und ging in den Hausflur. Er hörte, wie die Autotü-
ren nacheinander zugeschlagen wurden. Eine Stunde
schien zu vergehen, bis es an der Haustür läutete, obwohl es vermutlich weniger als eine Minute war. Er atmete langsam ein und langsam wieder aus und öffnete
die Tür.

John Peddar drängte sich ins Haus oder vielmehr
schob er seine Tochter Julie ins Haus und kam hinterher. Dann folgten seine Frau und Susannah. Ben sah
etwa vierzig Leute im Vorgarten, auf dem Gehweg und
auf der Treppe, und sobald er Susannah hereingelassen
hatte, versuchte er, die Tür zuzumachen, konnte gegen
den stetigen, aber völlig gewaltlosen Ansturm jedoch
nichts ausrichten. Sie schoben sich einfach herein,
dicht gedrängt, eine einzige Masse von Männern und
Frauen, eine unnachgiebige, schiebende Masse. Er wich
vor ihnen ins Wohnzimmer zurück, wo die Peddars bereits waren. Er stand mit dem Rücken zum Kamin, die
Ellbogen auf den Kaminsims gestützt, denn weiter zu-
rückweichen konnte er nicht, und fixierte sie. Nun
wusste er, wie sich ein in die Enge getriebenes Tier
fühlte.

Mein kleines Wohnzimmer war voller Leute. In diesem Moment dachte er tatsächlich, dass sie vorhätten,
ihn zu töten, dass sie alle miteinander wahnsinnig geworden seien. Er glaubte, wie ich damals im Wald geglaubt hatte, dass das kollektive Unbewusste, an dem
sie scheinbar tatsächlich teilhatten, sich in Wahnsinn
verkehrt habe und sie gekommen seien, um ihn um-
zubringen. Und das Schlimmste war, fast das Aller-
schlimmste, dass er Susannah mit einbezog. Er verlor
plötzlich jedes Gefühl für sie, sie wurde eine von ihnen, und seine Leidenschaft verflüchtigte sich mit seiner Angst. Er konnte sie ansehen, und tat es auch, ohne

Verlangen oder Zärtlichkeit oder auch nur Wehmut, sondern mit Verachtung und der gleichen Angst, die er vor ihrer Familie und ihren Nachbarn empfand.

Zunächst konnte er gar nicht sprechen. Er schluckte, räusperte sich. »Was wollt ihr?«

John Peddar antwortete ihm. Er sagte etwas, und Ben glaubte, nicht recht gehört zu haben.

»*Was?*«

»Sie haben es gehört, ich sag's aber noch mal. Ich sagte, Sie können meine Carol haben, aber nicht meine Kleine, nicht meine Julie.«

Ben sagte mit kräftiger Stimme: »Ich weiß nicht, wovon Sie reden.«

»Doch, doch. Wissen Sie denn überhaupt, wie alt sie ist? Noch nicht mal vierzehn.« Er hielt immer noch das Mädchen vor sich und stieß es jetzt demonstrativ vorwärts. »Sehen Sie da ihre blauen Flecken? Sehen Sie ihr Bein? Schauen Sie sich mal die blauen Stellen an den Armen an.«

Um ihn herum erhob sich Gemurmel, das langsam anzuschwellen schien, wie wütendes Bienengesumm. Sein Blick fiel auf Susannah, und er glaubte, in diesem Gesicht, das ihm nicht mehr liebreizend vorkam, den Anflug eines hämischen Lächelns zu entdecken. »Ihre Tochter ist vom Fahrrad gefallen«, sagte er. »Sie hat sich am Bein wehgetan, als sie vom Rad fiel. Die blauen Flecken an ihrem Arm sind vielleicht von mir, ich weiß nicht. Die habe ich vielleicht hinterlassen, als ich ihr beim Aufstehen geholfen habe, das ist alles.«

Das Kind sagte mit harter, unkindlicher Stimme: »Sie wollten mich vergewaltigen.«

»Seid ihr deswegen hergekommen?«, sagte er. »Um mich dessen zu bezichtigen?«

»Sie haben versucht, mich zu vergewaltigen.« Die

Anklage, etwas abgewandelt formuliert, wurde wiederholt. »Ich bin hingefallen, als ich aus dem Haus gerannt bin. Weil Sie versucht haben, es zu tun.«

»Das ist doch Unsinn«, sagte er. »Gehen Sie jetzt bitte.« Er sah Susannah an. »Alle miteinander, bitte gehen Sie.«

»Wir haben eine Zeugin«, sagte Iris. »Teresa hat alles gesehen.«

»Teresa war gar nicht im Haus«, sagte er.

»Das stimmt nicht«, entgegnete Teresa. »Ich war schon eine Stunde da, als Julie kam. Das haben Sie wohl vergessen. Sie haben eine ganze Menge vergessen, nachdem Sie sie erst mal angefasst haben.« An die Peddars gewandt, sagte sie: »Ich bin aus der Küche gekommen und habe alles gesehen.«

»Was wollen Sie von mir?«, fragte er wieder.

»Wir wollen nicht zur Polizei gehen«, sagte John Peddar.

Seine Frau meinte: »Es ist demütigend für unsere Kleine.«

»Sie hat ja auch überhaupt keine Schuld. Aber wir gehen hin, wenn Sie nicht verschwinden. Heute Abend gehen Sie, und damit lassen wir's dann gut sein. Gehen Sie jetzt, oder wir holen die Polizei. Ich und Julie und ihre Mutter und Teresa. Du kannst von seinem Telefon aus anrufen, Iris.«

Er malte sich aus, wie die Polizei kam und er absolut nichts zu seiner Verteidigung vorbringen konnte außer der Wahrheit, die jedoch vor Julies Zeugenaussage und der der Peddars und Teresas in sich zusammenfallen würde. Und wenn das nicht genug wäre, würden sie Sandy Clements beibringen, der es auch gesehen hätte, beim Fensterputzen oder vielleicht beim Unkrautjäten. Sandy konnte er in der dicht gedrängten

Menge ausmachen, er hatte sich gerade noch hereinge-
quetscht und lehnte neben seiner frisch Angetrauten
an der geschlossenen Tür.

»Nichts davon ist wahr«, sagte er. »Es ist alles gelogen, und das wissen Sie auch ganz genau.«

Sie versuchten nicht, es zu leugnen. Sie interessierten sich nicht dafür, ob etwas wahr war oder nicht, sie
interessierten sich einzig für ihre Macht über ihn. Niemand lächelte mehr, alle sahen nur noch grimmig
drein. Am merkwürdigsten aber war, sagte er, dass sie
alle vollkommen ruhig waren. Es herrschte keinerlei
Aufregung. Sie wussten, er würde tun, was sie von ihm
verlangten.

»Das ist eine falsche Anschuldigung, vollkommen
erfunden«, sagte er.

»Iris«, sagte John Peddar. »Ruf die Polizei an.«

»Wo ist das Telefon?«

Teresa Gresham sagte: »Im hinteren Zimmer. Ich
komm mit.«

Sandy gab die Tür frei und machte sie ihnen auf. Die
Menge bildete einen Durchgang, quetschte sich sonderbar vertraulich aneinander, ohne dem Druck anderer
Körper ausweichen zu wollen. Brüste schoben sich an
Arme, Hüften ruhten an Bäuchen, ohne alle Hemmungen, ohne jede Verlegenheit. Aber vielleicht war es gar
nicht sonderbar, vielleicht war das alles überhaupt
nicht sonderbar. Sie standen dicht beieinander, aneinander gepresst, wie in einer kollektiven Umarmung,
Wange an Wange, Hand auf Schulter, Schenkel an
Schenkel.

Dann ging Teresa aus dem Raum. Iris folgte ihr und
hatte eben die Tür erreicht, als Ben sagte: »Also gut.
Ich gehe.«

Er war zutiefst gedemütigt. Er hielt den Kopf gesenkt, um Susannah nicht in die Augen sehen zu müssen. Seine Scham war so groß, dass er spürte, wie brennende Röte sich ihm über Hals und Gesicht ergoss. Aber was hätte er denn tun können? Gegenüber vielen ist der Einzelne hilflos. In diesem Augenblick wusste er, dass jeder von ihnen, auch die, die im Dorf zurückgeblieben waren, zu den Peddars halten würde. Falls nötig, würden sie bestimmt weitere Beweise für seine Neigungen beibringen, und ihm fiel ein, dass er Carol Peddar einmal am Handgelenk gepackt hatte.

»Ich werde jetzt gehen«, sagte er.

Sie verließen ihn nicht. Sie halfen ihm bei der Abreise. Als er nach oben ging, folgten sie ihm, schoben sich in sein Schlafzimmer, einer von ihnen fand seine Koffer, ein anderer legte sie aufs Bett und klappte sie auf. Teresa Gresham öffnete den Kleiderschrank und holte seine Sachen heraus. Kathy Gresham und Angela Burns legten sie zusammen und packten sie in die Koffer. Niemand berührte ihn, doch als er erst einmal in diesem Schlafzimmer war, war er ihr Gefangener. Sie packten seine Haarbürste ein und seine Schuhe. John Peddar kam mit seinem Waschbeutel, dem Rasierapparat und der Zahnbürste aus dem Badezimmer. Die ganze Zeit über saß Julie, die Verletzte, auf dem Bett und starrte ihn an.

Sandy Clements und George Whiteson trugen die Koffer aus dem Zimmer. Eine der Frauen brachte eine Einkaufstüte zum Vorschein und fragte ihn, ob sie alle seine Sachen hätten. Als er sagte, alles außer dem Morgenmantel und dem Buch, das er im Bett gelesen hatte, steckte sie diese Gegenstände in die Tüte, und dann durfte er den Raum verlassen.

Wenn es ihnen Spaß machte, ließen sie es sich jedenfalls nichts anmerken. Sie waren ruhig, lächelten nicht, blieben meistens stumm. Teresa führte sie ins hintere Zimmer, wo er an seiner Übersetzung gearbeitet hatte, gestattete ihm Zutritt und machte die Tür hinter ihm zu. Gillian Atkins – sie musste natürlich dabei sein, seine Nemesis – brachte zwei Plastiktüten mit, in die die Bücher und Papiere auf seinem Tisch gepackt wurden. Sie taten es sorgfältig, schoben die Seiten korrekt übereinander, hefteten sie zusammen, achteten darauf, dass nichts geknickt oder zerknittert wurde. Ein Mann, den Ben nicht erkannte, obwohl er in Haar- und Hautfarbe, Größe und Gebaren mit den Dorfleuten übereinstimmte, steckte seinen Laptop aus und verstaute ihn in der Hülle. Sein Wörterbuch kam in die zweite Tüte.

Wieder wurde er gefragt, ob es irgendetwas gab, was sie vergessen hatten. Er schüttelte den Kopf, und sie ließen ihn nach unten gehen. Gillian Atkins trat in die Küche und brachte den Inhalt des Kühlschranks in einer Tüte heraus.

»Und jetzt geben Sie mir den Haustürschlüssel«, sagte Mark Gresham.

Ben wollte wissen, warum. Wieso er das sollte?

»Sie brauchen ihn doch nicht mehr. Ich schicke ihn der jetzigen Besitzerin.«

Ben gab ihm den Schlüssel. Er hatte wirklich keine andere Wahl. Umringt von ihnen verließ er das Haus. Ihre Körper drückten sich an ihn, warm, wohl geformt, nach Kräutern duftend. Sie schoben ihn vorsichtig hinaus, rempelten und stupsten ihn mit Ellbogen, und als der Letzte gegangen war und das Licht im Hausflur ausgemacht hatte, zogen sie die Haustür hinter sich zu. Seine Taschen und Koffer waren schon im Kofferraum seines Wagens, sein Laptop in der Hülle behutsam auf den Boden vor dem Rücksitz gestellt. Er hielt nach Susannah Ausschau, um sich zu verabschieden, doch sie war schon gegangen. Er konnte die roten Rücklichter des Wagens, in dem sie saß, auf der Uferstraße in der Ferne verschwinden sehen.

Sie geleiteten ihn in einem langen Autokorso durchs Dorf, zwei Autos vor ihm und der Rest hinter ihm. Alle Lichter brannten, und einige der älteren Leute, die nicht zum Gothic House mitgekommen waren, standen in ihren Vorgärten, um ihn wegfahren zu sehen. Nicht alle Autos kamen mit, manche blieben zurück, als ihre Besitzer ihre Häuser erreicht hatten, doch die Peddars und die Clements' fuhren weiter vor ihm, Gillian Atkins und Angela Burns hinter ihm her, und die Greshams ebenfalls, glaubte er, war sich aber nicht sicher, weil er die Autofarbe im Dunkeln nicht sehen konnte.

Nach zehn Meilen, fast an der Zufahrt zu einer Schnellstraße, hinderte Gillian Atkins ihn wie ein Polizeiauto am Weiterfahren, indem sie ihn überholte und knapp vor ihm heranfuhr. Er war gezwungen anzuhalten. Der Wagen hinter ihm blieb stehen. Die vor ihm hatten bereits angehalten. Gillian Atkins kam an sein Fenster, das er sich weigerte zu öffnen. Doch er hatte vergessen, die Tür zu verriegeln, und sie machte sie auf.

»Kommen Sie nie wieder« war alles, was sie sagte.

Sie ließen ihn allein weiterfahren.

Auf der Schnellstraße musste er eine Weile an einem Rastplatz anhalten, weil seine Hände zitterten und sein Atem unregelmäßig ging. Er dachte fast, er würde ersticken. Nach einer Weile ging es ihm besser, und er konnte weiterfahren nach London.

11

Mein Schlüssel kam vor ihm an.

Eine schriftliche Notiz war nicht beigelegt. Nur am Poststempel konnte ich erkennen, woher er kam. Niemand ging ans Telefon, weder im Gothic House noch ins Bens Londoner Wohnung. Ich fuhr zum Gothic House hinaus, wobei ich den Umweg durch die Stadt nahm, und fand es verlassen vor. Bens Sachen waren alle verschwunden.

Ich rief den Makler an und ließ das Haus zum Verkauf ausschreiben.

Ein Monat verging, bis Ben sich meldete. Er fragte an, ob er mich besuchen könne, und blieb. Die Übersetzung war fertig, er hatte unermüdlich daran gearbeitet, an nichts anderes gedacht, sich völlig abgeschottet, bis sie fertig war.

»Helena kehrte zu ihrem Gatten zurück«, sagte er. »Der nahm sie heim nach Sparta, und sie brachte den Helden Nepenthe in einer goldenen Schale dar, woraufhin diese ihre Sorgen vergaßen. Daraus hat mein Autor eine ganze Menge analytischer Erkenntnisse gezogen.«

»Was war Nepenthe denn?«, fragte ich.

»Das weiß niemand. Opium vielleicht? Oder Cannabis?« Er schwieg eine Weile, dann brach es plötzlich laut aus ihm heraus. »Weißt du, was ich mir wünsche? Ich hab viel darüber nachgedacht. Ich wünsche mir, dass sie mitten durch das Dorf eine Straße bauen, eine von diesen Durchfahrtsstraßen, gegen die jetzt überall protestiert wird. Die bewirken doch nie was, diese Proteste, stimmt's? Die Straße wird einfach gebaut. Und das würde ich gerne hören, dass irgendeine Stadt in der Nähe eine Umgehung braucht und das Dorf im Weg ist, dass das Dorf in der Mitte geteilt werden muss, auseinander geschnitten, kaputt gemacht.«

»Das ist kaum wahrscheinlich«, sagte ich und dachte an den Wald, die unbebaute Ackerlandschaft.

Danach erwähnte er den Ort nie wieder. Als ich dann also von Zeit zu Zeit hörte, wie meine Bemühungen um den Verkauf von Gothic House vorankamen, sagte ich ihm nichts davon. Ich sagte auch nichts, als ich aus derselben Quelle erfuhr, dass die alte Mrs. Fowler gestorben war und entgegen allen Erwartungen eine beträchtliche Summe hinterlassen hatte.

Inzwischen hatte er mir das Tagebuch gezeigt und seine Geschichte erzählt. Dabei weihte er mich manchmal in mehr Einzelheiten ein, als ich eigentlich hören wollte. Er wohnte immer noch bei mir, obwohl er oft davon sprach, sich eine neue Wohnung zu kaufen, und eines Abends, als wir allein waren und gemütlich beisammensaßen und ich mich ihm sehr nah fühlte, als die ganze Geschichte längst erzählt war, fragte ich ihn mehr oder weniger geradeaus, ob wir uns denn nicht zusammentun und aus dem gemeinsamen Wohnen ein Zusammenleben machen sollten, was ja ein feiner Unterschied wäre.

Ich nahm seine Hand, und er beugte sich zu mir und küsste mich etwas zerstreut. Es war die Art Kuss, die mir alles sagte: Ich hätte nicht fragen, es nicht einmal andeuten sollen, er bedauerte, dass ich es getan hatte, wir sollten vergessen, das es je geschehen war.

»Weißt du«, sagte er nach einer Weile, während ich versuchte, meine Gefühle der Demütigung zu überwinden, »es klingt albern, es klingt absurd, aber es ist nicht nur so, dass ich nie darüber hinweggekommen bin, was geschehen ist, obwohl das auch dazugehört. Das Traurige, Schreckliche daran ist, dass ich wieder hin will, ich will bei ihnen sein. Nicht nur bei Susannah, *sie* begehre ich natürlich immer noch, ich habe bis auf ein paar kleine Aussetzer nie richtig aufgehört, sie zu begehren, aber ich will mit ihnen *allen* zusammen sein, und zwar dort. Manchmal träume ich, ich bin – wieder dort. Ich hätte Ja gesagt zu ihrem Angebot, wäre aufgenommen worden und geblieben.«

»Heißt das, du bedauerst, nein gesagt zu haben?«

»O nein. Natürlich nicht. Es hätte nicht funktioniert. Ich meine, ich wäre wahrscheinlich gern dieser andere, bei dem es funktioniert hätte. Und dann denke ich manchmal wieder, ich hätte das Ganze nur geträumt.«

»Dann hätte ich es ja auch bloß geträumt.«

Er sagte noch ein paar andere Dinge, ihm sei klar, dass dort auch nicht immer eitel Sonnenschein herrsche, dass nicht immer Sommer sei, dass es kein ewiges Glück gäbe, jedenfalls nicht für die menschliche Natur, wie sie nun mal sei, und dann meinte er, er würde bald ausziehen, um allein zu wohnen.

»Konntest du Gothic House eigentlich verkaufen?«

Ich schüttelte den Kopf. Ich konnte ihm die Wahrheit nicht sagen, nämlich dass ich am Vortag erfahren hatte, es gebe einen Käufer, oder eigentlich ein Paar, das es kaufen und eine Erbschaft anlegen wolle – Kim Gresham und seine Frau. Die Greshams wohnten schon immer gern ein wenig außerhalb vom Dorf.

Mythos

*E*s war ein Plan vom Garten Eden. Der Mönch, der auch als Tourführer fungierte, zeigte ihnen das Pergament unter der schützenden Glasscheibe und sagte etwas auf Griechisch. Die Dolmetscherin übersetzte. Von einem gewissen Alexander von Philae im achten Jahrhundert angefertigt, befinde sich der Plan nun schon seit tausend Jahren in diesem Kloster, sei gestohlen, wieder gefunden, von Feuersbrünsten und Überschwemmungen bedroht, verunstaltet, erneut zusammengeflickt und schließlich wiederhergestellt worden, sodass er nun in fast vollkommenem Zustand vor ihnen lag.

Die Reisegruppe drängte sich um die Vitrine, um ihn in Augenschein zu nehmen. Rosemary Meacher, die vor ihrem erheblich größeren Gatten stand, sah einen Bogen gelblichen Pergaments, der aussah, als hätte man darauf Kaffee verschüttet, als wären dürrbeinige Insekten darauf verendet und als hätte ein Kind mit seinem neuen Tuschkasten auf der fleckigen Oberfläche experimentiert. Der Mönch hielt wieder eine kurze Ansprache auf Griechisch. Die Dolmetscherin sagte, falls sie sich dafür interessierten, gäbe es beim Hinausgehen im Laden Postkarten von dem Plan zu kaufen.

»Oder womöglich Geschirrtücher«, flüsterte Rosemary ihrem Gatten zu, »oder Tischdecken mit passenden Servietten.«

David Meacher gab keine Antwort. Er hatte sich neben sie gestellt, um den Plan aus der Nähe zu betrachten. Zum ersten Mal, seit ihr Urlaub begonnen hatte, eigentlich zum ersten Mal, seit seine Stelle abgebaut und er entlassen worden war, hatte sein Gesichtsausdruck weder etwas Verbittertes noch Gleichgültiges. Er betrachtete den Plan, als interessierte er ihn tatsächlich.

Der Mönch und die Dolmetscherin gingen weiter: durch die Bibliothek, durchs Refektorium, auf den Kreuzgang hinaus. Die Gruppe folgte. Abblätternde Fresken und verblasste Wandmalereien wurden vorgeführt, ihre Herkunft erläutert. Die heiße Sonne schien weiß und zitternd auf den Steinplattenweg, die Schatten waren schwarz. Dankbar drängte die Gruppe schließlich in den Laden.

Es gab zwar weder Geschirrtücher noch Schürzen, ja nicht einmal Kalender mit dem Plan vom Garten Eden, dafür aber Postkarten und Faksimiles in Originalgröße. Mit Rahmen oder ohne.

»Du willst doch nicht etwa einen, oder?«, fragte Rosemary.

»Doch, natürlich will ich einen.« In letzter Zeit hatte David sich angewöhnt, sie barsch anzufahren, besonders wenn sie, wie jetzt, seinen Wünschen auch nur gelinde zu widersprechen schien. »Ich finde den Plan sehr schön, ein ganz prächtiges Stück Geschichte.«

»Wie du willst.«

Er kaufte sich einen gerahmten Plan, überlegte kurz und erstand auch noch einen rahmenlosen und vier Postkarten. Als sie wieder im Hotel waren, ließ er sich den gerahmten Plan von ihr in luftgepolsterte Folie und Kleidungsstücke packen und in ihrem gemeinsamen Handgepäck verstauen. Den rahmenlosen breitete er auf dem Schreibtisch aus, wobei er die Ecken mit dem Aschenbecher, zwei Gläsern und dem kleinen Ständer mit der Speisekarte für den Zimmerservice beschwerte. Er setzte sich nieder, die Ellbogen auf den Schreibtisch gestützt, und studierte den Plan eingehend. Nach dem Abendessen ging er statt in die Bar wieder auf ihr Zimmer, wo sie ihn später über den Schreibtisch gebeugt vorfand. Irgendwo hatte er sich auch ein Vergrößerungsglas besorgt.

Sie freute sich. Er hatte etwas gefunden, was ihn ablenkte. Vermutlich war der Gedanke verfrüht, es könnte sich ein Hobby daraus entwickeln, dass er vielleicht anfing, alte Pläne zu sammeln, antiquarische Bücher oder etwas in der Richtung. Aber so fingen solche Dinge doch immer an. Irgendwie hatte sie noch in Erinnerung, dass einer ihrer Onkel mit Briefmarkensammeln angefangen hatte, weil ihm ein Freund einmal einen Brief aus der Äußeren Mongolei geschickt hatte. Ach, wenn David doch nur etwas fände, was ihn interessierte!

Seit er seine Stelle verloren hatte, war er ganz verändert – verdrossen, schlecht gelaunt, manchmal unbeherrscht in seinem Verhalten ihr gegenüber. Und sehr unglücklich. Die stattliche Geldsumme, die er als Abfindung bekommen hatte, der goldene Händedruck, hatte sein Unglück nicht lindern können. Er redete immer noch jeden Tag davon, wie die Hauptgeschäftsführerin, ein ganz junges Ding, in sein Büro gekommen war und ihm gesagt hatte, er solle seinen Schreibtisch leer räumen und gehen.

»Das werd ich nie vergessen«, sagte er. »Ihr Gesicht, dieser rote Mund, der aussah wie eine Scheibe rohes Rindfleisch, und dieses enge, knallblaue Kostüm, bei dem man ihre fetten Knie sehen konnte. Und ihre

Stimme, kein Wort der Entschuldigung oder des Be-
dauerns, keine Spur von Scham.«

Zu ihrem Entsetzen sah Rosemary, dass er Tränen in
den Augen hatte. Sie dachte, es würde besser, als der
Scheck doppelt so hoch ausfiel wie erwartet. Sie dachte, er würde diese demütigenden Ereignisse hinter sich
lassen, sobald sie das schöne Haus in Wiltshire gefunden und ihn hingefahren hatte, um es ihm zu zeigen.
Doch auf die Wut war Apathie gefolgt, und dann kehrte die Wut zurück und wechselte sich mit Zeiten tiefer
Niedergeschlagenheit ab. Er saß den ganzen Tag herum
oder ging unstet auf und ab. Abends sah er sich wahllos
irgendetwas im Fernsehen an. Dann schlug sein Arzt
diese Urlaubsreise vor – vor dem Umzug zwei Wochen
Ägäis.

»Von mir aus«, sagte er. »Wenn du willst. Mir ist es
gleich. Diese Stimme geht mir nie mehr aus dem Kopf,
kein Wort der Entschuldigung, keine Scham.«

Er rollte den Plan vom Garten Eden zusammen, und
sie verstaute ihn in seinem Koffer. Sie wusste nicht,
was aus den Postkarten geworden war, bis sie ihn eine
davon im Flugzeug betrachten sah.

Zwei Wochen nach ihrer Rückkehr zogen sie um. Es
war erst sein zweiter Besuch im Haus, erst das zweite
Mal, dass er durch diese großzügigen Räume und die
Stufen von der Terrasse hinab auf den Rasen ging, um
über knapp drei Hektar zu blicken, die nun ihm gehörten. War es nicht besser, als in einem Reihenhaus im
Norden von London zu wohnen und jeden Tag mit der
Nothern Line in ein Büro in den Docklands zu fahren?
Sie besaß genügend Taktgefühl, ihn nicht direkt zu fragen. Aber sie fand es ermutigend, wie er das Anwesen
erkundete und am Abend dann erklärte, es sei gar nicht
schlecht, und die frische Luft tue einem richtig gut.

Sie machte sich daran, das neue Zuhause wohnlich einzurichten, die Kisten auszupacken und zu entscheiden, wo das eine oder andere Möbelstück hin sollte. Zwei Männer kamen, um die neuen Vorhänge aufzuhängen. Einer brachte den in grobe Leinwand eingeschlagenen, gut verschnürten Kronleuchter und hängte ihn im Salon auf. Er hängte auch die Bilder auf. Seinen gerahmten Plan vom Garten Eden hängte David selbst auf, in dem Raum, der sein Arbeitszimmer werden sollte. Dann bat er den Mann, ein viel größeres Bild aufzuhängen, das er im Esszimmer haben wollte. Zu ihrer Überraschung sah Rosemary, dass es ebenfalls der Plan war, jedoch dreifach vergrößert (und deshalb ziemlich unscharf und verschwommen) und in einem vergoldeten Schmuckrahmen.

»Hab ich machen lassen«, sagte David. »Letzte Woche. Ich hab ein Geschäft gefunden, wo sie einem Fotokopien in jeder gewünschten Größe anfertigen.«

Sie war überglücklich. Und wenn sie doch ein leichtes Unbehagen verspürte, so war es unwichtig und rührte sicherlich von ihrer gesteigerten Nervosität und ihrer Sensibilität für seine Stimmungen her. Und wenn sie auch ganz leicht beunruhigt war vom Anblick eines Fünfzigjährigen, der in die billige Kopie des Lageplans von irgendeinem mythischen Ort vertieft war … Aber nein, es war wunderbar zu beobachten, wie er wieder ganz der Alte wurde, Interessen hatte, sich mit etwas beschäftigte. Er arrangierte sogar die Möbel in seinem Arbeitszimmer und stellte die Bücher in die Regale. Am nächsten Morgen war er um neun im Garten draußen und später mit dem Wagen unterwegs zu einer Baumschule, wo es möglicherweise einen bestimmten Strauch gab, den er haben wollte.

Als sie schon eine Woche in dem neuen Haus wohnten, fiel ihr auf, dass er die Hauptgeschäftsführerin nicht ein einziges Mal erwähnt hatte, auch nicht ihren Mund oder ihr blaues Kostüm oder ihre Stimme. Dies war also offensichtlich die Lösung. Nicht der Urlaub oder die Medikamente oder gar ihre freundliche Nachsicht ihm gegenüber, sondern der Umzug in eine neue, andere Umgebung. Seine Tage, die bisher leer gewesen waren, füllten sich allmählich mit geschäftigem Tun. Er folgte einem Muster, gärtnerte morgens und fuhr nachmittags mit dem Wagen weg und kehrte mit Büchern zurück. Einige stammten aus einer Bücherei, andere kaufte er. Sie schenkte ihnen wenig Beachtung. Ihr genügte es schon zu wissen, dass er wieder las, nachdem er monatelang überhaupt kein Buch aufgeschlagen hatte. Eines Tages fragte er sie dann, ob sie vielleicht eine Bibel im Hause hätten.

Sie staunte. Keiner von beiden hatte irgendwelche religiösen Neigungen. »Deine alte Schulbibel muss noch irgendwo sein. Soll ich sie suchen?«

»Mach ich schon«, sagte er und fügte hinzu: »Ich will etwas nachschlagen.«

Er fand die Bibel und vertiefte sich sogleich darin. Vielleicht stand er kurz vor einer Art Bekehrung, vielleicht war dieses Haus seine Straße nach Damaskus. Da war sie wieder, diese hartnäckige leise Unruhe, und als er am nächsten Tag draußen beim Rasenmähen war, schaute sie sich die aufgeschlagenen Bücher an und die Bücher, die er gekauft hatte. Jedes davon befasste sich auf irgendeine Weise mit dem Garten Eden. Es gab eine wissenschaftliche Abhandlung über die Schöpfungsgeschichte, ein amerikanisch-fundamentalistisches Werk, einen modernen Roman mit dem Titel *Von der Rippe zum Weibe*, Miltons *Verlorenes Paradies* und einige andere. Nun, sie hatte ja gehofft, er würde sich ein Hobby suchen, sich eingehend mit etwas befassen oder etwas sammeln, und das, womit er sich offenbar eingehend befasste, war – das Paradies.

Wahrscheinlich würde er ihr früher oder später davon erzählen. Er würde sagen, welchen Zweck er damit verfolgte, was er damit vorhatte, was er bewerkstelligen wollte. Sie hatten genügend Einkünfte, um gut davon leben zu können, er brauchte nichts zu verdienen, aber vielleicht beabsichtigte er, zu seinem eigenen Vergnügen ein Buch zu schreiben. Sie beobachtete ihn. Sie fragte nicht nach. Ihr eigenes Leben war weniger bewegt als in London, und es erforderte einige Anstrengung, um genügend Beschäftigung zu finden. Sie sollte sich vielleicht im Dorfleben engagieren, dachte sie, für eine wohltätige Sache arbeiten, ihre persönlichen Interessen verwirklichen. Er schien ihre Hilfe im Garten nicht zu wollen. Und so kochte sie mehr denn je, backte ihr Brot selbst und machte aus den Beerenfrüchten Marmelade ein. Sie musste sich eingestehen, dass sie einsam war.

Doch als er es ihr schließlich sagte, kam es als Schock. »Ich verstehe nicht ganz«, sagte sie. »Ich weiß nicht, was du damit meinst.«

»Genau das, was ich sage.« Inzwischen fuhr er sie nicht mehr barsch an. Er sprach jetzt immer ganz sanft, fast verträumt. »Er ist hier. Der Garten ist hier. Genau hier liegt er. Es hat ein paar Wochen gedauert, bis ich mir sicher war, deshalb hab ich bis jetzt nichts gesagt. Aber jetzt bin ich mir absolut sicher. Der Garten Eden ist hier, draußen vor unseren Fenstern.«

»David«, sagte sie, »der Garten Eden existiert nicht. Er hat nie existiert. Er ist ein Mythos. Das weißt du so gut wie ich.«

Er musterte sie argwöhnisch, als zweifelte er an ihrem Verstand. »Warum sagst du das?«

»Zu glauben, dass es sich um einen realen Ort handelt, ist so, als wollte man sagen, Adam und Eva hätten wirklich existiert.«

»Warum nicht?«

»David, ich hör wohl nicht recht. Das ist doch nicht dein Ernst. Also, früher hat man schon daran geglaubt. Dann kam Darwin mit seiner Evolutionstheorie, das weißt du ja. Du weißt auch, dass Gott, falls es einen Gott gibt, den Menschen nicht aus dem gemacht hat, wie heißt es gleich ...«

»Staub.«

»Also gut, aus Staub. Er hat ihm auch keine Rippe entnommen und daraus eine Frau gemacht. Das ist doch lächerlich. An dieses Zeug glauben doch bloß verrückte Sekten.« Sie hielt inne und überlegte. »Das ist doch ein Witz, oder, du ziehst mich doch auf?«

Als hätte sie überhaupt nichts gesagt, fuhr er in verzücktem, träumerischem Tonfall fort: »Man hat immer geglaubt, der Ort, an dem sich der Garten Eden befindet, sei irgendwo im Nahen Osten, weil in der Schöpfungsgeschichte vom Euphrat und von Äthiopien und Assyrien die Rede ist. Aber jetzt mal ehrlich, wie kann ein Garten denn gleichzeitig in Syrien und Äthiopien und im Irak sein? In Wahrheit war er weit weg, an einem Ort, von dem sie nichts wussten, an einem fernen Ort jenseits der Grenzen der bekannten Welt ...«

»In Wiltshire«, sagte sie.

»Mach dich bitte nicht darüber lustig«, sagte er. »Zynismus passt nicht zu dir. Komm nach draußen, dann zeig ich's dir.«

Die Bibel und eine der Postkarten nahm er mit. Der

Teil auf ihrem Grundstück, zu dem er sie führte, umfasste den alten Obstgarten, ein Rasenstück und den Wassergarten, durch den zwei von Quellen gespeiste Bäche flossen. Sie stellte fest, dass der Rasen gemäht und die Bachufer gesäubert worden waren. Es war sehr hübsch, ein üppiger, gut eingewachsener Garten, in dem ungewöhnliche Pflanzen gediehen und an dessen alter Mauer Obstbäume lehnten und ihre reifenden Pflaumen und Birnen trugen.

»Siehst du«, sagte er, auf seine Bibel deutend, »dort ist das Wasser, das da heißt Pison, das fließt um das ganze Land Hevila; und daselbst findet man Gold.« Seine Augen blitzten. Auf seiner Oberlippe stand Schweiß. »Und das andere Wasser heißt Gihon, und das dritte Hiddekel und das vierte Wasser ist der Euphrat.«

Sie sah bloß zwei, kaum größer als Rinnsale, die über englische Steine zwischen englischen Sumpfdotterblumen hindurchflossen. Er wandte sich um und winkte sie in seiner alten, herrischen Art herüber, doch seine Stimme war immer noch beherrscht und sanft. Sie klang so, als wollte er einem schwachsinnigen Kind etwas Offensichtliches erklären.

»Da«, sagte er, »der Baum des Lebens. Manchmal nennen wir ihn auch den Baum der Erkenntnis.«

Er deutete hin und führte sie unter die Äste eines großen alten Apfelbaums, beladen mit kleinen grünen Äpfeln. Als sie das Haus zum ersten Mal gesehen hatte, erinnerte sie sich, hatte er geblüht.

»Die darf man aber nicht essen, he?«

Sein Lächeln und das kurze, bellende Gelächter machten ihr Angst. Sie begriff überhaupt nichts mehr. Dies war der Mann, mit dem sie seit zwanzig Jahren verheiratet war, der praktische, clevere Geschäftsmann. Woher hatte er diese Worte, wie hatte er gewusst, wo er nach – nach diesem Gespinst aus lauter Unsinn suchen musste? Sie streckte die Hand aus und berührte den Baum. Sie hielt sich an ihm fest, lehnte sich dagegen, weil sie fürchtete, ohnmächtig zu werden.

»Als ich ihn entdeckte«, sagte er, »fragte ich mich, ob wir vielleicht eine zweite Chance bekommen.«

Sie wusste nicht, was er meinte. Sie schloss die Augen und senkte den Kopf. Als sie das Gefühl hatte, wieder atmen zu können, und ihre Kraft zurückkehrte, hielt sie nach ihm Ausschau, doch er war verschwunden. Langsam ging sie ins Haus zurück. Später, nachdem er zu Bett gegangen war, setzte sie sich unten hin und überlegte, was sie tun sollte. Man durfte doch nicht zulassen, dass er einfach so weitermachte. Doch als sie am nächsten Morgen beide aufwachten und sich auf den nebeneinander liegenden Kissen begegneten, als sie sich am Frühstückstisch gegenübersaßen, schien er wieder ganz der Alte. Er sprach davon, einen Gärtner einzustellen, denn ihm allein sei es zu viel. Wollte sie nicht das Esszimmer neu tapeziert haben? Sie hatte doch gesagt, die Tapete gefiele ihr nicht besonders. Und vielleicht sei es an der Zeit, die Nachbarn einzuladen – falls man Leute, die eine halbe Meile weit weg wohnten, als Nachbarn bezeichnen konnte –, eine kleine Cocktailparty zu veranstalten, mit dem Dorf Bekanntschaft zu schließen.

Sie nahm all ihren Mut zusammen. »Das war ein Spiel, das du da gestern Abend gespielt hast, nicht wahr? Das war doch nicht dein Ernst?«

Er lachte. »Offensichtlich hast du nicht geglaubt, dass es mir ernst war.« Was war das für eine Antwort. »Ich hab von diesem Aas geträumt«, sagte er. »Sie kam herein, in diesem scheußlichen blauen Kostüm, in

345

dem man ihre fetten Knie sehen konnte, und sagte, ich soll meinen Schreibtisch ausräumen. Sie aß einen Apfel – hab ich dir das erzählt?«

»In deinem Traum, meinst du?«

Er fuhr sofort aus der Haut. »Nein, das mein ich nicht. Ich meine, in Wirklichkeit. Sie kam in mein Büro mit einem Apfel in der Hand, sie aß einen Apfel. Hab ich dir doch *erzählt*.«

Sie schüttelte den Kopf. Das hatte er ihr nie erzählt, sonst hätte sie sich daran erinnert. Am nächsten Tag fing der neue Gärtner an. Sie befürchtete, David würde ihm gegenüber den Garten Eden erwähnen. Als eine Woche später ein paar Nachbarn auf einen Drink kamen, befürchtete sie, David würde etwas zu ihnen sagen. Er tat es nicht. Anscheinend war dieses Thema allein für sie reserviert. Anderen gegenüber verhielt er sich freundlich, neutral und gesittet. Die Abende, an denen sie allein waren, verbrachte er mit der Zusammenstellung einer Liste von Pflanzen, die im Garten Eden heimisch waren: Balsamstrauch und Granatapfel, Koriander und Ysop. Er ging mit ihr in den Obstgarten und zeigte ihr den Feigenbaum, der an der Mauer hochwuchs, deutete auf die handförmigen, ledrigen Blätter und sagte, sie könnten die Feigenblätter zusammenflechten und sich daraus Schurze machen.

Sie schlug in der Schöpfungsgeschichte nach und fand die Stelle. Dann zog sie den Arzt zu Rate.

Der nahm sie nicht ernst. Oder er nahm Davids Obsession nicht ernst. Er sagte, er würde die Beruhigungsmittel, die er David bereits verschrieben hatte, nochmals überprüfen, was er auch tat – mit erstaunlicher Wirkung. Davids Begeisterung schien zu schwinden, er wurde ruhig und etwas abwesend, beschäftigte sich mit anderen Winkeln des Grundstücks und widmete sich wieder seinem alten Interesse, der Lektüre von Biografien. Er wurde Mitglied im Golfklub. Er redete nicht mehr von der Hauptgeschäftsführerin und ihrem blauen Kostüm und dem Apfel. Das Einzige, was Rosemary beunruhigte, war die Schlange.

»Ich habe gerade eine Natter gesehen«, sagte er, als er zum Mittagessen hereinkam. »Zusammengerollt unter dem Feigenbaum.«

Sie sah ihn bloß sprachlos an.

»Es war vielleicht eine Ringelnatter, ich bin mir nicht sicher, aber es war auf jeden Fall eine Schlange.«

»Ist sie noch da?«

Die schlechte Laune, die sie seit Wochen nicht mehr an ihm bemerkt hatte, kam plötzlich wieder hoch. »Woher soll ich wissen, ob sie noch da ist? Schau doch selber nach.«

Keine Schlange, aber eine abgeworfene Schlangenhaut. Nichts hätte Rosemary glücklicher machen können. Sie war sich so sicher gewesen, dass auch die Schlange Teil seines Wahns war, doch er hatte eine echte Schlange gesehen, oder besser – eine echte Schlangenhaut. Er war genesen, es war vorbei, was auch immer es gewesen war.

Der Sommer war lang und heiß gewesen, und die Obsternte war fabelhaft. Erst die Himbeeren und Stachelbeeren, dann die Pfirsiche und Pflaumen. Rosemary kochte Marmelade und Gelee, machte sogar Früchte ein wie ihre Mutter früher. Nichts durfte zu Grunde gehen. David erntete die Birnen, bevor sie reif waren, wickelte sie einzeln in Seidenpapier und verpackte sie in Kistchen. Die Tage waren lang und golden, die Abende mild und die Luft erfüllt vom Duft der reifen Früchte. Oft machte David in der Abenddämmerung einen Spaziergang über das Grundstück, doch das war reiner Zufall und hatte nichts zu tun mit Gott, dem Herrn, der in der Abendkühle im Garten wandelte.

Der große Baum war ein Cox, vermutete David, ein Cox Orange Pippin, der auch heute noch allgemein für den feinsten englischen Apfel gehalten wird. Er war voller Früchte. Sie benutzten einen Apfelpflücker an einer drei Meter langen Stange, mussten aber eine Leiter anstellen, um bis in die höchstgelegenen Äste zu gelangen. Rosemary stieg hinauf, weil sie die Leichtere und Beweglichere war. Er hielt die Leiter, und sie pflückte.

Wären ihre Ängste nicht beschwichtigt gewesen, hätte sie die ganze Geschichte mit dem Plan und dem Garten Eden nicht hinter sich gelassen – übrigens auch die Hauptgeschäftsführerin in ihrem knallblauen Kostüm –, dann wäre sie vielleicht vorsichtiger gewesen. Dann wäre sie auf der Hut gewesen. Sie hatte seine rätselhafte Bemerkung ganz vergessen, als er gesagt hatte, sie – meinte er damit die Menschheit? – bekämen vielleicht eine zweite Chance. Seinen Wahn hatte sie für die zeitweilige Verrücktheit eines gedemütigten und bis zur Unerträglichkeit gepeinigten Mannes gehalten. Also kletterte sie mit ihrem Korb voller glänzender rotgoldener Früchte die Leiter wieder hinunter, nahm einen makellosen, reifen Apfel in die Hand, hielt ihn ihm hin und sagte: »Schau mal, ist der nicht absolut perfekt? Probier mal, nimm einen Bissen.«

Sein Gesicht wurde dunkelrot und schwoll an. Er rief aus: »Noch einmal wirst du es nicht tun, Weib, ein zweites Mal wirst du nicht das Böse über die Welt bringen!«

Er schlug mit dem Apfelpflücker auf sie ein, versetzte ihr einen Hieb seitlich am Kopf, dann auf die Schulter und wieder auf den Kopf. Sie fiel zu Boden, die Äpfel fielen heraus und kullerten überall umher. Ihre lauten Schreie alarmierten den Gärtner, der gerade noch rechtzeitig kam, um David von ihr wegzuzerren und ihm den blutbefleckten Apfelpflücker zu entwinden.

Rosemary blieb lange im Krankenhaus, wenn auch nicht so lange wie David. Als es ihr besser ging, besuchte sie ihn. Er saß still und apathisch im Aufenthaltsraum und schaute sich im Fernsehen eine Quizsendung an. Als er sie sah, packte er die erste greifbare Waffe, eine Tischleuchte, schwang sie bedrohlich und warf sich auf sie, verfluchte sie und schrie, er würde ihr noch viel Schmerzen schaffen. Man riet ihr von weiteren Besuchen ab, und sie ging auch nie wieder hin.

Sie bewohnte das Haus allein, was ihr sehr behagte. Immerhin hatte sie es ja ursprünglich ausgesucht. Doch löste sie die Pläne vom Garten Eden aus den Rahmen und überließ diese dem örtlichen Wohltätigkeitsbasar. Im Frühjahr ließ sie den Apfelbaum fällen und legte dort, wo er gestanden hatte, einen großen Fischteich an. Genährt von den Bächen, die er Pison und Gihon, Hiddekel und Euphrat genannt hatte, bot der Teich den idealen Lebensraum für ihre Koi-Karpfen, um die sie in der ganzen Grafschaft beneidet wurde.

RUTH RENDELL

»Ruth Rendell ist für mich die Beste.
Ihre Krimis sind vom ersten Satz an großartig.«
Donna Leon

44664

42454

44566

43812